中國新聞史研究輯刊

初 編

主編 方 漢 奇

副主編 王潤澤、程曼麗

第 7 冊

桂林抗戰新聞史（下）

靖鳴 徐健 曹正文等 著

花木蘭文化出版社

國家圖書館出版品預行編目資料

桂林抗戰新聞史（下）／靖鳴 徐健 曹正文等著 -- 初版 -- 新
北市：花木蘭文化出版社，2013〔民102〕
目 8+256 面；19×26 公分
（中國新聞史研究輯刊 初編：第 7 冊）
ISBN：978-986-322-298-9（精裝）
1. 新聞業　2. 歷史　3. 中國
890.9208　　　　　　　　　　　　　　102012308

ISBN-978-986-322-298-9

9 789863 222989

中國新聞史研究輯刊
初　編　第　七　冊　　　　　ISBN：978-986-322-298-9

桂林抗戰新聞史（下）

作　　者	靖鳴 徐健 曹正文等
主　　編	方漢奇
副 主 編	王潤澤、程曼麗
總 編 輯	杜潔祥
出　　版	花木蘭文化出版社
發 行 所	花木蘭文化出版社
發 行 人	高小娟
聯絡地址	235 新北市中和區中安街七二號十三樓
	電話：02-2923-1455／傳眞：02-2923-1452
網　　址	http://www.huamulan.tw 信箱 sut81518@gmail.com
印　　刷	普羅文化出版廣告事業
初　　版	2013 年 9 月
定　　價	初編 12 冊（精裝）新台幣 20,000 元

桂林抗戰新聞史（下）

靖鳴　徐健　曹正文等　著

目

次

第五章　區域性抗戰輿論重陣
《大公報》（桂林版）

　　《大公報》（桂林版）是抗戰的產物。它在《救亡日報》（桂林版）被查封後半個月即 1941 年 3 月 15 日創刊於桂林，1944 年 9 月 12 日因桂林全城疏散被迫停刊，歷時近四年。作爲唯一一張在兩極政治勢力激烈的鬥爭過程中，同時受到國共兩黨高層重視的報紙，新記《大公報》在桂林設報館創刊《大公報》（桂林版）前，其輿論影響就已經遍佈全國，先後創辦了天津版、上海版、漢口版和香港版。皖南事變後，桂林這座文化城受到影響和衝擊，著名的《救亡日報》（桂林版）也於 1941 年 3 月 1 日被迫停刊。這樣一來，半個月後在桂林創刊的《大公報》（桂林版）成爲了這一時期桂林乃至西南地區少有的區域性抗戰輿論重鎮。一個重要的報紙停刊了，又產生一個重量級的新報紙，這從媒介生態上來說似乎是一種平衡。

　　《大公報》（桂林版）在國共合作背景下利用桂林特殊的政治和新聞生態，宣傳抗日，張揚言論，出色地踐行自己的使命，在抗戰時期新聞事業史乃至中國新聞事業史上具有重要地位和影響，留下璀璨的一頁。

第一節　《大公報》（桂林版）概述

　　新記《大公報》〔註1〕早在 1939 年便成立了桂林辦事處。原在新記《大

〔註 1〕 1926 年 9 月 1 日，吳鼎昌、胡政之、張季鸞以新記公司的名義續刊出版《大公報》，從 1926 年 9 月續刊至 1949 年 6 月《大公報》上海版宣布新生爲止，歷時 23 年。新聞史學界爲了把這段時期的大公報與其他時期的大公報相區

公報》駐粵辦事處工作的王文彬，在廣州淪陷前撤退到桂林，負責桂林辦事處的各項事務。起初的桂林辦事處僅是一個專門負責新聞採訪的通訊機關，整個辦事處只有主任王文彬、外勤記者錢慶燕、譯電員黃梵和雜工李秉四個人。

1940 年，日本帝國主義瘋狂地推行南進政策，企圖向太平洋和東南亞地區擴張。胡政之斷定，日寇南侵，香港必將不保，因此他一直考慮要給香港版《大公報》尋找一個退路。同年冬，胡政之到桂林視察，考慮到桂林特殊的地理區位優勢，決定創建《大公報》桂林館，並將其籌建的具體事務交給王文彬全權負責。

抗戰時期在桂林辦報困難較多，王文彬後來曾回憶其辦報過程「一切都需要從頭做起」。〔註2〕特別是館址的選定，當時桂林市郊較安全而又近便的地方已被許多單位佔用一空。幸得關麟征將軍的駐桂辦事處主任胡性安的熱心幫助，王文彬得以在七星岩後的星子岩租了 37 畝荒地作為《大公報》桂林館的館址。

《大公報》（桂林版）創刊前後，曾兩次登報公開招考職員，吸收了一批優秀的新聞工作人員，包括編輯部的外勤記者曾敏之、陳凡、高學速、黃克夫，副刊編輯羅承勳，經理部的業務人員吳則剛、李子謙、張朗秋等。後加上從重慶調來的李清芳和從香港調來的蔣蔭恩、李俠文、何毓昌、張蓬舟、李樹藩等 40 多人。這 40 多人確保了《大公報》（桂林版）由初創進入後來的正常順利運轉。

隨著館舍的落成和設備、器材的基本到位，胡政之由香港來到桂林。在徵求了大家的意見後，胡政之決定《大公報》（桂林版）於 1941 年 3 月 15 日創刊，並進行了人事分工：經理金誠夫，發行人兼副經理王文彬，編輯主任蔣蔭恩，會計李樹藩，營業發行李清芳等。

1941 年 3 月 15 日，《大公報》（桂林版）正式創刊。該報在首刊的第二版刊發了胡政之撰寫的社評《敬告讀者》。這篇社評，介紹了其辦報的歷史淵源、在桂林的創刊經過和辦報的方針理念：「本報自在天津創辦，三十餘年，一貫為商辦性質。……抑本報發生成長於國運艱危之中，同人服務報界，多至二

別，史稱「新記《大公報》」。
〔註2〕 王文彬：《桂林〈大公報〉記事》，參見《桂林文化城紀事》，灕江出版社，1984年，第 265 頁。

三十年，……惟本國家至上民族至上之旨，翊贊統一，倡導建設，立言務求平實……謂宜急起直追，積極推進，同人不敏，願隨海內有誌之後，竭其棉薄，分任宣傳……桂館同人對國家民族之前途，懷迫切而熱烈的杞憂與期待，故益願於法令及環境容許範圍之內，多盡文章報國之職責」。〔註3〕

桂版創刊初期，頗有銷路，數月之後便躍居桂林各報及粵桂湘黔等省的第一位。隨著廣告收入的增加，桂館的營業收支逐漸好轉，第一年勉強收支平衡，第二年下半年起大有起色，每月均有盈餘。

1941 年 12 月 8 日，太平洋戰爭爆發，不久香港淪陷。同月 13 日，香港版《大公報》發表《暫別香港讀者》的社評，宣佈停刊。25 日，港英當局投降，胡政之在香港一度無法離去，一直到 1942 年 1 月 7 日才冒險率領趙恩源夫婦等五人步行到惠州，從韶關入桂。不久，《大公報》香港館同人金誠夫、徐鑄成、楊剛等人也分批分道陸續到達桂林。這批人除趙恩源等少數人被派往重慶外，大部分都留在了《大公報》桂林館。

港館人員到達桂林後，胡政之就將桂林館的人事做了重新調整：經理金誠夫，發行人兼副經理仍為王文彬，徐鑄成為總編輯，原編輯主任蔣蔭恩被燕京大學借用，出任該校新聞系主任，所以以馬廷棟為編輯副主任。

由於人員增多，胡政之還決定出版晚刊，定名為《大公晚報》，自 1942 年 4 月 1 日創刊，楊歷樵主持編務，直到 1944 年 6 月 27 日停刊。（這張辦了兩年多的晚報，在當地具有一定的影響，但因當時戰亂以及資料保管搜集方面的原因，筆者在廣西第二圖書檔案（桂林圖書館）只發現有一份收藏，無法對其開展專項分析研究。）

抗戰時期，徐鑄成的社論與子岡通訊是《大公報》（桂林版）的兩大特色。在《大公報》（桂林版）的這段時間，可以說是徐鑄成在《大公報》工作最輝煌的時期。在得到胡政之的同意後，《大公報》（桂林版）「言論方針力主自由、民主，政治上與重慶保持距離，一般不轉載渝版社評，保持獨立思考」。〔註4〕社論除徐鑄成自己撰寫外，還請社外著名文化人如千家駒、張錫昌等人執筆。

《大公報》（重慶版）的女記者彭子岡的通訊在重慶發不出，便以「重慶航訊」的方式在《大公報》（桂林版）刊發，其通訊多揭露國民政府內幕。這些通訊往往激起重慶中央政府某些要人的不滿情緒，甚至勃然大怒，但因其記載詳

〔註3〕　《敬告讀者》，《大公報》桂林版，1941 年 3 月 15 日第 2 版。
〔註4〕　徐鑄成：《徐鑄成回憶錄》，生活·讀書·新知三聯書店，1998 年，第 105 頁。

實，黑白分明，顯現底蘊，使讀者稱快，銷量大增。加上經理金誠夫善於管理經營，其發行量等於桂林各報之總和，日銷達 6 萬餘份，不僅桂、湘、粵到處暢銷，即與重慶等距離之滇、黔各地，亦幾成桂版之市場。」〔註 5〕

1944 年 9 月，國民黨廣西當局在日寇尚未侵入廣西之前。人為地造成極端混亂，在短短的幾天時間裏，強迫戰時繁榮起來的六十多萬居民迅速疏散。〔註 6〕（亦有人記敘當時桂林市人口為 50 多萬 —— 筆者注）。

當時，桂林各報原擬聯合起來出版聯合報，但因情勢緊急，人心惶惶，居民紛紛逃離桂林市，桂林市人口越來越少，失去了讀者市場，連出版聯合報也不可能。《大公報》（桂林版）職工最多，所以採取了分兩步疏散辦法。首先《大公晚報》於 1944 年 6 月 27 日停刊，停刊當天發表了《為晚報休刊敬告讀者》。其次將《大公報》（桂林版）由對開張改出四開張，並經過與職工協商，先給資遣散職員 22 人，工人 133 人。堅持在館內繼續工作的職工只剩下四、五十人。

然而到了 1944 年 9 月，日本侵略軍並沒有向桂林進犯，仍然停留在湘桂交界一帶。但原本擁有 60 萬人的戰時文化城已變為空城。9 月 12 日，《大公報》（桂林版）也被迫停刊了。桂版停刊後，留下王文彬等人處理後事，金誠夫、徐鑄成等人先後離開桂林趕赴重慶。

第二節　權威、時效性強的新聞專電與長篇通訊

新聞本位是報紙的本質特徵。王文彬曾說，新記《大公報》雖然重視言論，但還是新聞本位。〔註 7〕《大公報》（桂林版）不僅很好地表現了報紙的這一共性，而且做得特別出色。抗戰時期，《大公報》（桂林版）派往國內外的特派記者人數眾多，版面上的專電和長篇通訊也比桂林的其他報紙更為豐富。《大公報》（桂林版）的專電時效性很強，專電之後，接著就是特寫和通訊作進一步的具體報導，隨後又配發更為詳細的背景性專刊文章予以補充報導。讀者不僅在第一時間獲得了某一重大事件的消息，而且也詳盡瞭解了某一重大事件的具體細節。因此《大公報》（桂林版）的新聞專電、特寫、通訊和專刊文章可謂配套成龍，有血有肉。

〔註 5〕　徐鑄成：《徐鑄成回憶錄》，生活·讀書·新知三聯書店，1998 年，第 106 頁。
〔註 6〕　徐鑄成：《徐鑄成回憶錄》，生活·讀書·新知三聯書店，1998 年，第 113 頁。
〔註 7〕　吳廷俊：《新記〈大公報〉史稿》，武漢出版社，2002 年，第 18 頁。

一、時效性強的新聞專電

抗戰時期，桂林的通訊社較多，包括國民黨中央通訊社桂林分社，中國共產黨領導下的國新社、工商通訊社（附設於國新社）、救亡通訊社（附設於救亡日報社），新桂系辦的民眾通訊社、戰時新聞社、廣西攝影通訊社（附設於桂林國防藝術社，主要提供新聞圖片）、西南通訊社等。《大公報》（桂林版）的專電主要採用中央社的新聞稿。桂林市當時的新聞媒體大多設在郊區，夜間交通十分困難，中央社的新聞稿。發行比較遲慢。各大報為提前發稿，提早出報，多派專人去中央社桂林分社分多次取稿。《大公報》（桂林版）和《掃蕩報》（桂林版）、《廣西日報》（桂林版）等報，除每天派專人分次取稿外，還用本報的電臺收錄中央社的新聞，以便提前編輯和印刷。等到將中央社桂林分社稿取回，只需要校正一次即可，以避免錯誤和遺漏。

《大公報》（桂林版）的專電以其獨特的視角和豐富的內容記錄了抗戰時期國內外政治、經濟、文化、軍事的風雲變幻。其中，特別重要的新聞專電有以下幾個方面。

（一）關於蘇德戰爭爆發的新聞專電。

1941 年 6 月 22 日凌晨 4 時，德國法西斯背信棄義，撕毀「蘇德互不侵犯條約」，在北起波羅的海、南至黑海的 1800 多公里的漫長戰線分北方、中央、南方 3 個集團軍群向蘇聯發動全線大規模的突然襲擊。面對有備而來的德軍，蘇聯政府雖然採取緊急措施，但由於大量工作未能搶在戰爭爆發之前就緒，因而在戰爭開始時嚴重失利。

這一突如其來的戰爭，對歐洲乃至整個二戰的格局帶來巨大變化。《大公報》（桂林版）從戰爭的一開始就密切注意蘇德戰爭的進展。戰事爆發的第二天，《大公報》（桂林版）就在第二版刊登題為《德對蘇正式宣戰　陸空軍開始進攻》的新聞。該報導一共採用了 15 條專電，其中發稿時間最早並用較大字體刊登出的有三條專電：

〔香港二十二日下午六時四十三分轉倫敦電〕

德元首希特勒二十二日向東線德軍發出訓令，解釋二十二日晨在無線電臺所發之對蘇宣戰命令，其結語曰：「德國軍人乎，吾人現正進入艱難之鬥爭中，德意志民族之前途，已放置於諸君之手上。在此整個之鬥爭中，願上帝庇祐吾人！」德國最高指揮當局二十二

日晨宣稱，當局將嚴厲實行防止罷工之法律，並要求全國人民，如發現蘇軍在任何點侵進，須向當局報告。

〔香港二十二日下午七時二十分轉莫斯科電〕

蘇聯人民外交委員會主席莫洛托夫二十二日向蘇聯人民廣播，謂□蘇聯政府及其領袖斯大林（斯大林，下同——筆者注）同志之命，作如下之聲明：「本日上午四時，德方事前並未列舉理由，亦未宣戰，即派遣軍隊向我進攻，由多點侵略蘇聯之邊界，並投彈轟炸我方城鎮，死傷軍民逾兩百人。敵機及炮隊由羅馬尼亞及芬蘭方面，向我邊境進襲中。」

〔香港二十二日下午七時三十分轉莫斯科電〕

莫斯科各廣播電臺於二十二日上午五時十五分（中國海岸時間）播送人民委員會外交委員會主席莫洛托夫之宣佈，謂「德國毫無原因，突向蘇聯宣戰。」莫洛托夫並表示，蘇聯之勝利，可以保證獲得，「蘇聯決將敵人擊毀，蘇聯人民團結一致，向前奮鬥，以全力支持海陸空軍抗戰，蘇聯軍民將為榮譽與自由，而爭取勝利。」〔註8〕

其後的新聞專電還有：

〔香港二十二日下午七時五十分轉紐約電〕

《紐約時報》載二十二日瑞士伯爾尼訊，蘇聯已下令將波蘭蘇軍駐紮區六里以內居民，完全疏散。……

〔柏林二十二日中央社合眾電〕

德國已正式向蘇聯宣戰。

〔紐約二十二日中央社合眾電〕

國家廣播公司廣播，謂希特勒已親自廣播宣言，宣佈對蘇宣戰。

〔羅馬二十二日中央社海通電〕

意政府於二十二日下午通知蘇聯大使，謂意大利認為自二十二日上午五時三十分起，已同蘇聯入於戰爭狀態。〔註9〕

〔註8〕 《德對蘇正式宣戰　陸空軍開始進攻》，《大公報》（桂林版），1941 年 6 月 23 日第 2 版。

〔註9〕 同上。

同年 6 月 23 日，《大公報》（桂林版）還在二版刊登了《德外交部發表致蘇照會》、《希特勒宣佈攻蘇理由》、《意羅芬三國助德對蘇作戰》、《東京聞訊震動　尚持緘默態度》等等。在隨後的時間裏，《大公報》（桂林版）一直繼續關注蘇德戰爭的進展情況，例如 24 日的刊登了《英首相邱吉爾宣佈援助蘇聯抗德到底》（現在的報章均書寫爲「丘吉爾」——筆者注），25 日的《蘇聯接受英國援助　英兩代表團即赴蘇》，26 日的《美總統羅斯福宣佈盡可能以全力援蘇》，27 日的《美國表示援蘇決心　對蘇不引用中立法》、《英空軍對德展開空前攻勢》、《德蘇昨日戰況》，28 日的《美蘇即將開始談判　英代表團首途赴蘇》等等。

（二）關於太平洋戰爭爆發的新聞專電

1941 年 12 月 8 日凌晨，日軍在聯合艦隊司令山本五十六指揮下，偷襲美國在太平洋最大的海空軍基地珍珠港。日本出動飛機約 360 架、軍艦 55 艘，連續兩次猛襲珍珠港的美國軍艦和機場，美軍猝不及防，太平洋艦隊主力幾乎全被摧毀，死傷 3000 多人。次日，美、英對日宣戰，太平洋戰爭由此爆發。美國的參戰使得第二次世界大戰再次全面擴大化，並極大改變了二戰雙方的力量對比。太平洋戰爭爆發後，美、英、中、荷等國紛紛向日本宣戰。

《大公報》（桂林版）敏感地注意到了這一變化，在 12 月 9 日的二版中，以大標題刊登了題爲《暴日擴大侵略終於掀起太平洋上大戰！》的報導：

「昨晨竟向美英進攻，美英同時對日宣戰，太平洋上各地均有激烈戰事，我政府已決定對日德意宣戰。」

〔重慶八日中央社電〕

據同盟社電，日政府於八日十一時四十五分發表日本對英國之宣戰宣言。

〔重慶九日上午一時五十分電〕

美國已決對日宣戰。〔註 10〕

次日刊登了《我政府昨發表聲明　向日德意正式宣戰》的報導：

「昨日爲暴日對美英宣戰之第二日，情形更見緊張。美國自對日宣戰後，羅斯福總統已就任大元帥職，指揮三軍與暴日作戰。同

〔註 10〕　《暴日擴大侵略終於掀起太平洋上大戰！》，《大公報》（桂林版），1941 年 12 月 9 日第 2 版。

時，我政府亦正式向暴日及其盟邦德意宣戰，由國府林主席於昨日正式發佈宣戰布告，從此中日四年六個月之『不宣而戰』，最後『名正言順』。……戰事方面，各處均有接觸。敵軍已向香港之九龍進攻，未能得手。現正在增援，激戰日內必起。……」〔註11〕

同月 11 日刊登了《中美領袖分勉國民　同心協力共抗侵略》、《我對日德意宣戰後　倫敦表示歡迎》等報導。12 日刊登了《軸心陰謀完全暴露　德意對美正式宣戰》、《蔣委員長發表告海外僑胞書》等。

除了以上報導外，《大公報》（桂林版）還針對戰爭的形勢和雙方的國情做了詳細的分析，刊登了《遠東的一塊肥肉──緬甸》、《美國海軍的幾個問題》和《軸心新協定的剖析》等戰事背景介紹性的文章。

（三）關於《聯合國家宣言》簽訂的新聞專電

1942 年 1 月 1 日，美國、英國、蘇聯、中國、荷蘭、澳大利亞、比利時和加拿大等 26 個國家共同簽署了《聯合國家宣言》。《聯合國家宣言》的簽訂標誌著世界反法西斯統一戰線的最終形成。《大公報》（桂林版）在 1 月 3 日的二版中，刊登了《中美英蘇荷及其他二十一國共同簽聯合宣言　不單獨向敵媾和》的新聞專電：

〔重慶三日上午一時五十分發專電〕

華盛頓訊，據白宮方面二日宣佈稱，中、美、英、蘇、荷及其他二十一反軸心國家，已簽署聯合宣言，聲明誓以全力及資源，與軸心作戰到底，絕不單獨媾和。……

〔紐約三十一日中央社合眾電〕

據渥太華來電稱，邱吉爾一經返抵華盛頓，羅邱會談即將重開。……」〔註12〕

同月 4 日又刊發了《二十六國宣言全文，聲明兩大共同誓約》。《大公報》（桂林版）為了配合新聞報導，還在 1 月 7 日這天刊發了題為《二十六國宣言與中國》的社評。

〔註11〕《我政府昨發表聲明　向日德意正式宣戰》，《大公報》（桂林版），1941 年 12 月 10 日第 2 版。

〔註12〕《中美英蘇荷及其他二十一國共同簽聯合宣言　不單獨向敵媾和》，《大公報》（桂林版），1942 年 1 月 3 日第 2 版。

（四）關於意大利投降的新聞專電

1943 年 7 月 24 至 25 日，意大利法西斯政府被推翻，墨索里尼被捕，巴多格利奧政府建立。9 月 13 日，希特勒派黨衛軍突擊隊將囚禁於大薩索山頂旅館的墨索里尼營救出來，隨後墨索里尼在希特勒的扶持下，在意大利北部成立了「意大利社會共和國」傀儡政府，與巴多格利奧政府對抗。10 月 13 日，巴多格利奧政府正式退出「軸心」同盟，向德國宣戰。同時，英、美、蘇三國政府也發表宣言，承認意大利爲共同作戰一方。

《大公報》（桂林版）對這些動向均在第一時間作了報導。7 月 26 日刊登了《歐局一大變化　墨索里尼突然辭職　意王負責收拾殘局》的報導，7 月 27 日又刊發了《教皇勸意單獨媾和　墨索里尼已被逮捕》的報導，刊發了《意大利無條件投降　停戰協定業已簽字》報導，10 月 4 日，刊發了《意國對德宣戰》的報導。

（五）關於開羅會議的新聞專電

1943 年是第二次世界大戰戰場形勢發生根本轉變的一年。同年 11 月 22 日至 26 日，中國、美國、英國三國政府首腦在開羅舉行國際會議。參加會議的有美國總統富蘭克林・羅斯福、英國首相溫斯頓・丘吉爾和中國國民政府主席蔣介石。會議結束後，發表了《開羅宣言》。《開羅宣言》經斯大林同意於 1943 年 12 月 1 日公佈於世。宣言聲明：對日作戰的目的在於制止並懲罰日本侵略；剝奪日本自第一次世界大戰開始後在太平洋地區所奪得或佔領之一切島嶼；日本攫取的中國的領土，如滿洲（中國東北）、臺灣、澎湖列島等歸還中國；在相當期間，使朝鮮自由獨立。宣言最後宣稱：將堅持長期作戰以迫使日本無條件投降。

早在《開羅宣言》發表前，《大公報》（桂林版）就密切關注其動向。在 1943 年 12 月 1 日的要聞版中，刊發了《四國會議即將實現，傳蔣主席將親出席》的報導。12 月 2 日又刊發了《四國會議將開幕》的報導。3 日刊發《蔣羅邱會議已完成》的報導。報導如下：

〔重慶二日中央社電〕

中美英三國領袖，經舉行會談後，發表公報，其公報全文如下……

〔重慶二日中央社電〕

中美英三國領袖，約定在北非會談。蔣委員長偕夫人於赴會後，

業已與本月一日返抵陪都。蔣委員長與羅斯福總統及邱吉爾首相，

尚係首次會晤。……〔註13〕

除此之外，《大公報》（桂林版）還專門刊發了一篇背景性的長篇報導《歷史的創造——二次大戰中的重要國際會議》。

（六）關於德黑蘭會議的新聞專電

為商討加速戰爭進程和戰後世界的安排問題，美、英、蘇三國首腦於1943年11月28日至12月1日在德黑蘭舉行會晤。會議簽署了《蘇、美、英三國德黑蘭宣言》和《蘇、美、英三國德黑蘭協定》。此次會議是反法西斯聯盟三大盟國首腦在第二次世界大戰中的首次直接會晤，對維護和加強盟國間的團結與合作，協調軍事戰略行動，加速反法西斯戰爭的勝利起了重要作用。

在12月5日，《大公報》（桂林版）第三版刊發了《羅邱史會談已結束商定全面攻德戰略》的報導，7日刊發了《羅邱史聯名發表三國會議結果》的報導，9日刊發了《三國發表公報》的報導。

綜觀《大公報》（桂林版）的新聞專電，它有如下幾個特點：

第一，依靠自身的優勢，大量採用自己的專電。該報的編輯部電務室，有王樹聲、李維民、宋朝等電務員，收錄新聞電的能力比較強，不僅能收錄中央社的新聞稿，還能收錄幾個使用英語的國家的新聞稿，常常在中央社桂林分社午夜停止發稿以後，繼續通過電臺收錄重要的國際新聞，隨後通過編輯部的外文翻譯，將其翻譯成中文稿，及時地刊登在「要聞版」版上。因此，它往往比桂林其他報紙的國際要聞要早一天，其時效性可見一斑。例如在《聯合國家宣言》簽訂的新聞專電中，就採用了自己的專電：

〔重慶三日上午一時五十分發專電〕華盛頓訊，據白宮方面二

日宣佈稱，中、美、英、蘇、荷及其他二十一反軸心國家，已簽署

聯合宣言，聲明誓以全力及資源，與軸心作戰到底，絕不單獨媾和。」

〔註14〕

從這篇專電裏面可以發現，美國方面2日發佈的消息，在3日的《大公報》（桂林版）上就刊登了，這樣快的時效性，使它在當時眾多的桂林報紙中自然就脫穎而出，發行量遙遙領先。

〔註13〕《蔣羅邱會議已完成》，《大公報》（桂林版），1943年12月3日第2版。

〔註14〕《中美英蘇荷及其他二十一國共同簽聯合宣言　不單獨向敵媾和》，《大公報》（桂林版），1942年1月3日第2版。

　　第二，按照時間的順序和事件的進程，不斷跟進報導。這種方式和今天的滾動報導如出一轍。例如，在蘇德戰爭的新聞專電裏，從電頭可以發現，從「香港二十二日下午六時四十三分轉倫敦電」到「香港二十二日下午七時二十分轉莫斯科電」，然後又到「香港二十二日下午七時三十分轉莫斯科電」，再到「香港二十二日下午七時五十分轉紐約電」，這樣的報導方式，在當時的通訊條件下，無疑讓讀者詳細瞭解了新聞事件發生、發展的全過程。

　　第三，在同一篇報導中，注重採用多方面的消息來源，使新聞的可信度更高，內容更豐滿。例如，在蘇德戰爭的新聞專電裏，《大公報》（桂林版）分別採用了倫敦、莫斯科、柏林、紐約和羅馬等地的消息，讀者通過這些來自世界各地的通訊社專電，瞭解了蘇德戰爭爆發後各方的反應和最新進展。這樣廣泛的採用多地的信息來源，也爲讀者提供了更多的瞭解和觀察問題的視角。

　　第四，除了刊登重要的新聞專電以外，還注意配發相關的專論文章。例如，在蘇德戰爭爆發後，《大公報》（桂林版）不僅以最快的速度發佈了新聞專電，而且爲了幫助讀者瞭解事件的意義和影響，配發了《李主任濟深談德蘇之戰》（1941 年 6 月 24 日）、《從軍事上論德蘇之戰》（1941 年 6 月 25 日）、《德蘇實力的檢討》（1941 年 6 月 25 日到 30 日）等等一系列的文章。在這些專論文章裏，《大公報》（桂林版）通過政界名流人士的分析解讀和軍事上、經濟上的專業比較，使其報導顯得更爲生動、深刻和全面，滿足了讀者的閱讀需求。

二、形式多樣、題材廣泛的長篇通訊

　　抗戰時期《大公報》（桂林版）的長篇通訊題材十分廣泛，不僅頗具時效，而且寫得有血有肉，深受讀者的歡迎。早在桂林版創刊之初，《大公報》的總編輯張季鸞就用「老兵」的筆名發表《重慶通信》。總經理胡政之參加國民政府的「訪英團」歸國後，曾於 1944 年 4 月 19 日起連續發表《十萬里天外歸來　訪英遊美心影記》、徐鑄成由香港撤退到桂林後寫過《廣州探險記》、著名的經濟學家千家駒連續發表過《回憶香港》，還有楊紀、楊剛等人的戰地通訊、蕭乾的英國通訊、呂德潤的印邊通訊、趙惜夢的蘭州通訊、楊紀的成都通訊、金愼夫的貴陽通訊、馬廷棟的「贛南旅行通訊」、衡陽特派記者吉彭信的衡陽新聞電話和柳州特派記者錢慶燕的柳州新聞電話等等。

在這些種類繁多的通訊中，以「重慶航訊」、「戰地通訊」和「國際通訊」最爲出名。這些通訊不僅刊載的篇數多、連載時間長，而且在當時引起的社會反響也較大。特別是彭子岡寫的「重慶航訊」，敢於在通訊中揭露重慶國民政府的腐敗內幕，與徐鑄成的社評並稱爲《大公報》（桂林版）的兩大特色，尤其值得注意和研究。

（一）內容豐富、角度獨特的重慶航訊

早在《大公報》（桂林版）創刊的第一天，《大公報》的總編輯張季鸞就以「老兵」爲筆名，在第二版連續刊登《重慶通信》。對於「老兵」的意義，他曾有這樣的解釋：「我在新聞戰場上打了三十幾年，已是一個老兵，但仍願以一個老兵的資格，領導新兵作戰；在戰場上，老兵的地位，比新兵重要，因此可以證明我是愈老愈勇，並沒有後退的意思。」〔註15〕張季鸞在《大公報》（桂林版）刊登過的通訊還包括《陪都來鴻》（1941 年 3 月 26 日）、《全會鱗爪》（1941 年 4 月 4 日）等。後來由於身體健康的原因，他沒有繼續寫下去。

此後，重慶航訊中的報導主要由彭子岡撰寫。彭子岡原名彭雪珍，1914 年 2 月 7 日生於江蘇蘇州。1936 年北平中國大學肄業。1938 年加入中國共產黨。離開大學後，先任上海《婦女生活》記者，多有建樹。不久轉入新記《大公報》，遂爲新記《大公報》的著名女記者。抗日戰爭時期，她以《大公報》記者名義在大後方採訪，發表大量通訊，揭露日本侵略罪行，與浦熙修、楊剛、戈揚並稱爲當時大後方新聞界的「四大名旦」。

彭子岡有著直言不諱、不畏權貴的性格。彭子岡之子、作家徐城北這樣概括他母親的性格：「我行我素，胸無城府，直來直去。」在 1943 年的「節約儲金運動」記者會上，國民政府行政院院長孔祥熙講話說：「今天講節約儲金，所以準備的茶點也很節約，只有一塊維他餅和一杯紅茶。但必須向各位說明，這種維他餅是用最富於營養的大豆做成的，又是新生活運動總會總幹事黃仁霖先生發明的。當年我在美國遇到汽車大王福特先生，他告訴我，中國的大豆，含有維他命 ABC 多種成分。總之，各位吃了維他餅，不但實行節約，而且有益於養生之道……。」他的話還沒說完，彭子岡就當場問道：「這幾年，前方戰士浴血奮戰，後方老百姓節衣縮食，都是爲了爭取抗戰勝利。孔院長，你可以看一看，在座的新聞界同業都面有菜色，唯有你心寬體胖，

臉色紅潤，深得養生之道。可否請你繼續談一下養生之道？」〔註 16〕弄得孔祥熙瞠目結舌，一時僵在那裏，最後只能「顧左右而言他」，以「哈哈，哈哈，散會」來收場，從此得了個「哈哈孔」的外號。彭子岡不畏權貴、勇於直言的性格可見一斑。國民黨當局曾多次要求新記《大公報》對彭子岡「採取手段」。〔註 17〕

　　自 1938 年起，彭子岡進入新記《大公報》任外勤記者，10 多年間，她採寫了大量生動鮮活、有棱有角的通訊報導。傅國湧曾評價道：「這些曾感動過一個時代的文字已永遠載入中國新聞史。『那個爽朗敏銳，漂亮灑脫，穿著大紅毛衣在國統區跑來跑去的子岡』也早已定格在歷史中。」〔註 18〕

　　彭子岡是《大公報》(重慶版)的女記者，接觸方面多，瞭解的情況很廣泛。從 1941 年起，她開始關注社會底層，連續爲《大公報》(桂林版)寫了近百篇「重慶航訊」，傳達了小人物的痛苦與心聲，被新聞界譽爲「重慶百箋」。這些《大公報》(重慶版)不能發表的新聞，通過航寄到《大公報》(桂林版)發表出來，受到讀者的廣泛歡迎。「這不僅是她一生中最重要的作品，也是足以與范長江的《中國的西北角》等相媲美的傳世之作」。〔註 19〕

　　四年間，彭子岡撰寫了近百篇重慶航訊。主要包括《一個女科學家的死》(1941 年 10 月 16 日)、《重慶多景》(1941 年 11 月 19 日)、《重慶來鴻》(1942 年 9 月 21 日)、《晚秋雜寫》(1942 年 10 月 5 日)、《陪都瑣聞》(1942 年 10 月 20 日)、《威爾基留渝一周間》(1942 年 10 月 22 日)、《歲終話陪都》(1942 年 12 月 24 日)、《新官上任》(1943 年 1 月 4 日)、《歲首小景》(1943 年 1 月 15 日)、《陪都新語》(1943 年 2 月 2 日)、《從世界看重慶》(1943 年 2 月 12 日)、《重慶低唱》(1943 年 3 月 7 日)、《重慶心聲》(1943 年 3 月 15 日)、《陪都新語》(1943 年 7 月 10 日)、《「七七」六年及其它》(1943 年 7 月 21 日)、《熱氣圈下》(1943 年 8 月 11 日)、《記林主席之喪》(1943 年 8 月 13 日)、《迎秋漫話》(1943 年 9 月 1 日)、《八月交響》(1943 年 9 月 12

〔註 16〕傅國湧：《文人的底氣——百年中國言論史剪影》，雲南人民出版社，2007 年，第 231 頁。

〔註 17〕傅國湧：《文人的底氣——百年中國言論史剪影》，雲南人民出版社，2007 年，第 232 頁。

〔註 18〕傅國湧：《文人的底氣——百年中國言論史剪影》，雲南人民出版社，2007 年，第 230 頁。

〔註 19〕傅國湧：《文人的底氣——百年中國言論史剪影》，雲南人民出版社，2007 年，第 232 頁。

日）、《政治季節》（1943 年 9 月 18 日）、《憲政及其它》（1944 年 1 月 29 日）、《陪都近聞》（1944 年 2 月 21 日）、《春天的秋天》（1944 年 3 月 1 日至 3 月 2 日）、《春天的消息》（1944 年 3 月 16 日）、《祈雨篇》（1944 年 3 月 24 日）、《物價及其他》（1944 年 4 月 4 日）、《盟國之間》（1944 年 4 月 11 日至 4 月 12 日）、《內外雜訊》（1944 年 4 月 26 日至 4 月 27 日）等。新記《大公報》的資深記者、彭子岡的愛人徐盈在早期也寫過幾篇重慶航訊，例如《重慶二日航訊 —— 重慶與湘北第二次的大捷》（1941 年 10 月 4 日）、《晚秋慶豐收》（1941 年 10 月 7 日至 10 月 13 日）、《十月重慶》（1941 年 10 月 27 日）等。

綜觀彭子岡所寫的通訊，它們有如下幾個特點：

第一，內容豐富，角度獨特。既有社會關注的熱點問題，也有大家忽視的冷點問題；既有宏觀上的敘事，也有微觀上的刻畫。

在這些通訊中，彭子岡通常會以大家熟悉的國際政治新聞或戰事情況切入，再轉向大家關心的熱點話題，並從這些熱點話題中，旗幟鮮明地擺明瞭作者觀點態度。同時，還在文章的第三部分，把讀者的目光拉向社會的冷點問題，為社會上真正的弱勢群體呼籲。

例如在《重慶新春》這篇通訊裏，子岡在開篇「心在四方」裏首先從新加坡陷落，談到當局訪問印度的時政話題，談到民眾對局勢的擔憂疑惑，再筆鋒一轉，十分清醒和冷靜地指出：

> 人們把更多的希望寄託在民主國家，惡劣的人為的遠景，應該就此打住，在一個大測驗上，我們大家都得重作準備 —— 中國也不例外，那太多的歌頌，是不能摒擋未來的艱難的。〔註20〕

隨後，彭子岡再從大家普遍關心的「節約緊縮」問題，揭發了國民政府中的內幕，「公務員家屬米貼限五口的規定，早已實行，在某些機關的職員名冊上，家屬人數幾乎一律變成了五口」。〔註21〕並以國民政府高官蔣廷黻的分析，指出了問題的實質：

> 節約與緊縮，無論在機關團體或私人，均仍是一個大課題。記者曾於蔣廷黻氏晤談，他歎息過去幾十年來的教育養成了大批的「士」，他們只能作官，而且是一事不作的官，卻不能夠自給自足，

〔註20〕子岡：《重慶新春》，《大公報》（桂林版），1942 年 3 月 2 日第 2 版。
〔註21〕同上。

不能謀生產之道。他們變成了過剩的公務員，變成了某些衙門裏的掛名專員、委員、參議、諮議。〔註22〕

子岡在痛快地分析完節約緊縮的問題實質後，又很自然地以「節約是得與『趕死』與『壓榨』分開的」過渡到工人問題。她寫道：

以中國人民的先天不足，後天營養的粗劣，以及工廠環境設備的程度來說，八小時的工作才可以說是衛生之道，才可以使人不變作機器，而有從事精神活動的機會。倘若說機器的壽命應該注意，浪費機器是一椿罪過，那麼縮短了人的壽命，更是殘忍與罪惡。〔註23〕

接下來她深刻地指出：

四年半來前方將士流血的記載多，後方工人流汗十二小時的記載少。有人以為這是一個過早的課題，但倘若我們能夠把人力普遍平均地去掘發，真正的把三民主義實行起來，這就不會成為過早的了。〔註24〕

這些時隔半個世紀的文字，今天讀來，仍深受觸動。

豐富的報導內容往往來源於獨特的視角。彭子岡在通訊裏常常挖掘讀者和同行忽視或者漠視的問題，從微觀處見宏大。在《陪都近聞》這篇通訊裏，她通過朱森教授的死向讀者大眾揭示了一個抗戰時期深刻的社會問題。抗戰時期，連年戰火使得國困民窮，大後方廣大的文化人常常得不到穩定的生活保障。子岡寫道：

我們不主張讀書人該有什麼享不完的特權，勞心勞力原是一樣的勞動神聖，但只是為了珍重讀書人在文化上的勞績，尤其是科學工作者在抗日大業上所貢獻的血汗，我們期待他們有水平以上的生活保障。〔註25〕

在這篇通訊裏，子岡還以讀者熟悉的「消暑」為切入點，對國民政府和權貴的某些特權行為給予了批評。她寫道：

我們不諱言，在我們的上層社會中，科學的享用不下於歐美科

〔註22〕子岡：《重慶新春》，《大公報》(桂林版)，1942年3月2日第2版。
〔註23〕同上。
〔註24〕同上。
〔註25〕子岡：《陪都近聞》，《大公報》(桂林版)，1942年7月29日第3版。

學昌明的國家。年來遇到紀念節日，流行著廣播宣傳，廣播座談，甚至廣播周。也許對國外的尚有效，對國內的不論其它次要城市，即以重慶而論，私人裝設無線電收音機的，只五六十架；但若說到電爐、電風扇、電熨斗就怕要以萬計了，一些營商或兼營商的暴發戶而外，尤其是一些機關中的家眷宿舍，浪費得尤其可以。電爐可以省了燃料，電熨斗在陰雨天可以熨嬰孩的尿布，因為既消毒，又省了木炭烘烤，電燈更無分日夜地開著。〔註26〕

在《陪都文化風景》這篇通訊中，子岡以學生的「教科書」和「社團活動」為視角，從一個側面展現了戰時重慶80萬人的文化生活風景：

教科書問題的嚴重也許不下於學生的平價米與貸金，多少學生在暑期中奔忙於借書及跑舊書店，教育部規定教科書平價，按土紙嘉樂紙白報紙本之不同，照原價增十二倍至二十五倍，這是指成渝區，桂湘贛區另有規定。而參考書及一般讀物的昂貴仍然威脅著學生，學校圖書館的買書費的增加遠不如書價的增加，倘若只靠教科書上的知識，那麼也就不必奇怪教育程度的低落了。

有些座談自改為半公開性質，討論到某些國際問題，有時是為了盟邦友誼，不把發言完全記錄到報紙上。展覽會音樂會講演會極少。中法比瑞同學會舉行了連續性的法國學術講座，但是碰到冷門題目的時候，會場中有時會不滿十人。公開集會的聽眾仍不覺追尋趣味、時間性、與主講人或主持人的聲譽。〔註27〕

第二，文筆犀利，風格多變。

彭子岡的通訊文筆潑辣，讀來暢快淋漓。在《重慶心聲》這篇通訊裏，她對政府的批評可謂一針見血，闡述問題句句點中要害：

在限價（原稱平價）之後，當局又下令嚴肅戰都生活，前方苦戰，數省災荒，與重慶的一部分人的愜意生活的確不能比擬了，雖然那也可以說是腐爛的生活。〔註28〕

在《重慶新春》這篇通訊裏，在節約緊縮問題上，她用生動的事例反映出市府屬行酒食節約，卻在娛樂上大做文章：

〔註26〕 同〔註25〕。
〔註27〕 子岡：《陪都文化風景》，《大公報》（桂林版），1942年9月6日第3版。
〔註28〕 子岡：《重慶心聲》，《大公報》（桂林版），1943年3月15日第3版。

　　　　重慶娛樂場所逐漸增多，據調查，每天的消耗在三十萬以上。
酒食節約屬行以來，市府財政局的收入大爲減少，娛樂捐卻很樂觀。
如今普通一個電影座券，得六七元錢，話劇座券在二十元以上的總
可以不是『遙望』，而是眞看眞聽。如此米糧如此娛樂，卻仍是擠得
水泄不通。春節更造成了先一日購票的創例。〔註29〕

　　彭子岡的通訊樸實細膩，讀來氣韻生動。在《婦女百象》這篇通訊裏，
子岡以樸實的筆觸描繪了重慶婦女的眾生相。在「職業婦女」的篇章裏，又
寫到重慶各行各業職業婦女的生活與工作情況：

　　　　手邊沒有精確的統計，但是可以說重慶女教員數量怕抵得上各
種女公務員之和。社會局主持人說，儘管小學教員待遇微薄，但許
多公務員的知識分子太太，全被生計所迫，出來當孩子王了，所以
小學教員並不缺乏。

　　　　郵局禁用結婚女職員的禁令算是被女參議員們打開了。但仍有
少數保守些的「部」、「會」之類的首長，有成見地拒用女職員。因
爲有過女名男化，取了進來見是女的又免職的笑話，有些機關男主
持人見了女記者，猶在尋問記者是哪裏的趣事。但是以力氣——
智力體力，在換飯吃的職業婦女仍舊不少。一部分銀行錄用女職員，
這被認爲是幸運兒，她們終年衣衫整潔，埋在賬本算盤中。

　　　　倘若出賣青春與笑靨的交際花也可以算是職業女子，那麼也提
一筆吧。由滬港來的交際花們時常出現於西菜館與夜花園中。奇裝
尚未入陪都禁例，而五花八門的化妝品還陳列在玻璃廚裏，事實上
他們攜來的存貨尚夠三年之用。在南岸和市區，聽說有兩個私家跳
舞場，可以磨她們的腳跟。〔註30〕

　　子岡的通訊在樸實之餘，更多了一份細膩。在《晚秋雜寫》這篇通訊裏，
她寫道：

　　　　在記憶裏，在影片上，在文人的筆下，均曾寫下過棉花田的美
麗，然而在普通重慶的棉花店裏瀏覽一下，你會失去了對棉桃綻開
的美麗憧憬。這兒的棉花是黃污夾子，甚至沙泥斑駁的，這樣的棉
花，目前是三十元一斤，五斤重的一個棉絮，夠一個小科員掙十天，

〔註29〕子岡：《重慶新春》，《大公報》（桂林版），1942 年 3 月 2 日第 2 版。
〔註30〕子岡：《婦女百象》，《大公報》（桂林版），1942 年 8 月 8 日第 3 版。

夠一個苦力掙半個月的。（苦力們收入雖少，但又沒有平價米可吃。）

　　廣東月餅貴到十五六元一個，「科學焙爐，貨真價實」。統計重慶接近秋節以來，每天可銷月餅十萬元。土式月餅仍有它的銷路，廣告少做而已。點心店裏紮好的禮品有一千五六百元一提者，不過是火腿一隻，酒數瓶，月餅糖果數盒而已，但每日每店仍可售出二三十提。購買者中有含著一肚辛酸想向上爬的中級公務員，有財運亨通的商人，有從未作過鄉居的地主，有借薪三月已成功的國家銀行職員……〔註31〕

　　這些細膩之中，「沙泥斑駁的棉花」和「月餅禮品」透出的是戰時重慶人民生活的辛酸和淒涼。

　　在《陪都近聞》裏，她寫道：

　　峨嵋的涼風吹不到重慶來——不，誰說吹不來，有良心點的闊客們，至少也在山洞南岸「溪」「洞」之旁蓋著別墅，平日作為週末遊憩之地，暑天便蟄居消夏。退一步在新市區，在國府路，在嘉陵新村，也不少在綠蔭掩映中的新型洋樓，紗窗竹簾，一層層地把太陽光焰削弱，客廳裏是分季節的沙發，花草陳設，外加冰涼冷飲，在市上還找不出這種茶室冰店。〔註32〕

　　文中對洋樓景物的細膩描繪，鮮明地對比出權貴與普通百姓的懸差，揭露出特權階級的腐敗生活。

　　彭子岡的通訊幽默詼諧，讀來令人捧腹。例如在《重慶新春》這篇通訊裏，談到重慶的公務員津貼問題時，文章寫道：

　　公務員家屬米貼限五口的規定，早已實行，在某些機關的職員名冊上，家屬人數幾乎一律變成了五口，這其中的笑料，曾經在報紙上揭發，更多的在人們口頭上流傳。有人得為尚未生下的兒女想名字，有人得把長眠地下的親屬請出來幫忙。現實生活訓練人們變得會撒謊，原是不足深怪的。〔註33〕

　　在《陪都近聞》裏，她首先在開篇「樂觀的外援」中又以詼諧的筆調和生動的四川方言寫道：

〔註31〕子岡：《晚秋雜寫》，《大公報》（桂林版），1942年10月5日第3版。

〔註32〕子岡：《陪都近聞》，《大公報》（桂林版），1942年7月29日第3版。

〔註33〕子岡：《重慶新春》，《大公報》（桂林版），1942年3月2日第2版。

重慶這地方，就是如此的，每日浸沉在大大小小的新聞中，重慶市民也習慣地迎接這些大小刺激，一旦離開這山城，還會感到耳目寂寞。這幾天，在餐館及未經封閉的一些茶室中，人們自百度（華氏）以上的天氣，身份證開始登記，物價漲落，一直談到居里來華，用四川話說，是：「美國總統秘書來了嘛，格老子飛機大炮多來點，龜兒子日本小鬼沒得辦法！」〔註34〕

在《陪都文化風景》的第二部分「頭腦的武裝」中，子岡寫道：

倘若把重慶所有印刷機的數量與人口作一比較，那是不能成為比例了，雖然這影響不易發覺，不若停閉了所有的碾米廠的機器那樣不得了，最初，來渝的印刷機很多，連年轟炸損失亦復不少，於是幾架老牛破車已成了寶貝。刊物脫期二三個月不足為奇，一本新書廣告出來，距離它印好裝訂完成的日子，也許還有半年。〔註35〕

在《重慶心聲》這一篇中，子岡以官員的生活軼事和「精彩」的講話，使得「限價政策」這樣的政府問題顯得更為突出和鮮明。她寫道：

限價豬肉之難買到，政府官員家中亦所難免，據云當局某日請孫連仲司令長官吃飯，全桌盡素，弄得陪客賀市長大為惶恐，偷偷地去廚房詢問，廚師說：限價肉實在難買到手。

沈鴻烈秘書長曾作公開演講，對推行限價政策一個半月的成績認為尚不可以蓋棺論定，因為五年十年才可以看出成敗，對市供應失調情形，他解釋說：「我活了六十多歲，最不喜歡肉食，油類吃得也少，其實人類吃不吃油無關緊要。」〔註36〕

彭子岡寫的重慶航訊，並不是單純的報導重慶一市的新聞，《陪都新語》、《「七七」六週年及其它》一類的重慶航訊，還曾報導過新疆等邊疆大事，有時還簡要的報導中共領導人的重要活動。

（二）散文化的風格和對軍事問題、國際問題透徹分析的戰地通訊

早在抗戰爆發之初，新記《大公報》就十分重視戰地通訊。一批年青力壯、勇敢無畏的記者冒著槍林彈雨上前線採訪，其中成績卓著的有：范長江、孟秋江、陸詒、楊紀、高公、徐盈、趙惜夢、李天熾和張高峰等。《大公報》

〔註34〕 子岡：《陪都近聞》，《大公報》(桂林版)，1942年7月29日第3版。
〔註35〕 子岡：《陪都文化風景》，《大公報》(桂林版)，1942年9月6日第3版。
〔註36〕 子岡：《重慶心聲》，《大公報》(桂林版)，1943年3月15日第3版。

（桂林版）創刊後，戰地通訊主要由楊紀、楊剛、高集和黃仁宇等人撰寫。特別是楊剛寫的《戰地通信》系列，不僅在當時轟動一時，在今天看來，仍是研究抗戰時期軍隊前線生活不可多得的寶貴史料。

楊剛學名楊季徵，楊繽，筆名楊剛，中國現代傑出的新聞工作者，在中國革命的洪流中，才華橫溢的她被譽爲「浩烈之徒」和「金箭女神」。早年參加學生運動，先後做過作家、記者、評論家、駐外記者、國際事務活動家，並長期從事新聞宣傳工作。楊剛所撰寫的《美國札記》通訊曾受到廣泛關注。中華人民共和國成立後，她先後擔任過外交部政策研究委員會主任秘書、總理辦公室主任秘書，後調任《人民日報》副總編輯，負責國際宣傳。

楊剛是中國現代作家型記者的典範，具備深厚的文學功底，慣用文學性的報導文體和文學化的表現手法進行新聞報導，兼有作家、記者的雙重品格和特色。楊剛具有深厚的英文和文學功底，1938 年，在塔斯社上海分社任英文翻譯時，她曾把毛澤東的《論持久戰》譯成英文出版，使毛澤東這本著名的軍事論著引起了世界範圍的廣泛關注。1942 年，楊剛作爲《大公報》（桂林版）的戰地旅行記者，前往浙贛前線和福建戰區調查採訪，兩個月間採寫了10 餘篇報導，並在報紙上連載，後彙編爲《東南行》一書出版。

這些戰地通訊主要有《戰地通信之一 —— 萬木無聲之贛東前線》（1942年 8 月 6 日）、《戰地通信之二 —— 將軍樹下　大覺庵中 —— 記羅卓英將軍談話》（1942 年 8 月 10 日）、《戰地通信之三 —— 大戰荷湖圩》（1942 年 8 月 24日）、《戰地通信之四 —— 姚顯微之死》（1942 年 8 月 25 日）、《戰地通信之四—— 姚顯微之死（續）》（1942 年 8 月 26 日）、《戰地通信之五 —— 請看敵人的「新秩序」》（1942 年 8 月 30 日）、《戰地通信之六 —— 請看敵人的「新秩序」！》（1942 年 9 月 3 日）、《戰地通信之七 —— 請看敵人的「新秩序」！—— 崇仁，宜黃，南城》（1942 年 9 月 5 日）、《戰地通信之八 —— 漂泊東南天地間 —— 浙贛學生在建陽》（1942 年 9 月 7 日）、《浙贛戰役中的敵情》（1942 年 9 月 19 日至 9 月 24 日）、《福州行》（1942 年 10 月 16 日至 10 月19 日）、《從閩北到閩南》（1942 年 11 月 3 日至 11 月 5 日）等。

這些戰地通訊，夾敘夾議，既有淪陷區的生活展現，也有作者對於戰事的獨到的見解和分析。戰時的採訪見聞，讓楊剛強烈感受到前方將士浴血奮戰的艱難與後方徽腐陰沉的氣息所帶來的強烈反差。她以一個作家型記者的細膩筆觸爲大後方的讀者描繪了一幅東南半壁山河沉淪在敵人鐵蹄下的悲慘

圖畫，旨在激發人民恢復河山、抗戰到底的愛國熱情，並且通過揭露敵人的殘暴來宣傳中國必勝的信念。

縱觀這些戰地通訊，它們有以下幾個特點：

第一，呈現出散文化的風格。其通訊的題目就富有文學氣息，如「萬木無聲待雨來」、「漂泊東南天地間」、「將軍樹下　大覺庵中」等等。而在通訊中往往描寫更爲細緻，如《萬木無聲之贛東前線》中就有這樣一段：

> 轎子從安福下來，脫離了綠色的海濤起伏的原野，上了大路。
> 哪裏是大路呵！一堆堆橫斷腰的土石，一窪窪盤據路心的黃水，小風吹過，起著碎波，正像一個完整的池塘；幾尺長的小河橫路飄流，從左邊田裏，流進右邊田裏，一片片帶土的新草和小樹枝遮蓋了路面，使人無從認識。轎子在水在上移動，在田溝上爬，在池塘邊沿搖搖晃晃。當它們滯掛在土堆上的時候，人就不得不從轎子裏鑽出來，在水泥裏走過去。與其望著轎夫瘦瘦的背脊在土堆上顛顛搖擺，彷彿立刻要折斷的樣子，是不如自己拖泥還更好的。〔註37〕

這長長的一段對路的細緻描寫不僅突出了行路艱難，也從細微處反映出戰爭帶來的破壞。而且通訊中大量的運用比喻、擬人、象徵等修辭手法。使作品富有濃郁的文學氣息。

通訊常用對照、映襯的手法來突出戰爭的殘酷。例如在《請看敵人的「新秩序」》這篇通訊中，就是用風景來渲染突出的：

> 自然供給了一切美麗，可是這樣寧靜的美麗是何等的寂寞呵。
> 這裏沒有人，早稻等候收割，晚稻等候除草，幹了的稻田等候車水，白鴿在野林裏飛，等候它的主人回來。但是，田野空著，山谷空著，破房子空著。……行走在祖國最豐腴最美麗的原野上，就好像落進了死亡的荒原。〔註38〕

第二，將人的生活和人的命運置於核心位置，蘊涵著一種對民族命運的深沉思考，激發讀者的共鳴。例如在《萬木無聲之贛東前線》一文中，她寫到了沿途的見聞：

> 這是中國的道路，修築起來又被粉碎，粉碎了又再被修築起來，

〔註37〕楊剛：《萬木無聲之贛東前線》，《大公報》（桂林版），1942 年 8 月 6 日第 3 版。

〔註38〕楊剛：《請看敵人的「新秩序」》，《大公報》（桂林版），1942 年 8 月 30 日第 3 版。

爲了要得到那最平安、寬大、適合於永久的福祉的道路。爲此，這條道路和其他的千百條一樣，實在被破壞的熬煉之中。

殘破的道路上，散流著殘破的行人，都是由東向西的，十一二歲的孩子，少年和中年女人，拄拐杖的小腳老太太，籮筐擔著的和抱著的小孩子，單輪車上捆著的孩子，挑行李的，背著的，穿草鞋的，布鞋的，打赤腳的。男男女女把褲腳卷上大腿，把旗衫紮在腰間，在樹叢、水塘和泥漿中間疲敝地行走著。看見我們的轎子由西往東，詫異的望著我們。〔註39〕

楊剛對道路上行人的描述，將戰火下人們的生存狀態和神態十分動情地表現出來。而在接下來的敘述中，更是溶入了自己的一種對普通百姓的樸素關懷：

眼看吉安活了起來，第一天在街上走，只有街角有幾個人，有些極小的鋪子半掩著門，賣斗笠和竹編小籃之類。路上偶而碰見一個牧師，見到一個可以談話的人，談話第一句就是「吉安是在打擺子」，隨著就問路徑，問道路破壞的情形，問家眷人物走了沒有。第二天，報紙出來了，市民漸漸擠在壁報板面前，街上有孩子抱著紙張飛跑，嚷著好消息號外。第三天以降，最繁華也曾經是最死寂的永叔路上，從下午三四點鐘起，已經有擠滿人的樣子，大商店也有大半扇門打開了，在門口張望時，已不致於被板著面孔的人們趕走，冷冷地說一句：「沒有貨！」近一二天來，吉安幾乎全都呈現了它自己，茶館裏坐滿了人，商店的櫥窗裏滿是貨，比桂林分外富於都市氣味，也似乎比桂林的存貨更多。一家闊大糖果店全副玻璃磚門面，兩面光是罐頭水果有幾十種，咖啡、啤酒、可可，樣樣俱全。在此前後對照之下，唯有無言！唯願抗戰的勝利不只帶來坐在茶館裏成半天嗑瓜子的人，和晶瑩耀眼的糖果服裝商店。〔註40〕

結尾的一句「我們的勞苦兄弟們應當有適當的娛樂，而不是在破茶館裏，一隻腳蹬在凳上混掉一天半天」正是作者對人民的福禍憂喜、人民的命運的

〔註39〕 楊剛：《萬木無聲之贛東前線》，《大公報》（桂林版），1942 年 8 月 6 日第 3 版。

〔註40〕 楊剛：《萬木無聲之贛東前線》，《大公報》（桂林版），1942 年 8 月 6 日第 3 版。

關心。這種關切，在字裏行間帶有一份強烈的情感。

而在《福州行》這篇通訊裏，楊剛在文章的一開頭就把這種對人民命運的關切表達得淋漓盡致：

> 船到洪山口，離福州只有十來里路，聽說船要停泊很久，便上岸去找人力車。正在東張西望，忽然聽見哎喲呀、哎喲呀的人聲音從腳下應答著過來，低頭一看，地下用力地爬來三個女人，每人肩上一條粗的纖纜。她們一隻手在地上爬，另一隻手拖著纖纜，像拖一座大山似的把一條大木船緩緩拖動著。這裏面一個是白髮老婦，一個是十七八歲的女孩子，另外一個中年婦人，恰恰像三代人。她們默默的看了我一眼，我也默默看了她們一眼，我有一種想捶打自己的感覺。那條山一樣的大船活活象徵幾個久已沉澱了的世紀掛在她們肩上，要她們拖著走，而我，才是乘風涼的一個呢。〔註41〕

文中，「她們默默的看了我一眼」和「我也默默看了她們一眼」相對應，「那條山一樣的大船活活象徵幾個久已沉澱了的世紀掛在她們肩上，要她們拖著走」，更是讓讀者讀來深深感受到楊剛文字中飽蘸的真情，也展現了她作為一個作家型記者所獨有的風格。

第三，通訊無不包含作者對抗日戰爭的呼籲之情。通訊中大部分所寫的是浙贛前線的所見所聞。例如《萬木無聲之贛東前線》寫了在前線城市吉安的所見所聞，《請看敵人的新秩序》主要寫了作者經過崇仁 —— 宜黃 —— 南城一線所看到的城鎮之間的滿目蒼夷，《漂泊東南天地間》主要寫了漂泊在建陽飢寒受凍的學生，《福州行》寫了被日本佔領後的福州畸形、空虛的繁榮，《從閩北到閩南》寫了作者一路在建陽、南平、永安、朋口和長汀這些戰爭前線城市在國民黨統治下交通、經濟、文化等方面的修復和經營。

通訊中常常以議論和抒情激起人民對日憎恨和抗戰的希望。當走到浙贛前線時，楊剛就發出了「萬木屏息，暴雨如何」的呼喊。走到福州，楊剛寫道：「福州及泉、漳一帶的軍隊已有了相當多的數目，我們放心，但是他們還需要更多，以便趁敵人有事之秋，對海盜採取各種可能的攻勢，將其清除，以削弱敵人的海上交通，這是準備反攻必要的步驟，不宜行之太晚。」〔註42〕

〔註41〕楊剛：《福州行》，《大公報》（桂林版），1942 年 10 月 16 日第 3 版。
〔註42〕楊剛：《福州行》，《大公報》（桂林版），1942 年 10 月 19 日第 3 版。

激起人們奪取福州的希望。通訊時時爲抗日戰爭而呼籲著，爲中國的和平、進步而呼籲著，不論是寫什麼，是寫浙贛行還是寫福州，都時刻激勵著人們。

第四，楊剛的戰地通訊豐富紮實，展現其作爲一位軍事問題和國際問題分析評論家的才能。《浙贛戰役中的敵情》從敵人的戰術、敵人地圖、漢奸的利用、武器裝備、毒氣運用、給養補充、疾病和俘虜的精神，分析敵人的缺點，是一份相當周詳而全面的報告。《福州行》中的第三部分「福州軍事地位」，從攻守兩個方面分析了敵人的動態和戰爭的未來形勢，而第四部分則從海盜的起源、分類和日常活動等詳細展現了福州海盜的情況。

除了楊剛的戰地通訊外，楊紀作爲桂版的特派員也曾寫過《春之戰區》（1941 年 3 月 15 日至 3 月 24 日）、《二次長沙會戰之前後》（1941 年 10 月 24 日）等戰地通訊，特派記者高集曾寫過《常德戰績永在》（1944 年 1 月 4 日）和《常德英雄群》（1944 年 1 月 6 日）等戰地通訊，黃仁宇撰寫的戰地通訊主要有《孟關殲敵記》（1944 年 4 月 3 日至 4 月 5 日）、《隨車出擊記》（1944 年 5 月 26 日）等。

（三）以蕭乾的通訊為代表的國際通訊再現戰時英國社會的面貌，散發著強烈的人道主義和樂觀主義精神

《大公報》（桂林版）駐外國特派員有蕭乾、馬廷棟、黎秀石、楊剛、朱啓平、嚴仁穎、張鴻增、郭史翼和呂德潤等，尤其是蕭乾的英國通訊，在當時頗受讀者歡迎。

蕭乾出生於北京一個漢化了的蒙古族貧民家庭，早年曾就讀於教會辦的崇實中學，後進入輔仁大學英文系及燕京大學新聞系求學。20 世紀 30 年代，先後主編了《中國簡報》的「文藝」版面、新記《大公報》副刊「小公園」、「文藝」等，同時採寫了《平綏道上》等通訊。此後他還採訪過魯西、蘇北遍及幾十縣的大水災，寫出了《魯西流民圖》、《大明湖畔啼哭聲》等一批反映民生疾苦的通訊、特寫名篇。

30 年代末，蕭乾到英國講學，兼任新記《大公報》駐英記者。二戰期間，蕭乾在歐洲經歷了戰爭的全過程。二戰結束後，他採訪了聯合國成立大會、波茨坦公約會議和紐倫堡戰犯審判等重大歷史事件，寫出大量題材重大、鮮活生動的通訊、特寫、報告文學，如《矛盾交響曲》、《血紅的九月》、《倫敦三日記》、《銀風箏下的倫敦》等。

蕭乾對「特寫」這一新聞品種的特質以及表現方法有著自己獨到的理解。他認為特寫實際上就是用文藝筆法寫成的新聞報導。在回憶文章中，他提及年輕時曾對人生進行規劃：通過記者生涯，廣泛地體驗人生，以達到從事文學創作的最終鵠的；並且認為他的預期目標基本達到。可以看出，蕭乾有意識地在新聞寫作中引入了一些文學筆法，並取得了令人矚目的成績。他的特寫具有獨特的藝術魅力，充滿著強烈的愛國激情，語言樸素清新，是新聞的準確性與凝練的文字韻致情境的完美結合。他把作家的創作才華和文學的表現手段，全部糅進新聞特寫的寫作中，產生出極強的表現力。

在英期間，蕭乾為《大公報》（桂林版）寫的英國通訊有《戰時英國的輿論》（1941 年 3 月 18 日至 3 月 19 日）、《空襲下的英國家畜》（1941 年 3 月 23 日）、《戰時的英國宗教》（1941 年 3 月 24 日至 3 月 26 日）、《戰時英國的言論》（1941 年 3 月 27 日）、《中央社倫敦分社記》（1941 年 4 月 5 日至 4 月 7 日）、《進攻的故事》（1941 年 4 月 8 日至 4 月 11 日）、《一九四零年歐洲稗史大觀》（1941 年 4 月 12 日至 4 月 16 日）、《民治國家特色之一》（1941 年 4 月 27 日）、《戰時英國的物質供給》（1941 年 4 月 30 日至 5 月 1 日）、《疏散與失學》（1941 年 5 月 21 日）等。

這些通訊特寫都是在實地採訪獲取的第一手材料基礎上創作完成的，並善於選取富有典型性的場景、畫面，反映社會人生，反映時代生活。他較多地運用樸素的白描手法，把自然界景物、人物感情以及重大的歷史事件，活脫脫地呈現給讀者。他寫的英國通訊，不僅細膩地表現了戰時英國社會的面貌，也反映了英國人民在反法西斯鬥爭中所表現出的沉著、機智和幽默的民族精神。這些文字無一不顯示出蕭乾作為新聞記者的卓越才華。他描寫戰時歐洲的特寫被譽為是歐洲發展史重要的見證。他的構思奇特，角度別致，剪裁精巧，揣摩人物的心理活動細膩入微，把握人物的神態表情栩栩如生。蕭乾的通訊特寫有以下幾個特點：

第一，內容廣泛，以小見大，關注小人物的命運。

蕭乾的英國通訊，幾乎涵蓋了戰爭下英國的方方面面，只要是與戰爭有關的人和事，如英雄、平民、婦女、家畜、交通、宗教、言論和教育等等都寫進了他的英國通訊。

例如在《進攻的故事裏》，他寫道：

6 月 28 日起，人們同古老的英國教堂鐘聲告了別。下一次再

聽到它可就是不祥的了。鐘聲變成飛人降落的信號，就像古時的漁村防備海盜那樣。這還不夠，全英所有的路標和指示牌都拆除了。對於汽車旅行家稀少、公路不多的中國，這不算回事。但在英國，那麼一來，多少上曼徹斯特的也許到了利物浦，上利物浦的，去了布里斯托爾。都說德國人辦事徹底，英國人的仔細真使人歡服。鄉村有些茶館是冠以地名的，如「溫得米爾茶館」。前面四個字，即須塗黑。若印成中文，即成為「□□□□茶館」。甚至倫敦重要街牌也都拆除。以為誰也說不准飛人在哪兒降臨，也許在大上海，也許在菜園子裏。〔註43〕

蕭乾抓住了「路標和指示牌」來展現出英國人為抗擊侵略者所做的努力。

除了路標和指示牌，蕭乾還選取了英國報界和漫畫界來展現交戰雙方的情況：

進攻還出現在英國報界（尤其《泰晤士報》）及漫畫界展開的宣傳戰上。那陣英政府好援引拿破侖侵英歸於失敗的例子，以便為本國人民打氣。納粹的戈培爾就警告說：「這可不是 1815 年，也不是 1914 年了。德國空軍和潛艇必可置英國於死地。」戈林將軍還說，他曾隨轟炸機親臨倫敦上空。那時納粹還指望能憑這種恫嚇，招降英國。希望憑這種心理攻勢搞出一個英國的汪兆銘來。但英國的汪兆銘（倘若莫里斯博士算得上的話）5 月就關進了牢。柏林羅馬在 8 月中旬齊唱「我們可就要來了」，並散播謊言說，設計齊格非防線的突特博士正在英吉利海峽下面建築一道可直抵英海岸的隧道，進攻易如反掌。那真是一場考驗民心的神經戰！〔註44〕

在這些通訊中，蕭乾還注意選取小人物的視角，關注小人物的悲喜哀樂來展現戰爭。例如在《進攻的故事裏》，他寫到一個曾僑居曼徹斯特三年的德國小夥子，戰爭如何割裂了他與曼徹斯特的生活：「他熟悉市裏每家酒館。他走進一對年輕夫婦的家裏自首說：『我是一個德國飛行員，不幸為貴國探照燈瞄中，打了下來。我們夥伴也跳傘了。』那家主人把他迎進門裏，給他倒茶，讓他吃黃油抹麵包。他胳膊碰破了，可還擺弄桌上的一隻紙飛機，對壁上貼的希特勒漫畫苦笑了一聲。又問搖籃裏的嬰孩幾個月了。不聽主人回答，他

〔註43〕蕭乾：《進攻的故事》，《大公報》（桂林版），1941 年 4 月 8 日第 3 版。
〔註44〕蕭乾：《進攻的故事》，《大公報》（桂林版），1941 年 4 月 8 日第 3 版。

自言自語道：『我願是上禮拜結的婚。』這人享受完款待後，就被送交警察了。」〔註45〕蕭乾將這些小人物在戰爭中或喜或悲的生活詳盡地描述出來，真實地再現戰爭給人們帶來的痛苦。

第二，語言鮮活傳神，詼諧幽默。

蕭乾在自己的英國通訊裏，運用文學的筆法書寫現實情景，語言鮮活傳神，詼諧幽默。例如在《進攻的故事裏》中他寫道：「誰也料不到拙笨的土法有時多麼靈。對付坦克的利器不是『穿甲彈』，而是『油瓶子』。這方法是西班牙政府軍屢試屢驗的，插到輪鏈裏，大爬蟲立刻就四腳朝天。對付飛機的諸法之一探自古人（或今日非洲）獵術。在空草坪上纏以鐵絲，飛機落下就必如藏珍樓裏的錦毛鼠白玉堂。」〔註46〕蕭乾用了「大爬蟲」來比喻坦克，用「四腳朝天」來描繪坦克翻天的情景，還用大家熟悉的「錦毛鼠白玉堂」來描述落下的飛機，不僅鮮活，親切，更有一份詼諧幽默之感，讀起來讓人忍俊不禁。

在《一九四零年歐洲稗史大觀》中他寫道：「意大利軍隊由希臘境內撤出時，一部分軍隊是騎在驢背上『趕腳的』。小小的愛爾蘭死命地想嚴守中立。歐洲更小的一個，世界上頂小的國家還向英德兩國同時宣戰了呢。它就是面積三十八平方英里，在阿爾卑斯山腳下的聖瑪力諾。他們反抗過拿破崙，上屆大戰中對意大利宣過戰。只是停戰後，他們忘記宣佈和平了。」〔註47〕他用調侃的手法把歐洲意大利、愛爾蘭和聖馬力諾等國與國之間的歷史展現給讀者，讀起來很有趣味。

第三，作品中以第二人稱的視角與讀者平等交流。

蕭乾在通訊中常以第二人稱的敘事視角與讀者交流，感情真摯，親切自然。例如在《空襲下的英國家畜》這篇通訊的一開始，蕭乾就寫道：「也許讀者看到題目會說，這成什麼通訊了，家畜也上了臺！你想的大約是我們那些吃乾魚啃光骨頭——甚而只吃人中黃的貓狗。如果真是那樣，我也不浪費你的時間、報紙的篇幅和飛機裏寶貴的時間了。」〔註48〕他寫出這樣一段話，以此來向讀者表明這篇通訊絕不是沒有價值的，也不是在嘩眾取寵，而是寫

〔註45〕同上。
〔註46〕同上。
〔註47〕蕭乾：《一九四零年歐洲稗史大觀》，《大公報》（桂林版），1941年4月12日第3版。
〔註48〕蕭乾：《空襲下的英國家畜》，《大公報》（桂林版），1941年3月23日第3版。

不同於我們日常的家畜，讓讀者在閱讀前不產生反感。從一定意義上來說，這種獨特的敘事視角，儘管沒有與讀者面對面，但文字的語氣和流露的感情依然讓讀者感到一個前線記者的真誠和坦率，進而對他的報導產生信任和興趣。

第四，作品中透著強烈的人道主義和樂觀主義精神。

作者對於處在戰爭苦難中的各國人民都有著深切的同情和殷切的希望。在倫敦他親眼目睹著平民如何在戰爭中生存，如何經歷著戰爭帶來的生死離別、家破人亡。在戰敗的德國，他看到無辜的德國民眾如何面對戰爭給他們帶來的物質和精神雙重的折磨。作者面對這些，不是以局外人的身份來觀察和記錄，而是以無限的同情來感受他們的感受，體現了偉大的人道主義的情懷。例如在《一九四零年歐洲稗史大觀》中他寫道：

> 一小撮人的貪婪無恥，招致了大家的淪亡。當維希又奏起歡樂的舞樂，新搞起的沙龍裏又開始打情罵俏時，整個法蘭西的勞苦大眾（那是說，沒死於戰爭中的）卻掙扎在飢餓與奴役中。維希偽政權下，連原有的帶新逃來的，人口八月初已達一千二百萬。但那以後，成列的火車運來薩爾等地帶的難民。每天吞吐千萬噸貨物的馬賽港，寂靜地徘徊著失業群。全法國聽說僅有一家工廠的煙囪冒著煙，製造的貨物還是德國訂的。冬天到了，煤卻不一定運得到。戰爭雖停了，但他們應徵入伍的兒子丈夫，卻仍不能回來團聚。二百萬『和平的俘虜』還在德軍手下做著苦工，用草代替青菜，還不易撈到手。〔註49〕

蕭乾在這樣一個戰爭轟炸下的充滿了血腥的國家，不是悲觀地報導戰爭的災難，而是以強烈的樂觀主義精神來報導戰爭中的人們凜然的氣概，目的在於要讓在重慶以及整個大後方的同胞感到不孤獨，希望他們能從倫敦人的鎮定中得到鼓舞。例如在《一九四零年歐洲稗史大觀》中他寫道：

> 9 月中旬，倫敦遭受大規模轟炸時，北愛爾蘭某市要求立即將市內「柏林街」、「漢諾威巷」一律改名。愛彌夫人（女法官）在宣判一幫小偷兒時申訴道：「你們簡直就是一群納粹分子，這是我對你們最厲害的辱罵了。」英國首屈一指的骨相學家塞維爾溫教授研究

〔註49〕蕭乾：《一九四零年歐洲稗史大觀》，《大公報》（桂林版），1941 年 4 月 12 日第 3 版。

了許多張希特勒的照片，證明他的智力可觀，但不善設計推理。他神經中變態處很多，所以長於大舉屠殺與破壞。又謂希氏的前額凸出，觀察力強，熱烈、敏捷、實際。他野心無限地大，想統馭一切同類，而且武斷獨裁。他缺少敬畏之感，且不喜家庭及社交。最後，教授說希特勒極惜命，他臨到死亡時必受重大打擊。但我這公寓的房東太太不費這麼些話，她對希特勒的觀點「五六年來始終沒變過」。她認定他是禍害歐洲的一條狼，並且是「我們自己養大的，放出的」。10月初，倫敦有民眾自動貼出標語：「炸柏林即是救倫敦。」〔註50〕

蕭乾同樣以傳單為切入點，讓讀者看到了法國民族的氣節閃耀：

巴黎就還流行著這麼一種傳單：「若見店鋪門口貼有會說德語的廣告，換地方買你的東西。若遇穿大皮靴的德國人，莫怕他。皮靴向你提醒他的存在。但當心那穿便服，住在你同樓裏的德國人。……此傳單是非賣品，抄下來傳給你的朋友。」咖啡館的酒杯下，巴黎鬧市的座椅下，時常發見小紙條：「早晚也跑不了！」〔註51〕

三、一場新聞專業主義的話語實踐

抗戰以來，《大公報》（桂林版）奉循「不黨、不賣、不私、不盲」的社訓，力求經營獨立、新聞客觀，積纍了豐富的實踐經驗，發展出一套相對成熟的新聞理念，特別是其高質量的新聞報導和高效率的報導流程，體現了《大公報》（桂林版）獨立的輿論立場、高尚的報格和強烈的社會責任感，昭示了它作為一份現代專業化報紙的成熟，有著強烈的新聞專業主義精神。

新聞專業主義19世紀末開始形成，強調傳媒作為一個獨立的社會子系統的收集、整理、傳播信息的功能和責任。在此基礎上，它還包括一套關於新聞媒介的社會功能的信念，一系列規範新聞工作的職業倫理，一種服從政治和經濟權力之外的更高權威精神和一種服務公眾的自覺態度。

《大公報》（桂林版）在報導取向上體現了專業主義特色，在當時桂林新聞界脫穎而出。新聞報導以「公眾需要」為目標。這種「公眾需要」不是簡

〔註50〕同上。
〔註51〕蕭乾：《一九四零年歐洲稗史大觀》，《大公報》（桂林版），1941年4月12日第3版。

單的受眾興趣，而是基於在社會動盪時期人們需要信息以助決策而導致的對硬新聞的普遍偏好。

《大公報》（桂林版）以其出色的長篇通訊使它廣受重視與推崇。這些長篇通訊堅持專業的角度，將個別事件聯繫到大的社會結構變化，鍥而不捨地為讀者提供多元的報導和精闢的分析，以營造豐富的思考空間。由於既有較強的說理性，又有豐富的情感和鮮明的立場，使得它更像今天的新聞特寫或調查報告，可以視為當時「深度報導」的典範。加之文筆優美，可讀性強，所以深受讀者歡迎。這一系列的文章不僅在當時引起了轟動，在今天看來仍有較高的史料價值。

《大公報》（桂林版）的新聞通訊在這一時期的表現，具有以西方新聞專業主義理念衡量的專業媒體特點，昭示了報紙發展的科學健康的趨勢。這些特點主要有：

第一，獨立的「報格」和立場。在當時，崇尚媒介的「第四權力」的獨立「報格」，在後來的西方社會責任論中演化為輿論監督的具體實踐操作，繼承並完善了這種監測守望的功能。《大公報》（桂林版）在抗戰中，一方面以言論證明它作為自由主義報刊相對獨立的立場，另一方面以報導新聞時的客觀態度和憂國憂民的悲憫情懷，守望專業報紙的獨立地位。特別是《大公報》（重慶版）女記者彭子岡的通訊在重慶版發不出來，《大公報》（桂林版）總編輯徐鑄成便以「重慶航訊」的方式在自己的報紙上刊發。如上所述，這些通訊大多揭露國民政府的內幕，往往激起重慶中央政府某些要人的不滿情緒，甚至勃然大怒，但因其記載詳實，黑白分明，顯現底蘊，使讀者稱快，成為抗戰時期《大公報》（桂林版）的一大特色。

第二，報紙業務的專業化運作。《大公報》（桂林版）的新聞製作流程在運作上是高效率與高質量的。其新聞製作遵循新聞規律，講求客觀、理性、務實的風格。同時其編輯與經營的分割，保證了報導不受牽制和干擾，為報紙自由主義理念的達成奠定了物質基礎。

第三，高素質的採編隊伍。《大公報》（桂林版）採編人員雖不盡是科班出身，但一般都有較高的業務素質和道德水準，對自己承擔的社會角色及履行的歷史使命更有一種可敬的職業自覺，彭子岡、楊剛、徐盈、蕭乾等人，不僅在當時為中國新聞界之翹楚，中華人民共和國成立後，他們依然是新聞界重要的骨幹人才。

第三節　切合時政、獨立敢言的言論

在以「抗戰建國」爲最大歷史使命的大眾文化空間裏，《大公報》（桂林版）利用報紙言論，激起民眾抗戰熱情，從而使其自覺投身救國洪流。這些言論涉及到政府的貪污腐敗、軍隊紀律、言論自由、出版檢查等眾多當時社會較爲敏感的政治問題和社會問題。

一、切合時政、有的放矢的選題

報刊言論的選題，即選擇報紙所要評述的事物或論述的問題，它規定著評論的對象與範圍，換句話說，也就是就事論理的「事」，有的放矢的「的」。一篇評論的寫作關鍵是選題。

早期《大公報》（桂林版）的社評，由於報館人手不足，主要採用《大公報》（重慶版）和《大公報》（香港版）寄來的社評小樣或航空寄來的報紙上的社論。《大公報》（香港版）停刊後，大批職工撤退到桂林，從而增強了《大公報》（桂林版）的人力。從此，《大公報》（桂林版）的社評主要由徐鑄成執筆，金誠夫也寫一部分。由於徐鑄成力主言論方針自由、民主，因此一般不再轉載渝版社評，保持獨立思考，從而使得《大公報》（桂林版）的言論較之1941 年 12 月之前有了很大改變。因此，《大公報》（桂林版）的言論選題以1941 年 12 月作爲分界線，從國際和國內兩個方面著重考察《大公報》（桂林版）在徐鑄成主筆時期的報刊言論選題。

（一）國際選題重點關注二戰參戰國家和重要戰事

《大公報》（桂林版）在國際選題上，重點關注了美國、蘇聯、英國、意大利、北非戰事、印度、日本、第二戰場開闢等主要的參戰國家和重要戰事。

1、美國選題主要集中在美國國情和太平洋戰爭局勢上

早在中國的抗戰進入相持階段之時，日本與美國爭奪亞洲及太平洋的鬥爭便日趨表面化。爲了獨霸東亞、爭霸世界，日本統治集團早就確定了南北並進的國策方針。1940 年，近衛內閣拋出大東亞共榮圈計劃，妄圖建立一個包括中國、朝鮮以及東亞全區，進而包括大洋洲在內的日本殖民大帝國。1940年 9 月，《德、意、日三國同盟條約》在柏林簽字。1941 年 4 月日美談判開始前後，日本陸續佔領整個印度支那，使之成爲戰略物資供應基地和南進跳板，這進一步加劇了美日間的矛盾。1941 年 10 月 18 日，主戰派東條英機內閣成

立。如上所述，同年 12 月 1 日御前會議決定向美、英、荷等國開戰。8 日凌晨，日軍在聯合艦隊司令山本五十六指揮下，偷襲美國在太平洋最大的海空軍基地珍珠港。日本出動飛機約 360 架、軍艦 55 艘，連續兩次猛襲珍珠港的美國軍艦和機場，美軍猝不及防，太平洋艦隊主力幾乎全被摧毀，死傷 3000 多人。次日，美、英對日宣戰，太平洋戰爭由此爆發。

美國的參戰極大改變了二戰雙方的力量對比。《大公報》（桂林版）敏感的注意到了這一變化，首先就在同年 12 月 9 日的 2 版中，以大標題刊登了題為《暴日擴大侵略終於掀起太平洋上大戰！》的報導。在 12 月 10 日的社評《反侵略國家要立刻聯合》中，呼籲：「暴日這次冒險，當然是納粹計劃的一部分，因此反侵略國家也必須打成一片，而共同作戰。當此關頭，中美英蘇荷等國，應該一致對德意日宣戰，以爭取反侵略國家的全體勝利。」〔註 52〕

1941 年 12 月 13 日，在《太平洋大戰展望》這篇社評中，《大公報》（桂林版）又提出「以目前而論，大戰的重心在太平洋，而太平洋的重心則在新加坡」，「新加坡一聲陷落，則南太平洋的形勢，全入日本之手。所以我們一定要認清新加坡是全局之鍵，美國不要為日本的佯攻所迷，要以赴援新加坡為第一義。美國大艦隊應該直接進攻日本本部，乃是救援新加坡並制勝全局的要著」。另外，《大公報》（桂林版）還極富預見性和建設性的提出「惟要迅速解決日本，實有待於蘇聯的合作」。〔註 53〕

之後《大公報》（桂林版）關於美國的言論選題便主要集中在美國的國情和太平洋戰爭的局勢上。關於美國國情的選題較為分散。例如面臨美國大選，在 1943 年 12 月 21 日的社評《展望美國的大選》中，它旗幟鮮明地指出：「羅斯福總統以世界第一流政治家的資望，駕輕就熟，實至名歸，其結束大戰，殆屬責無旁貸，在美國的政界當中，現時尚無人能夠和他匹敵，所以縱令共和黨的形勢好轉，羅氏連任的展望，依然十分光明。」隨後進一步指出：「我們對於美國大選的關注，並不在對人問題，我們所希望的，是羅斯福總統在國際方面的賢明政策，可以持續，他的偉大政治手腕，可以靈活運用。」〔註 54〕相關的社評還有《對於美國選舉的認識》（1942 年 11 月 6 日）、《美國政情的展望》（1943 年 8 月 6 日）、《展望美國大選》（1944 年 4

〔註 52〕 《反侵略國家要立刻聯合》，《大公報》（桂林版），1941 年 12 月 10 日第 1 版。
〔註 53〕 《太平洋大戰展望》，《大公報》（桂林版），1941 年 12 月 13 日第 2 版。
〔註 54〕 《展望美國的大選》，《大公報》（桂林版），1943 年 12 月 21 日第 2 版。

月8日）等。

關於美國國情的其他社評包括《羅邱會談與世界戰局》（1941年12月26日）、《泛美會議的重要性》（1942年1月13日）、《美國動員要快》（1942年1月21日）、《由美軍援英說起》（1942年1月28日）、《開創新歷史！──讀羅斯福演詞後的一點貢獻》（1942年2月25日）、《由美國的造船談到暴日的船荒》（1942年6月3日）、《對英美現階段戰略的認識》（1942年8月1日）、《讀史華二氏演詞》（1943年3月11日）、《加緊空軍援華》（1943年3月18日）、《炸東京的一年後》（1943年4月17日）、《中美大軍的輝煌戰績》（1944年5月26日）、《美國攻日的次一目標》（1944年8月12日）等20餘篇。

關於太平洋戰爭局勢的選題，《大公報》（桂林版）多集中在戰場形勢的展望等方面。例如1942年12月7日的社評《太平洋大戰一年來之美國》，文章首先把美國比喻成大少爺，以生動的比喻和詳盡準確的數字，說明了美國自太平洋大戰一年來的各方變化，而且特別注重從海軍的造艦力量和美國一年來的輝煌戰績兩個方面來說明。文章最後強調「綜計一年來美國的作戰努力，生產方面已處於壓倒的優勢，戰事方面已站穩了陣腳，進而奠定了反攻的不拔基礎」〔註55〕。

1942年12月8日的社評《太平洋大戰第二年展望》，《大公報》（桂林版）對太平洋戰場第二年的戰爭形勢作出了展望，認為太平洋戰場先行解決的可能，遠比歐洲大，因為「日本的命運決定於海軍，海戰比較容易得到決定的結果」，並且「日寇的地位是孤立的」，「中國已奠定了在大陸上擊潰日寇的基礎」。所以熱切的希望盟國當局「能切實認清日本，早日決定對日全面進攻的策略」〔註56〕。

除上述社評外，相關的社評還有：《太平洋大戰與中國》（1941年12月11日）、《太平洋大戰與蘇聯》（1941年12月12日）、《太平洋戰局的危機》（1942年1月16日）、《太平洋戰局應有變化》（1942年6月23日）、《太平洋戰略的新頁》（1943年8月23日）、《從太平洋看中國戰場》（1944年2月9日）、《太平洋戰爭的劃期階段》（1944年6月24日）、《太平洋上敵寇的劣勢》（1944年6月28日）和《太平洋的新攻勢》（1944年7月13日）

〔註55〕　《太平洋大戰一年來之美國》，《大公報》（桂林版），1942年12月7日第2版。

〔註56〕　《太平洋大戰第二年展望》，《大公報》（桂林版），1942年12月8日第2版。

等。

2、蘇聯選題高度評價斯大林格勒戰役的勝利

蘇德戰爭初期蘇軍損失慘重，戰前蘇聯建立的「東方戰線」被德軍坦克一碾而過，進而喪失了大片國土，德軍兵臨莫斯科城下。但隨後蘇聯人民不僅取得了莫斯科保衛戰的勝利，而且在斯大林格勒大會戰中取得了決定性的勝利。這場大會戰不僅扭轉了蘇德戰場的整個形勢，而且成爲第二次世界大戰的根本轉折點。

對於這樣的一場重大戰役，《大公報》（桂林版）自然給予高度的重視。1942年10月13日在《史城之彪炳戰績》（「史域」即「斯大林格勒」，下同）這一社評中，《大公報》（桂林版）高度評價了斯大林格勒戰役勝利是「世界戰史出色的一頁」。並進一步指出「世界戰史的光榮，在防禦戰的領域上，昔時屬於凡爾登；凡爾登及法國安危所繫的要塞，斯大林格勒並非要塞，而做著要塞在內線作戰，三面受攻，且向敵人索取了十倍於凡爾登所索取的代價。戰事劇烈的程度及在一定面積內用兵之多，殆少前例。」最後再次稱讚蘇聯軍民所表現的英雄氣概，及其所創造的軍事奇迹，眞可謂「聲震山嶽，氣壯斗牛」。〔註57〕

1942年11月25日在《祝史城大捷》一文中，《大公報》（桂林版）指出：「史城保衛戰的成功，不僅救了蘇聯，同時在整個反侵略陣線上，也有無比的貢獻。」「希特勒用了這樣大的力量，進攻了一百多天，結果一無所獲，而英美兩國，卻趁他打得頭昏眼花的時候，在北非發動大規模的攻勢，使他實際陷於兩面作戰的窘境。」並且相信：「北非新戰場開關的成功，和這次蘇軍的大勝，已奠立了歐局全部好轉的基礎。」〔註58〕

關於蘇聯選題的社評，除上述社評外，還有《由莫斯科說到新加坡》（1942年1月19日）、《遠東戰局與蘇聯》（1942年3月19日）、《蘇波關係的觀測》（1944年1月21日）、《蘇聯憲法的修改》（1944年2月4日）、《蘇芬關係平議》（1944年2月18日）、《我們的史城》（1944年7月29日）和《蘇波關係的展望》（1944年7月31日）等。

3、意大利選題注重對意大利未來政局的展望和分析

對於軸心同盟的主要國家意大利發生的這一系列變化，《大公報》（桂林

〔註57〕 《史城之彪炳戰績》，《大公報》（桂林版），1942年10月13日第2版。
〔註58〕 《祝史城大捷》，《大公報》（桂林版），1942年11月25日第2版。

版）刊發了多篇新聞和社評。1943 年 7 月 26 刊登了《歐局一大變化　墨索里尼突然辭職　意王負責收拾殘局》的報導，7 月 27 日又刊發了《教皇勸意單獨媾和　墨索里尼已被逮捕》的報導。在意大利 9 月 8 日簽署停戰協定後的第二天，《大公報》（桂林版）刊發了《意大利無條件投降　停戰協定業已簽字》的新聞報導。

為了配合這些新聞報導，該報在 1943 年 7 月 28 日的《從墨索里尼坍臺看德日》一文中，從兩個方面談墨氏下臺的意義，即「意局這一變，一方面固給予軸心以莫大的打擊；在另一方面卻令意國本身在今後歐局中再不能有重大的作用。」但文章也提醒大家對於墨索里尼下臺後的歐局，正不宜抱過分的樂觀。因為「德日兩國現覺兔死狐悲，必將加勁掙扎」，所以「盟軍今後對東西兩戰場的攻勢，仍須加強加緊，絕不可放鬆」。最後《大公報》（桂林版）呼籲「盟機提早向東京展開大規模攻勢及加強對柏林的襲擊，一定可以加深德日內在的亂萌，獲致比預期更大的效果」〔註 59〕。

該報在 1943 年 8 月 9 日的社評《對意的和戰觀》中，首先從各方報導指出意局和平解決的可能，但同時也指出不可過分樂觀。因為「在軍事上，西島的德軍仍在負隅；意大利在國外的駐軍，現尚未能撤北。」「再就政治方面說，也是同樣的棘手。巴多格里奧上臺，已逾兩周，而其態度迄未明朗，新任意外長雖匆促由土耳其返國，對於和議，至今亦並無下文。」因此《大公報》（桂林版）認為盟國在意大利問題上「利在速決，而不利延宕」，並且提醒盟國「今日意大利之民心士氣，已徹底厭戰，固不必過慮加強壓力之結果，可令其倒入希特勒的懷抱。反之，如盟國在今天，偏佈和平空氣，使意當局妄生一種可作討價還價的希冀，而自擡身價，那麼意局的解決，必將無期。」〔註 60〕

除上述社評外，關於意大利選題的社評還刊發《北非戰勝以後，意大利怎樣？》（1943 年 4 月 9 日）、《意大利單獨媾和》（1943 年 5 月 18 日）、《打擊意大利的海軍》（1943 年 5 月 28 日）、《墨索里尼的悲劇》（1943 年 7 月 27 日）、《意南戰局展望》（1943 年 9 月 7 日）、《意大利的清算》（1943 年 9 月 10 日）、《意大利局勢的波折》（1943 年 9 月 13 日）、《意大利歷史的教訓》（1943 年 9 月 30 日）和《意大利對德宣戰》（1943 年 10 月 15 日）等多篇社論。

〔註 59〕　《從墨索里尼坍臺看德日》，《大公報》（桂林版），1943 年 7 月 28 日第 2 版。
〔註 60〕　《對意的和戰觀》，《大公報》（桂林版），1943 年 8 月 9 日第 2 版。

4、英國選題重視對丘吉爾演說的政治解讀

英國作爲歐洲戰場和北非戰場的中流砥柱，《大公報》（桂林版）自然在社評中高度關注。值得注意的是，《大公報》（桂林版）多以英國首相丘吉爾的演說來評述英國的戰時外交和軍事情況。例如在 1942 年 1 月 31 日的社評《讀英首相演詞以後》中就從歸納丘吉爾演說的意見入手，指出：「第一，英國沒料到日本會在太平洋上發動戰爭，所以一向忽略了遠東的防務。第二，英國目前的注意力，首先是北非地中海，其次是近東中東，再次繼是遠東。第三，英國雖不輕視太平洋，但戰略仍是先擊潰希特勒，然後再解決日本。第四，目前英國雖酌援馬來，但新加坡不能必保。」從這篇社評可以看出，《大公報》（桂林版）認爲丘吉爾作爲英國的領袖，他的話當然反映英國的政策，所以通過他的這篇演說詞，無形中就認識了英國處理戰局先後輕重的國策方針。

1943 年 5 月 21 日在《讀邱吉爾演詞》這篇社論中，《大公報》（桂林版）又通過丘吉爾在美議會聯席會上的演說，瞭解到丘吉爾「重申英方立時有效援華之決心」，但是對丘吉爾演詞中所談到的「日本之戰敗，並非德國之戰敗，而德國之戰敗，則必令日本戰敗無疑」〔註 61〕這一點，認爲有商榷的餘地。不過對於丘吉爾主張輕減蘇聯負擔的建議，《大公報》（桂林版）對此完全同意。

除上述社評外，英國選題的社評還有《欣聞英閣改組》（1942 年 2 月 22 日）、《向英國進一言》（1942 年 4 月 3 日）、《英國恢覆信心》（1942 年 5 月 12 日）、《評邱吉爾演詞》（1943 年 3 月 23 日）、《英美要正確判斷日本的力量》（1943 年 4 月 7 日）、《羅邱又會晤》（1943 年 5 月 13 日）、《邱吉爾演詞讀後感》（1944 年 3 月 28 日）和《羅邱會議與太平洋戰局》（1944 年 9 月 4 日）等 10 多篇。

5、第二戰場開闢的選題善於從戰況報導中觀察問題

第二戰場是指二戰時期除蘇聯戰場外新開闢的以西歐爲主要區域的戰場，它的開闢以諾曼底登陸爲標誌。1943 年 11 月底，英、美、蘇三國首腦在伊朗召開德黑蘭會議，決定在 1944 年 5 月底實施歐洲登陸計劃，開闢歐洲第二戰場。後來，由於登陸規模擴大，實際登陸日期就推遲到了 1944 年 6 月 6

〔註61〕《讀邱吉爾演詞》，《大公報》（桂林版），1943 年 5 月 21 日第 2 版。

日。歐洲第二戰場的開闢，不但緩解了蘇聯的壓力，而且對德國形成戰略夾攻，加速了德國法西斯的滅亡。這同時也標誌著世界反法西斯同盟開始大反攻。

早在 1943 年 3 月 19 日的社評《開闢歐洲第二戰場的展望》中，《大公報》（桂林版）就對開闢歐洲第二戰場表示了關切。文章從一系列最近戰況的報導來觀察，認爲第二戰場的開闢「無論在輿論上和現實上，殆已成爲目前最迫切的一致要求」。同時從時間上來看，「現在歐洲的嚴冬已經過去，所以盟方對於第二戰場的開闢，相信他們在時間上，也不會迂延過久，坐失機宜」。此外，從歐洲開闢第二戰場對東方戰局的影響來看，《大公報》（桂林版）認爲「盟方在發動對歐陸攻勢的同時，相信他們對於亞陸形勢的鞏固，必不致粗疏玩忽」〔註 62〕。

1944 年 6 月 9 日《大公報》（桂林版）在社評《西歐戰場的展望》中，再次談到了開闢西歐戰場的兩點意義：「一是歐戰首先進入了進攻希特勒堡壘的階段，爲納粹統治『結束的開始』；二是令希特勒陷入兩面作戰的苦境。」並且認爲「現在西歐之幕，既已揭開，蘇軍自當全面出擊，以最後收復其金甌無缺的國土，同時並作會師柏林的策應。相信東西有力的夾擊，必能令希特勒的崩潰，可以提早實現」，「歐局的光明，實已軒豁在望」〔註 63〕。

除上述社評外，關於開闢第二戰場的相關社評還有：《美國開闢歐洲戰場》（1942 年 6 月 27 日）、《開闢歐洲戰場》（1943 年 2 月 14 日）、《開闢西歐戰場的展望》（1944 年 1 月 4 日）、《歐局的分析》（1944 年 1 月 18 日）和《檢討歐洲戰場》（1944 年 7 月 12 日）等 10 多篇。

6、印度選題多從中國和盟國的利益考慮英印和解的前景

印度一直是英國的殖民地。隨著英國捲入二戰，自 1942 年起，英國中斷了對印度的殖民統治。在德國入侵英國的戰爭中，印度一些有遠見的政治家想通過聲援英國，藉此讓印度漸漸獨立。另一些人則因爲英國曾漠視印度知識分子和公民權，對在戰爭中掙扎的英國人無任何憐惜之心，甚至認爲這是英國入侵殖民印度遭到的報應。1942 年 7 月，印度國大黨向英國當局作出了完全獨立的請求。同年 8 月，國大黨中央委員會孟買會議通過了「退出印度

〔註 62〕　《開闢歐洲第二戰場的展望》，《大公報》（桂林版），1943 年 3 月 19 日第 2版。
〔註 63〕　《西歐戰場的展望》，《大公報》（桂林版），1944 年 6 月 9 日第 2 版。

決議」，標誌著退出印度運動的正式開始。這場運動規模宏大，起初通過和平示威、否定權威和削弱英國戰爭成果的方式，接著全印各地爆發大規模的抗議示威活動，並號召工人舉行集體罷工。這場運動破壞損失慘重，地下組織在各處製造破壞，如物資中轉站爆炸襲擊、政府大樓縱火、破壞電力設施、破壞交通和通訊網絡。

印度內部政治情勢的高度不穩定，促使蔣介石夫婦決定於 1942 年 2 月前往印度訪問，欲說服當時與英印政府水火不容的印度國大黨領袖們，如甘地和尼赫魯等，參加同盟國陣營，而不為日本所分化利用。

《大公報》（桂林版）敏感地抓住蔣介石夫婦的這一次出訪，對印度問題做了一系列的新聞報導和言論評述。例如在 1942 年 2 月 14 日的社評《中印合作與世界》中，先由蔣委員長訪印，闡明中印合作的意義「中印的土地占全球的八分之一，人口占世界三分之一，而且都是東方的古國，文化淵源又甚深，在這遠東大局危疑震撼之際，如果進一步合作，不獨為亞洲大局的穩定力，而且對整個反侵略戰爭將有大貢獻」。隨後又用翔實的例子說明印度的政界和新聞輿論界對中國抗戰的關切，並指出「今天遠東大局，實在危急到極點，我們相信，能夠粉碎日本野心，解救亞洲厄運的，只有中印兩大民族的合作」。〔註 64〕

針對印度和英國的關係惡化，《大公報》（桂林版）同樣表達了關注，1942 年 7 月 1 日的社評《盼英印重開談判之門》，結合當時的軍事和政治形勢，希望印度領袖「慎重忍耐，在這次國民大會中，避免任何極端的言動」。同時也希望英國對印度問題平心靜氣考慮幾點：「第一，在甘地等領導下的印度，至低限度決不會受日寇的巧言鼓惑，這是所有反侵略國應該信賴的，英國尤應把握此一要點，善導印度問題入合理解決之途。第二，英國對印度，應見其大，見其全，而誠懇認清她的核心力量，與之坦白折衝。第三，保衛印度，畢竟要靠印度本身的偉力。」〔註 65〕最後文章再次呼吁，熱切希望英印重開談判之門。

退出印度運動爆發後，《大公報》（桂林版）又再次發文呼吁，在 1942 年 8 月 28 日的社評《英印悲劇應速結束》一文中，針對甘地被捕事件指出「不合作運動和逮捕甘地等，不但減損了盟國的作戰力，而且正引導著一個莫大

〔註 64〕 《中印合作與世界》，《大公報》（桂林版），1942 年 2 月 14 日第 2 版。
〔註 65〕 《盼英印重開談判之門》，《大公報》（桂林版），1942 年 7 月 1 日第 2 版。

的危機進入印度，即有意無意的在努力將版籍獻給敵人。」文章呼籲：「新德里的槍口，要調轉方向；古稀的甘地老人和被捕的國民大會會員們，要釋出囹圄；印人的示威遊行，要停止前進的腳步；離開各種崗位的印度人民，要復歸原位，靜候佳音。」《大公報》（桂林版）最後還指出：「根本的關鍵仍在英印自己，要重啓英印談判之門，以結束印度的悲劇。」〔註66〕

　　有關印度選題除上述外，相關社評還有：《印度與南美》（1942 年 2 月 3 日）、《中印關係展望》（1943 年 2 月 11 日）、《印局諍言》（1943 年 2 月 26 日）和《印局的國際幕景》（1943 年 3 月 26 日）等 10 多篇。

7、日本選題注重多角度分析日本國內形勢和戰局

　　太平洋戰爭爆發後，《大公報》（桂林版）於第二天就發表了關於日本的重要社評。1941 年 12 月 9 日在社評《暴日自掘墳墓》中鮮明地指出：「現在日本既不顧一切，實行向太平洋上的民主國家伸出侵略的魔手，則民主國家絕無躲閃的餘地，唯有一致聯合，向日本宣戰，以武力來打擊武力，消滅侵略的狂焰。」「今後太平洋問題，只有一條解決的路，就是軍事的勝利。」同時，《大公報》（桂林版）還從對內對外的角度出發，主張「對外應立刻正式向暴日及其盟國宣戰，以實力配合友邦作戰，對內則在財政上經濟上實施緊急措置，以應付這個大局面」。〔註67〕

　　此後，《大公報》（桂林版）一直密切注意日本的動向，並常在第三版刊登國內外學者論述日本問題的文章。有時還針對這些文章所提出的問題進行評述，例如在 1943 年 4 月 19 日的社評《解決日本關鍵何在》中，文章就對姜司東氏提出的「怎樣解決日本」的方案進行了批駁，認爲「姜氏這一種矯罔過正的計慮，實有商榷的餘地」，並以洪水和堤防的比喻，指出「在今日要解決日本這洪水的大禍，必須修繕中國防水的堤防」，最後主張要解決日本的問題「其第一要義，即在增強中國」〔註68〕。

　　綜觀這些關於日本的選題，還有一個值得注意的地方，就是《大公報》（桂林版）從日本國內經濟和工業生產等角度來分析戰局的發展。例如 1942 年 5 月 28 日的社評《由朝鮮徵兵說到消耗日本》，就從兵源的角度探討日本必敗的命運。而 1943 年 12 月 25 日的社評《看日本明年的預算》則用大量

〔註66〕　《英印悲劇應速結束》，《大公報》（桂林版），1942 年 8 月 28 日第 2 版。
〔註67〕　《暴日自掘墳墓》，《大公報》（桂林版），1941 年 12 月 9 日第 2 版。
〔註68〕　《解決日本關鍵何在》，《大公報》（桂林版），1943 年 4 月 19 日第 2 版。

的數字詳盡地分析了日本國內的經濟問題。這篇社評分別從五個方面進行闡述:「(一)明年度的普通會計預算總額是膨脹的。由此可見日本貨幣已走向崩潰之途,預算在跳漲。(二)在普通會計歲出中,很悲觀的一件事,是預備金大大增加。就預算的不斷追加一點看,預算的穩定性也破壞無餘了。(三)行政費相當減縮。(四)由增加的苛徵間接稅看出『人民的負擔是加重了』。(五)由新開的預算十項特別可以看出,糧食不足的嚴重情形。」〔註69〕並由此得出結論:日本的戰時經濟實際上已經接近崩潰的境地。

除上述社評外,評述日本的選題還包括《佐藤與來棲》(1942年3月2日)、《建川美次與南次郎》(1942年3月9日)、《暴日的次一行動》(1942年3月30日)、《日敵恐懼心理的表現》(1943年9月25日)、《東條掙扎又緊一步》(1943年10月7日)、《日寇慌了,我們快打》(1944年6月22日)、《日寇必敗》(1944年7月18日)、《東條手足無措》(1944年7月19日)、《東條下臺後之日本》(1944年7月21日)等近30篇。

(二)國內選題主要關注國民政府的戰時外交、憲政運動、廣西的政情與民情、物價與專賣、統制金融等。

《大公報》(桂林版)在國內選題上,主要關注國民政府的戰時外交、憲政運動、廣西的政情與民情、物價與專賣、統制金融、緬甸戰事等選題。特別是關於國民政府的輿論監督這一方面的選題,是整個《大公報》(桂林版)言論的主要特色之一。

1、國民政府的戰時外交選題具體關注廢約運動

太平洋戰爭後,中國與國際的關係發生了重大改變,主要表現為中國同英美簽訂新約和四強地位的確定。《大公報》(桂林版)對這一時期國民政府的外交活動多有報導和評述,特別是對廢約運動給予了高度重視。抗日戰爭全面爆發後,帝國主義強加在中國人民身上的不平等條約尚未廢除。中國人民強烈要求廢除不平等條約,國民政府多次向英美提出修改不平等條約。鑒於當時的政治形勢,尤其是歐戰的爆發,英美政府不得不放棄原先的頑固立場,宣佈願意同中國商討廢約問題。

1942年10月10日,美英政府分別發表聲明,宣稱準備立即與中國政府進行談判,締結一項規定美英政府「立時放棄在華治外法權,及解決有關問

〔註69〕《看日本明年的預算》,《大公報》(桂林版),1943年12月25日第2版。

題之條約」。〔註 70〕第二天，《大公報》（桂林版）發表社評《珍貴的禮物》，將英美兩國廢除對華不平等條約比喻成一份「珍貴的禮物」，並指出這份「珍貴的禮物」「證明我們的理想將一一實現，我們長期的艱苦犧牲，已獲得很高的代價；我們的國際地位，確實已在抗戰中逐漸擡高」。但同時也指出「我們收到這一份珍貴的禮物後，必須更憬然於自身職責之重大。今後最重要的關鍵，只在我們自己能不能抓住機會，埋頭努力，將抗建大業，一氣呵成，以最新的面目，挺立於戰後的世界舞臺」。〔註 71〕

在 1942 年 10 月 20 日的社評《平等新約應一洗舊污》中，《大公報》（桂林版）對英美政府的草約內容給出了自己的推論。文章「相信英美即將不久提出的草約，其內容一定完全符合平等自由的新時代精神，而將一切不符合平等原則的舊時代無痕一洗而光。」隨後社評列舉過去英美日等國通過舊約獲取的不平等特權有哪些，以及這些特權對中國的危害。最後文章指出放棄特權應該「（一）要乾淨；（二）無拖延」。〔註 72〕

1943 年 1 月 11 日，美國國務卿赫爾與中國駐美大使魏道明在華盛頓簽訂了中美新約。隨後，《大公報》（桂林版）在 1 月 13 日的社評《在警惕中接受平等新約》中，對新約的簽定表達了興奮與歡愉之情，並從準備和警惕這兩個方面談了兩點感想，即「準備」就是對新約的談判應該「預為研究，早為準備」，而「警惕」就是「我們此刻在形式上，固已獲得平等，而實質上的平等，則須自身的努力」〔註 73〕。

除上述社評外，有關國民政府外交活動的相關社評還有《二十六國宣言與中國》（1942 年 1 月 7 日）、《論中英友誼》（1943 年 11 月 24 日）、《中英親交的展望》（1944 年 4 月 10 日）、《我們所期待的太平洋憲章》（1944 年 4 月 25 日）和《外交的理想與實際》（1944 年 4 月 27 日）等 10 多篇。

2、國民政府戰時政治選題涉及憲政運動、新縣制的推行、公務員人事制度、國民參議會、廣西政情與民情等問題

爭取抗戰時期階段，《大公報》（桂林版）針對戰時國民政府的政治情形，評述的範圍涉及憲政運動、新縣制的推行、公務員人事制度、國民參議會、廣西政情與民情等眾多選題。本文重點選取對國民政府的輿論監督和廣西的

〔註 70〕張憲文等：《中華民國史》（第三卷），南京大學出版社，2006 年，第 173 頁。
〔註 71〕《珍貴的禮物》，《大公報》（桂林版），1942 年 10 月 11 日第 2 版。
〔註 72〕《平等新約應一洗舊污》，《大公報》（桂林版），1942 年 10 月 20 日第 2 版。
〔註 73〕《在警惕中接受平等新約》，《大公報》（桂林版），1943 年 1 月 13 日第 2 版。

政情民情這兩個選題進行分析。

（1）對國民政府的輿論監督比《大公報》（重慶版）更為自由和開放

如前所述，「皖南事變」後，國統區大部分的進步報紙或被查封或被迫停刊。桂林這座曾經的「文化城」也受到了影響和衝擊。著名的《救亡日報》（桂林版）也於 1941 年 3 月 1 日被迫停刊。這樣一來，半個月後在桂林創刊的《大公報》成為這一時期桂林乃至西南地區少有的輿論「重鎮」。特別是《大公報》（桂林版）自徐鑄成主持筆政後，在言論方針上一直力主自由、民主，政治上與重慶保持距離，保持獨立的鮮明報格。在近四年的時間裏，《大公報》（桂林版）發表了大量針對國民政府輿論監督的言論文章。這些文章涉及到政府的貪污腐敗、軍隊紀律、言論自由、出版檢查等眾多當時社會較為敏感的政治問題和社會問題。

例如 1942 年 7 月 8 日的社評《如何振作政風？》，通過廣西省政府黃旭初主席在各機關擴大紀念周上的演講，來談論如何振作政風，並深感「近年政治效率不良的癥結，在於各方負責當軸求治太急，看事太易。整個的政治風氣，都流露空虛與虛偽的病態」〔註74〕。文章最後還以孔子的「居之無倦，行之以忠」來鞭策大家。

1943 年 4 月 16 日的社評《一個政治的病根》，用犀利的語氣指出我國政治的病根主要在「政治技術欠靈活」，「根本來說，是中央未必能明瞭地方的情形，地方未必清楚中央的意旨」，並形象地指出：「內外隔膜，上下隔膜，血液不夠流通，自然四肢百骸便不能運動自如。」隨後文章以四省限政的經過來說明中央的立法意旨和地方實際相互脫節的問題。針對這一癥結，文章提出：「第一，中央負責長官，應常時赴各地考查。第二，地方長官，亦應有機會常赴中央。第三，省與縣之間，也需要有同樣實地考察或陳訴。第四，省與省間，縣與縣間，亦應不時彼此觀光，保持密切聯繫，以收相互觀摩相互研究之效。」〔註75〕

1943 年 11 月 29 日的社評《言論自由與清明政治》，則分析了言論自由和清明政治的關係，並強調：「思想言論的趨向，政府原可加以宣導，不必多加限制。在公開討論中，是非自明，不適當的理論可以不攻自破。」〔註76〕

〔註74〕《如何振作政風？》，《大公報》（桂林版），1942 年 7 月 8 日第 2 版。
〔註75〕《一個政治的病根》，《大公報》（桂林版），1943 年 4 月 16 日第 2 版。
〔註76〕《言論自由與清明政治》，《大公報》（桂林版），1943 年 11 月 29 日第 2 版。

　　1944 年 6 月 6 日的社評《尊重輿論與改善檢查》，從報社自身的角度談輿論監督和出版檢查的問題。《大公報》（桂林版）在這篇社評中「謹以輿論界一分子的資格」對議訂中的改善出版檢查辦法，提出幾點意見：「第一，全會決議《局部廢止事前檢查》，當然是說有一部分出版的言論記載可以不經事前檢查，也就是說有一部分的論題與事情可以讓報館或書店自負其責任。因此，無論這一部分的範圍多大多小，多寬多窄，希望都必須作明確的規定，硬性的規定，使報館或書店一望而知何者能自行負責，何者必須送政府檢查。第二，我們就準備接受政府的從寬檢查，而自負較重之責任。即以我們大公報來說，設如政府明確規定了檢查標準，在規定廢止事前檢查的範圍內的言論記載，我們當然不送檢，而自負其言論責任。」〔註 77〕

　　除上述社評外，相關的社評還有：《論貪污案》（1942 年 8 月 20 日）、《剷除貪污舞弊》（1943 年 4 月 20 日）、《剷除貪污，保障循吏》（1944 年 8 月 26 日）和《懲貪污，肅軍紀》（1944 年 8 月 31 日）等 10 多篇。

　　需要指出的是，這些言論與同時代的《大公報》（重慶版）相比，在言論刊發和文章措辭上都更為自由和開放。而這一時期的《大公報》（重慶版）卻常常因為重慶特殊的政治環境在言論上多有阻礙。1943 年 2 月 1 日，《大公報》（重慶版）刊載了記者張高峰寄自河南葉縣的通訊《豫災實錄》，對河南饑荒的情況作了詳細報導，次日在該報題為《看重慶，念中原！》的社評中，王芸生將只顧自己陞官發財、不顧災民死活照樣徵糧納稅的國民黨官員比附成封建社會捉人逼賦的「石壕吏」，這本是十分貼切的事實，然而卻得罪了蔣介石，社評發表當晚，新聞檢查所派人送來了國民政府軍事委員會限令《大公報》（重慶版）停刊三天的命令。〔註 78〕

　　1943 年 3 月至 5 月，王芸生在《大公報》（重慶版）上連續發表一組社評和讀者來稿，發起「愛、恨、悔運動」。這些文章包括社評《我們還需要加點勁！》（1943 年 3 月 29 日）、《提高人的因素》（1943 年 3 月 31 日）、《提供一個行為的基準》（1943 年 4 月 7 日）；星期論文：《請自悔始》（林同濟，1943 年 4 月 18 日）、《愛恨悔的辯證道理》（蕭一山，1943 年 5 月 10 日）；讀者來稿《我所認識的愛、恨、悔》（繩暉，1943 年 4 月 9 日）和《我們需要整個工作的懺悔》（力塵，1943 年 4 月 21 日）等。這些文章叫喊恨壞人，恨貪官污

〔註 77〕《尊重輿論與改善檢查》，《大公報》（桂林版），1944 年 6 月 6 日第 2 版。
〔註 78〕吳廷俊：《新記〈大公報〉史稿》，武漢出版社，2002 年，第 311 頁。

吏，呼籲上自領袖下至庶民，都要懺悔。這樣的輿論攻勢自然讓國民黨當局看不順眼，聽不入耳。不久王芸生便接到陳布雷的通知：「請大公報不要再發表談愛恨悔的文章了。」1943 年 5 月 10 日以後，《大公報》（重慶版）被迫不再刊登這類文章，「愛、恨、悔運動」也自此夭折。〔註 79〕

由此可見，《大公報》（桂林版）無論是從外部環境還是從自身情況來看，開展對國民政府的輿論監督都遠比《大公報》（重慶版）要更爲自由和開放。正因爲如此，《大公報》（桂林版）的獨立言論也就成爲該報區別於同時代其他報刊的主要特色之一。

（2）廣西政情與民情的選題注重本地化問題的監督

《大公報》（桂林版）在桂林創辦，自然會在新聞報導和言論中多有反映廣西政情和民情的言論。早在創刊不久，王文彬就撰寫了社評《廣西精神》，對廣西軍民的精神風貌高度讚揚，並號召「在暴敵壓境的今日，國人不但應具有『廣東精神』以抗敵，還應學習『廣西精神』以建國」。〔註 80〕

隨後在《大公報》（桂林版）的社評中，關於廣西政情和民情的言論常見報端，例如 1943 年 11 月桂林地方行政會議閉幕，在當月 10 日的社評《地方行政會議閉幕》中，《大公報》（桂林版）誠懇地爲這次會議提出了一些意見，並強調「實事求是的精神，是現代政治一大特質」，建議「地方行政不必多出新花樣」〔註 81〕。

1944 年 3 月 23 日的社評《關於樓霞石橋》中，《大公報》（桂林版）對桂林市政府提出了批評：「我們對於桂林市政，向來不願作深刻批評，因爲知道桂林市區發展得這樣快，應該進行的建設太多，而公家的人力財力都很有限，要事事盡如理想，勢不可能。但對於樓霞石橋，今天卻不能不說幾句話。」文章認爲樓霞石橋的工程出現問題「不是一件小事」，「十幾萬市民，因爲交通的阻斷，每天時間的耗費，公私事務的延誤，損失真不可估計。尤其影響大的，是市民對於市政的觀感。樓霞石橋，由民眾出錢，政府監造，本已樹立了官民合作最理想的方式。這樣的建設還不能順利進行，還有什麼話可說！」爲了補救這個損失，文章希望市政當局作幾項緊急措施：「第一，督促包商添雇大批工人，日夜趕修，使這項石橋能於短期內修成；對於已成的工

〔註 79〕吳廷俊：《新記〈大公報〉史稿》，武漢出版社，2002 年，第 315 頁。
〔註 80〕《廣西精神》，《大公報》（桂林版），1941 年 4 月 15 日第 1 版。
〔註 81〕《地方行政會議閉幕》，《大公報》（桂林版），1943 年 11 月 10 日第 2 版。

程，要嚴密檢查。第二，對於過去延誤的原因，要追究清楚，早日宣佈。第三，在石橋未落成前，如浮橋不能再搭，應阻斷新橋一帶的交通，嚴禁行人在未成的橋架上通過。」〔註82〕

　　1944 年 6 月，由於前線戰事吃緊，《大公報》（桂林版）在同月 20 日的社評《疏散前的準備》中指出桂林市在疏散前應該做充分的準備。文章提醒廣大市民要認清「桂林並非前線，時機未到緊急；當局決定疏散的動機，並非強迫市民逃難，而是鞏固地方治安，免除糧食恐慌，以加強後方的戰鬥情緒」。同時，文章還認為當局對於執行疏散之前，應該要有計劃、有步驟，例如「疏散的交通應該有一個簡明的統制」〔註83〕。

　　除上述社評外，有關廣西地方政情與民情的社評還有《本市之醫藥問題》（1942 年 7 月 6 日）、《時局與疏散》（1944 年 6 月 29 日）、《桂林的繁榮》（1944 年 7 月 11 日）和《中間層的苦難》（1944 年 8 月 2 日）等 9 篇。

3、物價與專賣選題呼籲加強管制物價和厲行節約

　　戰時國民政府的經濟問題，也是《大公報》（桂林版）關注的重要選題，涉及物價、專賣、統制金融、糧價和工業化等眾多經濟問題。本文側重選取物價與專賣這一主要選題進行分析。

　　抗戰爆發後，國民政府的財政開支逐年增長，而稅收來源則因日占區的擴大而日益縮小，同時，許多戰略性的物資如籌備不當，不僅影響國民政府的軍事力量，還會造成資敵的後果。為此，對具有重大稅收意義和戰略作用的物資，國民政府實行專賣政策。同時為防止通貨膨脹，國民政府對物價也實行了管制。對此，《大公報》（桂林版）在第三版的位置經常發表大量關於物價和專賣的文章，在社評和星期論文中，出現的頻率也較高。例如 1943 年 11 月 25 日的社評《論專賣》，文章首先提出專賣的幾個原則：「第一，不可太違反社會大眾的利益。第二，不可不顧及生產者之成本。」隨後以豐富的事例說明「實行專賣之利害得失不僅在社會經濟與財政政策上值得我們衡量輕重，即就財政收支本身的天秤上，是不是會『得不償失』，也是值得掌度支者之縝密研究的」〔註84〕。

　　1942 年 11 月 1 日的社評《實施加強管制物價》一文，則詳細探討了物價

〔註82〕　《關於樓霞石橋》，《大公報》（桂林版），1944 年 3 月 23 日第 2 版。
〔註83〕　《疏散前的準備》，《大公報》（桂林版），1944 年 6 月 20 日第 2 版。
〔註84〕　《論專賣》，《大公報》（桂林版），1943 年 11 月 25 日第 2 版。

管制問題。文章認為：「政府實施加強管制物價，首先需要全體國民遵守國家法令，並進而協助政府推行法令。」但物價問題為什麼演變得這樣嚴重，主要因為「我們的社會習慣太鬆散，太隨便，致使國家的法令，成了具文。」隨後文章提醒大家「一要講理，二要守法，社會上要有破除情面的作風，廟堂上更要有大義滅親的盛典，移風易俗，共濟艱難，要自國民大家自動守法行法做起」。最後文章警告「奸商豪猾及一般發國難財者，要自加檢束，而勿以身試法」，「官吏勿再執法犯法，否則必獲奇殃」〔註85〕。

在 1944 年 3 月 24 日的社評《物價與節約》一文中，《大公報》（桂林版）將物價和節約兩者結合起來，認為：「懲治貪污與戒除浪費，嚴禁居囤與實行節約，看似兩事，實為一體，奢靡不止，貪污不絕，他們互相因果又是互為條件的。要真正實行節約，必須在兩個條件下，即第一要使他們沒有過剩的購買力；第二即令有購買力，也不可能作過分的享受。」其次，文章認為要實行節約，「必須使人民即使有錢也買不出超過個人消費必需的物品，或作過分的浪費。英蘇各國所實行的定量分配製，憑證購買物品，無證者有錢也買不到東西，目的就是要實行強迫的節約。」〔註86〕

除上述社評外，討論物價和專賣的相關社評還有《通貨收縮與預算平衡》（1942 年 1 月 27 日）、《從積極意義談緊縮》（1942 年 3 月 5 日）、《再論加強管制物價》（1942 年 11 月 4 日）、《營養與物價》（1943 年 7 月 21 日）、《春節論物價》（1944 年 1 月 20 日）、《黃金、美金與物價》（1944 年 3 月 2 日）、《當前的物價問題》（1944 年 3 月 8 日）、《論物價緊急措施方案》（1944 年 5 月 29日）和《最近的商情與物價》（1944 年 8 月 17 日）等 20 多篇。

4、緬甸戰事選題高度評價中國軍隊的戰績，強調緬甸戰事的戰略地位

緬甸是東南亞半島上具有重要戰略意義的國家。太平洋戰爭爆發後，日軍在短時間內席卷東南亞，隨即矛頭直指緬甸。為了保衛緬甸，早在 1941 年初中英就醞釀成立軍事同盟。中國積極準備並提出中國軍隊及早進入緬甸佈防。太平洋戰爭爆發後，1941 年 12 月 23 日，中英雙方在重慶簽署了《中英共同防禦滇緬路協定》，中英軍事同盟形成。

從中國軍隊入緬算起，中緬印大戰歷時 3 年零 3 月，中國投入兵力總計40 萬人，傷亡接近 20 萬人。作為中國抗日戰爭史上極為悲壯的一筆，《大公

〔註85〕《實施加強管制物價》，《大公報》（桂林版），1942 年 11 月 1 日第 2 版。
〔註86〕《物價與節約》，《大公報》（桂林版），1944 年 3 月 24 日第 2 版。

報》（桂林版）一直對緬甸戰事積極報導，連續發表相關的社評和戰地通訊，給予高度評價和支持。例如在 1942 年 4 月 2 日的社評《遠征軍苦戰奏捷》中，文章就評價：「這一戰，是我軍在國境外第一次與敵軍打的硬仗，也是百年來我軍第一次在境外揚威。」「這一戰，對於太平洋戰事全局關係甚大；緬甸目前已成南洋一帶僅有的戰場。」同時指出「我遠征軍在緬境英勇作戰，協助英國保衛我兄弟之邦的緬甸，並減輕印度被侵的危險」。最後文章呼籲在國內的同胞「更應努力奉公盡職，出錢出力，做他們的有力後盾」〔註87〕。

　　1942 年 4 月 4 日，在題為《重視緬甸戰局》的社評中，文章再次強調「緬甸在戰略上之地位，似亦不可忽視；同盟國守住緬甸，則不但可以屏障印度，且可威脅泰越，而為他日中南半島留下一個反攻基地。」文章最後希望「倫敦及華府兩太平洋作戰會議，對於緬甸戰局，應予以更密切之注視」〔註88〕。

　　關於緬甸戰事的社評還有：《仰光失守之影響》（1942 年 3 月 13 日）、《緬甸應劃入中國戰區》（1942 年 3 月 17 日）、《緬局又緊》（1942 年 4 月 30 日）、《瞻望緬甸戰場》（1943 年 11 月 19 日）、《緬戰亟應加強》（1944 年 2 月 8 日）、《緬戰與東南亞局勢》（1944 年 3 月 14 日）和《緬北戰局的急轉》（1944 年 5 月 20 日）等 10 多篇。

　　綜觀《大公報》（桂林版）言論選題，發現其有以下幾個特點：

　　第一，選題注重新聞性。《大公報》（桂林版）言論的選題基本上來自當天或者近期的國際、國內新聞。特別是遇到重大的新聞事件，《大公報》（桂林版）除了專門的新聞報導外，通常配發社評。例如珍珠港事件後，《大公報》（桂林版）在 12 月 9 日的第二版中，以大標題刊登了題為《暴日擴大侵略終於掀起太平洋上大戰！》的報導，同時刊登了社評《暴日自掘墳墓》。

　　《大公報》（桂林版）還經常在社評中報導最新的消息，例如 1941 年 7 月 17 日，在《近衛內閣倒臺》這篇社評中，《大公報》（桂林版）首先報導了日本近衛內閣全體辭職的最新消息，然後分析其倒臺的原因，並著重論及近衛主持內閣期間的兩件大事，即三國軸心協定和日蘇中立條約的簽訂。

　　第二，選題主要以宣傳世界反法西斯戰爭為宗旨。無論是國際選題還是國內選題，都是選取世界反法西斯戰爭的主要事件來評述。在國際選題中，《大公報》（桂林版）既關注太平洋戰爭的變化，也留意歐洲戰場和北非戰

〔註87〕　《遠征軍苦戰奏捷》，《大公報》（桂林版），1942 年 4 月 2 日第 2 版。
〔註88〕　《重視緬甸戰局》，《大公報》（桂林版），1942 年 4 月 4 日第 2 版。

場的最新戰況。在國內選題中，《大公報》（桂林版）既積極評述中國遠征軍在緬甸的輝煌戰果，也以激情昂揚的文字呼籲國人爲浙贛戰役中的國軍獻金。《大公報》（桂林版）利用社評獨特的號召力和輿論影響力，在抗戰救國的洪流中發揮了自己的宣傳和動員作用。

第三，選題往往小中見大，通過選取小事件展開評述。這種由小見大、「一朵花中見天堂」的情況，在其選題中比比皆是。例如 1944 年 3 月 23 日的社評《關於樓霞石橋》中，《大公報》（桂林版）通過樓霞石橋的工程問題，對桂林市政府提出了批評。文章認爲樓霞石橋的工程出現問題「不是一件小事」，對這座市民出錢，政府監造的大橋出現質量問題做了詳細周到的分析，並提出了自己的解決建議。文章「希望市政當局作幾項緊急措施。第一，督促包商添雇大批工人，日夜趕修，使這項石橋能於短期內修成；對於已成的工程，要嚴密檢查。第二，對於過去延誤的原因，要追究清楚，早日宣佈。第三，在石橋未落成前，如浮橋不能再搭，應阻斷新橋一帶的交通，嚴禁行人在未成的橋架上通過」〔註 89〕。

又如 1942 年 5 月 28 日的社評《由朝鮮徵兵說到消耗日本》，這篇社評從日本在朝鮮徵兵入手，從兵源的角度探討日本因常年戰爭，兵源枯竭，不得不在朝鮮實施徵兵政策，從而斷定日本必敗的命運。

二、言論立意具有鼓動性、建設性和民生性

立意，就是確定主旨即作者的主要意圖。古人早有「意在筆先」、「意勝則筆勝」之說。總結《大公報》（桂林版）言論的立意，主要體現出四大主旨：第一，宣傳中國抗戰必勝，堅定軍民勝利的信心。第二，宣傳日本侵華必敗，揭露日本軍閥的罪惡。第三，爭取國際上的支持，強調中國與盟國共存共亡的關係。第四，密切關注民生，重視對國民政府的輿論監督。

（一）宣傳中國抗戰必勝，堅定軍民勝利的信心

中國抗戰的正義性與敵人的邪惡，是抗戰徵兵的最好廣告。但是如果抗戰沒有勝利的希望，那麼中國的抗戰士氣就會開始動搖和崩潰，民心就會低落，隨之而來的也就是軍事上的失敗了。「一個國家的戰鬥精神往往是靠必勝的信念來維繫的。」〔註 90〕因此對抗戰必勝信念的宣傳無論如何放大也不爲

〔註 89〕 《關於樓霞石橋》，《大公報》（桂林版），1944 年 3 月 23 日第 2 版。
〔註 90〕 〔美〕拉斯韋爾著，張潔等譯：《世界大戰中的宣傳技巧》，中國人民大學出

過。《大公報》(桂林版)爲增強民眾對抗戰勝利的信心做了大量的工作，其突出的表現就在於，在大量的社評中，從立意上著重宣傳中國抗戰必勝，從而堅定軍民勝利的信心。面對強大的日本帝國主義，引導人民在精神上不爲敵人暫時的強大所嚇倒，保持旺盛的戰鬥意志，就能逐步走向最終的勝利。

　　《大公報》(桂林版)在言論立意上還強調中國抗戰的樂觀態度與決心。樂觀的態度與決心是中國立國固國的精神法寶。自抗日戰爭起，由於中、日兩國實力對比懸殊，民眾大多從經濟、軍事的角度判斷戰爭的勝負，顯然這對中國的抗戰極爲不利。爲消除這一錯誤觀念，《大公報》(桂林版)在社評中始終強調中國軍民應該保持樂觀的態度和堅定的決心。例如在 1942 年 1 月 5 日的社評　《戮力同心，爭取光明》中，文章就提到「我們在孤戰獨戰時期，對前途即充滿自信與樂觀，現在有二十五國友邦聯合一致，大家戮力同心，患難與共，使我們的信心愈堅，樂觀更大」〔註91〕。在 1942 年 2 月 21 日的社評《刻苦自勉，加倍努力》中，針對當時新加坡淪陷帶來的國際和國內影響，《大公報》(桂林版)也同樣強調「我們要下決心，吃暫時之苦，而爲國族建萬世不朽之功」〔註92〕。

　　同時，《大公報》(桂林版)的言論立意還注重宣揚中國前線輝煌的戰果與歌頌抗日戰鬥英雄。國民的自信除了來自精神上的鼓勵和激發外，還需要有前線輝煌戰果與戰士的英勇戰鬥來鞏固。每當前線傳來捷報，《大公報》(桂林版)總是抓住時機，寫出一大批鼓舞人心的好文章。例如在 1943 年 11 月 29 日的社評《祝常德大捷》中，文章就用熱情洋溢的筆觸抒發了對常德大捷的興奮、喜悅之情。「常德之戰，是一首壯烈的史詩，有血、有淚、更有鏗鏘的音調」，「常德之勝，是鄂西湘西整個戰場大勝的第一聲」〔註93〕。

(二)宣傳日本侵華必敗，揭露日本軍閥的罪惡

　　自 1931 年日本武力入侵中國東北以後，日軍所到之處，以極其野蠻殘暴的手段進行燒殺淫掠，無惡不作，製造了無數慘案，特別是震驚中外的南京大屠殺，是日本侵略軍兇殘本性的一次大暴露。面對日軍的殘酷，一部分民眾不僅害怕，更喪失了信心。《大公報》(桂林版)卻從日軍的殘酷中看到其

　　　　　版社，2003 年，第 92 頁。
〔註91〕《戮力同心，爭取光明》，《大公報》(桂林版)，1942 年 1 月 5 日第 1 版。
〔註92〕《刻苦自勉，加倍努力》，《大公報》(桂林版)，1942 年 2 月 21 日第 2 版。
〔註93〕《祝常德大捷》，《大公報》(桂林版)，1943 年 11 月 29 日第 2 版。

必敗的命運，堅定了中國必勝的信心。

　　《大公報》（桂林版）在言論立意中努力讓中國民眾看清了日本侵略戰爭的本質，而且通過揭露日閥的邪惡、殘暴來強化民眾的仇恨日寇的意識，以增強民眾對敵人的仇恨，從而使其自覺走入抗戰的行列。例如在 1944 年 1 月 31 日的社評《如何答覆日寇暴行》一文中，通過日本殘殺戰俘的事件來進一步喚醒本國和盟國的民眾，讓人們認清日本的殘暴本質，並且由此相信「敵人理曲氣弱，勢必不久」〔註 94〕。

　　此外，《大公報》（桂林版）的言論立意還從日本的經濟來分析，指出日本侵華必敗的命運。例如 1943 年 1 月 20 日發表的《看日本的生產戰》這篇社評，就指出「日本生產戰的外表，如是洋洋乎大觀，實際生產的情形，則顛頓坎坷」〔註 95〕。隨後文章從農業生產中勞動力的不足，工業生產中的諸多困難條件，特別是人的不足來證明日本生產的疲乏和缺陷。

（三）爭取國際上的支持，強調中國與盟國共存共亡的關係

　　《孫子兵法》說：「上兵伐謀，其次伐交。」〔註 96〕意思是最好的用兵是以謀略取勝，其次是運用外交手段。在抗戰中，國民政府的外交遊說活動在宣傳作戰中佔據了十分突出的地位。但抗戰初期，國際社會輿論同情者雖然很多，但實際援助卻幾乎沒有，這反映了當時國際支持的不足。拉斯韋爾在他的《世界大戰中的宣傳技巧》中指出：「對於中立國的處理歸結起來就是引導中立國意識到在擊敗敵人方面他與你有著共同的利益。」〔註 97〕因此，爭取中立者成為中國對盟國的宣傳的重點，成為《大公報》（桂林版）早期抗戰宣傳的重頭戲。早在 1941 年 5 月 15 日的社評《本報同人的聲明》中就指出：「國際友誼靠報人維持，世界文化靠報人流通」，「我們在新聞道德的意義上，呼籲全世界信仰正義自由的報人，應當努力密切合作，動員全世界愛自由及受侵略的一切民族，用道德及一切的力量，共同抵抗侵略。」〔註 98〕

〔註 94〕《如何答覆日寇暴行》，《大公報》（桂林版），1944 年 1 月 31 日第 2 版。
〔註 95〕《看日本的生產戰》，《大公報》（桂林版），1943 年 1 月 20 日第 2 版。
〔註 96〕孫武：《孫子兵法》，山西古籍出版社，2001 年，第 35 頁。
〔註 97〕〔美〕拉斯韋爾著，張潔等譯：《世界大戰中的宣傳技巧》，中國人民大學出版社，2003 年，第 134 頁。
〔註 98〕《本報同人的聲明》，《大公報》（桂林版），1941 年 5 月 15 日第 1 版。

此後，《大公報》（桂林版）從權益的得失、情感的激活等方面撰寫了大量社評，爭取中立國成爲中國的盟友。創刊初期，《大公報》（桂林版）曾多次告誡人們，日本的海洋政策不僅是爲了佔領中國，還想佔領菲律賓、越南、馬來半島和美英法蘇屬太平洋地區，乃至全世界。日本的侵略戰爭，不是局限於某一國家、某一民族和某一地域，而是全世界。因此，日本帝國主義不僅是中國和平的敵人，同時也是要求和平的世界各國人民的敵人，特別是與太平洋有利害關係的各國即美英法蘇等國的敵人。如果中國被日本完全佔領，這不僅意味著中國的毀滅，也意味著太平洋沿岸各國和文化遭到毀滅的威脅。

太平洋戰爭爆發後，英美蘇等中立國轉變爲中國的盟國。維繫和鞏固與盟國之間的友誼，鞏固反法西斯的統一陣線，成爲《大公報》（桂林版）宣傳工作的重點。《大公報》（桂林版）發表了一系列關於國際問題的社評，其言論的立意也是強調中國與盟國之間共存共亡的關係。例如 1942 年 2 月 16 日的社評《中印關係與亞洲前途》一文，就是從軍事戰略的角度分析了中印關係、中印合作對亞洲反侵略戰爭的影響。文章指出：「中印兩國對今後的亞洲大局，關係太大了，我們兩民族的幸福以及全亞洲人民的主奴安危，都基於我們最近幾年的合作奮鬥上。」並引用了尼赫魯先生的一句話：「印度要生存，中國要生存，他們倆爲了自己的利益，爲了全世界的利益，將密切合作。」〔註99〕在 1943 年 12 月 1 日的社評《展望盟國領袖會議》中，《大公報》（桂林版）相信這一會議是「歷史空前的盛舉，將決定這次大戰光榮結束的途徑，奠定戰後恒久和平的廣泛基礎」。並提出：「今後如何組織盟國的偉大的力量，選擇最合理的途徑，來擊潰日本，這都要早作決定。」〔註100〕

（四）密切關注民生，重視對國民政府的輿論監督

抗戰時期，由於連年戰亂，國民政府陷入了重重危機之中。經濟上，壟斷資本的惡性膨脹，少數人大發國難財，經濟蕭條，物價飛漲，廣大工人、農民、士兵窮困不堪。政治上，官僚機構臃腫糜爛，貪污腐化和專制主義日益嚴重，人民怨聲載道。軍事上，「曲線救國」論在軍隊裏蔓延，一些人對抗戰必勝喪失信心，戰場上連連失利。同時，國共之間磨擦不斷，且日趨激烈。

〔註99〕　《中印關係與亞洲前途》，《大公報》（桂林版），1942 年 2 月 16 日第 2 版。
〔註100〕　《展望盟國領袖會議》，《大公報》（桂林版），1943 年 12 月 1 日第 2 版。

　　對此，從國家利益和民族利益出發，《大公報》（桂林版）在言論立意上密切關注民生，發表了大量關於農業、物價、教育和醫療等相關的社評。例如在 1943 年 5 月 29 日的社評《新重農主義》中，一開始就談到社評的出發點是：「（一）食爲民天；（二）足食足兵。」並聲明：「我們談重農主義，主要在期求解決目前急需解決的吃飯問題和穿衣問題。」〔註 101〕隨後文章針對當前的吃飯問題和穿衣問題作了詳細的分析，給出了自己的建議。而在 1944 年 5 月 29 日的社評《論物價緊急措施方案》一文中，《大公報》（桂林版）認爲對於怨聲載道的流弊百出的專賣機構「決定除鹽務以外盡量裁併」，對於「官紳商民違法囤積投機」，則重申「應予法辦」的決心。〔註 102〕

　　對國民政府的輿論監督，也是《大公報》（桂林版）言論立意的一個重要主旨。這些相關的言論主要關注國民政府的行政效率、貪污腐敗、出版檢查和言論自由等。例如 1943 年 11 月 16 日在《怎樣表達民意》這篇社評中，《大公報》（桂林版）對輿論問題表明自己「贊成積極的指導，而反對消極的取締」。同時進一步指出：「對於輿論，自必加意培養。對於政治意見，不妨予以發表的自由，以資參考；對於指斥政治病端的議論，更應盡量觀迎，俾明瞭人民疾苦，以收清明政治之效。」因此，「民意表現愈眞愈切，將來憲政成功的把握也必愈大。爲了實現憲政，大家必應把民意培養起來，而且不可託諸空言，必須見諸行事」。〔註 103〕

　　而 1943 年 4 月 20 日的社評《劌除貪污舞弊》則是通過築市的一椿貪污舞弊案來分析舞弊案產生的幾大原因，並在文章最後呼籲「我們大家都要激發天良，痛加懺悔，發揮我們的是非觀念，愛我們所當愛的一切美德，恨我們所當悔的一切惡行，培養社會正義，不要聽由大小林世良之流橫行無忌」。〔註 104〕

三、以社評和星期論文見長的言論體裁

　　體裁即爲文體，原指根據體形裁剪的衣服樣式。引用到文章寫作上，指的是文章的類別或形式。《大公報》（桂林版）言論在體裁上主要有以下幾種：社評、星期論文、短評、讀者論壇和讀者投函。

〔註 101〕《新重農主義》，《大公報》（桂林版），1943 年 5 月 29 日第 2 版。
〔註 102〕《論物價緊急措施方案》，《大公報》（桂林版），1944 年 5 月 29 日第 2 版。
〔註 103〕《怎樣表達民意》，《大公報》（桂林版），1943 年 11 月 16 日第 2 版。
〔註 104〕《劌除貪污舞弊》，《大公報》（桂林版），1943 年 4 月 20 日第 2 版。

（一）社評成為《大公報》（桂林版）言論的主要旗幟

社評一直是《大公報》（桂林版）的一大特色，也是其言論的主要體裁。《大公報》（桂林版）除周日因為刊發「星期論文」外，每天至少有一篇社評，一般發表在頭版或者第二版。內容對國內外時事無所不包。它大都是結合當天發生的新聞，提出一定的主張和觀點；不僅能批評時政，還能從中刊發出一些「內幕」新聞，時效性極強。

《大公報》（桂林版）創建之初，胡政之經常來桂林坐鎮，並親自撰寫社評。後來，隨著報紙銷量的增加，廣告業務順利發展，胡政之便在香港、桂林之間時常飛來飛去，統籌兼顧。胡政之離開桂林期間，報館日常業務，便由王文彬和蔣蔭恩共同負責。

如上所述，早期《大公報》（桂林版）的社評，主要依靠重慶版《大公報》和香港版《大公報》寄來「社評小樣」和航空寄來報紙上的社評。

1941 年 12 月，太平洋戰爭爆發後，《大公報》（桂林版）的社評主要由徐鑄成執筆。

（二）星期論文是桂林文化城的精英專欄

新記《大公報》的「星期論文」推出之時，為民國其他報紙所沒有，是新記《大公報》的一大創舉。「星期論文」一推出，便受到社會各界的廣泛重視。從 1934 年 1 月起，至 1949 年 5 月上海解放，即使在戰火紛飛的艱苦環境中，也從未中斷過。

1934 年 1 月 1 日，新記《大公報》在要聞版的顯著位置加框刊出了「本報特別啟事」：「本報今年每星期日，敦請社外名家擔任撰述『星期論文』，在社評欄地位刊佈。現已商定惠稿之諸先生如下：一、丁文江先生；二、胡適先生；三、翁文灝先生；四、陳振先先生；五、梁漱溟先生；六、傅斯年先生；七、楊振聲先生；八、蔣廷黻先生。」〔註105〕隨後，在當年的第一個星期日 1 月 7 日這一天，新記《大公報》刊出第一篇「星期論文」──《報紙文字應該完全用白話》，由胡適執筆撰寫。在這一篇星期論文的影響下，新記《大公報》的社評，也逐漸由半文半白改用白話文了。

「星期論文」這一設想是由張季鸞提出的，主要有兩個用意：一是每天發表一篇社評，負擔太重，組織社外人士撰寫星期論文，可以減輕負擔。二

〔註105〕《本報特別啟事》，《大公報》天津版，1934 年 1 月 1 日（要聞版）。

是可以加強與文化教育界的聯繫。最初新記《大公報》的主要發行區域為平津地區，北平本就是全國重要的文化中心，聘請當時北平各大高校的名教授撰寫星期論文，可以擴大報紙在學術界與青年學生中的影響。

《大公報》（桂林版）自創刊以來，繼續於每周日刊發星期論文一篇，有時因為需要刊發重要的社評，而推遲到第二周的周一刊發，一般刊發在第二版。總結近四年《大公報》（桂林版）的星期論文，可以看出其作者隊伍多數為著名教授、社會名流和軍政顯要。從這些作者的職業上看，範圍極為廣泛，雖然大學教授仍占多數，但其他各界的名流紛紛登臺，例如文學界的林語堂，政界的邵力子等等。

從內容上來看，《大公報》（桂林版）的「星期論文」主要探討的問題包括戰時的財政金融政策、如何改革中等教育、鹽業國營專賣、工業化、工業救濟、憲政等等。選題的範圍廣泛，論述嚴密詳細，但很少直接評論新聞事件。這是因為《大公報》（桂林版）每天都有社評，而分析時事政治又非撰寫星期論文的教授們所長。不過「星期論文」依然還是緊跟抗戰的形勢來論述相關問題，例如抗日戰爭進入相持階段以後，大後方物價飛漲，經濟困難，民不聊生，「星期論文」在這一段時期重點轉向國內的經濟問題。作者主要有經濟學家谷春帆、伍啟元等。太平洋戰爭爆發後，隨著世界反法西斯統一戰線的形成，一大批關於論述國際問題的論文又頻繁出現在《大公報》（桂林版）上，沙學俊、公孫震等是這一時期「星期論文」的多產作者。可以說，「星期論文」在時代潮流的推動下，順時而進，與《大公報》（桂林版）整個政治趨向和辦報方針大體一致。

「星期論文」不僅是《大公報》（桂林版）開放言論的一種努力，還擴大加強了《大公報》（桂林版）與學術界的聯繫，因而使其輿論更具有權威性和廣泛性。

（三）短評、讀者論壇和讀者投函是發揮獨特作用的言論小體裁

《大公報》（桂林版）除了社評和星期論文這兩種主要的言論體裁外，還有短評、讀者論壇和讀者投函這幾種言論小體裁。

短評，是一種短小精悍、運用靈活的評論形式。《大公報》（桂林版）每天至少有一篇短評刊發在第三版的下方，篇幅一般為 200 字左右或者更短，其內容也比較單一，通常一事一議。這些短評基本上是配合當天重要的新聞報導，針對某一具體的新聞事件或新聞人物闡明一個主要觀點，邊敘邊議，

往往能夠以小見大，深入親切，爲廣大讀者所喜愛。

以 1941 年 4 月 3 日的短評《八中全會閉幕》爲例，這篇短評以八中全會閉幕這一新聞事件入手，對這次會議做了一個簡短的評述，並「希望在這次全會以後，要常久保持這樣活躍的氣象，並集中一切力量，共同努力，早日完成抗戰建國的大業」〔註106〕。

讀者論壇是《大公報》（桂林版）另一特殊的言論體裁。早在 1941 年 3 月 30 日，《大公報》（桂林版）就在頭版登出了「本報讀者論壇徵求投稿」，並於 1941 年 4 月 6 日第四版發表了第一篇讀者來信《湘省湖田整理之商榷》。此後，《大公報》（桂林版）不定期的在第三版或者第四版刊發讀者來信。這些來信的內容較爲廣泛，其中關於中學教育和商人的來信較多。這些讀者來信既沒有完整的結構，也沒有嚴密的論證，卻帶著直抒胸臆的生動氣息。不過由於來信範圍太狹窄，又有種種限制，一度中斷。

1943 年 5 月 29 日，《大公報》（桂林版）在第三版新闢「讀者投函」一欄，並在該欄的「編者附誌」中說：「以前我們有《讀者論壇》一欄，後來因爲範圍太狹而中斷了。現在，我們爲應讀者的要求，又加恢復，而更名爲《讀者投函》，顧名思義，凡讀者有任何見聞和意見，投函本報，在遵守法令範圍內，我們都願盡可能予以披露。」〔註107〕

讀者投函開闢後，雖然有種種限制，但仍然堅持辦了下來，發表了不少讀者的來信，是當時《大公報》（桂林版）聯繫讀者的好辦法。例如 1944 年 5 月 2 日《大公報》（桂林版）的「讀者投函」就刊登了張靜廬、金長祐、黃洛峰、姚蓬子、田一文、唐性天等人合寫的來信《出版界的困難》，對 1944 年 3 月 9 日該報發表的社評《物價與文化》發表了補充意見。來信中說，爲了振興文運，政府除了對印刷出版事業應予以必要的扶助，對於文人的生活給予必要的救濟外，最重要的是希望當局「廣開言路，提倡自由研究自由讀書之風氣，以挽頹風，而振文運」〔註108〕。

可以說，這些獨特的言論小體裁同社評、星期論文一起，共同形成了《大公報》（桂林版）活躍生動、交互性強的話語空間，是《大公報》（桂林版）言論生態的重要組成部分。

〔註106〕《八中全會閉幕》，《大公報》（桂林版），1941 年 4 月 3 日第 3 版。
〔註107〕《編者附誌》，《大公報》（桂林版），1943 年 5 月 29 日第 3 版。
〔註108〕《出版界的困難》，《大公報》（桂林版），1944 年 5 月 2 日第 3 版。

四、《大公報》（桂林版）言論的表現形式與手法

作為抗戰時期中國的「輿論重鎮」之一，《大公報》（桂林版）能在廣大的讀者中受到歡迎，與其言論在表達和形式上的特色以及深刻有力的說理藝術和富有感染力的行文是分不開的。

（一）精於謀篇布局

謀篇布局講求其作品要體現層次與層次、段落與段落之間的邏輯聯繫，也就是古人常說的「起、承、轉、合」。《大公報》（桂林版）的言論在謀篇結構上主要體現出以下三個方面的特點：精心撰寫引論、悉心寫好結論、結構形式豐富多樣。

1、精心撰寫引論

引論，就是評論的開頭，它是整篇文章提綱挈領的部分，擔負著提出問題或表明觀點的作用，它給讀者以鮮明的「第一印象」，直接影響到讀者的閱讀興趣。綜觀《大公報》（桂林版）的社評引論，主要有以下五種：

（1）以新聞由頭開頭

這是《大公報》（桂林版）最典型的引論方式。這些社評根據當天刊登的新聞或最近刊登的新聞來寫，它們的共同點就是從新聞由頭說開去。例如1941 年 7 月 17 日的社評《近衛內閣倒臺》就是由一條新聞來開頭：「昨晚十一時半，首先接到香港電，謂近衛內閣已全體辭職而倒臺了。」〔註 109〕這種引論方式比較方便自然，而且《大公報》（桂林版）的編輯把新聞由頭內含的意義提高到一個高度，然後再加以論政，引人矚目，不僅有的放矢、觀點鮮明，而且也有很強的時效性。讀者通過這樣一個開頭首先就瞭解到了最新的新聞動態。

（2）把要批駁的論點亮出來

這種引論的方式具有很強的戰鬥性。《大公報》（桂林版）往往通過這種方式，先將敵人或者對方的一些錯誤觀念和模糊認識擺在評論的開頭，有很強的針對性，不僅一下子就抓住了問題的要害，而且也吸引讀者繼續讀下去。例如在 1943 年 4 月 19 日的社評《解決日本關鍵何在》中，文章首先將姜司東氏提出的「怎樣解決日本」的方案提出來，然後再逐條進行批駁，指出「在

〔註 109〕《近衛內閣倒臺》，《大公報》（桂林版），1941 年 7 月 17 日第 2 版。

今日要解決日本這洪水的大禍，必須修繕中國防水的堤防」，並主張要解決日本的問題「其第一要義，即在增強中國」〔註110〕。

（3）提出問題，吸引讀者尋找答案

這類社評是將讀者關注的問題提出來，然後針對提出的問題再一一給出答案。這類社評在《大公報》（桂林版）採用得也較普遍。以1942年3月28日的社評《確立人事制度，提高行政效率》為例，文章的一開始就指出：「今日一般人論我國行政效率之低劣，每諉過於政治的不穩定；所謂政治不穩定，造因固多，而最基本的一點，則為人事制度的未能確立。」〔註111〕隨後文章再就人事制度和行政效率的關係逐步展開論述。

2、悉心寫好結論

一篇評論的結尾從表述的內容來看，不僅可以總結全文的內容，重申作者的觀點，而且還可以幫助讀者明確題旨，加深認識，使人讀完饒有餘味，增強感受。《大公報》（桂林版）的結尾形式也很豐富，主要有以下兩種：

（1）鼓舞性的號召

這類社評在結尾發出號召，例如1941年5月1日的社評《「五一」告全國勞動者》一文就在結尾處發出號召：「我們希望全國勞動界，一致認清現實，為祖國的利益而努力，必得先將建國的基礎打定，然後勝利的左券，總能穩然在握。」〔註112〕這樣的號召，現在讀來依然有震撼人心、鼓舞鬥志的效果。

（2）歸納概括的結論

這類社評通過概括歸納出自己的結論來作為結尾，或展望前景，或揭示哲理，或慷慨陳詞。例如1942年9月2日的社評《由全局看浙贛線敵軍之退》，文章從日本軍事策劃的四個角度分析了浙贛敵軍撤退的原因和當前戰局，並歸納出自己的判斷：「由浙贛線撤退的兵力，一部分將返回原防，另一部分則將用於它認為更有用的地方。這是我們觀察全局所得的結論，而也是中、美、英、蘇所應注意加以防範的。」〔註113〕

〔註110〕《解決日本關鍵何在》，《大公報》（桂林版），1943年4月19日第2版。
〔註111〕《確立人事制度，提高行政效率》，《大公報》（桂林版），1942年3月28日第2版。
〔註112〕《「五一」告全國勞動者》，《大公報》（桂林版），1941年5月1日第1版。
〔註113〕《由全局看浙贛線敵軍之退》，《大公報》（桂林版），1942年9月2日第2版

再如 1943 年 8 月 20 日的社評《納粹軍力的觀測》，文章則通過詳實準確的數字和對德國作戰的種種因素的分析，最後得出結論：「深覺盟國在歐洲的勝利，或將可較預期提前實現，其對於遠東戰場，亦必能反生有利的影響無疑。」〔註 114〕

3、豐富多樣的結構形式

言論的結構特別是社評的結構應按照事物的內部聯繫，按照論述的邏輯思路，按照讀者的認識規律精心構思，使之思維嚴密，邏輯嚴謹。《大公報》（桂林版）的言論採用了豐富多樣的結構形式，力求引人入勝。其言論主要有以下三種結構。

（1）懸念式結構

這一類言論的結構就是在開頭設置疑團、布下懸念，然後再依據客觀事物的實際發展情況，解釋疑團與懸念。這種結構可以激發讀者的興趣並提示評論後面有待考查的問題。例如在 1943 年 9 月 1 日的社評《記者節感言》中，文章一開始就提到「現在做一個報人，可以說是很難，也可以說是很易」，那麼「何以說難」，文章便從兩個角度來談做報人難的問題：「一，時代變化太大，包羅萬象，錯綜複雜，做一個報人，要對這些一一瞭解洞察。而且理解力與辨別力，也要特別強烈，特別敏銳。二，本來要說的不說，要載的不載，這樣雖與新聞記者平時貪多貪快的原則不符，但在此時代，只得為國家民族利益，多多著想。」〔註 115〕接著文章又提出「何以說易」，繼續設置疑問，並從政府設置新聞檢查制度和中央社供給消息來解答這個懸念。

（2）遞進式結構

這一類言論的結構是按照事物發展或人們認識事物的邏輯順序安排層次的。通過層層遞進，步步引導讀者從現象看到本質，從原因找到結果，從感性引向理性。例如 1943 年 12 月 9 日的社評《速救民營工業》就是典型的遞進式結構。文章一開始分析了民營工業的困難：「（一）資金不足，（二）原料不足，（三）統制價格之未盡合理等等。」然後根據這些困難，逐一提出自己的建議：「第一，在工業界應該力求自救的辦法。同業公會的組織應該加強，小型工業最好採取合併或聯合成工業合作的方式。第二，在政府方面，必須認識民營工業的重要性，對於國營與民營事業應該一視同仁，不可有畸輕畸

〔註 114〕《納粹軍力的觀測》，《大公報》（桂林版），1943 年 8 月 20 日第 2 版。
〔註 115〕《記者節感言》，《大公報》（桂林版），1943 年 9 月 1 日第 2 版。

重的待遇。」並強調：「政府對民營工業之協助應重在『實惠』而不在『文字宣傳』。」〔註116〕通過這種結構方式，讀者不僅瞭解了民營工業的困難，同時也參照著《大公報》（桂林版）的建議得出自己的見解，進一步認識到民營工業的現狀和問題的實質。

（3）對比式結構

這一類言論的結構通過採取多種多樣的對比，形成反差鮮明、震撼力大、說服力強的效果，從而使得要評述的問題更能夠發人深省，令人回味。例如在1943年8月9日的社評《對意的和戰觀》就是通過比較意大利「和」與「戰」的可能性來展望意大利的未來局勢。文章首先從各種事實的報導指出意大利局勢和平解決的可能，但同時也指出不可過分樂觀，並從「在軍事上，西島的德軍仍在負隅；意大利在國外的駐軍，現尚未能撤北」，「再就政治方面說，也是同樣的棘手。巴多格里奧上臺，已逾兩周，而其態度迄未明朗，新任意外長雖匆促由土耳其返國，對於和議，至今亦並無下文」。隨後文章通過這種「和」與「戰」的比較，提出「現時盟國對意，利在速決，而不利延宕」，並特別強調：「今日意大利之民心士氣，已徹底厭戰，固不必過慮加強壓力之結果，可令其倒入希特勒的懷抱。反之，如盟國在今天，偏佈和平空氣，使意當局妄生一種可作討價還價的希冀，而自擡身價，那麼意局的解決，必將無期。」〔註117〕

（二）表現手法活潑多樣

《大公報》（桂林版）的主筆徐鑄成是一位報壇宿將，早在《文匯報》期間，徐鑄成就以高超的說理藝術和獨到的文風而被讀者廣泛稱頌。在《大公報》（桂林版）擔任總編輯期間，徐鑄成繼續保留了過去的文風，在言論的行文語言上體現出以下兩個特色。

1、巧用白描、比喻，以增強形象感

報刊評論因其文字載體自身的特點而以說理深刻縝密見長，其形象感遠不如今天廣播的聲音以及電視的視聽兼備來得形象動人。但《大公報》（桂林版）中的社評擅於通過白描的手法為所要議論的事物畫像，運用比喻簡化對事物的描述，使其內在含義更為直觀的表露出來，新聞事實因此變得可感可

〔註116〕《速救民營工業》，《大公報》）（桂林版），1943年12月9日第2版。
〔註117〕《對意的和戰觀》，《大公報》（桂林版），1943年8月9日第2版。

信，說理變得風趣活潑、深入淺出。

例如 1942 年 12 月 7 日的社評《太平洋大戰一年來之美國》，首先把美國比喻成大少爺，以生動的比喻和詳盡準確的數字，說明了美國自太平洋大戰一年來各方的變化。

在 1943 年 4 月 16 日的社評《一個政治的病根》一文中，文章在評述中央立法意旨與地方實際相互脫節的情況時，用「內外隔膜，上下隔膜，血液不夠流通，自然四肢百骸便不能運動自如」〔註118〕加以描述，十分生動形象。

在 1943 年 4 月 19 日的社評《解決日本關鍵何在》中，文章通過洪水和堤防的比喻，十分形象地指出「在今日要解決日本這洪水的大禍，必須修繕中國防水的堤防」〔註119〕。

2、感情真摯、充沛，文字富有感染力

說理的外在性，天然會帶來感情上的疏離。往往即使在理智上明知如此，但在感情上卻不能完全接受。因此要使得所講的道理真正深入人心，就必須在以理服人的同時力求以情動人。《大公報》（桂林版）的社評正是在行文中筆鋒藏情，深厚真摯，娓娓道來。徐鑄成曾說「新聞評論要愛憎分明，激情洋溢於字裏行間」〔註120〕，強烈的感情是寓於是非判斷和價值判斷的基礎之上的，含糊其辭、沒有鮮明感情的評論不是成功的評論。

如 1941 年 8 月 31 日的社評《悼念與自勉》，文章以慷慨激昂的言辭對我國報人的精神作出了概括，即「不畏權貴，輕財仗義，針砭國是，慷慨成仁的氣節與精神，足為吾輩後繼之師」，並寫到了新聞界記者在抗戰中的貢獻與表現，同時指出這種精神與中國古代史官文人的「不怕危險，不阿權勢，筆則筆，削則削，和今日新聞界先烈對國家民族盡忠的犧牲精神，是一脈相承的」〔註121〕。

再如 1941 年 9 月 7 日的社評《悼季鸞先生》，則以誠摯動情的筆觸寫到張季鸞先生之死不僅是《大公報》的損失，也是中國新聞界的損失，更是整個國家的損失。文章的最後更是以張季鸞先生筆名的含義來緬懷這位著名報人，文章中寫到：「本報桂版創刊後，他曾以『老兵』的筆名為桂版寫通信；

〔註118〕《一個政治的病根》，《大公報》（桂林版），1943 年 4 月 6 日第 2 版。
〔註119〕《解決日本關鍵何在》，《大公報》（桂林版），1943 年 4 月 19 日第 2 版。
〔註120〕徐鑄成：《新聞藝術》，知識出版社，1985 年，第 89 頁。
〔註121〕《悼念與自勉》，《大公報》（桂林版），1941 年 8 月 31 日第 1 版。

對於『老兵』的意義，他曾有這樣的解釋：我在新聞戰場上打了三十幾年，已是一個老兵，但仍願以一個老兵的資格，領導新兵作戰；在戰場上，老兵的地位，比新兵重要，因此可以證明我是愈老愈勇，並沒有後退的意思。」〔註122〕

而1943年11月29日的社評《祝常德大捷》則用熱情洋溢的筆觸抒發了對常德大捷的興奮、喜悅之情：「常德之戰，是一首壯烈的史詩，有血、有淚、更有鏗鏘的音調」、「常德之勝，是鄂西湘西整個戰場大勝的第一聲」，文章還呼籲：「我們後方同胞，聽了這次的捷音後，應該趕快發動勞軍運動，我們要把由衷的感謝，寄到前線去，向堅守常德的英雄們致敬。」〔註123〕

五、《大公報》（桂林版）言論特色成因

《大公報》（桂林版）言論力主自由，保持獨立。形成這種特色的原因可以從三個方面來考量：桂林的新聞生態爲桂版言論提供了特殊的外部環境，《大公報》的文人議政傳統則是桂版言論特色形成的歷史根源，而《大公報》（桂林版）的總編徐鑄成的新聞自由主義思想又是桂版言論成功的重要因素。

（一）《大公報》的文人議政傳統是其言論特色形成的歷史根源

自古以來，我國的文人就有著議政的傳統，「國家興亡，匹夫有責」。在儒家文化的薰陶和影響下，中國的文人歷來都有一種深沉的歷史責任感，強烈的政治意識是中國文人區別與西方文人的一種價值取向，並形成了一種中國式的文化傳統。不同的時代，文人的議政又有不同的形式。在近現代，文人議政最有效、最普遍的形式就是報刊議政。從王韜的《循環日報》到維新派的《時務報》，再到後來的《大公報》，都是以政論著稱的報紙。而《大公報》又是這些報紙中具有特殊意義的代表。

早在英斂之時期，《大公報》便形成了自己的議政傳統。創刊的第二天，《大公報》就發表《大公報出版弁言》，明確表示：「本報但循泰西報館公例，知無不言，以大公之心，發折中之論；獻可替否，揚正抑邪，非以挾私挾嫌爲事，知我罪我，在所不計。」從此，《大公報》就本著「知無不言」的原則，「以大公之心」，敢於揭露權貴，敢於爲民請命，敢到老虎口邊撩鬚。報史稱，《大

〔註122〕《悼季鸞先生》，《大公報》（桂林版），1941年9月7日第2版。
〔註123〕《祝常德大捷》，《大公報》（桂林版），1943年11月29日第2版。

公報》自出版即負敢言之名，指責權貴，且不爲威脅利誘所動搖。每每碰到關係國家大政方針的問題，《大公報》都要站出來說話，通過發表「論說」來表明態度和觀點。〔註124〕

在王郅隆時期，《大公報》雖然成了安福系的機關報，於言論上無多建樹，但由於擔任主筆的胡政之的努力，《大公報》在反對張勳復辟的鬥爭中，積極言論記事，精確明敏，使得其銷數將近萬份，爲王郅隆時期的極盛時代。

新記公司時期的《大公報》則把文人議政的傳統發揮到了極致。1926 年 9 月 1 日，《大公報》續刊出版的第一天，總編輯張季鸞便在《本社同人之志趣》一文中明確地提出了本報的「四不」辦報方針，即「不黨、不賣、不私、不盲」。「四不」辦報方針的提出，正是《大公報》「文人論政」的理論化表現。

按照張季鸞的解釋，「不黨」包括四層含義：（1）聲明《大公報》與各黨閥派系沒有任何聯繫，今後也不發生任何聯繫；（2）面對各黨閥派系及其鬥爭，《大公報》不中立、不迴避、不袖手旁觀，而要發表意見，表明態度，但同支持者不與之結親，同反對者不與之結仇；（3）對待各黨閥派系一視同仁，無親無疏，發言不帶成見，以國家利益爲標準，一時一事，是是而非非；（4）站在純公民地位上發表意見，力爭反映輿論，代表民意，以明是非於天下，故吾人聲明不以言論。

所謂「不賣」，就是不以言論作交易。「不賣」的實質，是保證言論獨立，不爲金錢所左右。《大公報》的「不私」，就是不以報紙謀私利，不使報紙爲私人所操縱、所利用。「不盲」就是對問題獨立思考，對事理洞悉透徹，遇事變頭腦冷靜，辨是非實事求是，達到不盲從、不盲信、不盲動、不盲爭。

在「四不」方針的指引下，新記《大公報》的言論勇敢潑辣而又富有見地。從創業時期所寫的《跌霸》、《領袖欲之罪惡》、《蔣介石之人生觀》等，到發展時期、鼎盛時期對於國事、戰事、內政、外交等方面的言論，《大公報》不僅繼承了英斂之時期的敢言，而且能做到善言，使其言論有新意、有深度、有創見。後來張季鸞更是在 1931 年 5 月 22 日《大公報》出版的「一萬號」上，刊發了自己撰寫的社評《本報一萬號紀念辭》，重申其「同人辦報的宗旨在『言論報國』」。

由上可見，《大公報》的這種文人議政傳統正是《大公報》（桂林版）言論特色形成的歷史根源。

〔註124〕吳廷俊：《新記〈大公報〉史稿》，武漢出版社，2002 年，第 4 頁。

(二) 徐鑄成的新聞自由主義思想是其言論成功的重要因素

濫觴於西方自由主義思想的新聞自由主義思想主要探討的是公眾、媒介和政府的關係。新聞自由主義理論的倡導者傾向於認為媒介是社會公眾手中的「公器」，而非政治家手中的「工具」。因此，新聞自由主義思想的核心精神是強調媒介的獨立性，這種媒介獨立性在社會文化方面表現為公民自由發表意見的公共平臺，在經濟方面表現為獨立的產權所有者擁有的自由企業，在政治方面表現為獨立於政府之外的權力監督或者「第四權力」。〔註125〕

出生於二十世紀初，成長於「五四」之後的徐鑄成與自由主義淵源頗深。他最先接觸到的報紙便是《申報》、《新聞報》這類著名的自由主義報紙；他初入報界，就進入了自由主義報紙的代表《大公報》；他一生投入精力最大，親手帶其走上輝煌的《文匯報》是傳承了自由主義思想的著名民間報紙；他一生 30 年的報刊實踐，也是其新聞自由主義思想實踐過程。雖然後期他接受了共產黨的思想改造，開始反省自由主義錯誤，但究其一生，自由主義仍然是他新聞思想的靈魂和核心。

《大公報》的兩位自由主義報人胡政之、張季鸞曾提出一個真正的報人的品質和修養是「公」、「誠」、「忠」、「勇」。所謂「公」，是指動機要公，竭力將自己撇開，記事立言必須客觀公正，並做到不以報紙謀私利，不以報紙為私用；所謂「誠」，是指致意要誠，報紙須以對國家高度負責的精神和實事求是的態度而發表誠心為國的言論；所謂「忠」，是指忠於真理，忠於自己的見解；所謂「勇」，指的是勇於發表，報紙一旦確定了自己的觀點，無論遇到何種阻力，都要以大無畏的精神，將其發表出來。作為一名在《大公報》裏成熟起來的自由主義報人，他們對徐鑄成的影響無疑是巨大的。在徐鑄成 30 年的報刊活動中，不論面臨經濟困擾還是政治威脅，其獨立的立場始終保持不變。

徐鑄成還形象的將自己保持獨立立場的自由主義思想概括為「獨身主義」。1943 年，徐鑄成在重慶拜訪了陳布雷先生，陳布雷對徐鑄成讚賞有加，「謂故友季鸞曾鄭重談及，我與芸生為其得意之傳人」。〔註126〕是時已是國民黨「領袖文膽」和「總裁智囊」的陳布雷先生力勸徐鑄成加入國民黨，他

〔註125〕姜紅：《現代中國自由主義新聞思潮的流變》，《新聞與傳播研究》，.2005 年第 2 期，第 78～85 頁。

〔註126〕徐鑄成：《徐鑄成回憶錄》，生活‧讀書‧新知三聯書店，1998 年，第 107 頁。

自己願破例當介紹人。而徐鑄成「婉謝其意，並說參加一政治組織，等於女人決定選擇對象，此爲終身大事。我對政治素不感興趣，願抱獨身主義」。
〔註 127〕

　　徐鑄成曾多次談及其辦報的理想，即辦一張絕對獨立的民間報。徐鑄成曾在《新聞叢談》中談到：「報紙要有品格，首先要敢於宣傳眞理，同時深入地了解讀者的心理。比如他們有什麼甘苦之處，思想上有什麼疑難之處，有什麼具體痛苦、困難，報紙上要努力爲他們反映，給他們解答。以誠待人，群眾就會接受，就愛看，就會逐步把我們的報紙當作知心朋友，當作自己的報紙。」〔註 128〕

　　徐鑄成主持《大公報》（桂林版）筆政期間，正值全民抗戰時期，他的理想與社會的現實結合起來，體現在他主持的《大公報》（桂林版）以及他本人的作品中，就是保證報紙能獨立地發表言論，堅持抗戰愛國，不惟黨、不惟上，以公眾利益爲重，以國家民族利益爲重。

六、《大公報》（桂林版）的言論在抗戰中的輿論影響

　　抗戰時期，《大公報》（桂林版）的抗戰宣傳是卓有成效的。可以說，《大公報》（桂林版）成爲當時中國政要尤其是西南地區老百姓瞭解社會輿論的窗口，其輿論備受各界關注。早在抗戰前，老百姓就有一種觀念：其他報紙所刊出的新聞若沒有得到《大公報》的證實，則其可信度會大打折扣。譚慧生在《民國偉人傳記》中寫道：「不知多少重要國家大事，各地讀者都以《大公報》的態度爲取捨，甚至極平常的新聞，別的報已經刊載了，只要《大公報》沒有刊載，仍難獲得讀者的信賴；反之，有什麼重要新聞，讀者也一定要看看《大公報》是怎麼說的。」〔註 129〕據王芝芙回憶，蔣介石「每日必讀《大公報》，在他的辦公室、公館和餐廳裏各放著一份《大公報》，以備他隨時翻閱」。〔註 130〕而「毛澤東說，他在延安經常讀的報紙就是《大公報》」。
〔註 131〕

〔註 127〕同上。
〔註 128〕徐鑄成：《新聞叢談》，浙江人民出版社，1983 年，第 155 頁。
〔註 129〕王龍云：《張季鸞傳記資料》，天一出版社，1979 年，第 20 頁。
〔註 130〕王芝芙：《老報人王芸生──回憶我的父親》，參見《文史資料選輯》（第 33 冊第 97 輯），中國文史出版社，1989 年，第 68 頁。
〔註 131〕王芝琛：《百年滄桑》，中國工人出版社，2001 年，第 72 頁。

　　《大公報》輿論不僅深入國內尋常百姓人家，影響遍及國共兩黨，而且
蜚聲海外。鑒於《大公報》的出色表現，1941 年美國密蘇里新聞學院授予
《大公報》該年度最佳新聞事業服務榮譽獎，稱讚：「在中國遭遇國內外嚴
重局勢之長時期中，《大公報》對國內新聞與國際新聞之報導始終充實而精
粹，其勇敢而鋒利之社評影響國內輿論者至巨。該報自 1902 年創辦以來，
始終能堅守自由進步之政策；在長期作報期間，始終能堅持其積極性新聞之
傳統；雖曾遇經濟上之困難機會上之不便以及外來之威脅，仍能增其威望。
該報之機器及內部人員，曾不顧重大之困難，自津遷滬以至渝港兩地，實具
有異常之勇氣機智與魅力。該報能在防空洞中繼續出版，在長時期中間僅停
刊數日，實見有非常之精神與決心，其能不顧敵機不斷之轟炸，保持其中國
報紙中最受人敬重最富啓迪意義及編輯最爲精粹之特出地位。」〔註 132〕
　　這是中國新聞界第一次獲得此種國際榮譽，在亞洲也只有日本的《朝日
新聞》曾獲此殊榮。1941 年 5 月 15 日，在重慶舉行了頒贈儀式，到會的除有
國共兩黨要人及其它黨派團體代表外，還有美國大使館秘書賽維思、英國大
使館新聞參贊郝戈登、蘇聯大使館武官畢務列可夫、蘇聯新聞專員科瓦列夫
沙露諾夫等三百餘人，可謂盛況空前。〔註 133〕
　　《大公報》還是英美日等國瞭解中國政情民情的重要依據。1944 年底《大
公報》總經理胡政之作爲中國訪英團團員之一，訪問了英國，受到了邱吉爾
的接見，會談中邱吉爾說他非常關注《大公報》。1945 年 4 月，胡政之作爲中
國代表團成員之一，參加聯合國創立會議，並在聯合國憲章上簽名。〔註 134〕
期間美國總統羅斯福接見了胡政之，並說他從《大公報》上瞭解到中國的不
少情況。日本新聞界也密切注視《大公報》的一言一行，以此作爲判斷中國
國情的重要資料。「當時日本人認爲本報是最瞭解日本的，以本報爲研究我國
對日動向的依據。」〔註 135〕
　　《大公報》的發行量一直穩居中國近現代報刊的前列，從發行量與範圍
看，抗戰期間，《大公報》曾先後在武漢、重慶、香港、桂林四個地方出版，

〔註 132〕《獎狀全文》，《大公報》（重慶版），1941 年 5 月 14 日第 2 版。
〔註 133〕方漢奇等：《大公報百年史》，中國人民大學出版社，2002 年，第 275 頁。
〔註 134〕陳紀瀅：《抗戰時期的大公報》，黎明文化事業公司，1981 年目錄前的插圖部
　　　　分。
〔註 135〕《對天津館編輯部同人的講話》，《大公報》（天津版），1947 年 7 月 21 日第 2
　　　　版。

不僅都站穩住了，而且營業額很快就位居前列。如抗戰時的《大公報》（重慶版），發行量高達 9 萬多份，先後添置了 16 架平版機，才得以趕印出來。當時它的發行數，幾乎等於《中央日報》等其他 9 家報紙之總和。香港一向是當地報紙控制的天下，《大公報》（香港版）出版後，不久發行量即扶搖直上，在太平洋大戰爆發前，就有向《華僑日報》、《循環日報》問鼎之勢。而《大公報》（桂林版）發行最晚，但一經出版，銷路就如脫韁之馬，步步上升，發行數量最高達 6 萬多份，相當於《廣西日報》（桂林版）、《掃蕩報》（桂林版）等其他幾家大報發行量之總和。這說明，《大公報》（桂林版）的確是全國人民所歡迎的。〔註136〕

綜上所述，《大公報》（桂林版）以抗戰救國為目的，它順應了歷史時代的潮流，激勵全國軍民緊緊圍繞國家這樣一個中心來共同團結抗日，具有進步性，為中國的抗日戰爭作出了傑出的貢獻。

第四節　以抗戰宣傳為宗旨的副刊《文藝》

中國現代文學的發展離不開報紙副刊的推動。新記《大公報》的文學副刊更具獨特性，從 1926 年至 1949 年，新記《大公報》相繼推出了幾個重要的文學副刊，如《藝林》、《小公園》、《文藝》和《戰線》等。這些文學副刊依存於新記《大公報》這一輿論平臺，深深地影響了當時的中國文壇。《大公報》（桂林版）的《文藝》副刊不僅繼承了《大公報》副刊的傳統，更以抗戰宣傳為宗旨，成為了當時桂林抗日文藝戰線上的勇士。

一、《文藝》的歷史沿革

《大公報》（桂林版）創刊的第二天，便在第四版開設文學副刊《文藝》，由當時擔任本市新聞編輯兼外勤課的主任張篷舟兼編《文藝》副刊。《文藝》副刊每星期一、三、五出版，用「桂」字編號，以區別於《大公報》（香港版）。

1942 年初，《大公報》香港館同人陸續逃到桂林，編輯部一時人浮於事。胡政之在編輯會上宣佈，調張篷舟去重慶館，擔任成都辦事處主任和成都特派員；桂林版的《文藝》副刊轉由楊剛主編。

〔註136〕徐鑄成：《報人張季鸞先生傳》，生活・讀書・新知三聯書店，1986 年，第 158 頁。

　　楊剛早在《大公報》（香港版）期間，就擔任過其《文藝》副刊的編輯。1943 年 3 月，《大公報》（重慶版）總編輯王芸生特調楊剛到重慶總館工作，主編重慶、桂林兩地《大公報》的《文藝》副刊，同時兼任《大公報》的外交記者，周旋於來渝訪問的國際知名人士和駐渝外交使節、外國記者之間。鑒於《大公報》渝、桂兩版副刊統籌辦理，原渝版的副刊《戰線》於 1943 年 10 月 31 日停刊，並自同年 11 月 7 日起，每周改出《文藝》。

　　《文藝》由楊剛主編後，每星期日在《大公報》（桂林版）和《大公報》（重慶版）同時出版。內容有「文藝短論」、「小說」、「詩歌」、「散文」、「中外名作家生活片段、舊聞及語錄」、「中外文藝界近狀之綜合及分析的報告」等。《文藝》要求「來稿最長以五千字為度」，「一律寄重慶《大公報》文藝周刊，一經登載，敬致薄酬」〔註 137〕。

二、《文藝》的編輯方針

　　早年，楊剛在香港主編《大公報》（香港版）《文藝》的時候，就以抗戰宣傳為宗旨，不斷改變蕭乾時期的「紳士」形象，要讓上面發表的一篇篇文章成為擊中敵寇要害的子彈，使之成為一名打擊敵人而不被敵人打倒的「勇士」。

　　1942 年 6 月 1 日，楊剛在《大公報》（桂林版）副刊《文藝》上發表《歸來獻辭》一文，詳細闡述了自己在《大公報》（桂林版）的編輯方針。文章首先介紹了《文藝》副刊在香港版和桂林版的來龍去脈：「『文藝』有過一段細細的，但是並非平坦的道路。戰爭以後，她把自己和國家民族火焰一樣的生活扣在一起，雖然是遠在海外，雖然重大的阻礙限制了她，殖民地人民的冷淡冰冷著她的心，但是，她從祖國接到的一支火把，一直捧起這支火把照著南方寂寞的海洋，到敵人的炸彈落到頭上的時候為止。現在，香港的『文藝』殉了難。然而『文藝』的桂林版卻生存著，而且正為許多人所關心，當編者沿路回來時，聽著識與不識者的言語，當讀者讀著四面朋友們的來信，她不能不感覺到『文藝』是生活在人們心中。人們給她指示，給她鼓勵，給她力量。人的意志和熱情使她活著。」

　　接著，楊剛談到了未來《文藝》副刊的走向：「我們走過了一條道路，

〔註 137〕《啓示》，《大公報》（桂林版），1944 年 6 月 4 日第 4 版。

現在，這條路依然是一切真實的寫作者，真實地生活在民族戰爭中的人們所共走的。我們沒有理由脫離它，也不能脫離。或者，近在國人的身邊，我們將有幸歌頌更多的壯烈和英勇，同時也不能面對著戰爭所帶來的種種災難和苦痛，閉上眼睛裝著無情。一切的現實，一切的人生需要挖掘的更深、更廣，我們走進苦痛的底層，為了能夠站在苦痛的上面。這些，我們依賴著師友和讀者，依賴著一切真實地生活著的人們更多的力量、精神和熱情。」

最後，楊剛以細膩動情的筆觸談到自己編刊的願望及決心：「一個嶄新的世界在戰爭外面閃著光芒，雨季快要停止了。走完這一段泥濘的道路的日子是不會太長了的。有誰能使陽光不鋪滿草地，誰能使江流不入海洋？我們繫念，我們期待。」〔註138〕至此，《大公報》（桂林版）的《文藝》又一如既往的走《大公報》（香港版）《文藝》所開闢的道路。

三、《文藝》的主要內容和特點

楊剛善於組織聯絡文藝界、文化教育界人士為《文藝》副刊寫稿。老作家如老舍、田漢、茅盾、施蟄存、熊佛西、侯外廬等，青年作家如周為、曾敏之等也都為《文藝》積極投稿。還有昆明西南聯大的知名作家如穆旦、汪曾祺、杜運燮、鄭敏（女）、陳敬容（女）等也常在《文藝》上發表作品。

在版面和選稿上，《文藝》副刊主要有以下兩個特點：

第一，版面固定，不受廣告影響。

相比較同時期的《大公報》（重慶版）副刊《戰線》，由於《戰線》篇幅很不固定，常常被廣告擠到一角，使得讀者很不滿意。而《文藝》篇幅較大而且固定，不受廣告的影響。從1941年3月16日起，每一期均占半個版面，與地方通信輪換在第四版見報。

第二，不瞎捧老作家，不埋沒新作者。

早在張篷舟負責編輯《文藝》時期就有個宗旨，即不瞎捧老作家，也不埋沒新作者，決不發表自己的作品。據張篷舟回憶，他就曾拒登過《大公報》（重慶版）《戰線》副刊編輯陳紀瀅的長篇小說。〔註139〕《大公報》（桂林版）非常注重刊登青年作家的優秀作品，如青子的連載小說《新時代》和當時在西南聯大的學生劉北汜寄來的小說和詩歌。

〔註138〕楊剛：《歸來獻辭》，《大公報》（桂林版），1942年6月1日第4版。
〔註139〕周雨：《大公報人憶舊》，中國文史出版社，1991年，第36頁。

《文藝》副刊的體裁和題材主要有以下幾類：

（一）刊登戲劇作品，反映演出情況

戲劇活動，是抗戰時期桂林文化活動中十分活躍的一個方面。當時在桂林和到過桂林的戲劇團隊多達 100 多個，田漢、夏衍、歐陽予倩、洪深、熊佛西、焦菊隱和杜宣等都先後在桂林從事戲劇創作和演出，他們都對舊劇改革和話劇運動作出了重要貢獻。

《文藝》副刊自然高度重視桂林的戲劇創作和演出情況。特別是歐陽予倩的五幕話劇《忠王李秀成》，曾在《文藝》上長期連載。後由廣西話劇團上演，極受好評。

抗戰時期，由於國民黨奉行「只許歌頌，不許暴露」的文藝政策，歐陽予倩「借歷史人物的酒杯澆自己的塊壘」，通過對時代的基本矛盾、時代的心理和時代的願望進行總體意義上的把握，挖掘了歷史材料的內涵，從而曲折地反映了現實社會生活的主要內容及人民思想感情的主流，引起讀者的共鳴。

《忠王李秀成》構制了李秀成與洪氏兄弟的四次大衝突。第一次是洪仁發以天使身分去浙江下書，詔令李秀成回京，李秀成迫於軍情，不肯奉語。第二次李秀成與洪仁發收買的爪牙陳坤書為賑濟災民發生了衝突。第三次李秀成面見洪秀全，雙方圍繞如何退兵保城展開衝突。第四次李秀成因稽查私糧與洪氏兄弟同黨蒙得恩等發生激烈碰撞。四次大的衝突，再現了邪惡勢力假借大義營私舞弊，以假亂真，顛倒是非的老譜，對我們民族在求生存求發展途中時時產生的可悲的「內消耗」做了具體的描繪，人物的情緒、作家的憂思在其中自然地流露出來。四次大的衝突，每次都包含著堅實具體的內容，表現為不同程度、不同形態的緊張形式，產生驚心動魄的情節。歐陽予倩通過這種對歷史獨特的剖析，一方面表達了對奸俊誤國的探責，另一方面為自古以來英雄豪傑的「耿耿忠心，被人猜忌，深謀遠慮，付之流水」的際遇發出痛切的歎惋。

歐陽予倩在劇作中所表現的尖銳、激烈的衝突，驚心動魄的情節，英雄傳奇式的人物，單純而豐富的結構，充滿著憂思悲憤的情調，形成了渾厚、沉鬱、凝重的風格，在當時的歷史劇創作中，獨樹一幟。這也標誌著他的現實主義創作進入了成熟階段。

（二）刊登小說、散文和詩歌，反映桂林文化人的生活狀況

《文藝》副刊刊載的小說、散文和詩歌較爲分散。小說方面，曾經長期連載過熊佛西的長篇自傳小說《鐵苗》和司馬文森的中篇小說《湖上的憂鬱》。詩歌方面，刊登了郭沫若的《奸雄的歌唱完了》（1944 年 2 月 6 日）、何其芳的《叫喊》（1941 年 5 月 12 日）、臧克家的《月亮在頭上》（1941 年 8 月 11 日）和馮至的《十四行詩》（1942 年 7 月 21 日）等。散文方面，較著名的有汪曾祺的《昆明小街景》（1941 年 4 月 21 日）和《獵獵》（1941 年 4 月 25 日）、穆旦的《中國在哪裏》（1941 年 4 月 25 日）和田漢的《烽火中來的聲音》（1942 年 10 月 21 日）等。

《文藝》副刊還開設《我們的生活》專欄，集中反映桂林文人的生活狀況。例如 1944 年 4 月 16 日，就集中發表了老舍、茅盾、夏衍、袁水拍和徐盈等人的文章，敘述各自在抗戰時期的工作與生活，以敬獻中華全國文藝界抗敵協會成立六週年紀念。

外國文學的譯作在《文藝》副刊裏也能經常見到。如夏雨的《亨利‧巴比塞——藝術家和戰士》（1941 年 6 月 27 日）、西桑的《淪陷後的法蘭西文學》（1941 年 7 月 28 日）、葛一虹的《蘇聯作家的生活》（1941 年 8 月 20 日）和戈寶權的《希特勒手下的法國文化》（1941 年 9 月 12 日）等。

（三）對文藝問題進行討論和介紹的文藝短論

《文藝》副刊裏，常常會在某些重大的節日或紀念日，出專刊或系列文章進行文藝問題的討論和介紹。例如 1941 年 10 月 10 日，爲慶祝第四屆戲劇節，《文藝》副刊出版紀念專號，發表了田漢的《第四屆戲劇節》，熊佛西的《我們需要戲劇批評》，焦菊隱的《戲劇節獻言》和余上沅的《準備今後的戲劇節》等四篇文章。1942 年 1 月 1 日元旦節，《文藝》副刊又刊載了《談創作與批評》、《小說的研究》、《詩是什麼》、《詩與性靈》和《論文藝批評與文藝理論》等文藝短論，廣泛討論了文學創作、詩歌藝術和文藝批評等當時文藝界的熱點問題。相關的文藝短論還有卞之琳的《讀詩與寫詩》（1941 年 4 月 14 日）、老舍的《論詩人》（1941 年 6 月 6 日）、茅盾的《論許地山的小說》（1941 年 9 月 29 日）和胡繩的《論魯迅的「悲觀」》（1941 年 10 月 24 日）等。

值得指出的是，《文藝》副刊還注意刊登音樂方面的文章。1942 年 5 月 29 日，《文藝》副刊發表了著名作家徐遲和小提琴演奏家、作曲家、音樂教育家馬思聰的《關於音樂的二封公開信——純粹音樂、標題音樂、舞蹈、歌劇、

世界性、民族性》，就上述問題進行探討。

　　這是馬思聰抗戰時期在桂林發表的第一篇音樂理論性文章。關於「純粹音樂」和「標題音樂」，在抗戰時期的桂林音樂界是一個極敏感的話題，之前各報之間有過很激烈的文章爭鳴，只是由於《救亡日報》（桂林版）的正確引導，才使得爭論平息下來。就上述問題，馬思聰十分坦率、明確的提出了自己的觀點。他認爲「音樂實在是藝術當中之最神秘者，要好好地去解釋音樂，幾乎是不可能，或者就是一種高深的哲學」。他還認爲「純粹音樂勝於標題音樂，其原因是在於純粹音樂能永遠令人產生常新的聯想」〔註140〕。

　　1943 年 3 月 6 日至 7 日，馬思聰在國民戲院舉行小提琴演奏會時，演奏了著名的《貝多芬 D 長調協奏曲》。同日，《文藝》副刊發表了賴恩神父（英）的文章《貝多芬 D 長調協奏曲》，介紹了這首著名小提琴協奏曲的曲調、曲式結構及作者生平。

第五節　以公衆利益爲最高準則的廣告經營

　　《大公報》（桂林版）作爲一份民營的綜合性報紙，雖然在經濟上保持獨立，但在「四不」，即「不黨」、「不賣」、「不私」、「不盲」的辦報方針的引領下，其廣告還彰顯了「以受眾爲中心」、「以公眾利益爲最高準則」的經營方針，其刊佈的廣告在當時的戰時桂林亦獨具特色。

　　《大公報》（桂林版）創刊後，憑藉其出色的社評和新聞報導，數月之後，發行量便躍居桂林各報及西南各省之首。隨著桂林市商業的不斷繁榮，廣告收入也逐漸增加，第一年勉強能收支相抵，自 1942 年下半年起，大有起色，除去各項開支，每月略有盈餘。

　　出色的廣告經營，給《大公報》（桂林版）提供了經濟支撐和保障。抗戰時期的桂林，其他各報均忙於籌款，財政捉襟見肘。而《大公報》（桂林版）不但可以保證職工工資按時發放，而且還根據物價的漲跌浮動及時調整，幾乎月月都不同。報社不僅免費提供職工伙食和住房，外勤記者還可以由報社出錢用個人名義送禮物。這無疑給記者工作很大的支持，對發展業務也起到了積極作用。

〔註140〕《關於音樂的二封公開信——純粹音樂、標題音樂、舞蹈、歌劇、世界性、民族性》，《大公報》桂林版，1942 年 5 月 29 日第 4 版。

同時，其廣告帶來的盈利也為新記《大公報》日後的恢復、發展打下良好的基礎。抗戰時期，新記《大公報》創辦漢口版、香港版和桂林版先後因戰亂而停刊，損失慘重，但到抗戰勝利後，依舊在上海、天津迅速復刊，這與其雄厚的經濟實力是分不開的。新記《大公報》以 5 萬元資金創辦，於 1936 年增加資本為 50 萬，到 1946 年進行資本估值時，其資產估值為 6 億元法幣（當時的幣制），以美元匯率換算，核定資產為 60 萬美元，經濟實力可見一斑。〔註 141〕

一、廣告部門的機構設置

《大公報》（桂林版）屬商業性報紙，作為一份能在抗戰時桂林巋然自存的報紙，層次分明的廣告組織機構是贏利的重要保障。從報業經濟學的角度而言，報紙廣告組織的機構設置一般有兩種類型——列舉制和綜合制。20 世紀二、三十年代，一般小報所採用的為綜合制，即在總編輯下設編輯部，編輯部內設廣告組，其下再設編輯、營業、分類廣告等專業小組。而新記《大公報》作為一家全國性規模的大報，其廣告組織機構為列舉制，即總編輯、總經理分管編輯部和經理室，經理室又下設廣告課等各主要部門的方式。

廣告課是專門負責新記《大公報》報紙廣告業務的職能部門。它承擔廣告業務的接洽、簽約、設計製作和實施發佈等工作，並對外來的廣告作品負責編輯、檢查審核和安排發佈時間與版面的事宜。《大公報》（桂林版）作為新記《大公報》的地方版，也是照此組織機構獨立行使各自職能的。各課有職有權，除完成本部門的工作外，還互相通氣，編輯部負責報紙各版面的編輯，在廣告業務上還負責為廣告安排版面。這種經理室和編輯部相溝通的方式十分有利於《大公報》（桂林版）拓展廣告業務。

二、兩種廣告經營方式

《大公報》（桂林版）在廣告經營方式上，歸納起來主要有以下兩種方式。

（一）設立門市部承接廣告

廣告主是指為推銷商品或者提供服務，自行或委託他人設計、製作、發佈廣告者。民國時期，很多廣告主是通過直接上門與報館廣告課接洽購買廣告版面等相關事宜。大公報館根據廣告主的需求，酌情提供廣告創意、廣告

〔註 141〕周雨：《大公報人憶舊》，中國文史出版社，1991 年，第 22 頁。

設計以及廣告編排和審查。在門市部，廣告課有業務人員專門負責應承，依廣告發佈的規則辦理廣告業務。《大公報》（桂林版）在灕江大橋橋頭開設了門市部，由戚家祥負責廣告。

（二）廣告社代理經營廣告

直接收刊廣告是門市部的職責，但多數比較大的廣告業務，則需要廣告社來代理。廣告社接受廣告主的委託，策劃、設計各類廣告，為大公報館和廣告主提供具有代理性質的廣告服務。廣告社處於中間地位，為廣告主和《大公報》（桂林版）雙方提供服務：一方面受廣告主委託為比較大的廣告業務提供廣告設計、製作和代理服務，另一方面，又為《大公報》（桂林版）承攬廣告業務。這種方式，無論對廣告主還是對廣告社、大公報館來說，都是極其便捷的，所需資金少，管理方便有效。

這種模式從報業經濟學的角度來看，《大公報》（桂林版）的廣告經營已漸趨成熟。廣告社的代理，無疑簡化了門市部推銷廣告的工作量。大公報館只需要同一家或幾家廣告社聯繫，就相當於同多家廣告主聯絡業務。同時，由於廣告社對廣告製作講究圖案新穎、形象逼真，因此改善了報紙版面的視覺傳播效果，從而減輕了大公報館廣告課提供廣告設計、製作服務的負擔。此外，廣告社還承擔著刊登廣告的經濟責任，廣告社集中向報館支付廣告版面費用，可減少報館由於廣告主欠交、賴交廣告費帶來的財務風險和壞賬損失。

值得注意的是，廣告社也常常在《大公報》（桂林版）的廣告版面上作自己的「廣告」，以求在激烈的廣告市場上站穩腳跟。例如，西南廣告公司就曾連續在《大公報》（桂林版）第一版刊登廣告：

> 西南廣告公司：辦理各地報紙、雜誌、招貼、幻燈、交通等廣
> 告，代客設計、撰述、繪圖、鑄版及各種宣傳文件
> 地址：桂林桂東路一六二號
> 電話：二三五六四〔註142〕

三、靈活的廣告經營策略

《大公報》（桂林版）的廣告在「四不」辦報方針的引領下，奉行了「以受眾為中心」、「以公眾利益為最高準則」的經營方針，其廣告經營策略凝聚

〔註142〕《西南廣告公司》，《大公報》（桂林版），1941 年 3 月 16 日第 1 版。

著高度的智慧，有些策略至今仍值得借鑒。

（一）依據行情實施價格浮動，靈活刊佈

《大公報》（桂林版）的廣告基本為 1 個半版到 2 個版。主要安排在第一版和第四版，報紙的中縫也刊登廣告。遇到重大的節日或紀念日，如元旦、雙十國慶節等會相應的增加版面。例如 1943 年 1 月 1 日的《大公報》（桂林版）就一共刊出了 7 個版的廣告。

《大公報》（桂林版）根據不同時期廣告市場的行情，制定了靈活的廣告收費標準，將廣告價格細化，依版面的不同，位置的不同，將廣告價格分級，且在報紙第一版的報名位置下方公開刊佈。以 1941 年 3 月 27 日的《大公報》（桂林版）為例，其第一版就詳細刊登了廣告的價格：

> 廣告價目：報名下十寸五十元，每英寸每日三元，指定地位加半倍。
>
> 經濟廣告：甲種二元，乙種四元。〔註 143〕

由上可以看出，《大公報》（桂林版）將廣告刊佈的位置分成三類：一類是報名位置以下，價格為十寸國幣五十元。一類是一般的版面位置，每英寸每日三元。還有一類是在廣告版的指定位置刊登，價格為一般版面位置加價半倍。

同時，《大公報》（桂林版）將經濟類廣告分為甲種和乙種，「甲種」為人事性的信息類廣告，「乙種」為經營性的信息類廣告。

此後，隨著業務的不斷擴大以及當時物價上漲等原因，《大公報》（桂林版）的廣告價格也隨之上調。以 1942 年 3 月 2 日為例，第一版的廣告價格為：

> 廣告價目：報名下十寸一百五十元，每英寸每日七元，指定地位加
>   半倍。
>
> 經濟廣告：甲種六元五角，乙種十三元。〔註 144〕

1943 年 1 月 3 日，《大公報》（桂林版）的廣告價格為：

> 廣告價目：報名下十寸三百元，中等每寸十八元，里中縫每寸三十
>   六元，外中縫每寸十八元。
>
> 小廣告：甲種十五元，乙種三十元。〔註 145〕

〔註 143〕《廣告價目》，《大公報》（桂林版），1941 年 3 月 27 日第 1 版。
〔註 144〕《廣告價目》，《大公報》（桂林版），1942 年 3 月 2 日第 1 版。
〔註 145〕《廣告價目》，《大公報》（桂林版），1943 年 1 月 3 日第 1 版。

到了 1944 年 5 月 30 日，其廣告價格為：

　　廣告價目：報名下十寸一千八百元，中等每寸九十元，里中縫每寸

　　　　　一百八十元，外中縫每寸九十元。

　　小廣告：甲種九十元，乙種一百八十元。〔註146〕

　　從這裏可以發現，廣告價格不僅再次大幅上調，還在報紙的中縫開闢出新的廣告版面。同時，《大公報》(桂林版)廣告價格的不斷大幅上漲，也從一個側面反映了抗戰時期物價飛漲、通貨膨脹的情形。

（二）以內容促進發行，以發行帶動廣告

　　從報業經濟學的角度來說，報業產品生產過程中的採編、廣告、發行具有一體化的特徵。從報業產品的生產環節來看，採編、廣告、發行雖具有明顯的獨立性和過程的間斷性，然而三者之間又存在著極其密切的聯繫。發行量是招攬廣告的依據，吸引廣告主選擇一家報館刊佈廣告的主要因素是該報的發行量，而報紙發行量多少又取決於報紙的新聞和言論質量的高低。讀者喜聞樂見的報紙才會有廣闊的銷路和可觀的發行量。

　　《大公報》(桂林版)在徐鑄成擔任主筆期間，言論上力主自由，和重慶版《大公報》保持距離。如上所述，重慶版的女記者彭子岡的通訊在重慶發不出，便以「重慶航訊」的方式在桂林版刊發，其通訊中多揭露國民政府內幕。這些通訊往往能激起重慶中央政府某些要人不滿情緒與憤怒，但因其記載詳實，黑白分明，顯現底蘊，使讀者稱快，銷量大增。加上經理金誠夫善於管理經營，「桂林版發行等於桂林各報之總和，日銷達六萬餘份，不僅桂、湘、粵到處暢銷，即與重慶等距離之滇、黔各地，亦幾成桂版之市場」〔註147〕。

　　《大公報》(桂林版)不僅通過內容促進了發行，而且一直注重發行工作。早在創刊之初，為積極推廣銷數，幾乎天天刊登「本報招辦各地分館、分銷處啓事」的廣告。《大公報》(桂林版)先後開設招辦了長沙、湘潭、柳州、南寧、宜山、福州、成都等分館和分銷處。凡本市訂戶，一律專差送報上門；在主要交通線和碼頭、公路、車站等地，增設多處發報站，使得發行量比當

〔註146〕《廣告價目》，《大公報》(桂林版)，1944 年 5 月 30 日第 1 版。
〔註147〕徐鑄成：《徐鑄成回憶錄》，生活·讀書·新知三聯書店，1998 年，第 106 頁。

地幾家報紙的銷數都多。這些都足以說明，《大公報》（桂林版）遠比同時期其他報紙更重視發行工作，因而在發行帶動廣告上要優於其他報紙是不足奇怪的。

為了適應採編、廣告、發行一體化的需要，《大公報》（桂林版）還採取雙軌制，即分設編輯部和經理部兩部門。其經理、副經理都是選用編輯部骨幹擔任，這樣可以溝通編輯部和經理部兩部門，相互照顧，避免隔閡，使編輯部隨時瞭解業務情況、經濟情況，並使編輯部的意圖在經營中得到貫徹。這是整個新記《大公報》時期一貫的獨特的人事政策，也是其編輯和經營業務均獲得發展的成功經驗。

（三）採用社評、新聞與廣告混排，使用大標題、大圖片吸引讀者

《大公報》（桂林版）常常將社評、新聞安排在第一版的位置，常常和廣告編排在一起，能使主動搜尋新聞訊息的讀者提高對廣告的注意力和閱讀率。同時，注意使用醒目的大字標題或大幅畫面，而不是通過盡量容納文字來介紹商品。

此外，報紙的印刷質量好，墨迹清晰，層次豐富，能提供優質的套色服務，會使廣告對商品的表現力增強，使廣告創意妙趣橫生，從而加強傳播效果。以 1941 年 5 月 4 日的第一版廣告為例，《大公報》（桂林版）全版使用了套紅，使得整個報紙令人耳目一新。

（四）積極開展社會活動，重視公共服務

《大公報》（桂林版）以「受眾為中心」、「以公眾利益為最高準則」的意識成為隱性的廣告經營策略。《大公報》（桂林版）具有強烈的公共服務意識，注重開展社會公眾活動，滿足社會需要，溝通聲息，使其具有更強的競爭力，更能吸引廣告主的注意。

每遇全國性災難或重大戰事發生，《大公報》（桂林版）都要發起募捐救濟。1943 年 5 月 21 日，《大公報》（桂林版）以《大家拿出良心來》為題發表社評，號召人們各本良心，參加報紙義賣獻金。同月 29 日，《大公報》（桂林版）舉行獻金義賣，訂戶停送報紙一天，將收款捐作良心獻金。

《大公報》（桂林版）還高度關注留桂作家的生存狀況，對桂林文化城有實際困難的作家、文化人慷慨解囊。1942 年，千家駒等人從香港脫險抵桂，王文彬立即派人送錢，以「預支稿費」作為周濟，可謂雪中送炭。1944 年 2

月，作家王魯彥生活困難，病情惡化，《大公報》（桂林版）公開爲王魯彥募集醫療費用，共募得捐款 5000 多元。1944 年 3 月 9 日，由於政治環境險惡，物價飛漲，桂林文藝界出現蕭條現象，爲此《大公報》（桂林版）發表《物價與文化》的社評，指出「行行有飯吃，著書必餓死，已成爲冷酷的事實。對於圖書審查制度過嚴，學人物質生活之清苦，出版界資金周轉之苦難，郵送寄費之過重，政府則應盡力爲之解除，以示扶植文化之至意」〔註 148〕。一再呼籲政府當局和社會各界，設法改善作家們的生活待遇和政治待遇。

同時，《大公報》（桂林版）還組建「大公劇團」，舉辦義演，宣傳抗日救國，激勵了國人的愛國熱情和抗敵鬥志等等，這些都對全國軍民奮起抗戰起到了宣傳鼓舞作用。《大公報》（桂林版）支持抗戰到底的決心，深得飽受外患之苦的民眾之心，自然深得信任和擁護。

第六節　組織機構與「不私」「不盲」人才管理模式

新記《大公報》在經營管理包括人事管理上積纍了豐富的經驗。《大公報》（桂林版）其經營管理和人事制度基本上延續了新記《大公報》的模式。

一、《大公報》（桂林版）的組織機構

新記《大公報》自 1926 年 9 月 1 日在天津創刊。早期的報社組織機構雖然簡單，但層次分明，各部門互相通氣，做到有問題隨時商量解決，無文牘主義、層層報批的陋習，因此，報社的工作效率高。而且組織機構從總經理、經理到各課、工廠，均能充分發揮獨立處理問題的主動精神，完成本部門的各項任務，特別是總經理、經理經常深入基層瞭解情況。《大公報》報人袁光中曾回憶，總經理胡政之白天在經理部，晚上在編輯部，半夜還常到工廠察看排版印刷過程。〔註 149〕

新記《大公報》的組織機構如下圖所示：

〔註 148〕《物價與文化》，《大公報》（桂林版），1944 年 3 月 9 日第 2 版。
〔註 149〕周雨：《大公報人憶舊》，中國文史出版社，1991 年，第 22 頁。

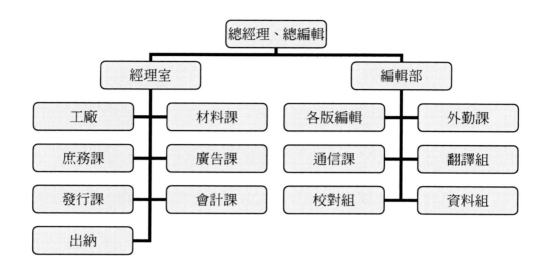

此後，新記《大公報》開設的上海版、漢口版、重慶版、桂林版和香港版，均是照此組織機構獨立行使各自職能。

張季鸞逝世後，新記《大公報》的組織機構發生了顯著變化。1941 年 9 月初，胡政之從桂林趕往重慶的途中，路經貴陽，得知張病逝後，即與吳鼎昌商量決定成立董監事聯合辦事處，對渝、桂、港三館實行「集體領導」，由胡政之任聯合辦事處主任委員。在 9 月 15 日的本社同人公祭張季鸞的儀式上，胡政之宣佈了《本報董事會決議案》：（一）設立董監事聯合辦事處；（二）以胡政之、李子寬、王芸生三董事，曹谷冰、金誠夫二監事為委員。同時還宣佈正式成立社評委員會，由胡政之、王芸生、曹谷冰、李純青、孔昭愷、趙恩源、金誠夫、徐鑄成、楊歷樵、蔣蔭恩、王文彬為委員，王芸生為主任委員。〔註150〕

不久，渝、桂、港三版先後發表社評《今後之大公報》，對張季鸞逝世後報社內部機構的設置變化進行了說明：「本報乃是一個永久事業，季鸞先生生前已有不可人死報亡之誠，本報同人也感覺事業的神聖，懷此情緒，於昨日祭告季鸞先生之靈，宣告成立董監事聯合辦事處，總攬全社事務，期以協力同心共同負責的精神，經營本報的業務，善盡本報的使命。」〔註151〕

董監事聯合辦事處的成立，使得渝、桂、港三館在形式上得到了統一。

〔註150〕吳廷俊：《新記〈大公報〉史稿》，武漢出版社，2002 年，第 244 頁。
〔註151〕《今後之大公報》，《大公報》（桂林版），1941 年 9 月 20 日第 2 版。

　　爲了加強管理，董監事聯合辦事處還陸續制定、頒佈了一系列規章制度。如1941 年 10 月制定了《職員薪給規則》，規定了職員的月薪等級、特別費核給、年終酬金、生活津貼、年資薪的標準。又如 1942 年重新修訂了《大公報工友請假規則》、《大公報社職員任用及考覈規則》等。

　　1941 年 12 月，太平洋戰爭爆發，香港淪陷。香港館內撤到桂林，其大部分港版的報人加入到了桂林館。自此，原有的三館只剩下渝、桂兩館。爲了使渝、桂兩館同人保持聯繫，增進瞭解，1943 年 5 月，董監事聯合辦事處決定，報社同人讀物《大公園地》在重慶復刊。在《大公園地發刊詞》一文中，曹谷冰敍述了新記《大公報》自 1926 年天津續刊到抗戰以來四處遷徙的經過，並指出內部讀物《大公園地》的刊行，是爲了「報導各館之情況，並溝通同人之情愫」〔註 152〕。

　　1943 年 9 月 6 日，在張季鸞逝世兩週年的社祭儀式上，胡政之宣佈了董事會新近制定的《大公報同人公約》五條。其中第一條規定「本社以不私不盲四字爲社訓」，第四條規定「本社以每年九月一日爲社慶日，紀念創辦人吳達詮、胡政之、張季鸞三先生」。對於這份《大公報同人公約》，胡政之專門撰寫了《同人公約的要義》，對公約逐條作了解釋，刊登在 9 月 20 日出版的第 8 期《大公園地》上。在談第一條時，胡政之說：「我們的社訓，只有簡單的四個字，就是：『不私不盲』。記得民國十五年九月一日本報的第一篇社評裏，我們就曾經說明本報的基本立場，提出『不黨、不私、不賣、不盲』八個字。而現在我們的社訓『不私、不盲』就是將以上八個字歸納起來說的──『不黨』可歸納入『不私』，『不賣』可以歸入『不盲』。這『不私、不盲』四個字，一方面是本社的最高言論方針，另一方面也可以說是本報同人對人對事的指導原則。」〔註 153〕

二、重視人才的選擇、使用和培養

　　《大公報》（桂林版）在人事制度上的特點是經理負責制，經理有人事權、財權和經營權。總經理秉承董事會的決策辦事，各館秉承總經理的意旨辦事。總經理還與總編輯共商編輯業務，審新聞稿，撰寫社評，事必躬親。如抗戰時期，胡政之就往來於渝、桂、港、漢各館指導工作。

〔註 152〕吳廷俊：《新記〈大公報〉史稿》，武漢出版社，2002 年，第 245 頁。
〔註 153〕同上。

　　《大公報》（桂林版）用人有方，眾口皆碑。早在 30 年代，新記《大公報》就培養了范長江、蕭乾等一批名記者。《大公報》（桂林版）創辦後不久，公開招考了一批編輯、記者如羅承勳、陳凡、錢慶燕、黃克夫、曾敏之等。這些人在《大公報》（桂林版）的培養扶植下先後成爲新聞界的領導者。如羅承勳是香港《新晚報》的總編輯，陳凡是香港《大公報》副總編輯，曾敏之去美之前是香港《文匯報》副總編輯。

　　總結該報用人的辦法與經驗，主要有以下幾個特點：

　　第一，任人唯賢，知人善用。

　　《大公報》（桂林版）的人員除自行培訓之外，有選聘的，有從投稿者中錄用的。即使通過人事關係介紹進館的，也要長期考驗其工作能力後才安排到適當位置工作。任人唯賢是其用人宗旨，不稱職的人員隨時辭退，對有用的人才則愛護備至，積極培養，發揮其才能，放手讓其工作，並在工作中繼續關心培養。

　　《大公報》（桂林版）任用新人大多是經過嚴格的考試甄別的，在工作中縝密觀察發揮其所長。擔任副經理的王文彬，事必躬親，對使用幹部洞察力極強。當時《力報》有位記者寫作能力較差，在《力報》工作一直鬱鬱不樂。後來轉入《大公報》（桂林版）工作後，王文彬把他安排在經理部。有次奉命派到邵陽去買土報紙，竟然雇了幾十個人逐張檢查，剔出破爛，向紙廠更換好紙。一個在其他單位不起作用的人，一到了《大公報》（桂林版）就大展所長了。〔註 154〕

　　第二，採用編輯、經營互調和採編互調的辦法培養人才。

　　如上所述，《大公報》（桂林版）的經理、副經理都是選用編輯部的骨幹來擔任，這樣可以溝通編輯部和經理部兩部門，使其相互照顧，避免隔閡，起到應有的作用。從而使編輯部隨時瞭解業務情況、經濟情況，又可以使編輯部的意圖在經營中得到有效貫徹。

　　1943 年 6 月 13 日，胡政之就用人問題曾對《大公報》（桂林版）經理部同人講話，其中談到：「大概官辦報紙重在宣傳，所以比較著重編輯部，經理部沒有地位。商辦報紙著重營利，所以經理部無形高於編輯部。我們的報是經編兩部同等重視，沒有高低之分。而且我們爲使經理、編輯部打成一片，

〔註 154〕吳頌平：《桂林文化城的報紙綜述》，《廣西新聞史料》（第 22 期），廣西新聞史志編輯室，1991 年，第 19 頁。

傳統辦法是：從編輯部選拔經理人才。所以經理部完全瞭解編輯部的需要，當節省的自然要節省，當花費的一定肯花費，決不會打小算盤。」〔註155〕李子寬、金誠夫、曹谷冰、王文彬和費彝民等就是從編輯部選拔出來當經理的。這種做法也收到很好的效果，《大公報》（桂林版）不僅經營有方，而且報紙業務也有很大發展。

　　同時，編輯部內部又實行採編互調的辦法。記者先在本市或某辦事處擔任一個時期採訪工作後，如認為可以培養的，調到報社擔任一般編輯工作。再經過一個時期鍛鍊，又外派到各地擔任特派記者，如有發展前途，再調回報館任要聞編輯或編輯主任，並學寫社評。這樣一來，做記者的時候，明白什麼是新聞，如何採訪。做編輯的時候，又能體會採訪工作的甘苦，明白如何重視新聞稿件，精心編輯稿件。

　　第三，勇於維護同人，重視員工福利。

　　《大公報》（桂林版）勇於維護報社記者的利益，切實保障記者的人身安全。這樣的例子很多。1943 年初，《大公報》（桂林版）記者高學逵任駐江西贛州地區記者，被當時的專員蔣經國懷疑是共產黨員，扣了起來。胡政之派馬廷棟去訪問蔣經國，報導贛南新政，並打電報營救，將高接回桂林，調其到柳州辦事處工作。香港淪陷後，《大公報》（香港版）副刊主任、名記者楊剛脫險經東江縱隊解放區來到桂林。她在解放區曾發表演說頗受歡迎，當地油印報有記載。特務流言中傷，要胡政之考慮不用楊剛，胡政之嚴詞拒絕。〔註156〕此外，大批記者如孟秋江、徐盈、彭子岡、高集、李純青、蕭乾、朱啓平等都在《大公報》（桂林版）工作過，得到報社的信任與維護。

　　為了改善和充實員工的生活，增強內部凝聚力，《大公報》（桂林版）重視員工的福利事業。1943 年 10 月，新記《大公報》報館成立同人福利委員會，通過會章 14 條。在福利委員會成立大會上，孔昭愷做了《談本館福利事業》的報告。孔昭愷說：「就報業言，我們知道，福利事業之推進，能與本報比肩者不多。」在回顧了本報提倡同人福利之歷史後，孔說：「目前本報兩館福利設施，在曹經理、金經理擘畫之下，已頗見規模。就渝館言，陸續舉辦的事項概述如下：一、員工醫藥費之補助。館中聘有中西醫顧問，以便員工疾病就診，所有藥費由館補助七成。二、津滬籍之員工接濟留居津滬眷屬之匯款

〔註155〕同上。
〔註156〕同上。

除原額外，其薪水彙水額由館津貼一半。三、員工消費合作社於去年四月成立。四、體育會於前年（1941 年）成立，有籃球、排球、乒乓球諸項設備，悉由館供給，每月另有津貼。五、國劇研究社於去年春成立，設備悉由館供給，每月另有津貼。六、工徒補習班，課本用具概由館供給。七、淋浴，員工每人每日一次。桂館情形，和渝館差不多。」孔昭愷最後說：「福利事業是公共的組織，必須大家愛護扶持，才能眞正得到益處。深信我們報館對員工同人福利設施方興未艾；但亦必視我們員工同人對各種福利設施關切、同情與合作之程度而定其進度！」〔註 157〕同時，福利委員會進修部、學術座談會、俱樂部、福利部都制訂了相應的簡則。

　　無可否認，《大公報》（桂林版）的福利工作做得是比較好的，也是比較成功的。大公報人袁光中曾說：「大公報可以說是艱苦創業，全靠經營的積纍維持。天津、上海、漢口、香港、桂林陷敵，資財盡失。每到一地白手起家，勤儉辦事。同人追隨，顛沛流離，患難與共，毫無怨言。工資待遇比上海新聞報、申報爲低，但都能維持儉樸生活。同人確有實際困難的，可以貸款，在工資中分期扣還。」〔註 158〕所以在抗戰最爲艱難的時期，當其他某些報紙忙於籌款，財政捉襟見肘之時，《大公報》（桂林版）職工工資卻按物價上漲指數增發，幾乎月月都不同。職工伙食、住房都由報社免費供給，外勤記者還可以由報社出錢用個人名義送禮物。這不但給記者工作很大的支持，還增強了報社的凝聚力，對報社各項工作的開展也起到了積極的作用。

〔註 157〕吳廷俊：《新記〈大公報〉史稿》，武漢出版社，2002 年，第 246 頁。
〔註 158〕周雨：《大公報人憶舊》，中國文史出版社，1991 年，第 25 頁。

第六章　以戰況報導和戰爭動員見長的
國民黨軍報《掃蕩報》(桂林版)

第一節　《掃蕩報》(桂林版)發展概述

　　在中國現代報業史上，一提到軍報，人們就會聯想到《掃蕩報》。《掃蕩報》是國民黨軍事委員會機關報，主要反映陸軍方面的意見。它 1931 年 6 月 23 日創刊於南昌，1935 年 5 月遷到漢口繼續出版。武漢淪陷後，《掃蕩報》一分為二為重慶版和桂林版。

　　《掃蕩報》(桂林版)於 1938 年 12 月 20 日正式出版，社址在桂林東華路 27 號，印刷廠在簸箕岩。1939 年 8 月 3 日桂林行營政治部改組該報，1939 年 12 月 2 日，任命易幼漣為社長，代總編輯卜紹周，後鍾期森升任總編輯，要聞編輯為程曉華，副刊編輯為蕭鐵。日出對開一大張，每日發行數增至兩萬份。版面的內容安排是：一版除報名外全部是廣告，有時如「七‧七事變」紀念周等有些第二版的內容會出現在第一版上。第二版是國內要聞，主要是抗戰戰報和社論、專論、來論等，後者並非每天都有。第三版為國際要聞、廣西要聞與桂林簡訊。第四版為各種副刊和廣告。

　　《掃蕩報》最初「完全是為了安內攘外、先安內後攘外而辦的，使命是掃蕩國民革命途程中的障礙，輔助軍事上的安內攘外工作」。抗日戰爭的爆發，使民族矛盾上升為國內主要矛盾，國內政局發生了根本的變化，國共第二次合作迎來了全國團結抗戰的新形勢。《掃蕩報》(桂林版)的編輯方針，據 1939 年 5 月 1 日該報發表的紀念文章《掃蕩八年》表白為「國家至上，民

族至上，軍事第一，禦侮圖存」。1939 年 12 月 20 日出版遷桂一週年專刊，卜紹周在紀念文章中說，該報以「有利於抗戰建國爲中心」。在移漢出版四週年的社論宣揚，對該報同仁的要求是具有「威武不能屈，富貴不能淫，貧賤不能移的精神」〔註 1〕。《掃蕩報》到了抗戰時期其影響力擴大，讀者遍及全國各地，成爲一張全國性的報紙。

日軍陷落桂林之際，《掃蕩報》（桂林版）於 1944 年 9 月 4 日停刊，移到廣西的金城江、獨山兩地發行過臨時版，向顛沛流離的難民報導戰場消息。當時《掃蕩報》（桂林版）人員當中，因翻車及敵機轟炸不幸殉難者有 20 餘人，總編輯也不幸遇難。此時，抗戰已到決戰關頭，該報向愛國青年發出緊急呼吁，與新聞同業聯手，廣泛展開青年從軍運動。

《掃蕩報》（桂林版）有自己的辦報精神和理念，在《掃蕩報》（桂林版）的一些移桂週年紀念特刊上均有反映。《掃蕩八年》特刊的其中一篇由總編輯鍾期森所寫的名爲《『掃蕩』八年》中有提到：「在這八年過程中，我們擔負起艱重的國家宣傳的任務。抗戰以前，我們在建立民族自尊與自信的工作上，在民族復興運動的倡導上，在奠立統一基礎要義上，我們曾盡過很綿薄的力量。抗戰以後，我們在禦侮圖存的總的工作之下，進行著組織民眾，訓練民眾，我們實際的服務社會，實際的參加一切的活動。我們除了宣傳，還要做。我們在完成統一，在加強抗戰必勝的信心，以及鼓動民眾參戰的種種工作上，也從未規避責任。」〔註 2〕

《掃蕩報》最初的創辦人賀衷寒也曾在《掃蕩報》十週年紀念特刊上發表的《十年如一日》來闡明《掃蕩報》的辦報精神。他指出在創辦初期，是爲了闡發三民主義，提倡民族文化，從抗戰開始則是「宣揚國策，導達輿情，激勵士氣，振作人心，秉持『國家至上民族至上』之原則，發揮『意志集中力量集中』之要義，始終一貫，奮進不懈，其精神實可稱十年如一日」。〔註 3〕

《掃蕩報》的發行數量一直是上升的，由最初的 5000 份，後來增至 7000份，最後到 1.1 萬份，這是在南昌創辦時的紀錄。遷到武漢之後，發行量由3000 份不到一年突破 1 萬份，再超過 2 萬份，到 1938 年 5 月達 5 萬多份，以後更迭爲 6.5 萬份以上。後來遷到桂林之後，由於生產工具的關係，沒有單獨

〔註 1〕 王小昆：《桂林版〈掃蕩報〉與抗戰音樂文化》，《桂林抗戰文化研究文集（八）》，廣西區內部資料性出版刊物，2005 年，353 頁。

〔註 2〕 《『掃蕩』八年》，《掃蕩報》（桂林版），1939 年 5 月 1 日第 4 版。

〔註 3〕 《十年如一日》，《掃蕩報》（桂林版），1941 年 5 月 1 日第 4 版。

銷售 6 萬份以上，《掃蕩報》（桂林版）日銷量曾達到 2 萬份，讀者從華中散佈到西北、西南，這與《掃蕩報》一直以來秉持的辦報精神是分不開的。

　　《掃蕩報》移到桂林出版之後，由社長丁文安主持復刊。《掃蕩報》一開始便有精密的通訊設備，抄譯外電，最後消息的抄收比中央社要延長兩小時。〔註4〕

　　《掃蕩報》（桂林版）的發行網，東起長沙、衡陽，南達曲江，西至鎮南關，以及滇黔兩省。

　　抗戰時期，物資緊張，白紙尤為缺乏，所有報紙都用稻草青竹纖維，以土法抄製，因此只能用平版機印刷，顏色也呈灰黃色，這種機器每部每小時只能印二千多份，還要反過來印一次，《掃蕩報》（桂林版）8 部機器，經常要印到當天下午三點，才將一天的報紙印完。上午 9 時以後的報紙，多數供應桂林市和湘桂鐵路沿線，其餘均由郵局寄發。

　　1939 年春，日軍企圖進犯桂南，成天轟炸桂林，幸好 1938 年的年底，總經理易幼漣便把報社遷到四義村編印出版，排字房、機器房全部容納在內，至於採訪以及營業部門，仍設在桂林城區的東華門。1939 年 7 月，東華門被炸，倘若不是早有疏散，該報將很有可能全軍覆沒。

　　1939 年的夏天，陳誠部長巡視廣西，他曾到四義村參觀，對全體人員生活清苦而鬥志高昂的情形表示滿意，回到桂林，則指示四義村距市區太遠，往返不便，於是，報社於 1940 年在桂林七星岩的左側，找到一個叫「簸箕岩」的山洞，就在岩側興建新址，有電臺、圖書館、資料室、球場……報社業務也隨此發展，這是桂林版《掃蕩報》的黃金時代。〔註5〕

第二節　《掃蕩報》（桂林版）的戰況報導

一、《掃蕩報》（桂林版）的軍事報導

　　報導新聞是報紙的天職。《掃蕩報》在創辦時，其創辦目的在於團結軍隊組織，教育軍人，以打破文盲和建立他們的價值觀，並且還給讀者提供訊息，

〔註4〕　蕭育贊等：《掃蕩二十年——〈掃蕩報〉的歷史紀錄》，臺灣中華文化基金會，1978 年。
〔註5〕　蕭育贊等：《掃蕩二十年——〈掃蕩報〉的歷史紀錄》，臺灣中華文化基金會，1978 年。

以及教育讀者，鼓勵軍民，使民眾支持國民政府。《掃蕩報》（桂林版）在抗戰時期擔任最突出的角色，也可說是與其他報紙最不同的角色則是戰況消息的報導。

這裏著重介紹和分析《掃蕩報》（桂林版）在抗日戰爭中對比較重要的廣西南寧崑崙關戰役所進行的報導。

（一）戰況報導與戰地通訊

1、戰況報導

在抗日戰爭的桂南會戰中，中國軍隊在廣西南寧地區對日軍進行了一場場攻堅戰役。1939 年 12 月爆發於廣西賓陽縣境內的崑崙關戰役，作為整個桂南戰役的核心戰役，是國民黨正面戰場自武漢失守以來取得的一次重大勝利。崑崙關戰役的勝利，除了軍隊的力量，還離不開民眾的支持。民眾力量是一切決鬥的基本力量，廣西曾在 1937 年至 1939 年間動員了 40 餘萬戰士，奔赴黃河流域與長江流域和敵人戰鬥，取得了一系列的戰績，通過軍民的合作，加快了抗戰最後勝利的速度。

戰況報導作為《掃蕩報》（桂林版）的重要組成部分，大部分被安排刊登在報紙第二版的版面上（僅有 1939 年 12 月 18、25 日和 1940 年 1 月 1日被刊登在第三版），主要報導國民黨軍隊在邕賓邕武邕欽等線與日軍作戰的最新戰況。1939 年 12 月 3 日第二版，戰況報導中首次出現對於崑崙關的報導。

對於這場戰役的整個過程，《掃蕩報》（桂林版）均有反映，為便於全面瞭解和研究崑崙關戰役的報導情況，本文將該報有關崑崙關戰役全部報導整理如下。

1939 年 12 月 3 日的報導：

邕賓線我採新攻勢　邕武邕□兩路沉寂
寇頑固南寧外圍企圖被我粉碎

〔本報賓陽二日下午四時電〕賓陽南寧間，我各路生力軍已集中□□待命，現崑崙關前築有鞏固之陣地，我即將採猛銳攻勢，預料寇必可為我聚殲。

1939 年 12 月 4 日的報導：

欽邕路寇後路被截斷　我軍奪回大同小董

邕賓邕武兩線寇受挫呈頹勢　據某將領談寇絕難越過賓陽

〔本報賓陽三日上午九時四十分電〕邕賓線寇自遭我痛擊後，已呈頹勢，我生力軍分別固守各防線，寇不敢犯，現仍峙於崑崙關以南一線，戰事轉弛……

寇機分批肆擾桂境　北海又緊寇圖蠢動

〔本報桂市訊〕寇機連日肆虐，廣西省境各地，掩護作戰，賓陽崑崙關一帶迭遭狂炸，我軍毫不畏怯，仍奮勇抗拒。

1939 年 12 月 5 日的報導：

我軍反攻奪回八塘　小董寇向西南潰竄

〔本報賓陽四日下午七時二十五分電〕邕賓線戰局已於我絕對有利，集中崑崙關以南一帶我軍配以精銳武器，發動反擊，寇妄圖抵抗，八塘一帶搏戰甚烈，卒因我攻勢猛烈，寇已被我擊潰，現寇正紛向八塘西南竄逃，我乘勝尾追，八塘正式克服，寇血流成渠，草木爲赤。

1939 年 12 月 6 日的報導：

八塘奪回南寧震動　小董近郊仍有劇戰

邕武線戰況轉緊　武鳴安謐如平

〔本報賓陽五日下午八時五分電〕我以雷霆萬鈞之力摧毀八塘一帶頑寇後，士氣更轉旺盛。現正乘勢向西南做猛烈之追擊戰，寇死傷慘重，並遺棄輜重糧秣無算。八塘奪回，南寧震動，寇酋漏夜集議籌商對策，企圖增援再犯，一面派工兵數營馳赴八塘西南地，將公路全路自行破壞，防我繼續反攻。

〔本報遷江五日下午二時　五十五分電〕我衝入小董大□，寇公路橋□均被我徹底破壞，現已任務完成退出，寇後路交通已被截斷，一時無法修復。現小董近郊仍有戰事，我集中主力向寇猛擊，寇亦增援頑強抗拒，戰事至爲劇烈。截至發電時止，戰事正在進行中。

〔本報遷江五日下午十時　十五分電〕邕武路戰局轉劇，寇東

圖挽邕賓路頹勢，已向高峰坳以北一帶大量增援，並以大批獸機掩護騎兵向我陣地猛犯，一度血戰，現我已轉移？騰以北山嶺地區，繼續作戰，寇勢險遭阻挫。武鳴新近我到達之援軍，均爲精銳部隊，配備亦甚齊全，且南郊山岡錯雜，工事穩固，寇如深進，係自尋死路無疑。現武鳴甚爲安謐，雖時有空襲，婦孺早經疏散，市民極爲鎮靜，當地民團已開赴前線作戰，甚爲得力。

1939 年 12 月 7 日的報導：

某軍事家告本報記者　寇犯桂南另有企圖

我扼守高峰坳武鳴從未淪陷　九塘及崑崙關南我陣地穩固

〔本報桂市訊〕……本日外間對於賓陽傳說，據某高級軍事機關負責人談：想係賓陽被寇機轟炸甚烈，曾一度情況不明所致，現已判悉，九塘及崑崙關我軍陣地，異常鞏固，外間傳說，絕對不確。

1939 年 12 月 8 日的報導：

邕賓線劇戰方酣　我衝入欽州大塘

我高級將領對戰事抱樂觀

〔本報遷江七日下午十時四十分電〕邕賓線寇突採攻勢，形勢又緊……中路寇經九塘北犯，我英勇士兵予以重擊，已呈頹勢，左翼情勢較緊，崑崙關之戰寇曾以主力部隊，向我猛攻，一度血戰，現戰事已延至思隴境內，迄至六日仍在激戰中，我賓陽以南早構有極堅固之陣地，且分配於各工事之士兵，均爲我精銳部隊，寇如續進，我軍決在賓陽外圍按照預定計劃一鼓殲滅。

1939 年 12 月 9 日的報導：

某長官談南寧戰況　寇兵力逐漸瓦解

〔中央社重慶八日電〕中央社記者八日晚以長途電話向某高級長官叩詢南寧方面戰況，據談由邕北進敵部，經我軍首尾夾擊，業已被滯於邕賓邕武兩段中段崑崙關高峰坳，我正面部隊沉著堅定，兩日來積極向敵施行最大威力之反擊，敵於慌亂之際，時或盲目四出，竄至崑崙關附近時，或佯作以攻爲退之態勢，我各有力部隊以穩紮穩打之戰術，予以全面殲擊，故敵正面兵力，確已逐漸崩解，

渠並稱，頃據前方報告，我軍有克復欽縣說，總之，我南面部隊，以堅強攻勢，遙控南寧北面部隊，以屹立威勢，攔阻來路，判斷我軍不久可收擊潰敵軍之效。

1939 年 12 月 10 日的報導：

崑崙關寇呈崩潰　邕武線我軍疾進

〔本報遷江九日下午十時五十分電〕邕賓線戰事，我已占絕對優勢，寇各路均遭挫折，已開始向南潰退，現武陵圩高田圩已無寇蹤，崑崙關西南九塘尚有寇一部據守，被我扼控，不敢妄動，至崑崙關西北高地以及東北一帶寇全部被我軍擊潰，現寇我正對峙於崑崙關一帶，寇陣腳已亂，將有崩潰勢。

〔本報桂市訊〕四塘至崑崙關間，有寇步騎二千餘，高峰坳方面寇步兵僅五百餘，邕城內寇約三千餘。

〔本報柳州九日下午三時電〕四日我軍在崑崙關茅橋等處作戰，我方士氣極旺，斃寇甚眾，我南寧附近三官區方面民眾組織破路隊，並有武裝一大隊掩護，乘機破路。截斷寇交通。

1939 年 12 月 16 日的報導：

邕欽線我迭獲勝利

〔本報桂市訊〕崑崙關方面之寇除以少數在高田思隴方面擔任警戒外，其主力仍在八塘，餘無變化。

1939 年 12 月 17 日的報導：

一周南路戰局

〔中央社重慶十六日電〕頃據軍事發言人談稱，桂南戰事發生後，敵由南寧北犯甚猛，旋徑我軍迎頭痛擊，與後路截襲，全部敵軍，已如飛蛾撲火，在我新展開之主動節制下，行將就殲，茲將目前桂南戰局態勢解述如下，最近一周來，敵分兩路，一路由崑崙關，一路由大高峰隘進犯，嗣經我各路部隊予以堅強之攔擊，當將敵勢擊挫，敵為求固守，在崑崙關與大高峰隘一帶，分間開始建築工事。

1939 年 12 月 18 日的報導：

桂南各線寇改守勢　民眾紛紛奮起助戰

亭子一帶殘寇紛向大塘潰竄　某將領來電必予寇重大打擊

〔本報柳州十七日電〕桂南各線戰事沉寂，寇以改攻為守，並在崑崙關，高峰坳一帶設置電網構築堅強工事，企圖死守，我正設法破壞中。

1939 年 12 月 19 日的報導：

邕賓線我猛攻大捷　衝入通城進撲臨湘

〔本報桂市訊〕據行營參謀處電話，邕賓線我軍，昨日（十八日）進行猛烈反攻，數次肉搏，寇不支紛向崑崙關西南潰退，我軍當以正午十二時四十分，確實攻克該地，並乘勝追擊，俘獲寇四十餘人，步槍及戰利品無算，下午一時許又克復九塘，寇陣腳動搖，恐慌萬狀，旋即派來大批飛機，至崑崙關一帶轟炸，我浴血抗拒，仍向八塘近郊挺進，預料日內當有更大驚人收穫。

1939 年 12 月 20 日的報導：

桂南又捷圍攻八塘　側擊奪回五塘六塘

〔本報柳州十九日下午九時三十分電〕我克復崑崙關九塘後，十八日我軍趁勝向九塘猛攻……

1939 年 12 月 21 日的報導：

南寧城陷我重圍　神鷹隊出動助機

邕賓線寇軍被我截成數段　邕江南岸我奪回蘇圩山圩

〔本報遷江二十日下午七時四十分電〕邕武線我軍攻克香爐嶺後，復以戰勝之軍威向南寧挺進，寇軍毫無鬥志，紛紛向南寧城內潰退。我跟蹤追擊，當將南寧西北五公里之心圩佔領，並徹底破壞南寧附近交通。刻南寧已被我控制，殘寇不難一鼓殲滅，另邕江南岸我軍一部亦策應出擊，使寇首尾受攻，狀極恐慌。我又將南寧約廿十公里之蘇圩山圩各要點克復，刻寇雖仍在亭子圩一帶，負隅頑抗。惟南寧已陷我重圍，不難攻下。

〔本報遷江廿日下午九時四十五分電〕邕賓我全線奏捷，將寇

截成數段，分別聚殲。北段方面，七塘全部入我掌握，掃蕩八塘，殘寇漸次肅清。南段方面，我猛撲四塘，側擊三塘，戰事至烈。寇死傷枕藉，且戰且退，刻我正向殘寇猛烈追擊中。

〔本報遷江二十日下午十時五分電〕邕賓線我進擊四塘甚急，我神勇空軍□□架分批轟炸四塘一帶寇軍陣地，協助作戰。當我神鷹飛抵前線上空時，我將士興奮異常，歡聲雷動。我機盤旋數匝後，即向寇軍陣地密集轟炸，投彈多枚，毀寇工事多處，寇受重創，紛紛亂竄。我機已任務達到，安全飛返。

1939 年 12 月 22 日的報導：

邕賓線寇圍掙扎受挫　我大軍正分途截擊

陸空沿路圍攻八路戰事至烈一路逼近四塘正加緊掃蕩

〔本報遷江二十一日下午八時三十分電〕邕賓線我再克九塘，殘寇紛紛退集八塘一隅，我乘勝追擊，已與七塘進擊部隊，取得緊密聯絡。刻正積極向八塘圍攻，寇成弩末，即可就殲。

〔本報遷江二十一日下午八時三十分電〕攻據五六塘我軍，連日進展順利。現我先頭部隊一部已逼近四塘，繼續掃蕩，寇紛向西南潰退。

〔本報遷江二十一日下午八時三十分電〕邕賓寇目被我截成數段後，各部已失聯絡，恐慌失狀。二十日拂曉，八塘被我圍攻甚急。戰事至烈，寇孤軍援絕，恐被我全殲。一度突圍急向崑崙關方面竄擾，我大軍即行分途截擊，適我大隊神鷹飛到助戰，我將士莫不勇氣百倍，一以當十，寇遭我陸空夾擊，向各處亂竄。

〔本報柳州廿一日下午四時五十分電〕邕武線仍在高峰坳北及香爐嶺附近對峙中。

高級將領親臨督戰　崑崙關附近寇崩潰

〔中央社桂南前線某地廿一日電〕困守崑崙關附近之界首及「一五三」高地殘敵，昨晚七時完全崩潰，我軍向八九塘之間進攻。

〔中央社某地廿一日電〕頃據前方某指揮官電話，稱我軍已於廿日深夜，再度將崑崙關克復，士氣極為旺盛，現向敵軍追擊中。

〔中央社某地廿一日電〕敵占我南寧後，因後方公路逐段被我破壞，袋鼠形勢更爲顯著，敵爲打通退路計，必須保持南寧之苟安，而保持南寧，又非佔據崑崙關不可，故敵軍主力已置於邕賓路上，企圖死守崑崙關，我軍沿公路兩旁向七塘六塘等處夾擊，敵知退守南寧，不如向崑崙關猛撲，於是邕賓路上之切擊戰，與崑崙關之爭奪戰，猛烈展開矣，十八日該關雖一度被我克復，十九日又爲敵寇攻陷，我軍以七塘八塘九塘敵軍退路將斷，當前截殺，使敵進退維谷，故於二十日奮勇猛攻，當晚即再度克復崑崙關，此次戰鬥之烈，爲近所罕有，敵方憑其優勢之火力向我壓迫，飛機成群活動，但我軍終將此頑抗之敵擊退，敵軍死傷之重，足使敵人寒心，查此次我軍再度克復崑崙關，不獨使敵全線動搖，敵全體被殲滅之期當不在遠矣。

〔中央社桂南前線某地廿一日十二時電〕記者今午赴崑崙關附近，目睹我優勢炮兵，向頑抗殘敵予以猛烈轟炸，威力之強，爲前所未有，敵後路悉被遮斷，據某軍長談稱，五六塘既被我確實控制，則殘敵短期即可殲滅，記者巡視陣地時，我高級將領亦親臨前線督戰，士氣益爲振奮，當記者登臨某高地時，適逢我某戰士奪獲輕重機槍十餘挺，某師長戲謂此爲贈記者之禮物，尤稱快事。

1939 年 12 月 24 日的報導：

邕賓線我猛攻連捷　五六七塘重入我手

崑崙關九塘間殘寇遭我圍殲　南寧西奪回石埠寇死傷枕藉

〔本報柳州廿三日電〕崑崙關九塘附近殘寇，因據點已失，極爲狼狽，紛紛向各山洞亂竄，蟄伏不出，我正設法搜索清剿，務期掃蕩淨盡。邕武線戰況無變化。

〔本報遷江二十三日電下午四時電〕邕賓線上我軍發揮威力，又獲空前戰果，我側擊部隊已將殘寇千餘壓迫於崑崙關與九塘之間，並強固包圍圈，以期將寇一鼓殲滅。

1939 年 12 月 25 日的報導：

崑崙關殘寇一中隊　迂迴綏淥圍剿長圩

〔中央社桂南前線二十四日電〕中央社記者昨晚晤某軍發言人

叩詢一周邕賓路戰爭經過，據談，本軍自十七日開始出擊，曾一度將崑崙關全部克復，五六塘亦經我奇兵間道攻佔，七八塘重要據點，復被另一部奇兵先後佔領，戰事進展極為迅速，惟當面之敵頑強異常，致崑崙關爾近迄未肅清，現本軍已展開剿匪式之戰術，向負嵎之敵步步逼近，步步封鎖，直至將其全部困死而後已。

〔中央社桂南前線某地廿四日電〕崑崙關附近敵仍在我軍重重包圍中，在過去廿四小時內，我敵均無任何動作，惟今晨十時有敵機多架在敵陣地上空投下布袋多個，其中有二十餘個落於九塘附近，被我搶獲，內裝餅乾及毒氣罐等物。

〔本報遷江廿四日下午九時廿分電〕克復八塘之我軍，復以戰勝軍威，二十三日分兩路鼓勇向崑崙關附近殘寇進擊，當將崑崙關之間同興包圍，踞同興寇一中隊，悉數被我殲滅，另寇一部仍蟄居崑崙關西北各山洞中我繼續搜索。

1939 年 12 月 26 日的報導：

邕寇西竄如笨鼠入袋　不難全部就殲

〔本報遷江廿五日電〕邕賓線敵我仍固守原陣地，崑崙關九塘被我包圍，寇軍一部，連日紛紛更換便衣，企圖逃遁，我已嚴守防範，分頭搜索，日內可望肅清云。

〔中央社柳州廿五日電〕我軍連日與邕賓邕武南路迭克崑崙關，八塘，七塘，六塘，五塘，四塘，高峰坳，甘圩，美圩，新坪，石埠等險要據點，敵死傷奇重，已呈張皇失措之象，現我軍仍在繼續猛攻中。

1939 年 12 月 28 日的報導：

我奮勇衝入崑崙關　寇竄綏淥被殲千餘
邕同路我軍乘勝向南寧推進

〔本報遷江廿七日下午七時四十分電〕在崑崙關近郊活躍之我軍，廿六日又以敏捷之雄姿向崑崙關西南猛攻，一鼓衝入，斃寇三百餘，獲輜重無算，刻我正繼續掃蕩中。

〔本報遷江廿七日下午五時電〕崑崙關同興圩被我包圍之寇，連日遭我攻擊，寇狼狽潰退，計俘馬三十餘匹，文件多種，遺屍五

十餘具。

1939 年 12 月 29 日的報導：

我軍奪回崑崙關一役　殲滅寇精銳兩聯隊

崑崙關空戰激烈擊落寇機三架　寇機空襲桂林市遭我空軍驅逐

〔本報桂市訊〕廿四日晚我軍攻克羅塘堡壘後，敵失屏障，我繼續向寇猛攻，於廿六日晨克崑崙關，（號稱鐵軍第五師團之四二，二一兩聯隊）寇被我全部殲滅。

〔中央社某地廿八日電〕二十七日崑崙關上空敵我有激烈之空戰，計擊落敵第十四航空隊九六式驅逐機三架，「三三一二」「四四二三」兩架墮落於思隴附近，另一架墮落於九塘之南，我機有兩架受傷，迫降於我陣地內，另一架於激戰時壯烈犧牲，又該日午後我快速轟炸機若干架，復至南寧附近轟炸，並向南寧以南公路上敵汽車縱列及其增援部隊低空掃射，敵死傷甚大。

1939 年 12 月 30 日的報導：

邕江口寇遭受我痛擊　我空軍炸南寧前線

〔中央社柳州二十九日電〕此次我軍克復崑崙關之役，敵死傷奇重，三木板田等數個聯隊全被殲滅，敵屍遍佈山谷，觸目皆是，茲從敵屍日記中記載，三木聯隊被殲經過，足見一斑，茲摘譯其內容大約如下：「敵（指我軍）攻擊猛烈，戰鬥力之堅幾使正面之我軍（指敵軍下同）無從措手，因之，傷慘重，實足寒心，我聯隊長大佐三木吉之助副少佐生田藤一，第一大隊長上佐杵平作，第二大隊長少佐宮本得二，第三大隊長少佐森本宅大尉菱山豐一田邊仁伊太郎迫田廣一及以下中少尉全部將校，均中彈陣亡，現觀左右，舊時戰友，百無一二，殊覺令人心膽俱裂。

1939 年 12 月 31 日的報導：

柳州展開猛烈空戰　我擊落寇機八架

寇圖報復又派機夜襲柳州　崑崙關殘寇千餘殲滅過半

〔本報遷江三十日下午五時十五分電〕崑崙關殘寇千餘，經我痛擊，已被殲滅過半，殘餘紛向同興西北潰竄，我跟蹤掃蕩中。

〔本報遷江三十日電〕崑崙關方面我軍已將同興西四個據點佔領，斃寇三百餘，獲輕重機槍廿餘挺，步槍百餘支，在邕江北岸現又敵四千餘。

1940 年 1 月 1 日的報導：

粵北傳捷寇被全殲　崑崙關線殘寇肅清
邕龍線寇切成數段遭我聚殲

〔本報遷江卅一日下午九時十五分電〕日來崑崙關外圍各據點，寇我爭奪戰至爲激烈，我英勇戰士，奮勇挺進，斬獲極多，卅日我當將崑崙關附近之同興及立別嶺一帶之重要據點佔領，徹夜猛攻，激戰至卅一日晨，寇卒不支，紛向西南潰，崑崙關各重要山頭殘寇，完全爲我肅清。

1940 年 1 月 3 日的報導：

邕江寇西擾受創　良口在我圍攻中
克崑崙關之役寇死傷慘重

〔中央社桂南前線二日電〕我軍此次攻奪崑崙關，已徹底達到殲滅戰之目的，敵軍死傷慘重，爲歷次戰役所罕見，據俘獲敵二十一連隊一軍官記事冊中之自供，謂作戰以來，正面敵軍（指我軍）攻勢猛烈，戰鬥力極強，證明中國愈戰愈強之宣傳實非虛言，因敵方攻勢強烈，我方傷亡之慘重，實足寒心云云，又據俘獲該聯隊之軍官銜名表中所注戰死者之銜名，計聯隊長三木吉之助，副聯隊長生田，大隊長三公平作，公本得二，森木田二，中隊長三田邊，伊奈，迫田，尚有中少將五共四十四人，按最先侵入南寧者即爲二十一聯隊，當時三木吉之助曾在敵方廣播中，大露頭角，曾幾何時，今竟全軍覆沒矣。

1940 年 1 月 4 日的報導：

記者巡視崑崙關戰績　戰利品堆積如山邱
邕江南岸合殲寇一個半旅團　我猛攻八九塘殘寇即可肅清

〔本報遷江三日下午八時四十三分電〕崑崙關以西殘寇，紛向九塘一帶逃竄，我續掃蕩，寇極狼狽，刻我正分路圍殲，日內即可肅清。

〔本報桂市訊〕崑崙關方面，我二日拂曉向八九塘之寇攻擊，頗有進展。

〔中央社桂南前線通訊〕記者在桂林得悉我軍廿四再度克復崑崙關之訊，即向某總司令部請求赴戰地視察，經蒙許可，乃匆促裝備啓程，於廿六日達到目的地，隨即進入崑崙關內，巡視戰績，當見戰利品堆積如山，中有輕重機關槍二百三十九挺，野炮五門，山炮五門，炮車多輛，無線電機十數架，防毒面具步槍及炮彈機步槍彈戰車防禦炮彈，不計其數，各山谷壕塹，尚有未及掩埋之敵屍千數百具，血腥撲鼻，令人欲嘔，檢視敵屍，有第五師團第二十八師團及守備隊番號，我各部正爲之掩埋，聞邕賓路崑崙關一帶之敵，自我軍再度開始攻擊以來，即分踞沿路各據點，頑強抵抗，經我正面側面同時發動猛烈攻擊，使敵前後聯絡完全切斷，各據點之敵各自爲戰，無法應援，其中頗多自動潰走，然亦不少頑強抵抗，卒至我每攻克一據點時，在其陣地內，均發現遺棄大炮，並掩埋有其他武器文件與戰死者之屍體等，所有困踞據點之敵，數日來均已就地殲滅，約計在兩個聯隊以上，合邕江南岸被我圍殲之敵，約有一個半旅團有奇，此我軍將士在敵陸空機炮猛炸下，奮勇衝殺，竟造成局部殲滅戰最成功之戰例，至於敵掩埋武器自潰走之事實，尚爲抗戰以來最初之表現云。

1940 年 1 月 5 日的報導：

九塘寇焚山防我進攻　邕賓線戰事沉寂

〔本報遷江五日下午四時電〕崑崙關前線戰況沉寂，僅有少數警戒部隊活動，寇主力似集絕九塘附近並縱火焚山，防我進攻。

〔本報桂南前線某地四日電〕某將領談克復崑崙關經過……此役我某總司令親臨前線督戰，士氣極旺，旬日來寇被我殲滅在一旅團半以上，實開抗戰以來之新紀錄。

1940 年 1 月 14 日的報導：

崑崙關戰利品即日運桂展覽

分裝大卡車念一輛抵柳　沿途民眾參觀甚爲擁擠

〔本報柳州十三日電〕杜軍克復崑崙關時，獲戰利品甚多，奉

令在柳桂各地展覽。現該項戰利品已分裝卡車廿一輛,計有大炮、機槍、步槍、毒瓦斯彈及馬鞍等數十種,由該軍李參議誠毅押運於本日抵柳。沿途民眾參觀者,甚爲擁擠,定十四日在柳展覽一日,即於下午起運來桂,公開展覽。

《掃蕩報》(桂林版)的戰況消息新聞來源主要是本報消息和國民黨中央通訊社。作爲軍辦的報紙,《掃蕩報》(桂林版)很容易獲得眾多有關戰事前線的新聞,而作爲由國民黨中央宣傳部直接領導的中央通訊社,對於前線戰況的消息報導,在文字上要比《掃蕩報》(桂林版)的本報消息客觀中立許多,另外多是從側面引述國民黨高級將領以及日軍軍官的言論。例如,1939年12月22日的新聞《高級將領親臨督戰 崑崙關附近寇崩潰》中,全部是來自中央社的消息,其中的文字沒有太多明顯的傾向性,比如「頃據前方某指揮官電話,稱我軍已於廿日深夜,再度將崑崙關克復,士氣極爲旺盛,現向敵軍追擊中」。只是在陳述崑崙關克復的客觀事實,並沒有加入其他帶有明顯感情色彩的文字。又如1941年1月3日來自中央社的新聞《琵江寇西擾受創 良口在我圍攻中 克崑崙關之役寇死傷慘重》中,即使是提到日寇的二十一聯隊的全軍覆沒,也沒有過於渲染國民黨軍隊自己的勝利得勝者心態。而本報消息所報導的戰況消息,文字上比較具有主觀色彩。比如 1939年12月28日第二版的一篇題爲《我奮勇衝入崑崙關 寇竄綏淥被殲千餘 邕同路我軍乘勝向南寧推進》的消息中,首先標題中的「奮勇」就已經顯示了報導者的主觀傾向,消息中「以敏捷之雄姿向崑崙關西南猛攻,一鼓衝入」的「敏捷之雄姿」,明顯地表達了該報記者對國民黨軍隊的讚揚之情。

下文將有對《掃蕩報》(桂林版)有關崑崙關戰役戰況消息特色的具體分析,這裏從略。

2、戰地通訊

《掃蕩報》(桂林版)的戰地記者,出現在版面上的不下 30 人,幾乎遍佈國民黨的各個戰場。《掃蕩報》(桂林版)幾乎不轉載中央社的通訊。它有專電,也有大量的通訊稿,通訊稿有的注明「本報記者某某某」,有的只署作者名,不帶頭銜。

在崑崙關戰役的報導中,戰地記者均以情真意切的手筆記錄及展現了抗戰史上值得炫耀的一頁。《掃蕩報》(桂林版)1939年12月至1940年1月間登載的通訊作品主要有:1939年12月21、22日第三版戰地記者曹棄疾的

《崑崙血花》，把保衛大西南的英勇戰士的形象生動地呈現在讀者面前。1940年 1 月 4 日第三版該報記者捷南的《三克崑崙關》，詳述了國民黨軍隊三次克復崑崙關的經過。1940 年 1 月 8 日第三版該報記者陸振文的《訪古戰場—— 奪回崑崙關前後》，直觀地向讀者如實地反映了戰場國民黨軍隊所繳獲的戰利品：「我在崑崙關所獲戰利品之多，數量殊屬驚人，野炮，山炮，戰車，防禦炮連日先後從地下挖掘，已發現八門之多，且均完整無損，惟炮彈則早已用盡，僅空餘彈藥車數十輛，及遺棄滿地之銅質彈殼而已。馬鞍一項竟三百餘具，此外如電話機，藥品，鋼盔等幾無所不有，滿山滿谷，到處可見，所有戰利品除巨型之炮，及笨重不便攜帶之軍用品外，零星日用對象，非惟我步兵均取之不盡，據為己有，即炮兵向前推進陣地時，尚續有檢獲。此次誠屬破天荒之勝利，但敵以大炮埋藏地下，亦可見其野心不死，初頗有捲土重來之意。」1940 年 1 月 9 日第三版戰地記者曹棄疾的《桂南戰局新階段》，主要刻畫了廣西綏署政治部的戰地督導團的政工人員發動民眾的武裝，組織軍民合作站的形象，「尤其可貴的是廣西學生軍在前線的戰鬥及深入敵後動員民眾，開展游擊戰，使前方及敵後的軍民，能夠真正切實的合作起來，去打擊敵人。」1940 年 1 月 10 日和 11 日第二版的該報記者世義的《一頁炫耀世界的戰史　崑崙關前血戰紀詳》，詳細敘述了崑崙關的地勢以及敵我的布置，還從側面報導了戰士們的英勇。第六部分的戰場巡禮更是讓讀者有親臨崑崙關之感。1940 年 1 月 16 日和 17 日第二版該報記者世義的《崑崙血戰成功　寇軍俘虜審訊記》，詳述了日軍第五師團長今村和其他士兵等被俘獲的經過。

二、崑崙關戰役戰況報導的特色

（一）戰況消息的特色

1、報導主題積極正面

從《掃蕩報》（桂林版）第二版的戰況報導統計可見，1939 年 12 月 3 日至 1940 年 1 月 17 日共有 29 篇有關崑崙關戰役的戰況消息，大致分為五類：國民黨軍隊狀況、國民黨軍隊戰績、日寇狀況、日寇戰績、廣西民眾助戰狀況。

這段時間內報導國民黨的戰況消息為 19 篇，例如 1939 年 12 月 16 日第

二版《邕欽線我迭獲勝利》；1939 年 12 月 28 日第二版《我奮勇衝入崑崙關
　寇竄綏淥被殲千餘》；1939 年 12 月 29 日第二版《我軍奪回崑崙關一役
殲滅寇精銳兩聯隊》。報導日寇的戰況消息為 9 篇，例如 1939 年 12 月 17 日
第二版《一周南路戰局》；1940 年 1 月 3 日第二版《琶江寇西擾受創　良口
在我圍攻中》。五類主題中，報導數量最多的是國民黨軍隊戰績，占報導總
量的 42%，其次則是國民黨的軍隊狀況，占報導總量的 24%，這兩個主題之
和即是國民黨的戰況消息，占報導總量的 66%，可見與國民黨軍隊的戰績有
關的新聞占第二版戰況消息的大多數。國民黨的戰況消息明顯多於日寇的消
息，報導國民黨軍隊的戰況消息中，全部屬於積極正面的報導。而日寇的 9
篇戰況消息，也全部是有利於國民黨的報導。例如 1939 年 12 月 9 日第二版
《某長官談南寧狀況　寇兵力逐漸瓦解》。

2、詞語運用充滿感情色彩

　　分析 29 篇戰況消息可以看出，在形容國民黨軍隊作戰時，多使用的是
「猛攻」、「痛擊」、「猛銳攻勢」、「堅強攻勢」。需要指出的是，從 1939 年 12
月 18 日第三版的標題《桂南各線寇改守勢　民眾紛紛奮起助戰》這條消息
可以看出，之前的戰況報導對國民黨軍隊和日軍交戰雙方都採用的「攻勢」，
而 1939 年 12 月 18 日之前的報導中，報導國民黨軍隊作戰時，該報就多以
「猛擊」、「重擊」來形容，由此，單從關鍵詞來看，國民黨軍隊的作戰態度
就正如其經常出現的「奮勇」二字。另外，該報的一系列戰況消息中，頻繁
出現的是一個個帶有「擊」這種主動攻勢色彩很濃烈的詞組，比如「夾擊」、
「攔擊」、「追擊」、「截擊」；而在形容日本軍隊的時候，多以「潰退」、「頹
勢」、「崩潰勢」、「崩潰」來表現其在崑崙關戰役中占劣勢的情形。觀察該報
對戰事的描寫，也大都形容為「激戰」、「血戰」、「搏戰」、「追擊戰」、「肉搏」。
在關鍵詞的選擇上，《掃蕩報》（桂林版）的選擇頗為豐富，在反映兩軍交戰
國民黨軍隊奮勇殺敵激起軍民士氣的同時，還以其生動的姿態呈現在讀者眼
前。

（二）報導體裁與編排特色

1、消息體裁占報導體裁半數以上

　　抗戰時期軍方報紙的特色在於戰況消息類新聞的報導既靈通又迅速，在
1939 年 12 月 3 日至 1940 年 1 月 17 日期間，《掃蕩報》（桂林版）共有相關文
字稿件 56 篇，其中戰況消息總計 29 篇，占所有報導體裁的 52%，非新聞類

文體，例如戰地通訊和特寫等也占報導體裁的 32%。

2、同題集中編排稿件

《掃蕩報》（桂林版）在第二版報導戰況消息時全部採用同題集中的方式進行編排。在 1939 年 12 月 3 日至 1940 年 1 月 17 日第二版和第三版中，涉及整個崑崙關戰役的報導共有 56 篇，報導時間總計 36 天，稿件發佈頻率為每天 1.56 篇。其中 1939 年 12 月 4 日報導篇數最多，共有 4 篇報導。其次 1939 年 12 月 22 日、31 日，1940 年 1 月 16 日，每天均有 3 篇報導。《掃蕩報》（桂林版）對崑崙關戰事戰況的變化始終做出最及時的報導。

《掃蕩報》（桂林版）在崑崙關戰役期間，所有的新聞報導以及評論均呈現出積極向上的面貌，這無疑是營造了一種積極的抗日的輿論環境，對後方的軍民士氣，起到很重要的鼓舞作用。

第三節　戰爭動員與國際新聞報導

一、《掃蕩報》（桂林版）的戰爭動員

於 1932 年在南昌創刊的《掃蕩報》起初作為國民黨軍事委員會的機關報，是蔣介石實行專政的工具。抗戰爆發後，形勢發生了變化，根據國共合作的特殊情況，漢口《掃蕩報》於 1938 年 1 月 11 日曾發表一篇社論說：「我們掃蕩的矛頭是指向倭寇。」國民黨也在觀念上有所轉變，面對日本帝國主義的武裝侵略，中華民族災難日益深重，也意識到要想取得抗戰的勝利必須發動一切抗日力量，尤其是廣大民眾確保持久抗戰，所以需要進行廣泛的戰時動員，因此，在抗戰路線和動員體制下，國民黨採取了不同的動員手段。為了使宣傳深入人心，國民黨廣泛利用報刊進行抗戰宣傳，以大量的報刊宣傳為手段，以此喚起廣大民眾的民族意識的覺醒。抗日戰爭爆發後，中國人民在國共兩黨重新合作的基礎上進入了團結抗日的新階段。這為置身其中的大眾媒介賦予了一項重要功能，即社會動員。抗戰時期，戰爭動員為戰爭進行時最重要的問題，無論任何性質的報紙都願參與宣傳，黨報與軍報更無一例外。政府與領袖需要國民的支持，這種動員不易靠一般商業性的報紙達成，黨報與軍報是代表政府言論的報紙，所以這就要靠黨報或者軍報來完成。抗戰時期，在各個戰區所發行的軍報報紙所追求的目標，不但是刊登一般報紙所報導的消息，更要號召民眾協助部隊、促成軍民的密切聯繫和一致行動，並且

還要鼓勵前線戰士的士氣以及給於他們戰鬥必勝的信心。

《掃蕩報》作為國民黨軍事委員會機關報，雖然在剿共時代背景下創刊，卻也隨著國共合作的建立以及國民黨戰時新聞政策的轉變，在抗日戰爭時期桂林大後方的戰爭動員宣傳中起到了一些積極的作用。在抗戰的相持階段和爭取抗戰勝利階段，《掃蕩報》（桂林版）均在戰爭動員的經濟動員、政治動員、軍事動員、精神動員以及組織動員這五個方面進行了廣泛的宣傳工作，在以「國家至上、民族至上」，「意志集中、力量集中」為核心的國民精神動員體制下，國民黨政府通過報刊宣傳手段來實現精神動員，集中全國的力量與意志進行抗戰。

（一）戰爭動員是宣傳的主題

1、經濟動員

《掃蕩報》（桂林版）經濟動員主題的宣傳從抗戰相持階段到爭取抗戰勝利階段是呈下降的趨勢，宣傳報導由前一階段的 16 則，下降到後一階段的 1 則。若以年度為分期，經濟動員主題宣傳報導在 1940 年為 2 則，1942 年為 13 則，1943 年為 1 則，1944 年為 1 則。《掃蕩報》（桂林版）經濟動員議題的報導與評論主要集中在 1942 年這一年，在抗戰相持階段的前兩年（1938 年和 1939 年）經濟動員議題的報導與評論內容是沒有的，而在抗戰相持階段 1940 年之後呈現出增長的趨勢，顯示出國民黨政府在抗戰後期開始重視國家的經濟動員。

考察《掃蕩報》（桂林版）有關經濟動員的主題文本，發現國民黨政府在抗戰相持階段，首先從節約訴求方面去動員，提倡節約建國儲蓄，動員民眾集中人力財力，在抗戰相持階段後期的 1942 年，開始涉及具體的經濟動員方針，直到抗戰爭取勝利階段，國民黨政府開始對產業提出調整辦法。有關經濟動員議題的報導與評論主要有：

《倡行節約建國儲蓄運動　蔣委員長普告同胞　只要我們能夠集中人力財力　國防及經濟上資源俯視拾即是　節約建國儲蓄昨日舉行成立大會》（1940 年 9 月 7 日第二版）。

《經濟動員應著重「督察」「懲治」》（1942 年 12 月 27 日第二版社論）。

《總動員會通過辦法　戰時管制工資　依當地限價標準隨時訂定》（1943 年 2 月 23 日第三版）。

《國家總動員會議定訂產業調整辦法》（1944 年 5 月 11 第二版）。

　　《掃蕩報》（桂林版）以刊登《國家總動員法》的有關內容為主要報導與
言論內容；在節約建國儲蓄運動的宣傳方面則圍繞蔣委員長在 1940 年 9 月 7
日在成都舉行的節約建國儲蓄團成立大會上所做的講話。

2、組織動員

　　組織動員主題從抗戰相持到爭取抗戰勝利階段呈下降趨勢，其宣傳與報
導從前一階段的 20 則，下降到後一階段的一則。組織動員主題的宣傳在 1938
年為 2 則，1939 年為 15 則，1940 年為 3 則，1940 年為 1 則，顯現國民黨政
府在組織動員方面的成果並不是非常顯著。報刊報導與言論有關組織動員的
內容主要集中在抗戰相持階段，且主要集中在 1939 年這一年。

　　考察《掃蕩報》（桂林版）有關組織動員的主題文本，從抗戰相持階段到
爭取抗戰勝利階段，國民黨政府在組織動員方面，訴求重點主要集中在加強
抗戰力量去動員民眾。訴求方式主要是通過正面典型宣傳來引起民眾的注
意，以期更多民眾團體組織起來。

　　有關組織動員議題的報導與言論如下：

　　《三民主義青年團的使命與徵求團員應注意的事情（在青年團廣西支團
部籌備主任及幹事宣誓就職典禮中的訓詞）》（1938 年 12 月 20 日第三版）。

　　《桂學生軍團部成立　夏司令召集訓話　司令部昨開始辦公》（1939 年 1
月 5 日第三版）。

　　《三青團桂林分團昨慶祝週年紀念　百餘人濟濟一堂情況熱烈　由廣西
支團部電蔣團長致敬》（1939 年 7 月 10 日第三版）。

　　另外，經文本考察，《掃蕩報》（桂林版）反映的主要是廣西省的組織動
員的動員效果。在民眾團體動員這個方面，主要圍繞廣西省民眾團體的活動
情況進行報導；在各界動員方面，則報導桂林婦女界的組織活動；在民間機
構動員方面，則集中報導戰時督導團在桂的活動。其具體報導與言論如下：

　　《桂民眾團體應踴躍登記》（1939 年 7 月 29 日第二版社論）。

　　《桂婦女界組織　保衛西南委員會　昨經婦女會聯誼會通過　推李夫人
為主任委員》（1939 年 12 月 4 日第三版）。

3、軍事動員

　　軍事動員主題的宣傳從抗戰相持階段到爭取抗戰勝利階段亦呈下降趨
勢，其宣傳與報導從前一階段的 28 則，減少到後一階段的 2 則。

　　考察《掃蕩報》（桂林版）有關軍事動員的主題文本，從抗戰相持階段到

爭取抗戰勝利階段，報導的主軸主要是國民黨為了補充戰時兵力的不足，以兵役動員去展開的，訴求重點則為鼓勵民眾踴躍參軍投入到抗戰前線中去，訴求方式主要是長期的兵役宣傳。

有關軍事動員議題的言論有《民眾武力在抗戰中的重要》：

> ……這就是民眾武力在這次抗戰中所發揮的威力，也就是我們「全面抗戰」的成功。白崇禧將軍說：「寇如犯桂，即以桂省受訓七年通曉戰術的壯丁作游擊戰，亦足以殲寇而有餘。」〔註7〕

相關的報導有《國防最高委員會蔣總裁兼任委員長　黨委十一人由五院長擔任　陳部長談擴大推行兵役動員》：

> ……中央為改革役政，鼓勵國民參加兵役動員，最近特訂定兵役宣傳與監督實施方案……本報記者為使各界明瞭此項運動實施之要領，特訪問軍委會政治部陳部長，承發表談話如左：第二期抗戰之開展，兵役補充成為當前最大之問題，吾人為支持持久戰，消耗敵人，並積極進行反攻必須使全國國民踴躍參加兵役，以保證兵員源源不斷之補充……兵役動員第一重在宣傳，第二兵役動員重在解釋……總之，為實現上述中央新的規定辦法，本人熱忱期望各界踴躍參加，集中社會各方力量，造成兵役動員熱烈緊張的空氣，尤其是各學校務當利用寒春暑假，進行學生與教員下鄉動員工作，並受各地宣傳與監督委員會之統一指導，尤望各方供獻意見，同心協力擴大兵役宣傳之進行，改革役政之實況，以達到大批壯丁踴躍上前線去，視兵役為最光榮最神聖之事業。〔註8〕

4、政治動員

政治動員主題的宣傳從抗戰相持階段到爭取抗戰勝利階段同樣呈現出下降的趨勢。其宣傳與報導從前一階段的 71 則，下降到後一階段的 0 則。

考察《掃蕩報》（桂林版）有關政治動員的主題文本，從抗戰相持階段到爭取抗戰勝利階段報導主題主要是各種重要的國民政府的會議。訴求重點是國民黨實行部分民主政策以加強國民黨專政。訴求方式是在報刊上公佈各種會議上制定的施政方案、措施方針等，有關政治動員議題的報導與言論如下：

〔註7〕　《民眾武力在抗戰中的重要》，《掃蕩報》（桂林版），1938 年 12 月 4 日第 2 版。

〔註8〕　《國防委員會最高委員會蔣總裁兼任委員長　黨委十一人由五院長擔任　陳部長談擴大推行兵役動員》，《掃蕩報》（桂林版），1939 年 2 月 8 日第 2 版。

《國民參政會舉行第三次大會蔣議長親臨致詞　林主席訓大會　共和建國所貴惟民　相孚共濟端恃精誠》（1939 年 2 月 20 日第二版）。

《桂省籌備全省動員會議》（1939 年 3 月 18 日第三版）。

《國民參政會舉行第四次大會　蔣議長致開幕詞　如何適應國際新局勢　執行我們的抗戰國策》（1939 年 9 月 18 日第二版）。

在政治動員的宣傳中，報導多集中在蔣介石的許多重要講話上，該報均以國參會的諸多重要宣言爲報導重點。在召開省級會議這一方面，均以廣西省有關精神動員協會有關的內容，相關人士所做的演講宣傳，以及闡述抗戰與建國的關係爲報導重點。涉及到頒佈法律的報導時，主要以報導國民黨頒佈的法律爲重點。在施政方針的闡述中，《掃蕩報》（桂林版）相關報導與言論如下：

《五屆九中全會開幕典禮　蔣總裁致開幕詞　確立根本政策》（1941 年 12 月 16 日第三版）、《國參會昨圓滿閉幕　大會發表重要宣言》（1941 年 3 月 11 日第二版）、《桂精神動員協會開會　商討精神動員辦法　李天駿注重國民月會　張一氣認動員應有實際組織》（1939 年 8 月 3 日第三版）。

而該報 1939 年 12 月 6 日的《桂參議會第二次大會開幕　李議長致開幕辭語多勉勵　白主任代表暨黃主席致詞》，則報導：

> 誠如蔣委員長所説，「山西與廣西，是長戰的兩大支撐點」，正因爲廣西是抗戰的支撐點，同時也就是敵人的眼中釘，所以敵人不惜以所謂精銳之師，來入寇廣西，它的企圖，不外使廣西失掉支撐的作用，使抗戰支撐不住，正因爲這樣，每個中國人都不能對於敵人此次的動作有絲毫的忽視……抗戰建國之不可分離，不抗戰無以建國，不建國亦無以抗戰，實施憲政是爲著建國，同時也是爲著抗戰，別的國家可以在戰時停止憲政的一部分，在中國如今的抗戰則非開始憲政不可，這其中的理由，兄弟在第一大會時已經説過，此時不必在贅了，但我們又要記得總理的遺教，地方自治是建國的基礎，完成地方自治，才可以實現眞正的民主自治，因此，我們目前的急務，就是設法推動人民，協助政府，以促進地方自治，人民有參政的機會和參政的興趣，才可以順利的動員民眾，展開全面戰爭，把敵軍消滅。〔註9〕

〔註9〕《桂參議會第二次大會開幕　李議長致開幕辭語多勉勵　白主任代表暨黃主

5、精神動員

精神動員主題的宣傳從抗戰相持階段到爭取抗戰勝利階段亦呈下降趨勢。其宣傳與報導前一階段是 431 則，而後一階段僅爲 5 則。

考察《掃蕩報》（桂林版）有關精神動員的主題文本，從抗戰相持階段到爭取抗戰勝利階段，報導主題主要從《國民精神總動員綱領及實施辦法》頒佈後，宣傳報導國民政府爲精神動員所實施的各個方面，在《國民精神總動員綱領》的思想指導和國民精神總動員的組織領導下，對國民精神總動員主要通過舉辦國民月會、發起的實際運動如一元獻金等方式進行，〔註10〕另外，報刊著重於宣傳民眾自動入伍等民族意識的自覺，《掃蕩報》（桂林版）均對這些精神動員的內容做出了報導。訴求重點是喚起民眾的民族意識，支持抗戰。《掃蕩報》（桂林版）採用各類知識分子的言論，以及通過社論、專論等不斷強調國民精神總動員的重要性，強化國民政府的精神動員政策。有關精神動員議題報導與言論內容有：《本報義賣尾聲　前昨兩日復有多人義賣　連前共收一千二百餘元》（1939 年 1 月 6 日第三版）、《活躍著的桂林兒童　孩子們是抗戰中堅強地成長起來了》（1939 年 2 月 7 日第三版）、《江蘇的兒童們讀書不忘救國　救國不忘讀書　兒童教育團昨開懇親會》（1939 年 2 月 24 日第三版）、《第二期抗戰與精神總動員》（1939 年 3 月 9 日第二版）、《精神總動員的認識》（1939 年 3 月 14 日第二版）、《發揮大無畏的精神　論文藝家在精神總動員中的任務》（1939 年 4 月 15 日第二版專論）、《桂林總動員運動　上海情緒熱烈　全市民眾表示擁護領袖　英法租界國旗飄揚滿街》（1939 年 4 月 20 日第三版）等。

在精神動員這個主題中，在精神總動員運動方面主要圍繞報導國民政府《國民精神總動員綱領》的實施情況；在思想與民族意識動員方面，則靠國民黨政府領袖的主要講話以及對民眾支持抗戰的典型事例爲報導與評論重點，該報以宣傳抗戰的意義，號召各個階級、階層的人民起來抗擊敵人；在新生活運動方面，則以報導蔣介石的講演內容爲重點；在保衛大西南運動方面，重點則集中在廣西爲了動員民眾所做的思想工作以及通過報刊向民眾反映有關召開保衛西南工作會議，以及組成戰時督導團的內容爲報導重點；在

席致詞》，《掃蕩報》（桂林版），1939 年 12 月 6 日第 3 版。
〔註10〕杜輝源：《〈人民日報〉對「一個中國」議題報導分析：1999～2002》，臺灣政治作戰學校碩士論文，2003 年。

文化動員方面，則圍繞文化人在第二期抗戰中的作用爲重點；在教育動員方面，則以戰時的教育工作、戰時民眾學校的目標、各地教育界的精神動員爲主軸；在捐款義賣等方面，各界人士積極踴躍的捐款態度，則成爲報導宣傳的主要範本，以國民政府官員的帶頭作用以及各界人士的積極參與爲報導重點；在號召獻金以及一元還債、一元獻金、勞軍、徵募寒衣、一元獻機運動的報導中，《掃蕩報》（桂林版）則均以連續報導爲主要方式，訴求重點主要集中在喚起民眾的支持。

《掃蕩報》（桂林版）相關報導與言論還有：《加緊精神總動員》（1940 年 3 月 13 日第二版社論）、《從「七七」到「八一三」——政治部陳部長爲「八一三」二週年紀念日告全國軍民》（1939 年 8 月 13 日第三版）、《抗戰中不要錯過了進步的良機》（1939 年 6 月 13 日第二版社論）、《新生活婦女晚會 郭德潔講演提倡節衣縮食 老婦被感動鼓勵婦女殺敵》（1939 年 10 月 24 日）、《如何完成國民教育》（1940 年 3 月 18 日第二版社論）、《桂林市「記者號」獻機 熱烈的義賣運動》（1940 年 12 月 26 日第三版）等。

（二）戰爭動員的宣傳手段

1、始終堅持以國民黨政府爲新聞主角

《掃蕩報》（桂林版）從抗戰相持階段到爭取勝利階段，始終堅持以國民黨政府以及軍方立場這一原則，始終圍繞在國民黨政府的新聞主角上，符合國民黨軍方報紙的特性。在抗戰相持階段，新聞主角以民眾爲主要報導與言論重點。同時以國民黨桂系爲新聞主角的報導在報紙上也有大量篇幅。另外，也注重對其他新聞主角的報導，使其在軍方報紙的權威下，也顯得頗有親和力。比如抗戰相持階段婦女界動員占新聞主角 4.8%。在抗戰相持階段到爭取勝利階段，各類新聞主角均宣揚的是國民黨政府動員得力的情形，多爲正面報導，尤其在精神動員這一主題上表現得尤爲顯著。《掃蕩報》（桂林版）相關報導與言論有：

《新運獻金競賽 蔣委員長捐萬餘元》（1939 年 3 月 1 日第二版）、《桂林小朋友總動員 慶祝革命的兒童節 白主任訓話加緊兒童組織》（1939 年 4 月 5 日第三版）、《中山順德兩縣 民眾奮起保衛家鄉》（1939 年 4 月 1 日第三版）等。

2、以正面肯定的報導爲主

在報導精神動員這一主題上，從抗戰相持階段到爭取抗戰勝利階段，皆

採取正面肯定的報導方式，究其原因是國民黨政府早在抗戰前期就已經意識到民眾對抗戰勝利的重要性，所以國民黨利用報刊不斷深入廣泛地宣傳正面典型事例。民眾意識到抗戰的重要性之後，自然會踴躍參加抗戰的工作。在抗戰相持階段到爭取勝利階段中，《掃蕩報》（桂林版）不遺餘力進行理論宣傳，以及各種動員工作的成果宣傳。其相關報導與言論有：

1938 年 12 月 31 日的《元旦已屆　熊式輝發表感想　建立爭取的姿態掃除等待的心理》，該消息寫道：

> 民國廿十年是關中國歷史上劃時代的最偉大的一年，其中我們雖然遭受了很大的犧牲，遇著了不少的困難，但我們一年來苦戰惡鬥，確已給敵人猛烈的打擊，使敵人泥足愈陷愈深，而漸漸感覺到不能自拔，而漸漸感覺到逃不脫潰的悲運，同時我們自己確已從戰爭中教訓出來了，得著全國統一意志的加強，民族自信心的增大，表現於政治上的變而不亂，軍事上的收而不潰，經濟上的窮而不竭，社會上的苦而不怕，由這種苦戰惡鬥的結果，才博得國際上廣大的同情與有力的援助，由這種苦戰惡鬥的結果，才把握著最後的勝利，必屬於我，展開了我們民族復興的前途……〔註11〕

1939 年 11 月 23 日的社論《發動民眾保衛大西南》寫道：

> 我們要使倭寇深陷泥潭中，無法自拔，除了軍隊的力量以外，需要民眾的力量為多，軍民力量配合起來，倭寇就只有靜待殲滅了！……此次湘北大捷，軍民合作，是勝利主要原因之一；山西困寇十餘萬，兩年來屢欲渡河而未能，也是由於動員民眾成績的優越。所以軍民合作，確能擴大抗戰軍事的效能，加速最後勝利的獲得……軍隊的武力是有形的，某個時候，也許為戰略的關係而背進，但是民眾的力量是無形的，任何時候，敵人無法予以絕對的消滅……廣西對於組訓民眾，培養民眾武力的工作，遠在抗戰以前，即已開始進行，經過六年來的慘淡經營，民眾的政治認識與軍事技術，業已奠定相當的基礎……〔註12〕

3、以支持訴求、情感訴求為主的宣傳策略

《掃蕩報》（桂林版）報導與言論內容都比較注重精神動員，訴求以支持

〔註11〕《元旦已屆　熊式輝發表感想　建立爭取的姿態　掃除等待的心理》，《掃蕩報》（桂林版），1938 年 12 月 31 日第 2 版。

〔註12〕《發動民眾保衛大西南》，《掃蕩報》（桂林版），1939 年 11 月 23 日第 2 版。

訴求和情感訴求爲主。

在抗戰相持階段，以支持訴求爲主，同時情感訴求也占比較大的比重。到抗戰後期爭取勝利階段，仍以支持訴求爲重點。究其原因，主要是因爲國民黨軍報的主要任務是及時傳達國民黨政府的原則立場，鼓舞軍心，以獲取民眾的支持。其相關報導與言論有：

1939 年 3 月 13 日的《紀念總理逝世　重慶開會居院長講堅持抗戰　桂林大會白兼主任出席演說》，該消息寫道：

　　……因爲現代戰爭，是全體性的全民戰爭，戰爭的形態，不是單純的軍事力量的決鬥……故對日抗戰，不僅以軍事抗戰，而且要政治抗戰，不僅要軍隊動員，而且要民眾動員……民眾動員，對於抗戰的前途是影響很大的，須知敵人現在對我的侵略，不僅是軍事上的進攻，而且以軍事掩護樹立爲政權，奪取我們的民眾，所以我們在二期抗戰中，一方面要擴大宣傳，喚起廣大的民眾，動員更多的民眾，更要肅清漢奸的思想與言論，揭破敵人「和平」的假面具，以堅定國人的抗戰意志，爭取最後的勝利，這是我們在二期抗戰宣傳周中所切望各同志的。〔註13〕

1939 年 4 月 21 日的《爲什麼要實行國民精神總動員》文章寫道：

　　……綱領中明白的指示著，所謂國民精神動員者，自其字義而言之，則在個人爲集中其一切意識思維智慧，與精神力量，於一個方向而提高使用之，在國民全體爲集中一切年齡職業思想生活各各不同之國民的精神力量，於一個目標，而共同鼓舞以增進之，整齊調節以發揮之，確定組織之中心，以增強發揮之效率者也。這就是說，精神動員的目的，一方面是要使每一個國民都能夠把他自己全部的精神力量，集中貢獻到抗戰建國的程途上來，又一方面是搖使全體國民把他們整個的精神力量，集結起來，一致的貢獻到抗戰建國的程途上去。此所謂『集中』便是精神動員最重要的意義了。〔註14〕

〔註13〕《紀念總理逝世　重慶開會居院長講堅持抗戰　桂林大會白兼主任出席演說》，《掃蕩報》（桂林版），1939 年 3 月 13 日第 2 版。

〔註14〕《爲什麼要實行精神總動員》，《掃蕩報》（桂林版），1939 年 4 月 21 日第 3版。

4、宣傳策略與技巧

《掃蕩報》(桂林版)在進行戰爭動員的宣傳時，常用的策略技巧分別是製造事件、訴諸權威、提出建議、對比、斷言、抨擊、典型表揚、自誇等等。

《掃蕩報》(桂林版)在抗戰相持階段比較注重宣傳策略技巧的應用。它從抗戰相持續階段到爭取抗戰勝利階段，都很注重精神動員的報導與評論，其所用的策略技巧多為典型表揚、訴諸權威。

《掃蕩報》(桂林版)以典型表揚、訴諸權威、提出建議為主要運用技巧。究其原因則是《掃蕩報》(桂林版)的創辦目的主要是為了教化軍民，報導採用的是自上而下的教導方式，以在報導與評論中樹立典型事例加以宣傳，並把國民黨政府的領袖以及官員的講話訓詞等作為主要報導與評論內容進行教條式的宣傳以期說服民眾，另外引用具有影響力的知識分子等士紳階級的的建議，提升說服效果。其相關報導與言論有：

《廈門三烈士精神不死》(1939年6月16日第二版)。

在1943年12月20日的消息《桂青年從軍熱　紛紛請纓　青年團支團請示中央　昨七百青年宣誓入團》中寫道：「加入宣誓新團員共六百七十餘人，以社會青年占多數……青年從軍運動日趨激烈，青年團各地分團團員，頃亦紛紛請纓出國，參加遠征軍服役，刻廣西省團支部已急電中央團部請示。」〔註15〕

《孔院長廣播講演　堅忍抗戰自力更生　近衛聲明是敵人給我迷魂湯我們誤飲了這口湯就會亡國》(1939年6月15日第三版)。

在1937年7月2日的消息《建立救國道德與共信互信　在桂林國民精神總動員月會中講　白崇禧》中寫道：

> 國家總動員，有物質的動員與精神的動員兩種，物質的動員是有形的，將全國的人馬物資，從平時的狀態，動員起來變為戰時的狀態，精神的動員是無形的，要全國人民的精神，從平時的變為戰時的緊張精神。物質動員與精神動員，在現代戰爭中，都具有決定勝敗的因素，尤其是「精神勝於物質」，這是古今中外的兵學家所一致承認的，因為要先有精神，才可以支配物質，運用物質，物質的力量要靠精神，去運用才能夠發揮……可是今天的癥結所在，不是

〔註15〕《桂林青年從軍熱　紛紛請纓　青年團支團請示中央　昨七百青年宣誓入團》，《掃蕩報》(桂林版)，1943年12月20日第3版。

「知」的問題，而是「行」的問題。譬如，黨務方面，主要是我們還沒有真正的深入民間，把握群眾，發動群眾，所以民眾的組織不夠，因此就無法去運用了。政治方面，我們政治動員的不夠，而政治動員不夠的原因，主要在政治的基層組織不健全，缺乏新的幹部，直接在民間起領導作用。軍事方面……也就在於各級部隊長官，平時沒有訓練和管教……不過勝敗的關鍵，倒不是純粹在於飛機大炮，潛艇坦克，主要的還是在於政治動員，精神動員……〔註16〕

在1940年1月1日的消息《蔣委員長對全國策勉　努力實行精神總動員》中寫道：

……而且就我們的抗戰工作說，早已經踏入了第三個年頭，敵人過去自軍事方面外交方面，已經盡了向我們積極進攻的能事，事實上都遭遇了失敗，在過去一年中，他更用種種的方法，動搖我們的意志，搖撼我們的精神，由於我們本國一心的堅決奮鬥，敵人這一個伎倆徒勞無功，可是他要摧毀我們精神的妄念，而不肯輕易停止的，我可以預測，今後將是敵人對我們採取更猛的精神上攻勢的時期，而戰爭延長愈久，愈接近最後勝利的時候，我們的環境，必然更加艱難，更加困苦，更加危機，更需要我們整個民族提高精神的力量，來對於推動精神總動員的工作，今後也更應該積極。〔註17〕

在1937年7月20日的社論《全國知識分子速起辦民教》中寫道：

所以在這偉大的抗戰中，一般知識分子雖已有相當的貢獻，但似乎還有點不夠，同時知識分子，既然負有領導民眾，教育民眾參加抗戰的責任，正應該在這一方面下一番切實有效的工夫。最近教育部發動全國知識分子辦理民眾教育擬議，當然就是針對著這一點而發。一個全面展開的戰爭，一個長期支持的戰爭，不能靠一時的情感的衝動，也不能靠膚淺的宣傳，而是要一般民眾基於國家民族的認識，基於嚴重後果的瞭解，才能再接再厲，激始激終的堅持到底。這種認識，這種瞭解，是要由制止中得來，是要由民眾教育中

〔註16〕《建立救國道德與共信互信　在桂林國民精神總動員月會中講　白崇禧》，《掃蕩報》（桂林版），1939年7月2日第3版。

〔註17〕《蔣委員長對全國策勉　努力實行精神總動員》，《掃蕩報》（桂林版），1940年1月1日第2版。

得來。〔註18〕

在 1941 年 2 月 28 日的社論《現階段應有的認識》中寫道「抗戰建國兩大艱巨，同時並進……應該要認識統一信仰，集中力量，忍受艱苦，是絕對的必要，並且要切實身體力行……」〔註19〕

二、用國際新聞鼓舞軍民士氣

戰時的《掃蕩報》（桂林版）除了從戰況報導以及戰爭動員等方面來鼓勵軍民的作戰士氣之外，也善盡報紙的角色提供全球訊息，報導的國際新聞，對鼓舞軍民士氣以及堅定對政府的信心作出了比較大的貢獻。

抗日戰爭爆發以來，中國逐漸得到國際的信任與瞭解，中蘇簽訂友好協定以後，世界各國政府與報界言論態度表現出對中國的尊敬與支持。1940 年之後，西方國家開始增加對華之信用貸款等直接的援助。太平洋戰爭爆發後，英美相繼對日本宣戰，中國也先後向德、意宣戰，盟軍於 1942 年 1 月 5 日成立中緬印戰場指揮總部。

從這時期起，《掃蕩報》（桂林版）的新聞增加了國際新聞的報導，有關國際關係的社論也逐漸增多，強調中國的國際關係穩定，抗戰的最終勝利近在眼前。抗戰後期，中國以同盟國的身份在國際上受重視，《掃蕩報》（桂林版）積極報導，使國民認識其事實，並且加強他們團結一致的精神與抗戰到底的信念，宣揚中國在國際舞臺上的地位，得到盟邦的認同與援助，以爭取抗戰勝利。

比如在莫斯科舉行美英蘇三國外長會議後，《掃蕩報》（桂林版）於 1943 年 11 月 3 日在第二版上發表的社論《論四強宣言》中指出：「自十月十九日集議以來，世人都以尖銳的眼光正視其發展。同盟各國，固抱以無限的希望，軸心各國，以莫不期待其間可能發生的裂痕。現在會議結束了，三國密切合作的精神，擊潰了軸心匪徒們的幻想。十日忠誠的談判，不僅縮短了盟國勝利到臨的日期，更爲戰後世界和平奠定了一切永久的基石。特別是中美英蘇四大強國的聯合宣言，使我們特感重要！際此世界戰局好轉，盟國合作日益堅強的時候，主戰於歐洲戰場而又關聯著亞洲大陸的蘇聯，從這個宣言簽訂

〔註18〕 《全國知識分子速起辦民教》，《掃蕩報》（桂林版），1939 年 7 月 20 日第 2 版。
〔註19〕 《現階段應有的認識》，《掃蕩報》（桂林版），1941 年 2 月 28 日第 2 版。

之日起，其必以更新的姿態出現於歐亞戰場，是可以預卜的。」〔註 20〕這一言論預見了抗戰的前途是無限光明的，這一天的社論還給讀者進一步地介紹了一些會議上的新名詞：「大勢所趨，戰事可能很快結束，戰後和平與國際安全，成為世人注意的焦點。四強宣言特別強調此意義，這表明以中美英蘇四強為主體的國際新機構將要產生，表明戰後和平乃至對待敵國領土諸般措施，皆有妥善決定。宣言中提出了一個新的名詞，就是『普遍安全制度』，這和『集體安全制』不同了，『集體安全』是少數強國的安全。『普遍安全』，是世界人類共有的安全。這一遠大的抱負，將由四強擔負起領導的責任，對戰後和平的貢獻，是偉大的。自從一九二四年以來，歐美愛好和平的國家，從各種相互矛盾裏，提出一條集體安全的道路，但是曾幾何時，倭寇挑起了盧溝橋事變，而集體安全以枉顧左右去了。現在由四強宣言把國際安全制度樹立起來，且進一步而為普遍的國際安全，這真是值得借鑒。」〔註 21〕

就在同一天，該報記者程曉華在第三版發表了一篇題為《三國會議與四強宣言》的文章，評析了會議的主要收穫：「所以說，這一次會議與其說是軍事上的成功，毋寧說是政治上的成就，軍事成功是短時間的，政治成功是永久的，會議席上對政治的討論多花點時間，決不是浪費，防微杜漸，高瞻遠矚是每一個具有卓識的政治家應有的態度，軍事只能說是頭痛醫痛，腳痛醫腳的消極辦法，惟有使政治與軍事密切配合所獲得的勝利才是全盤的大勝利，因此，在三國會議之外，吾人更希望來一個四國會議以及聯合國的會議，因為這一個三國會議的成功，即是所有聯合國政治成功的開端，據合眾電傳，華府記者詢問羅斯福，『三國將來是否就地（指莫斯科）作政治決定』？羅斯福答：『所有聯合國家在可能時，均將舉行咨商，惟尚有四強必須於短期內決定之問題。』」另外，同一天於第三　版的精悍短小的短評也指出「這一宣言無疑是替倭寇敲響了喪鐘」〔註 22〕。

《掃蕩報》（桂林版）還報導了蔣介石參加的四強會議。1943 年 12 月 1 日第二版的新聞標題是《中英美在開羅會談　傳蔣主席飛往參加》。與此同時，這一天的社論還刊登了題為《傳蔣主席將參加四強會議》的文章，並作了樂觀的分析：「正為濱湖之捷而歡欣雀躍時，忽傳專電，傳總統邱吉爾首相

〔註 20〕《論四強宣言》，《掃蕩報》（桂林版），1943 年 11 月 3 日第 2 版。
〔註 21〕同上。
〔註 22〕《三國會議與四強宣言》，《掃蕩報》（桂林版），1943 年 11 月 3 日第 3 版。

將在開羅會議，另電且謂羅邱等正相偕赴伊朗，準備與斯大林委員長舉行四強會議，這誠然是內外一片喜訊，同時我們相信這一個消息傳到正打仗的前線健兒，更足鼓舞他們的士氣，繼續創造勝利。」〔註23〕文中在分析了四強會議的實現意義之後，還分析了常德大捷之後自己的不足：「然而美中不足的，是姿態不夠凌厲，氣勢不夠高漲，六七年來政治經濟的進步趕不上軍事，已成上下一致的公論，這自影響到現階段的守，更將妨害到由守轉攻的進程。前線將不斷的用他們的頭顱熱血，築成鐵的堡壘，阻止頑敵前進。」〔註24〕文中為後方的大眾們指明了努力的方向：「抗戰前途一天天光明，後方的我們，實應和他們共呼吸，在政治經濟的措施上造成同等的戰績，我們要用在常德成效與敵肉搏的精神，向政治經濟上的弱點施行總攻，吹出勝利的號角，以前線的勝利相呼應。幾年來將士們所受自後方同胞一般的慰勞方式，也許要逐漸失去它的吸引力了，在當前公私經濟能力之下，我們能拿出多少東西去慰勞那寒風中的英雄們呢？我們要施行政治經濟的總攻擊，把弱點掃蕩乾淨，那力量蓬勃滋長起來，這是在與前線的戰績相呼應，這是在爭取最後勝利中大家的重要課題。」〔註25〕

　　對於當時的三強會議，以及國民黨政府的參與，《掃蕩報》（桂林版）作了詳細的全程報導。在 1943 年 12 月 3 日這一天的第二版報導了三強會議圓滿結束的新聞，並仍在第二版的社論部分刊登了題為《世界光明新啟示》的文章，對開羅之會之後世界局勢的展望與認識做了詳細的闡述。文中回顧了百年中國所受列強的壓迫：「這一段冗長的日子，真叫人難受。然而百年！終竟也不過百年，我們在大時代裏翻身了。」《掃蕩報》（桂林版）當天的社論結尾是以讓讀者振奮無比的句子結束的：「這是一個光明的啟示：它告訴世界人士，黑暗的暴力時代已經過去，公理正義的時代已經復蘇。」〔註26〕

第四節　欄目多樣、貼近新聞的副刊

　　《掃蕩報》（桂林版）屬於軍事系統的報紙，在桂林當時的幾家報紙中，「政治態度最右，總是反映國民黨的官方意見」，當然這是由該報的性質和定

〔註23〕　《傳蔣主席將參加四強會議》，《掃蕩報》（桂林版），1943 年 12 月 1 日第 2 版。
〔註24〕　同上。
〔註25〕　同上。
〔註26〕　《世界光明新啟示》，《掃蕩報》（桂林版），1943 年 12 月 3 日第 2 版。

位決定的，但該報的副刊卻和桂林當時其他各報差不多，較傾向進步，副刊欄目形式多樣，內容充實。當時許多進步文化人士都在該報副刊上發表文章，如郭沫若的《復興民族的真諦》（1938 年 12 月 5 日），黃藥眠的《我們要研究的三個問題》（1939 年 3 月 1 日），楊朔的《讀了〈朝鮮女兒〉以後》（1939 年 3 月 1 日），伍禾的《要求藝術的深度與廣度》（1942 年 6 月 22 日）等。

一、欄目多樣，內容豐富

《掃蕩報》（桂林版）副刊欄目多樣，內容豐富充實。該報 1938 年出版後，一直存在的副刊是《瞭望哨》和《野營》。該報自編的《野營》主要是文藝周刊，《瞭望哨》屬於日刊，主要刊登小品雜文等，也有借用其他社會力量由其他團體編輯的，比如廣西音樂會編的《抗戰音樂》雙周刊，桂林兒童座談會編的《抗戰兒童》，桂林衛生區、衛生事務所與省立醫院合編的《健康園地》，由廣西傷兵之友宣傳組編的《傷兵之友》，以及《抗戰戲劇》、《抗戰建國》、《現代戰爭》、《現代政治》、《現代文藝》、《現代經濟》等。由於其能宣傳抗日，得到進步人士的支持，且副刊內容豐富、形式多樣，所以銷路在桂林各報中並不遜色，一般在兩萬份以上。最初的副刊主要是《瞭望哨》以及《野營》。該報曾在 1938 年 12 月 20 日中刊登過徵稿要求，寫明「〈野營〉歡迎詩歌、小說、戲劇、散文、短論、批判、翻譯」，而《瞭望哨》則歡迎「人物印象、地方印象、戰地特寫、時事雜感、文壇動態、書報評介、生活報導、時論短評、其他雜文、漫畫圖片」。

二、文藝性與思想性兼備

《掃蕩報》（桂林版）副刊的文藝性以及思想性一值得到抗日愛國進步人士的肯定。它的副刊和它的作者以及他們的作品，具有鮮明的抗日愛國態度，捕捉了抗日戰爭歷史上最輝煌、最深刻的瞬間，以不同形式紀錄並使其昇華。

比如 1939 年 1 月 2 日《掃蕩報》（桂林版）與《新華日報》桂林分館等聯合舉行抗日愛國義賣獻金運動，當天的《掃蕩報》（桂林版）副刊《瞭望哨》以 4 篇短小的文章記錄義賣運動，分別刊登了馬季廉的《獻金報國》，落天的《從響應義賣說起來》，署名桂林一讀者的《表現力量的最好機會 —— 參加義賣！踴躍義賣！》，小純的《新的年禮 —— 義賣獻金》。在簡短的發刊詞中，

該報呼籲讀者有錢出錢，有力出力：「我們辦報，原來就不只是做生意，我們每一天出這一份報紙，以桂林的市價計，成本就不止四分，而我們的售價只要四分，批銷更是倍減於此，可見我們的目的不在賺錢，我們不過想對國家有一番貢獻，對民族可以略盡綿力。特別是抗戰的現階段中，我們的工作是艱巨的。我們和荷槍守土的武裝同志原無二致，我們的心血無時無刻不用在抗戰建國的上頭。」〔註27〕簡短的幾句話，盡顯了該報與國家的理念保持一致的態度。「這一次的義賣，不過是我們工作上的一個部分罷了。我們把今天全部的收入獻給國家，也不過是一個小小的數目而已，我們希望於讀者先生們給我們的幫助實在太多。我們歡迎諸先生買今天的本報，以高價來買今天的本報，用最高的價格，表明你愛國的無尚光榮！」〔註28〕這篇發刊詞頗有感染力和號召力。

在馬季廉的《獻金報國》一文中，作者的言辭飽含深情，一腔熱血更是能很好地鼓動讀者們投入到獻金報國的運動中來：「國家亡了，一切都完了。國家有辦法，大家有辦法。這是每個國家都要確切認識清楚的。因此，我們對於抗戰必須全體國民一致努力來支持。」「現時每個人民的命運都與國家民族的命運交織在一塊。獻金報國，此正有時！」〔註29〕而《從響應義賣說起》的文章中，作者落天則是從抗戰的目的來教化讀者響應義賣是正確的愛國舉措，文章寫道：「抗戰是為著爭取民族國家的生存，所謂民族國家只是一件空缺的外衣，外衣裏託庇著的，還是我們四萬萬人民的生命財產，爭取民族國家的生存，實際上即是爭取我們每個老百姓自己的生存，所以，抗戰是民族國家的事，也就是我們每個老百姓的事。是我們自己的事情，我們得努力地去做，現在我們抗戰，我們就得努力從各方面參加抗戰，以爭取抗戰的最終勝利。」〔註30〕落天在文中說明，除了加入前線作戰保家衛國之外，響應義賣也可以同樣為抗戰作貢獻。他寫道：「所謂從各方面參加抗戰，就是說當軍人的調到後方則努力操練，調到火線，則努力殺敵，當工人的努力做工，當農人的努力耕田，當學生的努力求學，這是指從本位上努力，除此之外，我們如果還剩了一分力量，我們要剩有一個餘錢，也要貢獻到抗戰上去。這樣，

〔註27〕 小純：《瞭望哨》發刊詞，《掃蕩報》(桂林版)，1939年1月2日第4版。
〔註28〕 小純：《瞭望哨》發刊詞，《掃蕩報》(桂林版)，1939年1月2日第4版。
〔註29〕 馬季廉：《獻金報國》，《掃蕩報》(桂林版)，1939年1月2日第4版。
〔註30〕 落天：《從響應義賣說起》，《掃蕩報》(桂林版)，1939年1月2日第4版。

我們民族的整個力量才得越加越雄厚，力量越雄厚，抗戰就可早點結束，勝利就可早點得到。」〔註31〕文中提到了亡國的痛苦，則更是期望讀者不要讓慘劇發生，希望國人可以依靠自己的力量把日本侵略者趕出中國：「戰爭是痛苦的事，然而亡國更痛苦，戰爭是悲慘的事，然而亡國更悲哀……我們相信我們一定可以達到這個目的，只要大家肯把自己的全部力量貢獻給國家，這樣，國家力量加強了，就可以有把握早點打敗敵人，早點結束戰爭，早點使我們免除戰爭之苦。」〔註32〕《表現力量的最好機會——參加義賣！踴躍義賣！》一文，把義賣和報紙的宣傳功能結合起來闡述，說明了義賣的重大意義。文中指出：「這件事的意義，不止是獻金的本身可以得到的收穫，而且直接教育了廣大的群眾。委員長說『宣傳即教育』，義賣運動即是宣傳的教育，教育的宣傳。它已確然把宣傳與教育打成了一片，用行動代替了宣傳，用事實在教育群眾。」〔註33〕《新的年禮》一文告訴讀者要堅定抗戰必勝的信念，作者小純在文中寫道：「總而言之，欲求抗戰勝利，必賴經濟充裕。我們的經濟來源不絕，我們的勝利是一定有把握的……我們要從第二階段的抗戰奪取我們的最後勝利。」〔註34〕

　　《掃蕩報》（桂林版）的文藝性的副刊也和當時的抗戰氛圍緊密結合起來，既體現了藝術性，又具有比較高的思想性。比如1938年12月31日的《野營》主要是桂林戲劇運動中《古城的怒吼》公演的特輯。刊登的分別是馬彥祥的《加強我們的戰鬥決心》，凌鶴的《關於〈古城的怒吼〉之演出》，卓吾的《難忘的兩個角色》，未署名的《〈古城的怒吼〉的幾個演員》以及總編輯的《〈古城的怒吼〉人物·個性·及時代意義》。凌鶴在《關於〈古城的怒吼〉之演出》一文中寫道：「正當義賣運動和一元還債運動在桂林熱烈推行的時候，國防藝術社舉行〈古城的怒吼〉的公演，以慰勞負傷將士籌款為目的，其意義之重大，不容贅言。而且在抗戰第二期中，以加強敵人後方工作為主要任務，作為打擊敵偽政權發動游擊活動的〈古城的怒吼〉的公演，更有其教育意義，也是至為明顯的了。」〔註35〕總編輯鍾期森的文章則為讀

〔註31〕凌鶴：《從響應義賣說起》，《掃蕩報》（桂林版），1939年1月2日第4版。
〔註32〕鍾期森：《從響應義賣說起》，《掃蕩報》（桂林版），1939年1月2日第4版。
〔註33〕桂林一讀者：《表現力量的最好機會》，《掃蕩報》（桂林版），1939年1月2日第4版。
〔註34〕小純：《新的年禮》，《掃蕩報》（桂林版），1939年1月2日第4版。
〔註35〕鍾期森：《關於〈古城之怒吼〉之演出》，《掃蕩報》（桂林版），1938年12月

者點明了《古城的怒吼》這一齣劇的時代意義，他是這樣寫的：「在第二期抗戰中，我們有一個新的口號和新的要求：『到敵人後方去』。但我們到敵人的後方去做什麼？這問題當是一群人所急切需要明瞭。〈古城的怒吼〉對於這個問題有充分的說明，他的故事正表現在這一時代意義上。他告訴無數的讀者和觀眾，我們要在敵人的後方組織群眾，發展游擊戰，喊醒沉醉的同胞，剷除漢奸，建立革命的政權，收復被占的失地。這一些工作正待我們去做。古城的同胞已在怒吼，後方的同胞能不奮起？」〔註36〕

　　《掃蕩報》（桂林版）的副刊文章雖短，但是寓意大都比較深刻，也具有較強的感染力。

三、貼近新聞，講求時效

　　《掃蕩報》（桂林版）副刊的稿件通常都和新聞版面的稿件保持一致，對抗日戰爭中的重大事件做出及時的反映。

　　比如 1938 年 12 月 29 日《瞭望哨》推出悼念蔣百里先生的特輯。當天的發刊詞中寄託了對蔣百里先生的哀思：「今天偶然收集了幾篇悼念蔣百里先生的文章，出了一個追悼的特輯。百里先生是在廣西宜山去世，昨天重慶有大規模的追悼會舉行，可惜我們未能參加，一點哀思，無由表露，謹以此小小的特輯，作為我們敬仰百里先生的些微表示。」〔註37〕比如第 879 期的《瞭望哨》為了紀念五・一所作的《五一勞動節青運宣傳周合輯》，刑同河在《紀念五一節》中指出全世界工人給予我們的援助：「像美國華盛頓工人的援華示威，馬尼拉碼頭工人拒絕運載輪日，其他如組織糾察隊來封鎖輪船碼頭，及罷工怠工來要求他們政府來參加反日，已是屢見不鮮的事實。」文中號召大家要集中力量對付日寇：「我們要以最敏捷的方法，使全世界反侵略者的工人力量集中，使彼此取得嚴密的聯繫，進一步來熱烈援助我國抗戰，來達到世界和平勝利的目的。」〔註38〕再比如 1939 年 7 月 6 日第 923 期的《瞭望哨》關於疏散問題專輯，發刊詞中說明了進行疏散的意義，指出雖然人們從城市撤退了，但是卻保全了財力，同時這樣可以開發農村的經

---

　　　　31 日第 4 版。
〔註36〕　《〈古城的怒吼〉人物・個性・及時代意義》，《掃蕩報》（桂林版），1938 年
　　　　12 月 31 日第 4 版。
〔註37〕　刑同河：《〈瞭望哨〉發刊詞》，《掃蕩報》（桂林版），1938 年 12 月 29 日第 4 版。
〔註38〕　《紀念五一節》，《掃蕩報》（桂林版），1939 年 5 月 4 日第 4 版。

濟，疏散的意義是爲了打擊敵人。文章中希望人們不要再迷戀城市，把「到農村去」的口號實踐起來。另外一篇《關於疏散的幾點意見》文章，作者君若提出了一些建議。有關「七‧七事變」的紀念宣傳，《掃蕩報》（桂林版）歷來都很重視，副刊也不例外，在 1939 年的 7 月 7 日這一天，《瞭望哨》的924 期就編排了《獻禮七七》這個專輯。《掃蕩報》（桂林版）在發刊詞中寫道：「抗戰已兩週年，敵人已經拖得死去活來，掙扎在死亡線上。我們卻愈打愈強，愈是英勇的活躍起來了。我們在兩週年紀念的今天，要向英明的領袖致敬！要向前方抗戰的將領致敬！我們尤其不能忘記的是成仁的烈士，與死難的同胞，我們要以最誠摯的態度爲他們致深切的哀悼。」〔註 39〕文中並號召讀者要把生命來獻給國家：「今天我們不必多說別的話，我們還是要問問我們的力量盡到了沒有？我們的責任盡到了沒有？如果第一個是『沒有』，第二個也還是『沒有』，我們就太對不住英勇的將士，太對不住殉國的先烈了，我們要求從今天起，每一個人都把生命獻給國家，爲國家盡一切的責任，出一切的力量。只有拿生命獻給國家是最大的禮物。今天不是大家都在獻禮嗎？敬請諸君獻出生命來。有獻出生命給國家的決心，而後出錢出力自是更方便的事情了。」〔註 40〕在這一天，《掃蕩報》（桂林版）還刊登了鶴鳴的《盧溝橋上烽火紀實》，詳述了「七‧七事變」的經過：「奪橋之役，我軍忠勇令人感泣！勇士六人各持大刀握匣槍，荷手榴彈，一土人前導，匍匐沿河堤而進。一聲喊殺，榴彈響處，大刀飛舞；倭頭如瓜迎刃而落。於睡夢中驚起亂竄，應恨倭人腿短也！」〔註 41〕這一大段描寫很生動地給讀者呈現了當時的戰鬥場景，該文回顧整個事件的經過之後，在結尾對今後的作戰形勢進行樂觀的展望：「今抗戰二年矣，日寇泥足愈陷愈深；國際形勢，利於我者，已非精神上之同情，而將劍及履及，制裁實施矣。我抗戰部隊，愈戰愈強；游擊戰士，遍佈敵後。勝利之來，已不遠矣。惟欲勝利之來，必須國人加倍努力！回首既往，能不奮然。」〔註 42〕

〔註 39〕《〈瞭望哨〉發刊詞》，《掃蕩報》（桂林版），1939 年 7 月 7 日第 4 版。
〔註 40〕同上。
〔註 41〕鶴鳴：《盧溝橋上烽火紀實》，《掃蕩報》（桂林版），1939 年 7 月 7 日第 4 版。
〔註 42〕同上。

第七章　與大報交相輝映的桂林小報

　　中國的小報最早出現在北宋，在南宋開始盛行。在當時小報的傳播速度較快，發行的範圍也相對較爲廣泛，由於所載的內容多爲新鮮奇特的事，所以很受各階層的人士喜愛。但這個時期的小報，並不具有很高的眞實性。一直到清代，小報都是以這類內容爲主以不正規的方式在民間傳播的。也正因爲如此，小報所散發的消息泄露了官府的秘聞，影響到了封建統治階級的權威，所以一直屬於非正式的傳單性質的消息通報，受到官府的遏制。到清代的小報的性質依然是關注官府政治內幕和發佈小道消息爲主。到了戊戌前後，一部分文人對當時腐敗的朝政失望，又自覺無能爲力，便開始辦起一些專門刊登通俗化的奇聞軼事或一些內容空洞的詩詞歌賦以求寄託。到了民國時期，我國小報的發展達到了高峰。民國時期小報，從版面上來區分，它是小於大報一半的報紙，內容偏重於趣味性強的社會新聞。

第一節　桂林小報概述

　　如上所述，桂林由於特殊的政治環境和地理位置，抗戰時期，隨著北平、上海、武漢、廣州、香港的相繼淪陷，大部分文人和進步人士來到桂林，形成了著名的文化城，這有力地促進了桂林新聞事業的發展，除了一些大報如《救亡日報》、《大公報》等隨之從外省到桂林創辦桂版外，還有許多小報也隨之遷來桂林，另有一些小報在桂林當地創刊。

　　這個時期桂林的報紙，不論大報小報，都以抗戰和地方建設爲主題。從內容上來看，當時和在桂林出版的黨報或機關報如《救亡日報》、《掃蕩報》、

《廣西日報》等都是每日刊出，所刊發的都是最新發生的新聞，且內容偏向於國內外局勢及國計民生，即「硬性新聞」，其政治立場和言論也相對隱晦含蓄。而小報由於報社規模人手及經濟等問題，大部分併不會每日刊發，如本文所研究的《正誼》和《國防周報》，都屬於周末刊發的報紙，所登載的新聞也是一周內的新聞，其內容偏向於生活化且多樣化，即「軟性新聞」，並且政治立場和言論也相對明顯甚至偏激。

另外，由於當時桂林外來人口多，文化人多，為了滿足不同階層的需要，湧現了很多專業性的報紙，其讀者並不是面向全部民眾，而是部分特定人群，如本文所研究的《工商新聞》（每日通訊），就屬於辦給政府人員和工商界人士看的報紙，再如《藝術新聞》、《戲劇日報》等等專業性的報紙，由於其報紙的發行量小，讀者群不大，因此本文也將其列入小報之列。

這類報紙有個共同的特點，由於當時特殊環境所致，很多報紙並沒有發行太長時間，如上述《工商新聞》（每日通訊）和《正誼》都只發行了一年左右的時間，有的報紙發行時間則更短，甚至有的只發行了十幾天就被迫停刊。這樣的報紙往往發行量很小，在讀者中產生的影響也很小。儘管如此，由於它是獨特的媒介現象，它們與當時桂林的大報共同書寫了桂林抗戰新聞事業的歷史，具有特殊的地位，值得研究，所以本文也將其作為研究對象進行研究。

根據桂林圖書館的館藏以及彭繼良先生的查證，當時遷往桂林復刊及在桂林創刊的小報主要有：《小春秋日報》（1940 年創刊），《工商新聞》（1941年創刊），《國防周報》（1941 年創刊），《克敵周刊》（1938 年創刊），《西南青年》（1939 年創刊），《曙光報》（1941 年創刊），《國民公論》（1940 年復刊），《文學譯報》（1942 年創刊），《新聞簡報》，《國際新聞周報》，《中英周報》，《朝鮮義勇隊通訊》，《正誼》（1943 年復刊），《戰鼓》，《自由報》（1940 年創刊），《前導周刊》（1937 年創刊），《廣西銀行月報》（1941 年創刊），《小戰報》（1939 年復刊），《學生周報》（1942 年創刊），《西南導報》（1938 年創刊），《藝術新聞》（1941 年創刊），《戲劇日報》（1941 年創刊），《農民報》（1944年創刊），《民眾晚報》（1941 年創刊）等二十餘種小報。

根據報紙性質類型的不同，當時的小報主要分為四大類：

一是軍事類。主要有《國防新聞》、《小戰報》、《朝鮮義勇軍通訊》、《克敵周刊》、《戰地周報》等。

二是經濟類。主要有《工商新聞》等。

三是文化類。主要有《正誼》、《小春秋日報》、《藝術新聞》、《國民公論》、《文學報》、《西南導報》、《戲劇日報》、《民眾晚報》、《前導周刊》等。

四是特定群體類。主要有《學生周報》、《農民報》、《西南青年》等。

限於篇幅，這裏筆者選取了三份具有一定代表性的小報進行研究，選取的標準主要是以政治立場來劃分。一份爲《工商新聞》（每日通訊），該報爲國新社主辦，屬於中國共產黨所辦報紙；一份爲《國防周報》，爲國民黨新桂系所辦報紙；一份爲《正誼》周刊，爲國民黨軍方報紙《掃蕩報》的附屬刊物。這三份報紙各有特點，有各自的政治立場和特殊背景，下文中將有詳細交待，這裏從略。另外選取這三份小報進行研究基於以下考量，一方面，由於當時小報數量眾多，並且相當一部分小報發刊時間太短，有的甚至只存在幾天就被迫停刊，所以在國內外圖書檔案館幾乎沒有報紙原件，有的報紙只有寥寥幾張，無法進行系統深入的研究。另一方面，筆者選定的這三份報紙，在當時的眾多小報中算是辦得較爲成功，且影響力相對較大，所能找到的原始資料也比其他小報要多。

第二節　《工商新聞》的新聞報導與欄目設置

一、《工商新聞》概況

《工商新聞》於 1941 年 6 月 15 日到 1942 年 7 月在桂林由中國工商新聞社出版，爲國新社同仁編發的鉛印通訊稿，每日出版 4 張，經銷處爲各大書店。在出版過後，工商新聞社將每月的報紙裝訂爲合訂本銷售，每冊售價國幣 7 元，「優待訂戶 7 折」。

（一）《工商新聞》的創刊背景

《工商新聞》的發行人張常人，江蘇常州人，民革成員，14 歲便開始在常州地方報紙上投稿，在上海攻讀時，著名學者陳望道教授對他很欣賞，將他推薦給左翼作家何畏（匡亞明）。當時匡正以教學作掩護，從事黨的地下工作，對他在政治思想上作了指導和考驗，不久，就介紹他進入出版左翼作家作品的光華書局工作。由於受到進步思想影響，他曾與著名左翼劇作家洪深在上海現代書局創辦《一周間》大型雜誌。由於立場明朗，這本雜誌出版後

就被禁郵，只出版了 7 期，便被國民黨當局查封。1937 年 11 月張常人和馬彥祥一起從上海到達漢口，籌辦了一張較大的《抗戰晚報》，於 1938 年元旦出版。爲了鞏固抗日統一戰線，《抗戰晚報》每天在報頭下刊出「國民本位，抗戰第一」的口號。這張晚報銷量達 10 萬份，最高的時候甚至達到 25 萬份。後來他撤退到長沙，到多處考察，還與湯恩伯等人接觸並且建立了友誼。在這期間，他寫了長篇戰地通訊，綜述戰役始末，並畫了一張敵我進退態勢圖。香港《國民日報》用一個半版的篇幅發表了這篇文章。1939 年他還曾到湖南南嶽採訪軍委南嶽游擊幹部訓練班，與葉劍英將軍進行了交談，發表了《葉劍英將軍一夕談》的報導。此外他還同新四軍的幹部有過接觸。

來到作爲西南行營所在地的桂林後，張常人積極籌辦中國工商新聞社，發行日刊《工商新聞》，以報導前後方的市場經濟情況和不斷變動的物價爲主，受到經濟界的歡迎和好評。支持這個事業的，一個是華東遷桂工廠聯合會的主席陳炳勳；一個是馮玉祥的「三戶書店」及其印刷廠的經理汪先生。值得一提的是，張常人利用中國工商新聞社經常以編輯身份掩護黨的地下工作人員，而《工商新聞》稿件其實爲國新社同人編發的鉛印通訊稿。

之所以籌備這張工商界的專業性的報紙，跟當時的大環境是分不開的。《工商新聞》的創辦時間爲 1941 年 6 月，當時整個桂林的新聞生態較之「皖南事變」之前有了很大的變化，《救亡日報》（桂林版）在「皖南事變」後就被迫停刊，國民黨對其他刊物的管制和審查也很嚴格，因此《工商新聞》的誕生，一來是避開國民黨報刊審查機關的審查，以這種專業報的方式出版更容易生存也更容易發稿，二來也是用這種方式來掩護共產黨的地下工作人員。

工商新聞社是國際新聞社的一個附屬通訊社。《工商新聞》表面上雖然不帶有政治立場，爲經濟性質的日報，但其實是在共產黨的領導下創辦的。

（二）《工商新聞》的發行和編排

《工商新聞》出版時間不長，經檢索，國內外圖書館均沒有前 47 期的《工商新聞》，筆者僅能從桂林圖書館收藏的第 48 期的一則啓事中瞭解該報此前的一些情況：

> 本社於本年 6 月 15 日開始發行《工商新聞》每日通訊，以供政府報社及工商界參考之用，惟以事初創，人力物力均感不足，內容，形式，距離理想甚遠，乃盟各界垂愛，總社所在桂林一地，訂戶即達二百餘家，而各地報社機關，暨美國駐華大使館等亦均先後遠道

訂用航空及快遞稿等共達三百餘份，猶深感愧。固定於八月一日起，除充實內容外，並改用鉛印。尚望各界人士指正協助，俾此經濟報導之通訊，得永遠上下爲政府宣揚國策，爲工商界之耳目喉舌，則幸甚矣。〔註1〕

在這則啓事中，可以推測《工商新聞》的讀者群爲政府官員、報社及工商界人士。200多家的訂戶，300多份的快遞稿和其他報紙比起來雖然不算多，但作爲一份專業性很強的報紙來說，能達到這個數量，也十分不易。這說明《工商新聞》自發行以來，還是頗受政府、工商界的關注和歡迎的。

《工商新聞》的刊頭位於報紙的右上角，「工商新聞」四個字爲黑體，下面爲「每日通訊」四個小字，接下來爲《工商新聞》的英文翻譯「THE ECONOMY PUBLISHED BY CHINA NEWS AGENSY」，再往下依次爲期刊號、出版者、發行人、地址、電話、電報、定價（每月十元郵費另加）。另外，在每一期都刊登有這樣的啓事：「中央宣傳部核准登記，本通訊專供政府機關及工商業作參考之用，請注意內容之部分機密性而妥爲保存。」

報紙的第一版一般爲兩個欄目，一爲「工商大事記」，一爲「工商文摘」或者「工商法規」，刊登從別的報紙摘錄的有關工商界的新聞或工商界的法律法規。

第二版和第三版通常爲「工商業介紹」和桂林本市及周邊省份地區的物價情況。其中「工商業介紹」爲廣告，主要刊登桂林各個工廠商行的信息。

二、《工商新聞》的新聞報導

《工商新聞》的新聞報導集中在第一版的「工商大事記」，分爲國際工商新聞、國內工商新聞、廣西本省和桂林本市工商新聞。其新聞基本爲一句話新聞，即用一句話概括揭示新聞事件的核心內容。這也是《工商新聞》報導的特色。

國際方面的工商新聞主要報導美國、英國、蘇聯、日本、緬甸、印度等國家的經濟貿易情況（該報將香港也列入「國際」一欄）。其中美國和英國的工商新聞爲報導的重點，日本爲其次。國內的工商新聞主要報導各省市的工商情況，也報導桂林本市的工商情況。

〔註1〕　《本社啓事》，《工商新聞》，第48號。

《工商新聞》的新聞主要有以下三類。

（一）報導美英日等國與相關國家的經貿活動

1938 年，日軍攻佔武漢以後，抗日戰爭陷入了相持階段。1941 年，日本又與蘇聯簽訂《蘇日中立條約》，放棄北進，而日本要想實施其「大陸政策」則只能將賭注壓在其強大的海軍上，實施「南進政策」。所以，此時日本已不可避免地要向東南亞和太平洋方向發展勢力，而美國一向視東南亞和太平洋為自己的地盤，於是美日在無形當中已經開始了較量，隨著日本在東南亞和太平洋勢力的一味擴張，美日之間的矛盾與衝突日益升級和激化。

當時美國認為採取經濟制裁、經濟封鎖和經濟恐嚇就能夠遏制日本在自己的勢力範圍內的擴張。同時，為了使制裁法西斯國家更加具有號召力和規範性，美英於 1941 年 8 月簽署了《大西洋憲章》。隨著《大西洋憲章》的簽署，使得美國對日本的經濟制裁有了法律依據，更加規範化，作為美國的盟友英國也在經濟、航運等方面積極響應美國，共同制裁法西斯國家。

這一時期的《工商新聞》就是在這樣的國際形勢下，對英美蘇日及中國的的經濟活動進行報導的。

1、報導英美蘇對日本的經貿活動

英美蘇對日本的經濟貿易活動報導主要有：「美規定美日貨物交易，須領取憑證」（《工商新聞》第 48 號，以下略去《工商新聞》報名，只注明期號），「美總統羅斯福下令，禁止□□用燃燒油及航空汽油輸往日本」（第 50 號），「中英美三國對於封存資金事，將採取某種有效步驟，制止敵倭投機取巧」，「英對倭將加強商務壓力」（第 65 號），「英禁止貨物運到大平洋日□谷島」，「羅斯福下令提高□肉進口稅，又予倭一經濟打擊」（第 71 號），「美對倭停止生絲貿易」（第 73 號），「美對日輸出已大量減少，本年上半年僅及去年同期之半」（第 89 期），「英美蘇三國會議，討論分配三國資源，共抗敵國」（第 108 號）等。

2、報導日本與東南亞、太平洋地區的經貿措施等信息

日本與東南亞、太平洋地區的經貿措施等報導有「日本禁止美商行在中國各口岸運輸貨物」（第 49 號），「敵又發行侵華公債六萬萬日元」（第 69 號）「敵企圖恢復太平洋航運」（第 105 號），「敵召開東亞經濟會議，圖搜刮經濟資源」（第 174 號），「敵破壞國際錫協定之企圖已失敗，泰國首先反對」（第

175 號）。

3、報導日本對中國採取經貿措施等信息

日本對中國採取經貿措施等報導有「江海關日籍稅務司宣佈將前次禁運之紗布□類肥皂三項開禁」（第 48 號），「敵操縱下之江海關公佈禁運皮革，米麵，植物油，及植物食料，橡皮，煤，麻類，羊毛，礦砂，金屬及金屬裝飾品，藥用及工業用化學產品等十四項」（第 50 號），「敵拆卸廣州工廠廣九鐵路，將原料他運。」（第 60 號），「上海和□□銀行經理慘遭奸倭暗殺」（第 63 號），「敵近□內閣□□計劃，津市物價暴漲」（第 128 號），「□各大書店遭敵封閉，書籍數萬冊被運」（第 197 號）等。

結合這一時期的背景來看這些新聞，筆者認爲「珍珠港事件」爆發以後，美國正式對日本宣戰，美國切斷了與日本的所有經濟往來，同時在《大西洋憲章》和世界反法西斯統一戰線的作用下，主要參戰國英國、蘇聯和中國等也對日本展開了更爲嚴屬的經濟制裁，這些措施可以從上述英美蘇對日工商新聞中看出究竟，而此時的日本爲了償還自己的戰爭賭債，在被侵略國和殖民地大肆開展經濟補救措施，以及更加瘋狂的掠奪，企圖彌補因受到經濟制裁所帶來的巨大經濟缺口，突破反法西斯同盟國對自己的經濟制裁。而對中國的封鎖和對戰爭物資的掠奪，直接引發了日本在軍事上的三個動作：一是根據自己需要並結合德意日三國協定的有關責任，發動太平洋戰爭，以配合德國從太平洋方面對蘇聯的封鎖；二是攻佔香港，爲攻擊東南亞打通道路；三是加緊對中國後方的空中轟炸。

同時，《工商新聞》以辯證客觀的態度從經濟層面向讀者反映了整個國際、國內的戰爭發展態勢，向讀者展示了一個相對客觀的戰爭態勢。

（二）報導經濟活動和物資流通信息

1、報導國際經濟貿易活動

國際經濟貿易活動的報導以日本的爲主。如：「倭工商省統制生絲及絲線出口」（第 48 號），「倭因油荒，三十八處鐵路已停駛」（第 54 號），「倭國人力銳減，□用女工」（第 56 號），「倭爲應對當前危機，統制工業資金」（第 60 號），「倭統制全國證券，由商務大臣主持」（第 61 號），「倭工商省將成立□□之外貿易□制協會」（第 69 號），「敵國□資金被封，通過物資動員計劃」（第 71 號），「敵因遠東形勢緊張，特下令撤退各地郵航會社分社」（第壹柒陸號），

「敵內閣因軍費支出浩繁，決要增加預算」（第 189 號）等。

將如上這些新聞結合當時的背景分析，可以看出，世界反法西斯國家建立統一戰線後，無論從政治、經濟和軍事等硬實力看，還是科技文化等軟實力分析，都比法西斯國家顯示出絕對的優勢，而以德國、日本和意大利為軸心的法西斯國家則窮兵黷武，為了維持、保護和攫取自己的戰爭利益，不得不以戰養戰，甚至在自己的國家大肆擴充力量。日本在國內雇傭女工，增加戰爭預算，徵召和充當帝國主義侵略擴張的炮灰，在敵佔區大肆發行邊區票等等都說明了它的戰爭力量在逐漸減弱，也在作最後的垂死掙扎。

2、報導國內經貿活動

《工商新聞》分為國內、省內（指廣西省內——筆者註）和桂林三部分，這裏主要介紹國內和桂林方面經貿活動的報導。

（1）國內工商新聞

《工商新聞》關於國內的工商新聞主要有：「中央決定法規，協助各省發展有關國防性之工礦」、「中外銀行供給我外匯，港市場穩定」（第60號），「大後方工業有驚人發展，生產價值增加數倍」（第 92 號），「□江北□倭軍用倉庫突起火，損失數萬千萬元以上」（第 117 號），「委座在經濟會議上表示決心整理當前財政經濟」（第 176 號）等。

（2）桂林本市經貿工商等新聞

《工商新聞》關於桂林本市經貿工商等新聞有：「市府□設平民醫院，救濟無主病人」（第 61 號），「各戲院因軍府□□防空經費，奉令加收票價後，營業清淡，昨起一律暫停營業，商請政府改善辦法」（第 80 號），「建國貿易公司設造紙火柴兩廠」（第82號），省府向桂市銀行界商定貸款七百萬元，□□接濟桂市」（第 85 號），「糧食公店今日復業，百米每石九十五元，每人限購五斤至十斤」（第 100 號），「桂市鹽價上漲，□務當局設法彌遏漲風」（第172號），「桂林鹽米續漲，每擔漲二元至五元」（第 173 號），「桂市鹽價因平抑甚力，已下跌十餘元」（第 174 號），「桂市工商團體今晚舉行集會，討論直接稅問題」（第壹柒伍號），「桂林是工商團體召開聯席會議，決請重占直接稅」（第 176 號）等。

抗戰時期，平衡糧食供求的方法，除了糧食增產田賦徵實之外，另有提倡節約，按人口授糧（第 100 號），地區性的調劑及市場管制等項，這些措施

的實施，使戰時的糧食問題得以解決，對持久抗戰有著很大的幫助。從國內和桂林本市工商界的新聞中大致可以看出，由於日軍侵略，國內工商業的發展受到了很大的限制，但還是有所發展的。而當時食鹽戰時附加稅、貨物稅和直接稅三種新稅代替了戰前的關稅、鹽稅和統稅三大稅，成為國民黨政府戰時的新三大稅，竭力開展直接稅，又成了重要的稅收。直接稅就是直接向納稅人的收入或企業財產價值徵收的稅。這些信息在新聞中也有所體現。

（三）國外對中國援助以及國內對工商業抗戰動員等報導

1、國外對華援助的報導

國外對華援助報導有：「美不放棄遠東利益，新任駐華商務參贊抵港」（第63號），「美援華物資，開始運檢，價值一千五百萬元」（第89期），「美以大量捐款援華，希望能達到五百萬元」（第98號），「美分工會募款援華」（第105號），「美運殺鼠及減蚤藥片及『氟』兩頓來華」（第170號），「美聯合救協會將擴大募捐援華」（第171號），「美國人民援華捐款已達三百萬美元」（第192號）等。

《蘇日中立條約》簽訂之後，蘇聯即停止了對中國的援助，與此同時，美國和英國則開始援助中國，和蘇聯形成了鮮明的對比。美國通過在中國開闢駝峰航線，派駐飛虎隊等將大量急需物資運往中國援華抗日，有力的支持了中國的抗日戰爭。

2、對國內工商業捐款的報導

國內工商業捐款的報導有：「本年戰債募得四萬萬餘元」（第192號），「中振會援款十萬元，本省府援款三十萬元，救濟港僑」（第194號），「桂市各戲院請免增加票價一倍，以作改善防立建設及桂江大堤只用」（第48號），「百代商店，為□□空軍，舉行義賣」（第60號），「中央XX廠桂林分廠全體員工捐款七百餘元，□應良心□金」（第80號），「民船工會，募債成績優異，達一萬三千餘元」（第94號）等。

從這類新聞中可以看出，國內工商界對待抗日的態度是積極和支持的，儘管當時國內工商業的發展非常困難，並受到日本的制裁，但是他們仍然為抗戰盡可能出錢出力，渴望抗戰的早日勝利。一方面從工商界對抗戰的積極態度也能折射出當時整個中國的民眾對待抗戰的態度，全國人民都煥發出高度的愛國精神，投入到這場轟轟烈烈的抗戰中去，無論男女老少，都以自己

的方式，貢獻出自己的一份力量。而抗戰的最後勝利，和民眾的空前團結及覺醒是分不開的。另一方面，《工商新聞》也通過報導這些積極的工商業活動，從而激發更多團體和個人的愛國之情，爲抗戰贏得更多的精神和物質支持。

三、《工商新聞》的專欄

　　《工商新聞》開設有「工商法規」、「工商文摘」兩個欄目。這兩個欄目有時交替刊出，有時同時刊出。「工商法規」主要刊出當地政府最新頒發的法令法規，如 1941 年 9 月 1 日第 79 號中刊登的《鹽稅改徵辦法及粵西鹽產區改徵辦法》，便是將鹽稅的幾條改徵辦法向公眾告知。「工商文摘」主要刊出摘自其他報紙的有關工商界的文章，如 1941 年 8 月 2 日第 49 號中刊出的《民族資本的苦悶》一文就是摘自同日出版的《大公報》（桂林版）。這兩個欄目還有一個共同點，就是所刊登的內容大部分都來自中國工商新聞社有關報導廣西周邊的省市和廣西省內的部分工商新聞，如第 49 號中「《湘省棉田增產現狀》（中國工商新聞社長沙訊）」、「《柳州防止空襲疏散物資》（中國工商新聞社柳州訊）」等。

　　《工商新聞》第二、三版通常爲「工商業介紹」和桂林本市及其他省市的物價表。「工商業介紹」標注來自中國工商新聞社資料室，但其性質是廣告，主要是向公眾介紹各商行或工廠的概況、銷售、存貨等情況。如：

　　　　桂林聯昌行
　　　　地址：桂林中南路九十三號
　　　　總經理：梁志潮
　　　　電話：二九七四
　　　　（中國工商新聞社資料室）桂林聯昌行爲桂林最大五金行之一，總經理梁志潮現任桂林市五金業同業工會主席。該行專辦汽車材料大小五金膠輪電池油料，並獨家經理美國勝家衣車公司十五種白輪縫衣車及各種零件，此外並設有西藥部，發售各國成藥並接配處方。〔註2〕

　　從內容上來看，此類廣告應爲收費廣告。由於《工商新聞》的特殊性質，它的受眾群體有限，因此其它類型的廣告很少會選擇在這樣的報紙上刊登，

〔註 2〕　「工商業介紹」之《桂林昌行》，《工商新聞》，第 48 號。

但作為報紙，又需要廣告費來維持生存，選擇用這樣的形式刊登工商業廣告，不失為一舉兩得的策略。一來這樣更加顯示《工商新聞》的專業性，二來使其廣告版面與眾不同，頗為新穎。從刊登的商行和工廠的數目和類型來看，涉及到桂林工商業的方方面面，由此可見當時《工商新聞》在桂林工商業中的影響力。

《工商新聞》第三、四版通常為物價表。刊登的是全國各省市或廣西省內的各類物價。其中第三版一般刊登外省市近一周內某日的物價，以報導重慶、長沙、衡陽、曲江、上海等地的物價為主。第四版刊登桂林本市當日的物價。物價表中所涉及的物價非常廣，特別是對於桂林本市的物價，其中包括煙草、棉紗、糧食、糖、紙張、鹽、雜貨、油類、藥材、火柴和五金等，幾乎包含了所有商品的物價，並且每一類又都反映得極為細緻，如糖類，就包括了雪冰糖、茶冰糖和柳黃糖等各自的物價，油類分別有白生油、白茶油和桐油等的物價，棉紗類更是包含多達幾十種棉紗的物價。從專業的角度來講，這一欄目能夠幫助桂林市相關的工商業者及時準確地瞭解省內外商品的價格信息，及時對物價進行調整，應對來自同行業的競爭，而拋開其專業性，這兩版商品價格信息對於普通民眾來講，也是十分實用的，讀者只要翻開《工商新聞》，便能得知各類商品價格信息。在通訊、交通及生活條件都不發達的抗戰時期，《工商新聞》這一欄目的設立，其實用性不言而喻。

四、對《工商新聞》的評價

《工商新聞》這份由國新社同仁所創辦的報紙，用自己獨特的身份保護了當時的一些共產黨人，也由於這份報紙的特殊性，除了發行人張常人，我們無法查閱到其他工作人員的任何資料，因此也無法瞭解那個時期的工商新聞社經營發展的艱辛歷程，但從查閱到的資料數據可以看到國新社同仁們所做出的犧牲和努力。

《工商新聞》作為當時幾乎唯一的工商界的專業性報紙，對廣西工商界的影響是不容忽視的，它不僅向讀者展現了國際、國內和桂林本市的經濟貿易活動，更使讀者由這些經濟貿易活動看到了國際、國內的戰場，對民眾進行了精神動員，激發了民眾支持抗戰的熱忱，也為當時的工商業者提供了一個很好的信息交流的平臺。

當然，由於條件、政治背景等種種原因的限制，《工商新聞》也存在一些

不足，如報紙的新聞量較小，相對於其它版面的內容來說，新聞的版面只占較小的一部分，但是對於一份小報，並且是專業性小報，能做到每日刊發新聞，在抗戰時期是十分不易的。

從這份報紙中不難看出國新社的同仁們所付出的努力，每一個版面都凝聚著他們的心血，他們不但要對報紙內容進行精心編排，更要應對國民黨新聞檢查機構苛刻的新聞審查。雖然這份報紙僅刊發了一年多的時間，但是它卻以自己獨特的方式為當時艱難發展的廣西乃至西南地區工商業的發展做出了自己的努力，為抗戰做出了積極的貢獻。

第三節　《國防周報》的時事評論與欄目設置

一、《國防周報》概況

（一）《國防周報》的創刊

《國防周報》1941 年 5 月 4 日在桂林創刊，是國民黨新桂系辦的國際、政治、經濟、軍事、學術和文藝綜合性期刊。從 1941 年 5 月 4 日創刊到 1943年 6 月，《國防周報》為周報，每周日出版一次，每份售價兩角。1943 年 7 月之後，增加版面，充實內容，改為月刊，一月出版一次，並改名為《國防》。該報的發行人為《掃蕩報》（桂林版）總編輯鍾期森，社長兼主編為《掃蕩報》（桂林版）副主編程曉華，由桂林國防書店印行，建設書店、掃蕩報文化推廣部總經售。〔註3〕該刊停刊於 1944 年 1 月。目前可查到的《國防周報》原件共七卷，每一卷大致有七到十期。在 1941 年 5 月 4 日的第一卷第一期中，報頭「國防周報」四個大字「國防」兩字為楷體，「周報」兩字為黑體，下面注明為創刊紀念號，再往下面，從右往左標明：發行人：鍾期森；編輯人：程曉華；第一卷第一期；逢星期日出版，零售兩角，本期三角。在封面的右半側，配有木刻版畫，為一位左手持矛右手拿盾的士兵，士兵身後即是國民黨黨旗青天白日旗的圖案。圖案下方寫著：「建立國防文化劉元作」，右側底部印有桂林國防書店印行字樣。封面左半側為該期的目錄。從封面可以看出，《國防周報》的創辦是十分嚴謹鄭重並且頗受重視的。

〔註 3〕 彭繼良：《廣西新聞事業史（1879～1949）》，廣西人民出版社，1998 年，第275 頁。

　　《國防周報》在第一期爲了突出「國防」的主題，除了鍾期森所寫的創刊詞題目明確標爲《論國防化》之外，所刊發的評論也大部分是圍繞「國防」這一主題的，如張發奎所寫的《現階段的青年運動與國防運動》、呂竹園所寫的《國防重心》和黃煥文所寫的《閃電戰與國防》等都是如此。其中黃煥文的《閃電與國防》以 1939 年德國對波蘭、1940 年德國對法國、比利時、荷蘭、英國採用的「閃電戰」的戰術大獲全勝爲例，分析中國在戰略戰術上的優勢，整個文章有理有據，層次分明且條理性很強，雖爲評論文章，卻不枯燥乏味。從這一點可以看出，報社的編輯、作者們是花了心思的。因爲《國防周報》的定位和特點決定了它的讀者群體並不是普通民眾，而是素質較高的政府官員、軍人和文人等，這其實就已經限制了它的發行量，而想要吸引這部分特定的讀者，就必須在報紙內容和辦報質量上面下功夫。

（二）《國防周報》的性質及其背景

　　《國防周報》總體來說大部分文章是傾向抗日救國的，並且比較注意報導和評述國內外抗擊法西斯侵略者的鬥爭。該刊的編撰委員均爲當時著名的文化學術界人士和新聞界人士，如：歐陽予倩、周太玄、薩孟武、陶希聖、黃現璠、盛成、董渭川以及原《掃蕩報》總編輯丁文安、《掃蕩報》（桂林版）社長易幼漣、編輯卜紹周等。另外還有大量的投稿作者，如王澤民、林昔臺、化宜和袁桓猷等。從《國防周報》的編撰委員可以發現，這其中既有共產黨人，又有左翼作家，還有右翼作家，因此可以說《國防周報》是一份具有統戰性質的報紙，它體現得更多的其實是全民族的抗戰需要，這是它不同於國民黨其他報紙的性質之一。

　　《國防周報》既是由新桂系主辦，就決定了其性質不同於國民黨其它報紙。具有既容共又反共的特點：雖然也是國民黨方面的報紙，但並不像《正誼》等其他國民黨報紙那樣言論偏激、一味吹捧宣揚蔣介石，貶斥、批判中國共產黨。相比來說，《國防周報》的態度還是相對中性而緩和的，在其他國民黨所辦報紙經常抨擊謾罵中國共產黨的時候，《國防周報》對共產黨的批評僅限於思想層面，對共產黨的反對態度也比較隱晦，更多的還是對共產黨的暗示和誘導，具體表現可以在下文分析其對「共產國際解散」等重大事件的評論中看得很清楚。

　　在提到創辦《國防周報》的目的時，鍾期森這樣寫道：「這個小刊物的問世，談不到對國防建設運動的貢獻，只不過願爲全民國防化，爲當前主要的

科學運動——國防科學盡些播送的微力而已。」〔註 4〕我們從《國防周報》的內容也可以看到，它圍繞「國防」二字，主題鮮明，內容集中，名副其實。

二、《國防周報》的時事評論

《國防周報》最顯著的特點就是以時事評論為報紙的主打內容，每一期都有篇幅占半數以上的時事評論，其內容多是國內外的戰事戰況，通過分析戰事，聯繫到國內抗戰所要借鑒的戰略或者精神等。

（一）通過對某些重大事件的評論進行政治誘導

《國防周報》善於通過對某些重大事件的評論，站在國民黨的立場上對中國共產黨進行政治誘導，不厭其煩地勸誡中國共產黨取消獨立，全面服從於國民黨的統一領導。這是該報一以貫之的宗旨和堅持不懈的做法。

1、利用共產國際的解散做文章

1943 年 5 月 15 日，共產國際宣佈解散。其原因和目的一是隨著國際反法西斯統一戰線的形成，國際形勢和各國的內部情況都變得更加複雜，由一個國際中心來領導和解決每個國家共產黨遇到的問題，這是無法實現的，所以需要各國共產黨獨立自主的處理所面對的問題。二是為了與英、美加強更加廣泛的團結與合作，當時蘇聯迫切需要盟國在西歐開闢第二戰場，希望以解散共產國際為條件來消除英美的疑慮，並換取英美對歐洲第二戰場的開闢。三是通過解散共產國際，使所有反共產國際的公約一下子失去基礎，並以此影響英美等資本主義國家對共產黨和蘇聯的看法。通過這一步驟，資產階級將失去他們所說的共產黨人是「叛徒」這樣一張最重要的王牌。為此，共產國際執行委員會主席團做出《關於提議解除共產國際的決定》。1943 年 6 月 10 日，共產國際正式宣佈解散。

共產國際宣佈解散，這是在當時引起很大震動的事件。各地新聞媒體都紛紛出來表態，發表評論。《國防周報》自然也要藉此機會闡述他們的觀點，特別是借機繼續對中國共產黨進行放棄獨立信仰、獨立地位，全面投向國民黨和三民主義的「循循善誘」。1943 年 9 月 15 日出版的第七卷二期《國防周報》中，有一篇馮放民所寫的《共產國際之命運——並致期待於中國共產黨》的文章，就曲折隱晦而又旗幟鮮明地表達了這種願望。

〔註 4〕 鍾期森：《論國防化》，《國防周報》，第 1 卷第 1 期，1941 年 5 月 4 日。

　　這篇評論分為五個部分，分別為「民族國家時代與共產國際」、「廿五年來的第三國際」、「第三國際為什麼解散」、「我們對於第三國際解散的看法」、「所期待於中國共產黨」。

　　在評論的第一部分，作者一開篇就引用了馬克思和恩格斯所提出的「工人無祖國」的口號，接著就這個口號進行了「辯證」：「他們所說的『工人無祖國』實對歐英法德等資本主義國家的工人而發，列寧曾將民族運動分為三類國家來說明，如此更可使『工人無祖國』一詞不至混淆，他說：西歐各國的民族運動早已成為過去的事跡，在英法德等國，『祖國』二字已完全成其歷史的使命，換句話說，在這裏，民族運動已不能表現進步的作用。—— 東歐各國的情形卻就不同了。……『祖國』二字還未能完成的使命，『擁護祖國』還可算是擁護民主擁護本國語言文字，擁護自由而反對壓迫民族，反對封建制度。……半殖民地及殖民地國家裏的民族運動，比在東歐各國方面更要後進，更要年輕。」言外之意已經再清楚不過了：東歐各國尚且應該「擁護祖國」，「比在東歐各國方面更要後進，更要年輕的半殖民地及殖民地國家」的中共，就更沒有理由不投入到「擁護祖國」的行列裏了，而這個祖國，就是作者所提到的國民黨所領導的祖國，希望共產黨能屈服於國民黨的領導之下。

　　接下來，作者的這一意圖就更加明顯了。他提到了共產國際的解散：「從馬克斯（即「馬克思」，下同）解散的第一國際以迄最近第三國際的解散都是遭逢著同一的命運。各國馬克斯者都沉浸於一種幻想裏。……我們的時代是一個民族國家的時代，離開民族國家，一切都是空的，假的，不能實現的。而一九一四年的各國馬克斯主義者以及階級就是深深地懂得這個道理的。所以他們寧可做國際共產主義的『叛徒』，而不做國家民族的罪人。」文章拿社會民主工黨做榜樣，其實就是在啟發、誘導中共：要認清「我們的時代是一個民族國家的時代，離開民族國家，一切都是空的，假的，不能實現的」，「寧可做國際共產主義的『叛徒』，而不做國家民族的罪人。」

　　關於國民黨對第三共產國際解散的看法，馮放民總結列舉了幾條：「第三國際的解散事由與時代的需要乃是正確的答覆……另外還有一些人以演繹法則來觀察這一件事，共產國際既可由『第一』而『第二』而『第三』，將來又誰能保證不由『第三』而『第 X』呢？不過我們以為演繹法看問題根本就靠不住……根據數目學的推演，決不能斷定第三國際以後，必然要有一個『第 X 國際』產生，他如果和以往的共產國際沒有本質上的差別，它仍將不免重蹈

覆轍。這是可以斷言的。」共產國際的成立和解散自有其內在的原因和理由，作者卻借題發揮，拋開其最本質的原因不去論述，而只認為是國際共產主義運動失敗的必然，也可以說是立場使然了。

當然，作者對於共產國際解散的政治意義和現實意義，也還是有比較公正客觀的評價的：「對於第三國際解散這一重大事件……我們認為蘇聯這一英明措施，不僅加強聯合國家在戰時之團結，及掃除敵人挑撥之陰謀，而可以鞏固聯合國家在戰後，合作的基礎，對於爭取共同勝利，保障世界和平是非常寶貴的貢獻。」

文章最後一部分，也是該文章最重要的、最值得注意的一部分是「所期望於中國共產黨」。作者寫道：「中國共產黨是共產國際的一個支部，這是中共自己也不否認的事實，這回第三國際之取消，當然不能說對於中共毫無影響，但究竟可能發生什麼影響，我們局外人不得而知了。假如說中共還是一個不能斷乳的嬰兒，一旦失恃，我們自當寄與無限的同情，但我們卻不必作如是看，因為中共的祖國究竟是中國，它之沒有第三國際只減少了羈絆決不至於增加困苦，只增加了祖國對它的溫暖，決不至於受人冷落。過去中共像一個已過繼的孩子，心掛兩頭，現在即可一心一意地愛著自己媽媽並受著自己媽媽的撫愛了。」

在這裏，作者代表「祖國」召喚中共投入「媽媽」懷抱的意圖已經表達得明白無誤了，並且要求「一心一意」，不僅情真意切，而且要求明確。

接下來作者的目的更加明確：「說到我們對中共的期待，也很簡單，就是請他真真實實的實踐，民國廿六年九月的共赴國難宣言，誠誠懇懇的為抗戰建國而奮勉。放棄過去一切成見在中央政府的領導之下，與全國同胞共同努力使中國變成一個自由獨立強盛，秩序井然的國家。」其中，「放棄過去一切成見在中央政府的領導之下」，這既是號召，也是條件和要求，所謂綿裏藏針，鋒芒未全露而已。

下面一段更加直言不諱：「我們完全同意中共的意見：『革命不能輸出，亦不能輸入，而只能由每個民族的內部的發展所引起。』（中共中央關於共產國際執委主席閣提議解散共產國際的決議），而我們中國民族內部的發展所引起的是什麼呢？這無疑的是三民主義，因為中國處於一個必須由弱轉強由專制轉民主由貧轉富的新舊蛻變時代，民族需要獨立，政治需要自由，經濟需要康樂，三民主義就恰能包括這些因素，能決（解決）這些問題，信奉

三民主義的中國國民黨定能負起這些使命，完成這項任務。所以照中共的說法，三民主義和國民黨的革命才真正是由民族內部發展引起的革命，才真正是非輸入的中國貨，中國需要它，它是中國的救星。」「我們希望中國共產黨，除了『更進一步的和中國革命實踐中國歷史中國文化相結合起來』外，還更進一步的完全中國化，不要有一點點違背時代的需要和中國發展的法則。」〔註5〕

這就是所謂篇末奏雅，畫龍點晴了：中共必須絕對服從並投身到「三民主義和國民黨的革命」之中，否則就是「違背時代的需要和中國發展的法則」。而且要求極高：「不要有一點點違背！」我們說新桂系與國民黨有矛盾、有分歧、有爭鬥，但在原則問題上、大是大非問題上，他們又是完全一致的、毫不猶豫和毫不遲疑的，畢竟他們的根本利益和性質是相通的，而這篇文章就可以說是一個代表他們簡單而又複雜關係的典型的作品。

2、利用「七・七事變」四週年紀念做文章

1941年7月6日出版的第一卷第10期《國防周報》，刊出了「七・七事變」四週年紀念特輯。特輯中比較重要的一篇文章為謝克歐所寫的《四年了！》。他寫道：「過去四年全國上下固然都已咬緊牙關，努力進取，但是反觀若干方面卻也不能不令人更覺惕動，比方國家在戰時，最要紀律，組織，而一部分的中層階級和知識分子，卻要求自由，在所謂『民主』的名字下，執拗的主張擴大其與人民初不相干的黨派利益；國家需要青年們切切實實的求一點實際的知識，作擁有朝氣的技術人才，而有人卻別有用心的高唱戰時教育，鼓勵青年離開課室不知所云的去反對『資本主義戰爭』，國家須要統一建設，但一部分中層的知識分子，則仍本其門戶宗派之見，有意無意的挑撥紛爭，至於其他貪污奸痞，自私自利，操縱居奇，以至釀成食糧欠缺，物價上漲等現象，無不令人痛心髮指！」〔註6〕

這段文字字裏行間可以看出作者的意圖，作者雖然在文章的前半部分肯定了中國抗日所付出的努力和取得好成績，但在最後，其實還是希望共產黨以及一些獨立民主黨派都能夠服從國民黨的領導，文中的「一部分中層階級和知識分子」意在指獨立民主黨派，「別有用心」搞「戰時教育」的人指的則

〔註5〕 馮放民：《共產國際之命運——並致期待於中國共產黨》，《國防周報》，第7卷第2期，1943年9月15日。

〔註6〕 謝克歐：《四年了！》，《國防周報》，第1卷第10期，1941年7月6日。

是中國共產黨。在作者看來，這些人只有在國民黨的領導下，才能夠有「紀律」，有「組織」，才能夠做「對人民有益」的事情，否則，就是在和「全國上下」唱反調，搞破壞。

（二）擁蔣捧蔣，旗幟鮮明

擁蔣捧蔣就是表明《國防周報》亦即新桂系在抗戰的大問題上對待蔣介石的態度。當然，從某些文章裏面可以看出新桂系對蔣的態度並不是一味吹捧，但是當其與蔣介石之間利益共通的時候，特別是事關抗日全局的領導問題的時候，在態度上便會對蔣全力表示支持，不遺餘力地倡導國民黨的「一個黨、一個領袖、一個主義」。我們來看其創刊詞《論國防化》和「中國之命運」特輯。

《論國防化》是《國防周報》第一期第一版刊登的鍾期森所寫的創刊詞。文章開頭便引用了蔣介石的一段講話：「『三民主義所要建設的國家，是一個國防□國，民□□□，民生□利的國家。三民主義的國防建設，是以自衛為目的。』這是蔣委員長在今年三月第二屆國民參政會議席上的一段講話，這段話是我們今天研究國防問題的根本。」接著鍾期森又進一步論證了國防化的迫切性和必要性，他寫道：「我們很慶幸這一次偉大的戰爭。在這個戰爭中，我們發現我們的領袖，正是領導國防建設的中心人物；我們發現我們的戰士，正是執行國防建設的好幹部；我們發現我們的人民，正是為國防建設而努力的好基礎。至於一切天然物資，自然現象，以及歷史，地裏（理），文化等等恰好都成為我們這一優秀的民族的國防建設之優秀條件。」〔註7〕

在抗戰這個特殊的背景下，由於民族利益高於一切、國民黨的統一領導地位重於一切，新桂系暫時同蔣介石合作，所以其態度就自覺和蔣介石保持高度一致，而文中所說的「我們的領袖」是「國防建設的中心人物」，其實也是很隱晦地表示全國上下只有在國民黨，在蔣介石的領導下，才能建立一個「優秀的民族」，只有「三民主義」，才是國防建設的根本，說白了就是國民黨和蔣介石反覆強調的「一個黨、一個領袖、一個主義」。這裏也可以看出，《國防周報》從一開始就表明了自己的基本立場和態度，但是和其他報紙相比，又表達的較為含蓄，態度比較平和。

1943 年春，第二次世界大戰發生了有利於反法西斯陣線的轉折。德、意

〔註7〕 鍾期森：《論國防化》，《國防周報》，第 1 卷第 1 期，1941 年 5 月 4 日。

法西斯轉入戰略防禦，日本國內政局不穩，軍隊士氣低落，據此，日本制定了所謂的「對華新政策」，強調「以華制華」。與此同時，蔣介石加緊反共，乘共產國際解散之機，掀起第三次反共高潮。中國國民黨中央宣傳部副部長陶希聖按照蔣介石的授意撰寫，於當年 3 月以蔣介石的名義出版《中國之命運》一書。全書共分爲八章，提出「中國從前的命運在外交……而今後的命運，則全在內政」，蔣介石在該書中極力渲染「一個主義」，「一個黨」，其他的黨派應該放棄自己的主張。全文的核心是宣傳只有國民黨才能救中國，只有三民主義才能救中國。這本書公開提出反對共產主義和自由主義，暗指中國共產黨領導的武裝力量和敵後抗日根據地是「新式封建與變相軍閥」，爲蔣介石以後分裂抗日民族統一戰線、發動新的反共摩擦作了新的輿論準備。

在這樣的形勢下，1943 年 7 月 30 日第七卷第一期的《國防周報》也刊出了特輯——「中國之命運」。特輯明確以蔣介石的這本書作爲特輯名，評論從中國到世界、東北、亞洲等在戰後十五年等命運的聯繫。

在《從中國之命運想到世界之命運》一文中，除了讚美蔣介石的《中國之命運》這本書外，作者沈天冰還根據書中所提到的觀點再次進行了論證。認爲「中國之命運的好壞，是被世界之命運關□著」，「中國在戰爭結束以後，無疑的，是世界最大的安定力量」，概括起來就是：「……我們的責任，不僅在創造了中國之未來的新命運爲己足，乃應由中國之命運的創造，進而創造世界之命運。」「總裁所期望於我們的，應該不僅僅限於創造新中國，而應同時是創造未來世界的主導力量。我們的責任是雙重的，我們除自救之外，還須救人。除創造新中國之外，還要創造新世界。」〔註8〕

從文章表面來看，作者所描繪的中國之未來是強大美好的，他們筆下的「總裁」是英明果斷，能夠擔當起中國大任的。而實際上，正是由於國民黨政府一度所採取的對日消極作戰的政策，才招致了戰爭的挫折，大部分國土淪陷，財政經濟危機，人民被壓迫且生活痛苦。就是這樣的政策，妨礙了統一一切人民的力量進行抗日。「特輯」的目的是表明對蔣總裁的擁護態度，對此自然諱莫如深、避而不談。

對蔣介石的《中國之命運》，中共及時給予了有力的反擊和揭露。1945年 4 月 23 日的中國共產黨全國代表大會上，毛澤東在開幕詞中明確指出：

〔註8〕　沈天冰：《從中國之命運想到世界之命運》，《國防周報》，第 7 卷第 1 期，1943年 7 月 30 日。

「我們這次大會是關係全中國四億五千萬人民命運的大會。中國之命運有兩種：一種是已經有人寫了書的；我們這個大會是代表另一種中國之命運，我們也要寫一本書出來。」這句話中，「已經有人寫了書的」指的就是蔣介石的《中國之命運》，毛澤東所指要寫的書即爲他將要在這次大會上所作的《論聯合政府》的報告。

對於中國之命運，毛澤東明確指出：「在中國人民面前擺著兩條路，光明的路和黑暗的路。有兩種中國之命運，光明的中國之命運和黑暗的中國之命運……或者是一個獨立、自由、民主、統一、富強的中國，就是說，光明的中國，中國人民得到解放的新中國。或者是另一個中國，半殖民地半封建的、分裂的、貧弱的中國，就是說，一個老中國。」〔註9〕毛澤東所指的「另一個中國」，「老中國」就是蔣介石在《中國之命運》以及《國防周報》中所讚美宣揚的「新中國」。

特輯還有一篇值得注意的文章是黃義本所寫的《中國的命運決於戰後十五年》。在這篇文章裏，作者在開篇引用了蔣介石的話：「蔣委員長於中美中英新約訂立後告全國軍民書中說『中國今後的命運，皆在我們現代這一輩國民的雙肩之上。』『我們中國在今日，眞是不存則亡，不主則奴。而生存與滅亡，自主或奴役，都要叫我們全國同胞在這一年之中，自己來抉擇。』這些話，決不是一種單單含有勸勉國人的意思。」〔註10〕在接下來的內容裏，並沒有再涉及到蔣介石及其《中國之命運》，而是從一個全面、客觀的角度，借鑒德國在第一次歐戰中的教訓以及經濟方面，清晰地分析了爲什麼戰後十五年是中國存亡的關鍵，並且警告民眾，不要被眼前的勝利衝昏頭腦，不要只顧著享受勝利的喜悅而忘了肩上的責任，要從精神物質兩個方面努力，建立一個工業強國等等，表現出了強烈的憂患意識。

從特輯中的這兩篇文章就可以看出新桂系對待蔣介石的態度，雖然對其《中國之命運》中的某些觀點表示支持，甚至以此爲特輯的名字，但這也是因爲涉及到新桂系和國民黨之間政治利益的瓜分，而從後面的文章裏看，他們對蔣也並不是一味的讚美，僅僅是用「中國之命運」這幾個字的表面意思，延伸到中國存亡的問題。對於蔣介石在書中反對共產黨的言論，在這期特輯

〔註9〕 《毛澤東選集》第2版，第3卷，第1025～1026頁。
〔註10〕 黃義本：《中國的命運絕於戰後十五年》，《國防周報》，第7卷第1期，1943年7月30日。

中也並沒有提及。一份報紙的主導者是編輯，刊發出什麼樣的文章是由編輯決定的，因此，從這份報紙所刊發的文章，就能清楚看出這份報紙的主要立場和觀點。在這裏，《國防周報》的政治態度其實已經含蓄地表達出來了。

（三）客觀專業的國際評論

國際評論也是《國防周報》評論的重要部分，其主要以評論國外戰事國際形勢爲主，評論的內容較爲客觀，專業性強，政治色彩相對淡一些，從各方面來詳細說明評論戰事，並且常常會由這些戰事聯繫到國內戰事，對國內的戰事發表自己的意見和觀點。且看比較能夠代表其特色的「蘇倭協定特輯」。

1940 年底，美國總統羅斯福將日本與德國、意大利兩個法西斯國家相提並論，並宣佈要進一步對中國實行軍事援助。隨後，美國國務卿赫爾也表示，日本對中國的侵略是摧毀文明世界的第一步，美國不能坐視不救。在這種形勢下，除了英國的戰鬥力量及中國的繼續抗戰是直接的決定因素外，還有兩個足以左右局勢的重要力量，那就是美國對民主國家的援助以及蘇聯和平政策的堅持，所以，蘇聯是否堅持反法西斯戰爭，就有著極爲重要的作用。

然而當時蘇聯面臨德國侵略的危險，爲了集中力量在西線對付德國，就需要同日本調節關係；而日本爲了減少北方的牽制，限制蘇聯對中國的援助，同時對美國施加壓力而急於南進，也需要同蘇聯調節關係。因此，蘇聯和日本爲了各自的目的和利益，於 1941 年 4 月 13 日簽訂《蘇日中立條約》。4 月25 日，蘇聯和日本政府代表在東京交換條約批准書，宣佈《蘇日中立條約》正式生效。條約的有效期爲 5 年。根據《蘇日中立條約》，蘇聯停止了對中國的援助，蘇聯這一舉措背叛了 1937 年同中華民國簽訂的《中蘇互不侵犯條約》。

《蘇日中立條約》發表後，震動了全中國，中國的知識分子反應十分強烈。《國防周報》就以此事作爲創刊號刊發了第一個特輯。

「蘇倭協定特輯」包含兩篇評論，一篇爲《蘇日條約的影響》，另一篇爲《蘇倭協定的眞相》，作者均爲陳鍾浩。在《蘇日條約的影響》一文中，陳鍾浩根據條約的內容，發表了自己的意見：「條文內容，與條約國與他國所定約章，牴觸頗多。」並根據條約中的第二條「條約國一方成爲一個或數個第三國軍事行動目標時，則締約國之方他方，在衝突期間，應始終遵守中立。」認爲：「現在蘇倭所簽訂的協定，及她的協定行動，是否不爲侵略國的日本利用，加緊向北侵略，實爲疑問。該條約與中蘇不侵條約的精神，背道而馳……條約涵義，違背時代精神，與蘇聯歷次揭露的政策，不相切合。」其實，作

爲一個國家來講，蘇聯是站在自己的角度，從自己國家的利益出發，綜合各種因素來與日本簽訂協議的，從這個角度講，蘇聯的做法似乎是無可厚非的。但是這樣的做法，又對世界其他反法西斯國家的戰爭以及對中國的抗日戰爭都造成了極其不利的影響，從這一點上來說，當時對蘇聯進行譴責也在情理之中。

對於國際局勢發展，陳忠浩作了以下的推測：「一，雙方增加自由行動的機會。二，加強蘇聯對德地位，惟未必使蘇德發生衝突，使美日關係緊張，可能的使太平洋戰事提早爆發。三，蘇聯對國際戰事，仍將暫保守中立，不致改變定策。四，日本侵華與南進的企圖，難達目的。」從這幾點來看，作者的觀點還是比較客觀的。第五點是論述中國面對新情況應該採取的措施，陳忠浩提出：「我國意志，更趨堅決。吾人於蘇日定約後，應取下列幾種步驟：一，以嚴肅立場，陳述我國政策。一面申明該約對我國無效，一面表示不能影響我國的國策；二，以冷靜態度，靜待未來的事實演變，以揭露條約的價值，我們當仍尊重蘇聯對我的友誼，諒解蘇聯的環境，期待友邦的正確表示；三，以更大的決心與努力，爭取民族獨立與解放。國際風雲變幻，給吾人寶貴的啓示。一切國家，嚴守民族立場，以自立求生存。任何國家，不肯超出本國的利益，援助他國。也沒有任何國家，能將本國命運，完全寄託在外援之上。我們能自力更生，我們不爭氣，他人更不可靠。我們原不在國際上存幻想，國際變化，也不能使我們失望。值斯舉世俶擾，定約毀盟之事，已司空見慣，不足驚異。我們只有制定方針，努力邁進，以求更生之到。」〔註11〕

在這一期特輯中的另一篇文章《蘇倭協定的眞相》中，陳忠浩仔細分析條約內容，綜合各方面的情形，得出了以下結論：「第一，報載日寇曾以重大代價換取蘇聯之中立。」這個重大代價就是指庫頁島的油權，沿海的漁權以及滿蒙的劃界問題。日本屢次要求蘇聯訂立政治性或者經濟性的協定，都被蘇聯拒絕，因此陳忠浩認爲，蘇聯之所以毅然與日寇訂立中立協定，或許日寇對於這些問題已作了重大的讓步。「第二，在宣言中，日寇鄭重聲明誓當尊重『蒙古人民共和國』之領土完整與神聖不可侵犯性。」外蒙是中國的領土，日寇尊重「蒙古人民共和國」的領土，無異於承認外蒙爲蘇聯的屬地。「日寇既承認外蒙爲蘇聯的屬地，那蘇聯在中國直接或間接的勢力所及之地，日寇爲了換取更重要更迫切的利益，亦何嘗不可以尊重，加以承認，猶之蘇聯能

〔註11〕陳鍾浩：《蘇日條約的影響》，《國防周報》，第 1 卷第 1 期，1941 年 5 月 4 日。

尊重『滿洲國』的領土完整，又何嘗不可尊重汪逆偽組織的領土完整！」陳忠浩說蘇德日已經把世界劃分爲幾個集團來各自領導和發展，而斯大林不但可以在一國之內建立社會主義，還可以將之推行到更多的地方。另外他認爲斯大林還有一個目的就是「蘇聯對中日的友好關係來鼓勵日寇向南發展，實行南進，以引起日美在南太平洋的戰爭。在這戰爭中，如果日寇失敗了，那東亞的盟主，捨史大林（斯大林——筆者注）其誰屬？」〔註12〕

在《蘇日中立條約》簽訂之後，蘇聯停止對華援助的同時，美國開始對華援助，並且蘇聯和日本簽訂的這個協議實際上是縱容了日本對中國的侵略。對此國民黨及國內各層人士的反應是震驚和激烈的，但是也是頗爲無奈的，因爲當時的國民政府仍要繼續爭取蘇聯的軍火物資援助，所以在一些評論的態度上就不得不採取較爲緩和的態度。這一點從這篇文章中也能看出，如作者在文章最後寫到的「希望中國的民眾能夠冷靜，理解國際形勢的變化，努力奮進，強大自己，從而能夠自力更生」這幾句話，可見其無奈的態度。所謂「弱國無外交」，一個沒有實力的國家是無法談及外交的，面對這樣的局面，也只有無奈了。而在這類評論文章裏面，《國防周報》的立場、特點表現得還是較爲鮮明的。

總而言之，反共又容共、和國民黨鬥爭又聯合、分庭又統一這些矛盾關係，形成了《國防周報》和其他報紙不同的特點。另外，由以上的幾篇文章也可以看出《國防周報》的另一個特點，就是特輯較多。該報先後在不同期號上出版了國內外戰事的特輯，如「蘇倭協定特輯」、「蘇德戰爭特輯」、「反攻勝利年特大號」、「七七四週年紀念特輯」、「中國之命運特輯」、「戰後問題特輯」、「戰後建都專號」等等。舉凡當時比較重大的事件都會精心組織特輯，每期特輯都請來當時著名的文人撰寫文章，對同一個問題從不同的角度進行分析評論，這樣呈現在讀者面前的特輯，即便只有全面、完整、專業性相當強的數篇評論文章，這也是其他報紙所不具有的。

（四）時事評論緊密聯繫國內外戰事和軍事建設

除了上述三個特點之外，《國防周報》所刊登的評論還有一個顯著特點，就是基本上都是與國內外戰事和軍事建設相關的內容，聯繫實際比較緊密。涉及國內的評論主要有：《現階段的青年運動與國防文化》（第一卷第一期）、

〔註12〕同上。

《國防與外交》(第一卷第二期)、《蘇德戰爭與中國動向》(第一卷第九期)、《發揮大陸潛力》(第五卷第七期)、《陸海重要性的論辯》(第五卷第八期)、《以牙還牙　以眼還眼》、《三民主義與國防建設》(第五卷第十期)、《中國精神與戰後和平》(第七卷第三期)等。

涉及國外的評論主要有:《動盪中的巴基斯坦》(第一卷第三期)、《意大利戰爭的目的何在》(第一卷第六期)、《中印合作與世界大局》(第五卷第四期)、《印度問題如何解決》(第五卷第八期)、《納粹統治下的國防建設》(第五卷第十期)、《亞洲大陸民族團結起來》(第六卷第一期)、《東條政權與「政體明徵」》(第六卷第四期)、《太平洋大戰的舊觀念與新認識》(第六卷第七期)、《巴爾幹之未來展望》、《從現代史之研究到日本的命運》(第七卷第二期)、《意大利之戰與巴爾幹》(第七卷第三期)等,限於篇幅,這裏不一一列舉。

三、《國防周報》的其他專欄

由於《國防周報》的評論占去了大部分版面,因此其餘的專欄相對比較小,主要有「國防知識」、「通訊」、「八方風雨錄」、「筆林」、「語絲」、「文藝」、「讀者信箱」等。

「國防知識」專欄(有時稱為「國防資料」)主要刊登一些與國內外和軍事國防有關的內容,如《近五百年國防名將》,此為連載,介紹搜集近五百年將領的生平事迹等。又如《戰爭新利器「空中堡壘」》,介紹的就是美國新發明的一種戰鬥機,用短短的七行字介紹了這種飛機的原料、構造、性能、特點和載重量等。這個專欄並不是期期都有,為不定期刊出。

「通訊」專欄,亦為不定期刊出,一期一篇,一般為半版或者一版。刊出的文章有《泰和的點和線》(第五卷第四期)、《湘鄂贛邊區的支撐南茶》(第五卷第七期)、《坦克的故事》(第五卷第八期)、《國立三中在銅仁》(第六卷第一期)等。

「八方風雨錄」專欄,一般占一版或者半版,刊登文人所寫的詩詞。

「筆林」專欄,刊登的文章一般是和軍事有關的見聞,如《拿破侖日記精粹》、《高爾基逸史》、《國際瑣聞》等,其中《拿破侖日記精粹》為連載,每期節選幾篇拿破侖的日記刊出。

「語絲」專欄,一般刊登雜文,如《印度西蘇散記》、《世語新說》和《談

簡約》等。

　　「文藝」專欄，一般刊登當時文人所寫的文學作品。比較著名的是署名爲林娜的《被壓迫的婦女們，反抗吧》系列。林娜是中國共產黨員司馬文森的筆名，他曾用這個筆名在不同刊物的副刊發表過多篇文章。司馬文森於1939 年到桂林，協助廣西地方建設幹校教育總長楊東蓴工作，他在桂林擔任抗日青年挺進隊政委，成立抗敵縱隊，擔任政治部主任，並撰寫了大量抗日救亡文章和小說、報告文學等。在《被壓迫的婦女們，反抗吧》這篇文章裏，司馬文森用「表妹」來代替婦女們，以對「表妹」說話的形式，鼓勵呼籲婦女們走出家門，勇敢地發出自己的聲音，尋找屬於自己的光明。

　　「讀者信箱」專欄（「國防信箱」），刊發讀者來信，解答讀者關於抗戰、軍事等方面的疑問。「讀者信箱」專欄在前期刊出過幾次，後來就停辦了。

　　廣告方面，《國防周報》有自己鮮明的特點，所刊登的廣告，全部爲報刊和書籍方面的廣告，報刊的廣告一般是某份報紙或月刊近期要刊出的內容或者介紹宣傳報紙的特點，《掃蕩報》（桂林版）、《小春秋》和《力報》（桂林版）等都經常在《國防周報》刊出廣告。書籍廣告一般是告知某本新書出版以及在何地銷售。

四、對《國防周報》的評價

　　在分析評價《國防周報》這份新桂系所辦的報紙時，首先應看到它較強的專業性，其次才是它特殊的政治立場。作爲一份具有統戰性質的報紙，《國防周報》的創辦是比較成功的。

　　首先，《國防周報》約請當時眾多著名的文人、學者爲其撰稿，僅這一點，就是當時很多小報無法做到的，拋開財力物力的因素，許多報紙特別是小報，都有自己的政治立場，這就限制了它們不可能擁有各派別的編纂委員。而《國防周報》卻做到了，共產黨人、左翼作家和右翼作家都爲其撰稿，當然，這也是和它特殊的政治立場分不開的，但也正是由於它的專業性強，政治色彩淡，這些作家才願在《國防周報》發表文章。

　　其次，《國防周報》專業性強，文章質量和水平相對較高。從評論中我們就可以看出，《國防周報》能盡量站在一個較爲客觀的角度，全面具體地去評論國內外戰事，發表自己的看法。

　　最後才是它特殊的政治立場。《國防周報》之所以能辦成一份專業性強的

軍事報紙，和新桂系特殊的政治立場是分不開的，沒有這樣的特殊性，其言論很容易造成偏激、一邊倒甚至只是一味歌功頌德。所以，對待它的政治立場，需要客觀去看待，裏面雖然也有一些反共言論和思想，但是這是由於特殊的歷史背景造成的，也是不可避免的。

第四節　探索「新聞雜誌化」的《正誼》

國共兩黨之間，雖然在抗日合作的問題上達成一致，但仍存在很多分歧和摩擦。1939 年國民黨在五屆五中全會上確立了「防共、限共、溶共、反共」的方針，至此國共關係也開始發生消極的變化。兩黨各自領導的新聞界的鬥爭也日益明朗起來。特別是 1941 年「皖南事變」後，這種鬥爭就愈加明顯和激烈。以《中央日報》爲代表的國民黨黨報和共產黨黨報《新華日報》之間也爲此進行了長期的較量，其他報紙處於兩者之間，或左或右，搖擺不定。不過受戰爭環境的影響，這種鬥爭並不總是通過報紙版面直接的、尖銳的表現出來，而是通過隱蔽的、曲折的方式進行。「表面上波浪不驚，實際上暗流湧動，『暗鬥』多於『明爭』，這是抗日戰爭時期新聞界聯合戰線內部鬥爭的一個特點。」〔註 13〕這一特點，也在桂林當地的一些報紙中表現出來，如本文要研究的《正誼》。

一、《正誼》周刊概況

（一）《正誼》周刊的創刊

《正誼》抗戰前在南京創刊，1938 年 12 月南京淪陷後遷移到外地，1943年 9 月 21 日在桂林復刊，1944 年停刊，主要以宣揚國民黨三民主義爲宗旨，是一份綜合性報刊，該報的編輯兼發行人是《掃蕩報》（桂林版）的主筆卜紹周。

《正誼》爲周刊，周日出版，售價每份 5 元。報社的地址位於桂林市桂東路 154 號，經售處包括本社、桂林、柳州、貴陽、重慶、昆明、衡陽、長沙和曲江以及各大書店，發行範圍涉及到西南主要城市。該刊主要撰稿人有卜紹周、沈天冰、譚輔之、錢實甫、周之風、任中敏、李一眞、莫紹文、劉光英、張十方和陳重寅等。

〔註 13〕蔡銘澤：《中國國民黨黨報研究》，團結出版社，1998 年，223 頁。

（二）《正誼》的編輯方針與定位

《正誼》的編輯及發行人卜紹周是民國時期著名的律師，原爲《掃蕩報》（桂林版）的主筆。因此，《正誼》與《掃蕩報》（桂林版）的淵源較深。《掃蕩報》是國民黨軍事委員會的機關報，1938 年 12 月從漢口遷到桂林復刊，易幼漣任社長，鍾期森任總編輯，程曉華任副總編輯，卜紹周任主筆。鍾期森和程曉華均在《掃蕩報》（桂林版）任職。

作爲國民黨軍方的機關報，《掃蕩報》（桂林版）的政治態度是右的。《掃蕩報》（桂林版）時常會發表反共言論，但是從大局考慮，這些言論較爲隱晦。而《正誼》作爲小報，以周刊形式出版，言論相對來說要自由得多，其政治立場較之於《掃蕩報》（桂林版）更加鮮明，其反共言論也更爲直接和無所顧忌。從某種意義上來說《正誼》是《掃蕩報》（桂林版）衍生出來的一份周報，其辦報的方針和政治態度均受到《掃蕩報》（桂林版）的影響。

該報在創刊時就稱其「新聞雜誌化，掇拾報章餘錄；雜誌報紙化，集納新聞報導」，〔註14〕因此可以看出該報是集國際、政治、經濟、軍事、學術、文藝爲一體的綜合性期刊。該報還在創刊的文章中稱「以嚴正態度闡明時代眞理，以犀利觀察批判社會惡風」，「培養正氣，振人心，礪末俗；宣揚國本，啓妄昧，扶新生」，「正其誼不謀起立，明其道不計其功」。〔註15〕但其實《正誼》依舊是以宣揚「三民」主義爲宗旨，極力鼓吹美化蔣介石，攻擊中國共產黨，發表反共言論，其本質和它所宣揚的截然相反。

（三）《正誼》的發行

《正誼》的發行量，沒有詳細的資料可考。但在第二期頭版有一篇題爲《正誼自在人心中》的文章可以看到其發行的一些情況：

> 本刊於本月十九日在掃蕩報刊出出版預告後，即有人來本社詢問接洽。二十日晨六時，逸仙中學□班學生李道源君即來本社購買；旋桂中教員石孟涵先生亦來社親購，並題『功利與道德並進』數字留念。連日來到本社購買者計有中正中學朱文綱，軍需學校李通異，兒童飛機場廖星祥，立達中學張建民，軍管區司令部何中亮，廣西省政府楊國光及楊兆基君等數百人；由本市各校代售者，到校後亦

〔註14〕《所望於正誼周刊》，《正誼》，第 1 卷第 1 期，1943 年 9 月 21 日。
〔註15〕同上。

搶購一空；各書店代售者，亦被紛紛搶購……〔註16〕

按照文中的描述，《正誼》的發行量是相當大的，但在當時報業競爭極爲激烈的桂林，作爲一份小報，《正誼》的實際影響力是有限的，剛出版了一期，就被人們「搶購一空」，這樣的描述其中有誇大的成分。

雖然無法得知《正誼》的發行量到底如何，但是從其中的廣告可以推斷一二。一張報紙的發行量和影響力以及受眾的喜愛程度如何，往往從這張報紙的廣告的精益程度、類型、多少、涉及範圍等就能看出大概。報紙的發行量和廣告一般是成正比的。沒有一定影響力和發行量的報紙，也就沒有商家願意在上面花錢刊登廣告。

在第三期《正誼》的「桂林一周」這一版（第六版）的左下角，出現了該刊創刊以來的第一個廣告：巧女牌香煙。在同一期的最後一版，也刊出了《廣告刊例》標明廣告的規格價格等以招尋廣告業務。小報的生存較之於大報一向困難很多。在最初的幾期中，《正誼》刊出的廣告往往只有一則，直至第七期的時候，廣告增到了一版，再到後面，廣告增至二到三版，廣告的範圍也擴大到書刊、藥店、印刷廠和銀行等各方面。由此可以推斷，作爲小報，《正誼》仍是有一定的影響力和發行量的，這種影響力和發行量是慢慢積累的，而並不是像第二期《正誼自在人心中》所描述的那樣從一開始就受到讀者「搶購」。

二、《正誼》的新聞報導和專欄

《正誼》周刊大致分爲「時評」、「藝苑」、「青年之頁」、「正誼信箱」等幾個專欄。其中「時評」一般包括評論、一周要聞、國際要聞及一周內桂林本地新聞。其他專欄有時會根據某些較大的事件進行調整。《正誼》所謂的「雜誌化」主要體現在其內容涉及面廣，副刊內容相對豐富。如其新聞方面，就包羅了國際、國內、廣西省內外及桂林本市一周內的新聞，且分設不同的專欄。

（一）《正誼》的綜合性新聞

《正誼》所刊發的新聞都是一周內國內外所發生的事件。雖然今天看來這樣的新聞早已是「舊聞」，但是在抗戰的特殊時期，通訊、交通以及生活條

〔註16〕《正誼自在人心中》，《正誼》，第 1 卷第 2 期，1943 年 9 月 28 日。

件都極為艱苦不便，許多報社的人力財力都十分緊張，《正誼》作為一份小報，選擇以周報的形式刊發，其實是有一定的優勢的。首先，對於市民來講，想要每天得知新聞，得知戰局如何，他們的首選必定是諸如《廣西日報》（桂林版）、《大公報》（桂林版）等之類的大報，如果《正誼》每日刊發，發行量勢必會受到影響，不能與大報抗衡，並且會浪費不少紙墨費和印刷費，雖然當時國民黨政府的報紙相對條件優越，但是也有很多困難的地方，連《廣西日報》（桂林版）都曾經因為紙張來源缺少而不得不縮版。其次，戰時人民的生活條件都很艱苦，很多人不願意每天都從為數不多的生活費用裏面再擠出錢去購買報紙，但是卻又關心戰事，想知道身邊都發生了什麼事情。那麼買周報，花上很少的錢，就能知道一周內國內外和本地都發生了什麼事情，這是很好的選擇。對於小的報社來說，這樣既能保證一定的發行量，也節省了很多費用。

　　《正誼》周刊的新聞性主要表現在「一周時事」、「各地集錦」以及「桂林一周」這幾個專欄。

　　1、「一周時事」的報導內容

　　「一周時事」專欄分國內和國際兩個部分，主要報導過去一周內國內外發生的要聞。國內方面主要報導國民政府的重要會議，國際方面則著重報導國外戰局戰事。到了第四期該欄改名為「七日天下」，較之「一周時事」，「七日天下」更能凸顯出該欄目的特點。

　　以第一期的「一周時事」為例，國內方面的報導是 1943 年 9 月 6 日國民黨召開的十一中全會，報導包括會議的開幕典禮、參加會議的主要人員、從 6 日開幕到 13 日會議閉幕每日的會議情形，以及會議的重要議案。如「《會議情形》：6 日第一次大會，于右任主席，為林故主席及殉難軍民默哀三分鐘，由常委居正報告黨務，分述組織訓練宣傳海外黨務人事財務青年團體事物概況⋯⋯」〔註17〕以後的這一專欄，刊登的國內新聞還包括《十一中全會閉幕》、《國參會之收穫》、《蔣主席就職典禮》、《憲政協進會近訊》等。

　　關於國際方面，則主要報導 1943 年意大利向盟國投降的事件。此後的報導還包括《意大利戰局》、《蘇軍大捷》、《巴爾幹之反德潮》、《三國會議》、《西南太平洋獲捷》、《美七八屆國會開幕》等。

〔註17〕《十一中全會紀盛》之《會議情形》，《正誼》，第 1 卷第 1 期，1943 年 9 月
　　　　21 日。

2、「各地集錦」和「桂林一周」的報導內容

「各地集錦」（後為「萬方風雨」）一欄主要報導一周內國內部分省市的社會、生活類新聞。涉及的省市有貴陽、重慶、昆明、衡陽、福建、浙江、江西、廣東和安徽等。報導的內容也較為廣泛，有糧油物價調整的通知，如「入夏以來，皖南晴雨均勻，豐收可期，月來各縣米價下跌，屯米自一千一、二百元跌至七百元左右一市擔」〔註 18〕。有某單位人員調職任職的信息，如「渝新任市財政局長許大純已就職，積極協理中」〔註 19〕。有各地方會議、活動的召開，如「贛公僕運動會二十一日開幕，會期三天，參加運動員七百零七人，蔣專員經國亦參加自行車比快比慢」〔註 20〕。還有戲劇演出的情況，如「贛婦女屆舉行文藝會，慶祝總裁當選主席及救濟粵災，蔣方良女士第一日飾演蘇聯婦女，第二日演『蘇三起解』，並有其他精彩節目，券價五十至一百元，收穫甚佳」〔註 21〕等。

「桂林一周」這一專欄同「各地集錦」類似，只不過「桂林一周」刊出的為桂林市一周內的社會要聞。

「各地集錦」和「桂林一周」這兩個專欄的新聞充分顯示了《正誼》作為綜合性小報貼近市民生活的一面，前面幾版的內容讓市民得知了國內外大事，但其實這兩個專欄的內容才是市民更加關心的。因為兩個專欄的內容是和他們的生活息息相關的，所報導的也幾乎都是自己身邊發生的。這一點類似於當今的都市報。此外，《正誼》的社會新聞也為市民提供了便利，在當時生活生存條件艱苦、訊息不發達的狀況下，市民買份報紙便能得知糧油價格的變動，哪個劇院有什麼演出，政府為市民做了哪些工作等。

3、「學校小景」報導的內容

《正誼》還開闢了一個小專欄名為「學校小景」，裏面刊登的為近日內廣西省內學校的信息：大學招生、學校人事變動、某學校新生入學答疑會通知、

〔註 18〕「各地錦集」之「皖南」地區新聞，《正誼》，第 1 卷第 1 期，1943 年 9 月 21 日。

〔註 19〕「萬方風雨」之「重慶」地區新聞，《正誼》，第 1 卷第 7 期，1943 年 11 月 2 日。

〔註 20〕「萬方風雨」之「贛閩」地區新聞，《正誼》，第 1 卷第 7 期，1943 年 11 月 2 日。

〔註 21〕「各地集錦」之「江西」地區新聞，《正誼》，第 1 卷第 3 期，1943 年 10 月 5 日。

圖書館擴充、學校設施增加、校舍拆遷重建等等。也刊登這樣的教育信息，如「德智中學經費充足，規模宏大，校長李郭德潔親自主持，校務主任陳中天長年住校，全校師生精神極旺」〔註22〕。「廣西省立醫學院，自葉培繼任校長，精神又爲之一振，葉仍兼小兒科主任，備極辛勞」〔註23〕。這樣的信息其實是另一種形式的招生廣告，這大概是編輯意在廣告詞避免千篇一律。刊登這些信息應該是要收取一定費用的，因此「學校小景」專欄既顯示了《正誼》對教育的重視，又爲市民提供了更多的咨詢，也爲報社贏取了一定的利潤。

（二）《正誼》摘發的評論政治傾向性鮮明

《正誼》周刊摘發的評論主要刊發在「時論摘要」上，「時論摘要」專欄摘錄部分報紙針對國內外發生的大事件發表的評論加以刊發，摘錄的報紙對象大部分爲《掃蕩報》（桂林版）和影響力較大的《力報》（桂林版）等，所以其評論的政治立場往往帶有明顯的偏激性，如一味讚美蔣介石，一味歌功頌德等。後來改名爲「時論動向」，事件包含的方面較廣了些，有國外戰事會議，如《魁北克之會》、《意大利投降》、《新德里會議》等；有國內國民黨會議，如《十一中全會》等；也有對抗日戰爭的評論，如《日寇暴力衰竭了》；還有對國民黨實施某些政策的評論，如《實施憲政之時》、《時事憲政之條件》等。

早在《正誼》第一期頭版，卜紹周就刊登了《爲正誼而奮鬥》，表明其言論方針和辦報宗旨：

> 正誼淪亡，是非泯滅，爲一切禍亂之源。參稽史□□，固斑斑可考，驗之時事，更信而有徵。□□以人這生於世，國之立於大地業，必有其自然之法則以維繫之。所謂自然法則云□□：正誼是也。正者，不曲不斜之□□；誼，運□□，事之宜也。正誼者，人我兼顧，無所偏私，理□□一定，無復紛歧也。其流行於天壤間，隱憂於人心中也。即如日月經天，江河行地，縱偶爲雲霧所遮蔽，爲泥石所梗塞。二如日月之蝕，絲如是一犬吠形，毫無損其本質。百犬吠聲，馴至且愈挫越□□，其滅下滔滔，大都

〔註22〕 「學校小景」，《正誼》，第 1 卷第 1 期，1943 年 9 月 21 日。
〔註23〕 「學校小景」，《正誼》，第 1 卷第 1 期，1943 年 9 月 21 日。

力量之偉大，實爲犬堯之□□犬，莫之與京。故有因而小人之逍
長正誼，然後有是，君子之道逍非；是非，然凌弱暴寡，兼弱之
而爲解決一切□□味之事，□□見分歧錯雜問題之造出，霍亂之
於標準，庶可□□然，……〔註24〕

《正誼》在此文中宣稱自己「正誼者，人我兼顧，無所偏私」，但在同一
期的第二版，卜紹周所寫的另一篇時評：《擁護蔣主席》一文，則與「無所偏
私」相矛盾。在二版上，可以看到這篇評論採用字號比其它文章的大，並配
有手繪的蔣介石頭像。文中寫到：

蔣總裁當選國民政府主席及陸海空大元帥，是十一中全會的偉
績，是中國政治制度的又一轉變，也是抗戰建國的前途，更有了堅
強的保障。從此實際領導中國人民建立三民主義國家的領袖與國家
的元首合而爲一，從此實際上負整個國家責任的領導者與名義上總
攬國家統治權的元首名實相符。從此整個黨與整個國家已經表裏一
致的互相吻合，做到了□精爲一的地步。全國人民，要一致擁護這
個偉績，使這個新的政治制度，發揮它最高的效能，精誠無間的集
中在蔣主席的領導之下，不畏艱難，不顧犧牲，爲保障世界和平，
建立三民主義的新中國而奮鬥。〔註25〕

從這篇文章就能很明確地看出該報的政治立場和宗旨，宣揚三民主義，
吹捧蔣介石。在第八期中，還刊登了祝賀蔣介石生日的賀詞，這樣的立場，
這樣的言論，實在不能稱之爲「正誼者，無所偏私」。

《正誼》不僅宣揚三民主義，吹捧蔣介石，而且對中國共產黨的抗日民
族統一戰線政策和抗日所作出的貢獻視而不見，在評論中多有詆毀，並設置
專題予以報導。例如在《正誼》第五期「時論動向」一欄，就刊出了一篇名
爲《一個嚴重的內政問題》專題，摘錄了個別報紙對中國共產黨的攻擊：

中國共產黨問題，爲中國近十幾年來重要的內政問題之一。□
如中國共產黨確和其他各民主國家的共產黨□□，只以政治方法達
其政治目的，並不足爲一個重要問題。中國共產黨之所以成爲一個
重要問題者，即由於中國共產黨行動上，理論上，是一貫企圖以武
裝暴力，一貫企圖以□兵割據，達其政治目的。中國在國民革命軍

〔註24〕《爲正誼而奮鬥》，《正誼》，第 1 卷第 1 期，1943 年 9 月 21 日。
〔註25〕《擁護蔣主席》，《正誼》，第 1 卷第 1 期，1943 年 9 月 21 日。

在完成北伐的過程中，就遭受著中國共產黨這種破壞行動的不□。其最不爭的結果，即是延滯了中國的統一，因此削弱了中國民族的抵抗力量。十二年前的『九一八』，日寇就是趁著中國共產黨的內部搗亂而發動侵略的！（重慶中央日報九月二十日社論）

二十年來，中共所行所爲：無情、無理、錯亂、乖張。言主義：由國際而民權而愛國。言政策：由共產黨而社會而無產階級的民主。由無產工人的政□血□□知識分子的政團。以知識分子爲骨幹，而農村流氓爲附庸的烏合之眾。言革命對象：始以反抗帝國主義爲目標，繼以打倒資本家爲目標，後以認中國爲封建社會，以反帝反地主爲目標，後又認中國爲半封建半資本社會。其策略：忽而階級獨裁，忽而民主□論，忽而一黨專政，忽而各黨聯合，忽而土地革命，忽而土地政策，忽而削除軍閥，忽而□□軍閥，忽而建立蘇維埃政府，忽而又建立民主共和國。朝而言合，暮而倒戈，以反抗爲革命，以□動爲手段，所到之處，由□爲赤，雞犬無聲。吾人近二十年來所受治□□，□□與壓迫，□無一而非中共所賜。（吉安眞情日報九月二十八日社論）

破壞中國統一的罪魁□推北洋軍閥，民十七年東北易□後，仍由中國共產黨□□軍閥的衣鉢，利用□□的農民和流氓，實行軍專割據……〔註26〕

這一時期，追隨國民黨反共的報紙雖然在各報的評論中對共產黨多有詆毀，但表述上都較爲隱晦。例如積極追隨國民黨反共政策的天主教報紙《益世報》在1940年12月14日發表的《勝於「一」》的社論中宣稱：「我們全國上下，只有一個領袖、一個意志、一個綱紀、一個目標，領袖執掌著這唯一的綱紀。凡是破壞綱紀，不接受領袖命令或陽奉陰違的人們，是我們最大的敵人。」「任何不奉行軍令的人，也應該槍決，這是綱紀問題，不是團結問題。」再如同年12月20日，《掃蕩報》（桂林版）的社評《統一軍令》中寫道：「如尚有操縱軍隊，把持地盤，或擅移陣地，擴軍自利，罔顧法令的人物，雖未必投入敵人的懷抱，而其危害國家，減弱抗戰力量，（與漢奸）初無二致。」再如1941年1月4日，《中央日報》的社論《以統一來保障勝

〔註26〕　《一個嚴重的內政問題》，《正誼》，第1卷第5期，1943年10月26日。

利》中寫道,「國家民族近日已至真是決定盛衰存亡的關頭,斷不容任何個人,任何軍隊,蔑視國家的法令,違反國家的紀律,逞其私欲,任意妄行,以容損國家法紀的尊嚴者,破壞國家政治軍事的統一。……統一的象徵在哪裏?貫徹政令是統一,貫徹軍令是統一,整肅綱紀是統一,制裁叛逆是統一。……敵寇是我們的唯一的敵人,違反紀律妨礙抗戰者,是有助於日寇的行為,也就是國家民族的罪人,與漢奸無殊!唯有貫徹政令,嚴肅軍紀,制裁這些『千古罪人』,方能維護國家的統一,方能保障抗戰的勝利。」

這些報紙的態度雖然反共,但是並沒有直接表明,只是用「不接受領袖命令」、「個人」、「軍隊」、「千古罪人」等隱諱的語句代表共產黨,而《正誼》卻是直接地尖銳地對中國共產黨進行詆毀和誣陷。從這裏也能看出《正誼》評論的偏激性,作為一份報紙,擁有自己的政治立場是正常的,但是像這樣不顧身份的攻擊謾罵對方,實在不是一個合格報紙所應具備的素質。

(三)《正誼》周刊的其他專欄

1、「青年之頁」專欄

《正誼》也很注重和讀者的互動聯繫,特別是針對青年讀者闢有專欄「青年之頁」。在第一期裏,「青年之頁」刊出了《至青年讀者》:

> 青年的夥伴們:
>
> 　　你們在學校裏,機關裏或者社會上,不是常常有很多感想,意見或作品,希望給人家知道。這裏為你們提供一塊小小的園地,這塊園地,是我們青年人所有,任何青年的朋友們,都是這塊園地的開拓者。
>
> 　　現在我們正殷切的期待著你們,不論是問題也好,感想也好,意見或作品也好,只要是你們所親身感受到需要給人家知道的,我們都一概表示熱烈的歡迎;就如田地歡迎肥料,種子和水一樣。朋友們,來吧!讓我們把這塊土地闢成一個花園,讓我們在這塊花園地上結成兄弟吧!」〔註27〕
>
> 　　青年是社會的主力軍,也是國共雙方都努力爭取的對象,《正誼》用這種方式表示對青年讀者的重視,贏取他們的好感和信任。而這種方式也很快取得了效果,在第二期上,便有來自軍校的青年

〔註27〕《致青年讀者》,《正誼》,第 1 卷第 1 期,1943 年 9 月 21 日。

讀者來信《中西文化的熔和》，寫給《正誼》的主編卜紹周。這位叫做陵瑾民的青年讀者在信中對於中西文化發表了自己的看法，認爲「我們的國學，我們的國粹，是我們乃祖乃宗傳給我們文化的遺產，實是先人幾千年心血的結晶，我們要發揚光大之……」，對西方文化和科學也應該「採其精華，去其糟粕，再從而發揮之，融化之，使之純且宜，以輔國學之不足。」在信的最後他也表示了自己的疑惑，「每一家書店都對著數十百卷新文藝的書，其中有新的，有舊的，有出自國人的，有譯自歐美的，更有理論的，寫作的，又該如何取捨先後呢？看的方法，寫作的準備，又是怎樣，凡此種種，都是很成問題的，而這些問題又非初學者之所能自力解決的，必也求之於良師益友，使教之導之，琢之磨之而後可，現在關於這些一切的一切，就謹以十二萬的熱忱，敬祈吾師予以指導，予以栽植罷。倘若吾師眞的不以其朽而雕之，那麼瑾當別擇時日，入城恭候於門牆……〔註28〕

在此信後也跟著刊登了卜紹周給他的回信。

　　瑾民仁仲雅鑒：

　　　　書悉，確具見地，持之以恒，必能有成。每星期日上午□城，可來本社一談。順頌文□。

紹周九月二十三日〔註29〕

從這兩封信中不難看出，對有思想的青年讀者，當局是極力爭取的，他們採用這種刊登來信並且回信的支持方式，以顯示他們對於讀者的重視，對於讀者要求盡量給與滿足，從而贏取更多讀者的好感和信任。此後的「青年之頁」，除了刊登讀者來信外，還刊登青年讀者寄來的作品。

在第一期中，《正誼》也刊發了面對所有讀者的啓事：

　　　　本刊□仁懷國南之深重，憂正誼之□□，自忘□□，竊願樹『申正誼，辯是非』風聲，以挽狂瀾於□倒，但愛國愛種之心，誰不如我，讀者之中當不乏明達之士，相與共鳴，故特闢『讀者呼聲』一欄，敬希多發匡時□論，以樹建國宏規，舉凡政泊實□，社會形態

〔註28〕　「青年之頁」之《中西文化的熔合》，《正誼》，第 1 卷第 2 期，1943 年 9 月 28 日。

〔註29〕　「青年之頁」，《正誼》，第 1 卷第 2 期，1943 年 9 月 28 日。

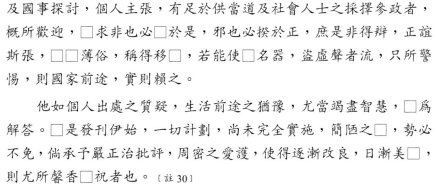

　　及國事探討，個人主張，有足於供當道及社會人士之採擇參政者，概所歡迎，□求非也必□於是，邪也必揆於正，庶是非得辯，正誼斯張，□□薄俗，稱得移□，若能使□名器，盜虛聲者流，只所警惕，則國家前途，實則賴之。

　　　他如個人出處之質疑，生活前途之猶豫，尤當竭盡智慧，□爲解答。□是發刊伊始，一切計劃，尚未完全實施，簡陋之□，勢必不免，倘承予嚴正治批評，周密之愛護，使得逐漸改良，日漸美□，則尤所馨香□祝者也。〔註30〕

　　上文中所提到的「讀者呼聲」即「正誼信箱」，面對全體讀者。從啓事中看，用詞字字斟酌，態度謙虛，時刻標榜自己的愛國之情，憂國憂民之心。

　　從「正誼信箱」來看，寫信的讀者有學生也有普通市民，一般是請求幫助或者希望解答在生活及社會問題等方面的疑惑，關於國事的討論和個人主張之類的來信在該報中並沒有看到，也無從得知是否有這樣的來信而《正誼》沒有刊登出來。對待尋求幫助及解答疑惑這樣的來信，《正誼》的編輯們也都一一給與詳盡的答覆並刊登出來。有時受版面篇幅所限，對讀者的回信不一定在同一期刊出。

　　2、「文苑」等專欄

　　《正誼》還設有「新文苑」、「藝苑」、「戲苑」等專欄。「新文苑」和「藝苑」刊出的是一些文學作品，包括宣揚「三民主義」的新舊文藝作品、雜文、詩歌等。這些作品有來自於普通市民的，也有當時文人的。「戲苑」專欄並不是期期都刊發，刊發的稿件一般是對戲劇的評論或介紹，如《桂林戲劇概寫》。

三、「新聞雜誌化」的探索

　　由於《正誼》是綜合性週報，其口號也是「新聞雜誌化」，所以對於《正誼》來說，這些表明政治立場的言論只是其中的一小部分，拋開一些反共言論去研究《正誼》的其他特點，會發現其實它對新聞業務的探索和實踐是有一定的借鑒意義的。選擇它作爲研究對象，也正是因爲它的「新聞雜誌化」特點。《正誼》所提出的「新聞雜誌化」口號在今天看來還有很多不足，比如報紙的版面不夠多，內容依然不夠豐富等，但是在抗戰時期，通訊交通物資

〔註30〕《本刊特開讀者呼聲啓事》，《正誼》，第1卷第1期。

等各方面條件都不發達的情況下，一份報紙能夠將眾多信息集中起來，也是十分不易的。

拋開其時代的局限性，通過上文的介紹我們也能看出，它所謂的「新聞雜誌化」主要表現在報紙的信息量大，比其他報紙更加貼近生活。和其他報紙比起來，《正誼》的版面雖然不算多，但是包含的內容卻很豐富，除了有國際上的新聞，更主要的是它包含了很多本市及其他省市的生活類的新聞，這在當時的特殊環境下，很大程度上豐富了市民的精神文化生活，給市民的生活增加了樂趣。另外《正誼》涉及的方面也較廣，除了關注普通民眾，還關出專欄滿足讀者的需要。總的來說，《正誼》這一份小型的報紙，蘊含了國際、國內、政治、經濟、軍事、教育和文藝等各方面的信息，實現了其「新聞雜誌化」的專業追求和理想。

對比今天的很多報紙所謂的「報紙雜誌化」，《正誼》顯然將內容和形式結合得更為恰當。除了報導國內外戰事會議等重大事件，在諸如本市市民生活的新聞報導方面和刊登的文藝作品，沒有為了吸引讀者眼球而誇大事實、嘩眾取寵，更沒有低俗的作品出現。

《正誼》能夠做到如此，除了和當時抗戰的特殊環境有關，也和當時報人認真辦報的態度有著密切的聯繫。當時的桂林文人聚集，不管大家政治傾向如何，都是抱著熱忱積極的態度去辦報，報紙之間的競爭也比較激烈，但是並不像今天的報紙，很多報紙因為競爭而走向低俗化，抗戰時期桂林的文人辦報，是一種良性競爭，儘管生存條件惡劣，物質條件艱苦，但是絲毫沒有減弱報人辦報認真負責的態度，在有限的條件下盡最大可能地把報紙辦好。

總體看來，較之於其他小報，《正誼》之所以能夠具有一定影響力，和它的「新聞雜誌化，雜誌報紙化」的特點是分不開的。《正誼》雖然為宣揚國民黨三民主義的刊物，隨時隨地不予餘力的美化宣揚蔣介石，宣揚三民主義，其新聞性也並沒有做到客觀公正，言論偏激。另外，《正誼》雖然稱自己「雜誌化」，但是其新聞性還是十分顯著的。可以看出，除了「新文藝」、「讀者信箱」等兩三個專欄，其餘大部分專欄都屬於新聞類，並且把新聞的類型分得十分詳細，包含了國內外，市內外甚至教育方面的各類新聞訊息。所謂「新聞雜誌化」，是指在形式上雜誌化，多版多欄，內容豐富，使之更加貼近人民的生活，《正誼》在「新聞雜誌化」的同時，也固守著「新聞性」的本質。

四、對《正誼》的評價

　　《正誼》作爲一份在國共合作的特殊背景下國民黨所辦的報紙，需要從公正客觀的角度進行評價。從其言論來看，《正誼》並沒有做到「以嚴正態度闡明時代眞理，以犀利觀察批判社會惡風」，而是具有很強的主觀性和偏激性，有著明顯的政治立場，在這方面，《正誼》完全違背了報紙所應該具有的最基本的專業品格，這也是和當時桂林特殊的政治背景有著密切關係的。

　　當然，拋開《正誼》觀點、態度的偏激性，我們也並不能否認它所具有的各種特點。首先，作爲一份小報，《正誼》內容豐富，涉及面廣，貼近人民生活；其次，作爲一份報紙，它具有鮮明的新聞性，從國際到國內，從外省到本省本市，新聞面也較廣；另外，《正誼》對待青年學生和教育的問題是較爲重視的，這些都是它作爲一份「新聞雜誌化」的綜合性報紙可借鑒的地方。

第五節　對桂林小報的評價與思考

　　在抗戰之前，特別是在北京上海這些地方，小報所扮演的角色往往是不登大雅之堂的。新月派作家梁實秋對當時的小報有一個形象的比喻，他把大報比喻成「太太」，而把小報比喻成不那麼端莊的「姨太太」。這個比喻雖然刻薄了些，倒也形象地描摹出那時小報的特點。

　　而抗戰時期桂林的小報則迥然不同，這個時期的小報是在抗日戰爭的特殊時代背景下產生的，此時的小報，也並不以娛樂大眾爲主要目的，而是像大報一樣圍繞著抗戰這個主題展開的；小報的產生，是爲了滿足當時桂林各階層的需要和民眾的精神需求。它們雖然被稱之爲小報，卻沒有降低報紙內容的質量和品味，相反，每一個報人都是抱著極爲認眞謹愼的態度去辦報，這些在本文的分析中已經非常明確。儘管由於當時桂林的小報發行量少，存在的時間也較短，遠沒有大報的影響力大，以至在今天幾乎無人知曉，但是，它們在新聞史特別是在抗戰時期新聞史上的價值和所作貢獻仍是不可忽視的。

　　小報是當時桂林市民生活的一部分，它們的誕生、發展都有著鮮明的時代烙印。聯繫本文所研究的小報，我們會發現這幾份小報的政治立場儘管各不相同，性質有很大差別，但又有著極大的共同點，那就是他們都是以抗戰爲主題，以動員國民支持抗戰爲目的，都爲抗戰貢獻了自己微薄的力量，同時也豐富了市民的文化生活。

但是作為獨自的個體，它們又有著明顯的不同。

首先是政治立場的不同。三份小報都有自己鮮明的政治立場，代表著不同的利益集團，有著不同的政治主張。從三份小報的言論也能看出當時的政治環境。它們都創刊於1941年皖南事變之後，所以《工商新聞》的政治立場和言論是最為含蓄的；《國防周報》政治立場雖然中肯，但也不乏個別地方反共思想的表現及規勸共產黨服從國民黨領導的言論；《正誼》的言論則無所顧忌最為激烈，其反共思想和言論時時堂而皇之的出現在版面上。由此我們可以清晰地感受到當時國共兩黨之間的明爭暗鬥，更能體會到當時中國共產黨人辦報的艱辛及付出的心血和代價。

其次是專業性質的不同。《工商新聞》和《國防周報》都屬於專業性的小報，專業性強是它們突出的特點。如《工商新聞》所報導的全部新聞幾乎都為國內外工商界的經濟貿易活動，包括副刊和廣告，其範圍也是在工商界範圍之內；《國防周報》則是用了大部分篇幅評論國內外戰事，其副刊只是很小的一部分。《正誼》作為綜合性報紙，內容豐富，除了有較強的新聞性之外，其副刊更加生活化、娛樂化，在普及知識、傳播信息、豐富市民生活方面起到了一定的作用。不同的性質導致三份小報的讀者群也有所不同。前兩份報紙的專業性決定了它們有著特定的讀者群，這個讀者群雖然比較小，但是這些人往往是政府官員、文化人等，有著一定的經濟實力，所以會固定地購買這類報紙。相比之下，《正誼》的讀者群流動性就比較大，畢竟作為綜合性的報紙，其競爭對手也相對會多一些，市民的經濟能力有限，在選擇購買報紙的時候就要進行一番對比，因此，為了贏取讀者，《正誼》更加需要突出自己內容豐富的「雜誌化」特點。

這三份小報有值得借鑒之處，值得借鑒的方面首先是堅持報紙的新聞性。這是報紙最基本的特性。縱觀這三份小報，不管是專業性報紙，還是提出「新聞雜誌化」的綜合性報紙，都具有最基本的新聞性。

其次是要辦出具有特色的報紙。本文所研究的三份小報，都具有自己獨特的特點，能夠在同類報紙中脫穎而出。因此，報紙要想在眾多媒體中佔有一席之地，就必須具有自己的特色，一味的走低俗化、娛樂化路線，其結果可能會流失越來越多的讀者。

其三是學習桂林小報報人的辦報精神。抗戰時期，不管是共產黨辦報，還是新桂系或者國民黨辦報，其物資條件都很艱苦，但是這些報人並沒有因

爲物質上的貧瘠而對自己所辦的報紙有絲毫懈怠，相反，從報紙的內容可以看出，他們都是本著極爲認真嚴肅的態度去對待，因此辦出的報紙質量較高。

最後是注重報紙的整體品味。桂林小報如《正誼》，除去其評論的政治立場不講，它的內容雖然平民化，也報導很多生活化的內容，但是其整體品味並不低俗，而是將市民帶向積極健康的方向。

第八章 抗戰時期桂林的通訊社和電臺

　　1937 年「七・七事變」後，隨著日本發動全面侵華戰爭，中國面臨著生死存亡的緊急關頭，在這種特殊時期，國共合作、共同抗敵正成為一種必然的趨勢；同樣，在這種大勢的影響下，身處南疆的廣西當局在文化政策等方面也做出了一些有益於抗戰的主張；加之抗戰時期由於大批新聞出版機構及其文化人的大批遷入，這就造就了這個時期的桂林無論是報刊，還是通訊社、廣播電臺，都呈現出前所未有的發展景象。抗戰時期桂林的通訊社、電臺的發展為廣西動員民眾、抗日宣傳、經濟建設和文化教育等方面起到積極的推動作用。

第一節　蓬勃發展的通訊社（通訊機構）

　　抗戰時期桂林的通訊社得到良好的發展。這種發展的背後，除了政治、經濟等方面的原因外，從新聞事業的發展角度來看，一是得益於這個時期桂林的新聞事業的蓬勃興旺；二是依託於這個時期的報業的快速成長。全面抗戰之前，在桂林出版的報紙只有《廣西日報》一家。隨著抗戰的不斷推進，尤其是在 1938 年 11 月至 1944 年秋湘桂大撤退這一段時期，桂林報業出現「井噴」之勢。

　　報業的發展，不僅需要大量的優秀記者，更需要豐富的稿源來保障和支撐，而通訊社的培育、建設與發展是解決這些問題的重要手段。

一、桂林通訊社（通訊機構）發展概況

　　從所收集的資料來看，當時在桂林創建的通訊社和有通訊社性質的機構

團體有國新社、「青記」、戰時新聞社、西南通訊社、中央社桂林分社、英國使館新聞處桂林分處、美國使館新聞處桂林分處、華僑戰地記者服務團、救亡通訊社、工商通訊社、廣西攝影通訊社、民眾通訊社、南方通訊社、經濟通訊社等 14 個。另外，廣西省政府編譯室、省政府教育廳電化教育處等亦曾編發新聞稿供各報刊採用。在這些通訊機構和團體中，國新社、「青記」、中央社桂林分社影響最大，在新聞界中起著主導作用。

在桂林的通訊機構和團體大致情況如下：

國新社抗戰時期由中國共產黨領導的在國統區開展業務的著名的通訊社。1938 年 11 月 21 日在桂林設立總社。社長范長江，副社長孟秋江，總編輯黃藥眠。

國新社具有相當的規模。以桂林總社為中心，除了在重慶、浙江金華、淪陷的上海等地設立辦事處外，還在香港設立分社。在國內設有通訊站 400 個，在國外設立有通訊站 150 多個。

國新社創辦的目的是為了突破國民黨的新聞封鎖。創辦的任務是向國內和海外華僑報紙發佈通訊和特稿，致力於團結抗戰的宣傳工作。具體來說，桂林總社和重慶與金華辦事處主要負責國民黨統治區的新聞報導工作。香港分社主要面向海外，擔負國際宣傳任務，並向國內及時提供國際新聞稿件。

「皖南事變」後，政治形勢不斷惡化，1941 年 7 月 1 日，國新社停止了在桂林的活動。鑒於其重要地位與影響，因此，本文設專節論述，這裏從略。

「青記」中國共產黨領導下的新聞機構。於 1938 年 3 月成立於漢口，後經長沙遷至桂林。1938 年春，「青記」總會從桂林遷住重慶，在桂林設立南方辦事處，由陳同生負責。主要機構是理事會。常務理事有國民黨中央通訊社廣西分社主任陳純粹，《廣西日報》（桂林版）總編輯莫寶堅，《大公報》桂林辦事處主任王文彬，《救亡日報》（桂林版）經理翁從六。成立後即開展新聞通訊工作，除派會員分赴各地撰寫通訊外，還通過各種形式培養青年新聞工作者，如時談會、記者交誼會、新聞講座、講習班等。另外，主編《新聞記者》月刊和雙周刊。「青記」的會員多為國新社成員。國新社和「青記」實際是姐妹團體，互相支持，共同戰鬥，對桂林新聞事業的繁榮發展起到了主導作用。「皖南事變」後，「青記」和國新社同時被迫停止了在桂林的活動。

經濟通訊社　1944 年 5 月於桂林創立，負責人是千家駒和劉思慕，1944

年 8 月停辦。〔註1〕

　　民眾通訊社　1936 年春創辦於南寧，社長爲潘宜之，後改組由胡納生兼任，是當時廣西省唯一對外宣傳機構。1937 年 10 月 21 日隨省會遷至桂林。設有無線廣播電臺。1937 年曾編發《20 年來廣西大事記》特稿。

　　南方通訊社　1938 年夏在桂林成立。社長由時任廣西日報社社長李微兼任。在柳州和南寧派有記者、設有電臺。同年 9 月 3 日開始用密碼拍發廣西新聞電稿，供訂閱的各新聞單位收抄。香港報紙亦有訂閱者。

　　英國使館新聞處桂林分處　1943 年初至 1945 年 1 月，該處曾在桂林定期編《國際新聞周報》分送各新聞單位。據《大公報》（桂林版）1944 年 2 月 5 日報導：「英使館新聞處桂林分處主任史密士離任赴渝，由該處英文編輯柯樂學繼任。」柯樂學爲倫敦名記者。〔註2〕

　　美國使館新聞處桂林分處　1943 年 7 月成立。該處設有翻譯室，負責將美國報刊上的文章和美國駐華大使館新聞處提供的材料譯成中文，供給桂林和附近其他城市的報刊選用。據《力報》（桂林版）1944 年 2 月 6 日報導：「美新聞處桂分處處長斐克亦將離桂赴東南各省考察，遺缺由斐理明繼任。」〔註3〕

　　華僑戰地記者服務團　1939 年春在桂林設立。具體的負責人不詳。據《抗戰前後廣西見聞》（載《廣西文史資料》1981 年第 11 期）中刊載的抗戰時期桂林著名的新聞記者陸詒在回憶錄中提及「華僑戰地記者服務團」這一新聞機構。

　　工商通訊社　該社附設於國新社。負責人是張常人。該通訊社於 1941 年夏在桂林成立，同年 6 月 5 日起開始編輯出版《工商新聞》和《每日通訊》，報導國內外工商新聞、法規、商情，日出 16 開紙 3 張，字數約千餘字，專供國民黨政府、各報社以及工廠、商店訂閱，發行量 300 份。1942 年 8 月被迫關閉。

　　西南新聞社　該社 1940 年 4 月 29 日在桂林召開成立籌備會議，5 月 28 日正式成立，由廣西綏靖公署政治部與廣西三民主義青年團桂林分團、廣西日報社聯合創辦，社長由《廣西日報》（桂林版）總編輯莫寶堅兼任，設有

〔註1〕　《廣西大百科全書（文化卷）》，中國大百科全書出版社，2009 年，第 43 頁。
〔註2〕　楊益群等：《桂林文化城概況》，廣西人民出版社，1986 年，第 341 頁。
〔註3〕　楊益群等：《桂林文化城概況》，廣西人民出版社，1986 年，第 341 頁。

經理、編輯、採訪三個部門，分別由陳邇冬（廣西日報社）、於東聘（廣西綏靖公署政治部）、陳大文（廣西三民主義青年團桂林分團）負責，並請張潔兼採訪部副主任，韓北屏兼任編輯部副主任。從當年 6 月 1 日起，雙日或三日發一次稿，稿件內容偏重抗戰前線通訊。它是廣西省自己辦的地方性通訊社，1941 年停辦。

戰時新聞社 該社創辦的背景是由於桂林地位日趨重要，加上當地報紙的增加，加強發展當地以至本省和西南的新聞採集工作顯得十分迫切。該新聞社 1940 年秋在桂林成立，負責人是夏后坡和汪止豪等。該社的骨幹力量是「青記」南方辦事處於 1939 年春舉辦的《戰時新聞工作講習班》中的 70 多位學員。該社屬於合作社性質，其組成是合作社的方式，通過民主進行決議。該社的工作範圍和工作方針一是在廣西省內發行地方消息及通訊（主要是桂林的新聞稿），把廣西戰時進步的措施和建設有系統地大量介紹到省外。二是特別注重推進業餘的新聞工作。分佈在各地及各職業部門的「講習班」學員，以及其他熱心新聞工作的青年朋友應當成為該社的業餘通訊員，使該社的基礎趨於鞏固與發展。它也是廣西省自己辦的地方性通訊社，1940 年 12 月停辦。

救亡通訊社 該社於 1939 年夏在桂林成立，附設於救亡日報社。負責人是夏衍，編輯有華嘉和何家英。該社主要向海外的一些進步報刊發稿，全部用航空信寄出。其中的一些稿件是根據蘇聯塔斯社中國分社從重慶寄來的資料，以及延安或敵後輾轉得來的資料編寫出來的。初期零星、單篇向外發稿，隨後編印、出版《救亡通訊社新聞稿》，至 1939 年 8 月上旬發稿 500 多篇、130 多萬字。1941 年 2 月隨著《救亡日報》（桂林版）的停刊而停辦。

廣西攝影通訊社 該社附設於桂林國防藝術社，於 1938 年 3 月 1 日成立。為國內外各報提供廣西建設及前方抗戰、後方支前的新聞照片，並舉辦照相器材展覽。該社為第五路軍政訓處主辦，社長先後有韋永成和程思遠，副社長為李文釗，主編為陳邇冬。該社 1942 年停辦。

中央通訊社桂林分社 該分社創辦於 1938 年 11 月 1 日。主辦單位是國民黨中央通訊社，負責人是陳純粹，有編輯、記者、譯電員等人員。該社自設電臺抄收中央通訊社電稿，每日印發到各新聞單位，同時也向中央社總社和地方媒體發送少量廣西地方新聞。另外，該分社的部分記者是國民黨官方的代理人，負有監視桂林進步新聞界的任務。1944 年秋在桂林大撤退前，該分社大部分人員轉移到重慶，僅留下小部分人員隨廣西省政府疏散遷至百

色，成立特派員辦事處。該辦事處 1945 年冬遷返桂林。1949 年 12 月被中國人民解放軍南寧軍事管制委員會接收。

二、桂林通訊社（通訊機構）發展的特點

桂林通訊社（通訊機構團體）由少到多，出現發展的高峰，其特點表現在以下幾個方面：

（一）數量不斷增加

據不完全統計，抗戰時期桂林通訊社和通訊機構大約 15 個。除了一批國內機構在這裏設立的通訊社外，還有國外的新聞機構在這裏設立通訊社。如英國駐華使館新聞處桂林分處、美國使館新聞處桂林分處、華僑戰地記者服務團等。

（二）通訊社存留的時間都不太長

在如上這些通訊機構團體中，中央通訊社桂林分社歷時最久，由 1938 年 9 月籌建至 1949 年 12 月被中國人民解放軍南寧軍事管制委員會接收，歷時 11 年。其次是廣西攝影通訊社，歷時 3 年多。再次是由中國共產黨領導的全國性民間新聞機構國新社，自 1939 年初遷至桂林並成立總社，到 1941 年 3 月關閉，經歷兩年時間。另外，救亡通訊社是從 1939 年夏至 1941 年 2 月，歷時約兩年。存留時間較短的通訊社如工商通訊社只有一年（1941 年夏到 1942 年 8 月），西南新聞社不到一年（1940 年 5 月 10 日到 1941 年），戰時新聞社也不到一年（1940 年秋到 1940 年 12 月），經濟通訊社只有三個月（1944 年 5 月到 1944 年 8 月）。

（三）大多通訊社的設備簡陋，經費較為困難

如上這些通訊機構團體中大部分均為當地報社所辦，或由報社員工利用報社資源和信息來源業餘合辦。除中央社桂林分社和新桂系省級報社所辦通訊社有電臺等設備，能夠抄收和拍發電稿外，其餘通訊社只能利用油印、鉛印以至複寫、抄寫等印刷方式和郵政傳遞的途徑，發送和訂閱新聞稿的報社數量有限，時效性差，其中多數係特約專稿，以補官方中央通訊社新聞電訊之不足。另外，大多通訊社人員較少，僅靠稿費收入維持通訊社的生存，開辦時間僅數月以至年餘，影響較小。

（四）相互支持，宣傳抗戰

在抗戰救國的前提下，桂林各通訊機構團體之間互相支持，互相學習，積極開展宣傳工作。具體表現一是對遷址報紙的復刊或在本地創刊的報紙，各通訊社都能給予報導，甚至加以肯定。如《救亡日報》在桂林復刊時，《廣西日報》馬上選用了一篇題爲《新聞之新聞 —— 救亡日報昨日復刊》的報導，對《救亡日報》給予極大的讚揚。二是各通訊社都注重報導有關國際上反法西斯戰爭、國內抗戰前線的報導，同時也注意客觀地報導廣西各地各方面的新聞。三是各通訊社大體上能圍繞抗戰這個中心，顧及國家民族的利益，很少出現互相謾罵攻擊的現象。注意鞏固團結，堅守大原則上的協調一致性。四是各通訊社積極通過成立新聞記者學會等組織，一方面加強相互的聯繫，另一方面共同開展新聞理論學習和業務研究，通過舉辦短期的新聞講習班，培訓和提高戰時新聞工作者的業務能力。

（五）在鬥爭中前行

不可否認，抗戰時期桂林各通訊機構團體之間也存在一定的矛盾與鬥爭。事實上這種鬥爭的集中表現就是國共之間的鬥爭。當以蔣介石爲首的國民黨願意與中國共產黨合作，形成抗日民族統一戰線，爭取民族解放並表現出愛國、民主、革命時，鬥爭就緩和。抗戰初期的 1938 年到 1940 年間的桂林新聞界文化界基本上是這種狀況。這樣的政治生態是有利於新聞工作的開展和新聞事業的發展。因此，在這段時間，桂林各通訊機構團體之間的合作就比較好，關係融洽正常。但當國民黨企圖堅持通過「合作」、「統一」來削弱、控制、甚至取消中國共產黨，消滅中國共產黨的抗日武裝，暴露出反民主、反革命時，鬥爭就趨於尖銳，這種環境就不利於新聞工作的開展和新聞事業的發展。同樣，當國內與廣西省內政治局勢趨惡時，在桂林的各通訊機構團體中，那些由中國共產黨領導的通訊社和其他進步的通訊社就會受到種種壓迫。比如「皖南事變」後，許多進步的通訊機構團體被限制或被取消就是例證。

第二節　國新社在桂林的發展與貢獻

在國共合作背景下，國新社利用桂林特殊的政治和新聞生態，積極宣傳抗日，出色地踐行自己的使命，在抗戰時期的桂林新聞事業史乃至中國新聞事業史上具有重要的影響和地位，書寫了燦爛的一頁。

一、國新社的歷史沿革

（一）創辦經過

上海陷落後，武漢成爲抗日宣傳的中心。在武漢創刊的《新華日報》，其發行一度受到國民黨中央封鎖政策的限制，新華社也很難向解放區以外的地區進行宣傳。當時，全國新聞界湧現出一批在抗戰烽火中初步鍛鍊出來的一批青年記者。這些青年人，大都有民族覺悟，並在一定程度上有民主的要求。爲了擴大抗日宣傳的力量，在這批青年記者的基礎上，1938 年 3 月 30 日，武漢成立了中國青年新聞記者學會全國總會，范長江、陳農菲均是該會的發起人和領導人。此後，各地陸續自發成立了分會，延安和華北各解放區等也成立了分會，會員曾達一千人左右。〔註4〕

當時，雲集武漢的外國記者由於得不到正確的戰地消息而引發不滿，爲此國民黨成立了國際宣傳處。國際宣傳處找到當時脫離新記《大公報》的范長江，要他擔任該處的戰地通訊員。周恩來得知後，隨即指示範長江以「青記」會員爲骨幹在武漢籌備成立獨立的新聞通訊社即「國際新聞社」，並與國際宣傳處達成供稿合同的關係。〔註5〕武漢失陷後，國新社遷到長沙，並於 1938 年 10 月 20 日正式設立總社，成爲中國共產黨領導下在國統區擁有公開性、合法性的民間性新聞通訊社。同年 11 月 12 日，又從長沙遷至桂林。同月 21 日，在桂林成立總社，開始正式向國內外供稿。

（二）與香港國新社合併

「八・一三事變」爆發後，國統區的新聞報導爲國民黨中央通訊社所壟斷。國民黨中央對新聞報導採取的這種封鎖政策，遠遠不能滿足當時中外記者對新聞稿件的需求。

當時，在中共中央臨時辦事處的領導下，一部分地下黨員和救國會的會員利用上海文化界救亡協會的名義，成立了國際宣傳委員會，向中外記者提供抗戰的新聞資料。該委員會本身是一個統戰性質的組織，不僅包括進步的新聞工作者，還有國民黨的宣傳工作人員。由於國際宣傳委員會提供的新聞資料均由國民黨軍方發言人口頭報告前線戰況，而這些報告並不符合前線的

〔註4〕　廣西日報新聞研究室：《國際新聞社回憶》，湖南人民出版社，1987 年，第 2 頁。
〔註5〕　廣西日報新聞研究室：《國際新聞社回憶》，湖南人民出版社，1987 年，第 13 頁。

實際情況，因此一直得不到外國記者和媒體的重視和信任。隨後，國際宣傳委員會另以國際新聞供應社的名義，將每日的國際新聞稿譯成外文分發給外國記者，從而備受歡迎。上海淪陷後，原國際宣傳委員會的一部分人轉移到了香港，並在香港正式成立了國新社。

當時在香港的國新社擁有一大批國際問題評論家，如金仲華、劉思慕、羊棗（楊潮）、王紀元、鄭森禹和陳翰笙等。為了充分發揮國新社的作用，進一步擴大通訊社的影響，胡愈之於 1939 年 2 月親自赴香港辦理桂林國新社和香港國新社合併事宜，以便讓兩社交流稿件，配合起來使用。合併以後，桂林國新社作為總社，主要向國統區各省報刊發稿，香港國新社作為分社向海外和華僑報刊發稿。這兩家機構合起來後，整個國新社的力量大大增強，發稿單位多達 150 多個，遍及國內外。國新社的業務，對海外有英文遠東通訊，對華僑有「祖國通訊」、「國新通訊」，對國內有「國際新聞通訊」，在桂林有本市新聞稿、特約專電，和發到海內外的特約專稿。〔註6〕至此，國新社成為中國共產黨在國統區除《新華日報》外的重要新聞宣傳機關。1941 年 1 月「皖南事變」後，國民黨中央勒令停止了國新社的活動。但香港分社仍繼續活動，收集全國各地通訊員（大部分是「青記」會員）發來的通訊，分發給海外華僑報紙。

（三）封禁前後

國新社成立後，其突出的工作成績和巨大的影響力引起了國民黨中央的恐慌。早在 1939 年底，國際宣傳處就停付了國新社的稿費，還脅迫桂林及其他各地報紙不准刊登國新社的稿件。國民黨當局還對國新社社長范長江進行跟蹤監視。雖然有國際宣傳處頒佈了禁止刊登令，但各報因稿件不敷，仍然大量採用國新社國際通訊稿件。如上所述，1940 年 5 月，國民黨中宣部以正式公函通知國際宣傳處，要求特別注意審查國新社的稿件，中統的徐恩曾也致函曾虛白要他調查國新社實際負責人的政治背景。

1940 年 12 月，國民黨反共行徑愈發明顯。「皖南事變」後，范長江依然在桂林主持了國新社第二屆年會，並作《「國新」兩年》的報告。在報告中，他首先談到國新社創立兩年間一直橫梗在中國進步新聞記者面前的三種苦悶：「一是工作的苦悶。面對國難及種種醜惡，記者想秉公執筆，但有關當局

〔註6〕 沈譜編：《范長江新聞文集》，新華出版社，2001 年，第 877 頁。

少能堅決支持。他們純潔的工作常爲卑鄙者所利用、所阻撓、所冷遇、甚至於所破壞。二是生活苦悶。當記者爲公，全力以赴時，後面卻有人在做拆臺的事，結果記者丟了工作，生活沒有了保障。三是學習苦悶。不去爲記者創造學習的條件，只管用，沒用了就丟棄。不學習，對形勢的發展與變化無知，結果有記者由於在戰地消息閉塞，本著七月的認識，到八月以後仍和人談遠東慕尼黑的危機。」之後，他又回顧國新社在艱苦創業中所面臨的困難：「一是人力不足，二是經濟困難，三是組織的團結，四是正確的方向，五是工作與學習的矛盾等等。」爲此，他還闡述了新聞記者的責任與前景：「一是歌頌抗戰建國的英雄與事業，抨擊妨害抗戰建國的醜惡分子。二是爲國內的新聞事業的發展以及與世界的新聞事業的聯盟出力。三是爲新中國的新聞事業培養優良的幹部。四是不斷創新，來開拓中國新聞事業。」〔註7〕

會後，國新社遵照中國共產黨的指示，執行「隱蔽精幹」的方針，先後從桂林和重慶，有計劃的將社員轉移到南洋、香港、解放區等地。1941 年 5 月，桂林總社和重慶辦事處被迫關閉。國新社的聯繫中心轉移到了香港。

1941 年 12 月 8 日，太平洋戰爭爆發，香港淪陷。香港分社也停止了活動，社員分批經東江、澳門撤退到韶關、桂林，范長江和鄒韜奮轉道赴新四軍根據地。1945 年抗戰勝利後，國新社先後在上海和香港等地恢復工作，直到 1949 年大陸解放，宣告結束。〔註8〕

二、桂林國新社的經營和人事管理

（一）突破國民黨的新聞封鎖，面向國內外發稿

國新社作爲一家新聞通訊社，主要任務是發送新聞通訊和專論。新聞通訊包括戰地通訊、地方通訊、文藝通訊等，專論主要有國際評論、戰局評論等。發稿對像是國內報刊和海外華僑報紙。

國新社採用多種形式發稿，對國外有英文《遠東通訊》，對華僑有《祖國通訊》和《國新通訊》，對國內則主要有《國際新聞通訊》、桂林本市稿、特約專電和普發到海內外的特約專稿等。

戰時由於各省的地方報紙人力財力有限，報社派不起記者，難約到名家

〔註7〕　范長江：《「國新」兩年》，《新聞記者》，1940 年 12 月 1 日。
〔註8〕　夏衍：《「國際新聞社回憶」序》，《新聞記者》，1987 年第 9 期，26 頁。

稿件，而且地方報紙發行範圍不出省區，因此國新社的稿件在一個地區發給一張報紙，報社採用時猶同特稿，爲讀者所歡迎。這使得國新社在傳播進步輿論上發揮了重要作用。

當時，登載國新社稿件的，除了重慶的《新華日報》、香港的《華商報》外，還包括國統區的報刊和東南亞、印度、澳大利亞乃至非洲等地的華僑報紙，共計 150 多家。〔註 9〕

香港分社的金仲華和董之學還將英文《遠東通訊》用航郵寄發給美國的報刊和私人訂戶。英文《遠東通訊》爲十六開本，每期登載關於中國的戰爭局勢報導和評論，類似於外國《新聞信》一類的出版物。從這個意義上來說，國新社實際上已突破了國民黨的新聞封鎖和國民黨中央通訊社獨家壟斷新聞報導的局面。

國新社能夠打斷中央通訊社的壟斷局面，有著自身的特殊優勢。具體分析起來有以下三點：

第一，建立起了自己的通訊網絡。由於國新社有大批的「青記」成員在前線深入戰地進行實地採訪，大量的後方通訊員將採訪稿及時寄往桂林總社，因此國新社的稿源一直很充裕。國新社實際上憑藉這些「青記」成員在全國建立起了一個通訊網，這種供稿模式不僅填補國內報紙無力派人採訪的空白，而且也深受海內外讀者和報刊的歡迎。

第二，積極開展統戰工作。建社初期，國新社同國民黨的國際宣傳處訂立了供稿合同，取得公開活動的有利條件。同時，它又在國民黨的和中立的新聞機構中積極開展統戰工作，將不少主張抗戰到底的愛國人士，吸收成爲國新社的社員或社友。它還同新桂系的上層人物也建立了友好聯繫，如李濟深、李任仁、陳劭先等。

第三，注重採用知名人士的報導和文章。當時，向國新社供稿的作者除了「青記」成員外，大量的知名人士也紛紛投稿。例如胡愈之、張鐵生、劉思慕、羊棗（楊潮）、王紀元、鄭森禹、陳翰笙等。他們所撰寫的關於政治、經濟、軍事和國際問題方面的評論文章，在海內外深受歡迎。

（二）多渠道籌措經費，保證國新社正常運轉

國新社從創立之初，就多渠道籌措經費，保證整個通訊社的正常運轉。

〔註 9〕 廣西日報新聞研究室：《國際新聞社回憶》，湖南人民出版社，1987 年，第 15 頁。

具體說來其經費來源大體上有三種：

一是國新社與國際宣傳處簽定的供稿合同。國際宣傳處按照每月五百元的合約要求，向國新社提供經費，一直持續到 1939 年底。

二是國新社成員入會的會費。按照國新社的規定，國新社的所有社員必須在政治上贊成抗日和民主，積極支持國新社的工作，並交納至少五十元入社費。〔註 10〕以上是一般的入會的交費情況。後來，社長范長江在自傳中提到過一些交納大額會費的社員。如四川軍閥楊森支持反蔣，他的代表「范埏生參加國新社做社員，交了五百元入會費」。另有國民黨財政系統中一個中等官僚曹仲植，覺得國民黨無能，想靠近進步事業，「要求參加國新社，出了社費五百元」等等。

三是國新社的社員以「合作入股」的方式來集合資金。范長江採納了胡愈之「一稿多投」的發行建議。抗戰時期後方各省報紙雖不少，卻都因交通困難，很少發行到外地。雖然中央社的新聞發行面廣，但它報導簡單，不能滿足讀者的需要。加之各報又很少能特派記者赴前線各地採訪，所以為國新社創造了向各地報紙供應特稿的機會。而這個特稿首先保證在一個地區只發一份，從而保證了約稿的報紙使用稿件後在它的發行範圍內具有獨家性。這樣一來，國新社就可以將一份稿件複印成若干份，分發不同地區預約訂稿的報紙，這樣一篇稿件所得的稿費就多得多了。國新社收到稿費後，以一份付給作者，其餘就算作參加「合作的投資」。這也是國新社最大的經費來源了。所以國新社又被稱為新聞記者的合作社。社員不是通過出資合作，而是憑藉他們的稿件參加合作。當然，就國新社來說，一篇稿件分投各報，就一篇稿子來算，稿費得的不多，但訂稿的報紙多了，也就足夠記者的生活需要了。

從上面的經費來源可以看出，國新社的經濟同其他桂林的報社比起來並不寬裕。但國新社的社員始終團結一心，共克時艱，保證了整個通訊社的正常運轉。

（三）按照民主原則，用生產合作社的模式管理國新社

國新社採納胡愈之的主張，用「生產合作社」的模式進行管理，即按民主的原則，一人一票權，以「社員」為基礎，民主產生領導機構，沒有老闆和雇傭者之分，由社員民主選舉領導機構。

〔註10〕廣西日報新聞研究室：《國際新聞社回憶》，湖南人民出版社，1987 年，第 3頁。

國新社的社員分爲兩種：一種是專職工作人員，由國新社負擔他們的生活費，另一種是兼職人員，即按期爲國新社寫稿，或關心國新社社務，但還不能（或不需要）離開工作崗位的，他們的生活費也是自己從原來職業中取得的。桂林國新社社員曾發展到七八十人，絕大部分是新聞記者、編輯和作家，其中專職社員最多時爲 20 人左右。桂林國新社設有常務理事制度，胡愈之便是其中一位重要的常務理事。

據范長江回憶，國新社的專職工作人員有：孟秋江、黃藥眠、唐勳、張狄剛、計惜英、於友、谷斯范、莫艾、任重等；非專職社員包括胡愈之、邵宗漢、張鐵生、金仲華、陳楚等。〔註11〕

三、貫徹執行統戰政策

國新社在複雜的鬥爭環境中能夠存在和發展並且取得成績，同它正確地貫徹執行中國共產黨的統戰政策是分不開的。

建社初期，國新社就同國民黨國際宣傳處訂立供稿合同，取得合法地位，利用新桂系勢力與蔣介石的矛盾，在桂林開展工作，迅速打開了局面。通過統戰工作，國新社在國民黨新聞機構以及保持中立的新聞機構，吸收了不少主張抗戰的愛國進步人士作爲新社員或社友。

爲了鞏固和擴大宣傳陣地，國新社在發稿業務上主動同桂林以及全國各大報紙乃至許多地方報紙建立供稿關係。在人員交往上，同社會各階層特別是新桂系的上層人士廣泛接觸。尤其是國新社積極參加民主運動，無論在多麼困難的條件下，主動傾聽廣大人民群眾的呼聲，宣傳人民群眾的主張，使國新社在國統區的群眾和海外華僑中產生了積極的輿論影響。國新社在發稿方式上，還把不同內容的稿件分發到不同政治態度的報刊，以適應國統區環境以及海外華僑所能接受的水平。正是由於貫徹了中國共產黨的統一戰線政策，國新社在抗日救亡運動中發揮了重要的宣傳作用。

國新社在重重的政治壓迫和經濟困窘的情況下，艱苦抗戰，團結了一大批有名望的文化界人士和進步青年參與到抗日救亡的潮流中來，在國統區和南洋等海外的報紙上，發出了大量的新聞和專稿，起到了團結抗戰的喉舌作用，在中國的新聞事業史和抗日文化史上書寫了濃重的一筆。

〔註11〕廣西日報新聞研究室：《國際新聞社回憶》，湖南人民出版社，1987 年，第 6
頁。

第三節　桂林廣播事業的發展

抗戰時期，廣播作為當時最先進、最便捷的宣傳媒體，在宣傳群眾、鼓動抗戰方面所起的傳播效力和影響滲透度是不容忽視的。因此，各地都積極創辦與建立廣播電臺。同樣，當時廣西也千方百計來興辦和發展廣播事業。據考證，抗戰時期作為廣西省會的桂林就建有兩個廣播電臺：一個是桂林廣播電臺，一個是粵西廣播電臺。

一、桂林廣播事業的發展簡況

（一）桂林廣播電臺簡況

桂林廣播電臺是新桂系創建的。1937 年 6 月 1 日，桂林廣播電臺籌備處成立後開始動工興建。臺址在桂林市依仁路。1938 年底建成。1939 年 1 月 1 日，桂林廣播電臺建成並試播。呼號為「桂林廣播電臺 XGOE」，中波發射功率 10 千瓦，頻率 720 千周，波長 416 米，隸屬於廣西省建設廳。試播後不久，電機發生故障，停止播音。同年 7 月 1 日電臺恢復播音，除國語播音外，還用日語播音。1942 年 9 月，增設短波發射功率 1 千瓦，頻率 12000 千周。1944 年 8 月，在日軍侵佔桂林前夕，桂林廣播電臺停止播音，並奉命將全部機器設備疏散到柳州，後遷至宜山。宜山陷敵後，機器設備盡失。1946 年 3 月，桂林廣播電臺由廣西省教育廳接管，同年 6 月 1 日恢復播音。呼號還為「XGOE」，波長 304 米，頻率 9868 千周。

（二）粵西廣播電臺簡況

粵西廣播電臺的前身源於 1936 年新桂系創辦的「播音教育」。即給各中等學校配置收音機，每校一臺，規定各校組織師生收聽廣播。收音機一部分是教育部發的，一部分由省教育廳購置。前後共發給各學校收音機共 275 部，其中交流機 56 部，其餘為直流機。〔註12〕

因此，該臺隸屬於廣西省教育廳電化教育處。1941 年 6 月 18 日建成並開始試播。短波發射功率 100 瓦，頻率 8100 千周，呼號為「XPKA」，由廣西省教育廳電化教育服務處人員擔任採、編、播工作，播音時間是每天 19：00 點到 20：00。1942 年底，該臺因經費和器材缺乏而有過短暫的停播。抗戰勝利

〔註12〕鍾文典：《20 世紀 30 年代的廣西》，廣西師範大學出版社，1993 年，第 827 頁。

後，廣西省政府為推行電化教育，將桂林廣播電臺劃歸省教育廳管轄，撤銷粵西電臺，開辦教育廣播電臺，用粵西電臺的設備廣播。

二、廣播電臺的節目設置

（一）桂林廣播電臺的節目設置

1939 年 1 月 1 日，桂林電臺設新聞節目、專題節目、文藝節目和其他節目。1941 年 2 月，其所設的新聞性節目有《新聞報告》、《新聞類述》、《本省新聞》、《特別消息》、《紀錄新聞》。專題性節目有《戰時青年講話》、《日語報告》、《敵情研究》、《時事評述》、《英語教授》、《公民常識》。文藝節目有《國樂》、《西樂》、《平劇》、《抗戰歌曲》等。每天播音兩次，共 360 分鐘。有 5 種播音語種：國語、粵語、桂林語、日語、英語。

1941 年 6 月，桂林廣播電臺將每天兩次播音改為 1 次播音，時間是 18：00 到 23：00，共 300 分鐘。所設節目有《國語新聞類述》、《粵語新聞類述》、《國語簡明新聞》、《日語報告》、《英語報告》、《桂語紀錄新聞》、《兒童教育》、《衛生教育》，文藝節目除本臺合唱團演唱之外，還安排了國樂、西樂和平劇等。

1941 年 9 月，桂林廣播電臺增設《時論介紹》、《防空知識》、《青年講話》、《日本音樂》，以及教唱《農歌》和《保衛廣西》等歌曲，並恢復每天兩次播音，第一次是 11：00 到 13：00，第二次是 18：00 到 23：00。

1942 年 5 月，桂林廣播電臺增設《民族英雄故事》、《社會服務》、《廣西建設計劃大綱講解》、《英雄報告》等節目，同時撤銷了《社會教育》、《科學叢說》、《省黨部節目》。

1943 年 4 月 23 日起，每周一至六下午 18：40 試轉播 KWID 舊金山廣播電臺的廣播，節目有《國語時事述評》、《英語新聞》及《時事述評》〔註13〕

（二）粵西廣播電臺的節目設置

1941 年 6 月 18 日，粵西廣播電臺設《新聞》、《時評》、《音樂》等節目。除辦固定節目外，還經常舉辦音樂廣播節目，以充實廣播內容。該臺用國語、桂林語、粵語 3 種語言播音。播送的內容除了教育節目外，還有重要的政令、

〔註13〕桂林市地方志編纂委員會：《桂林市志——廣播電視志》，中華書局，1997 年，第 2914 頁。

廣西建設的成就和抗戰新聞等。

三、廣播電臺的採編播業務

（一）桂林廣播電臺採編播業務

抗戰期間，桂林廣播電臺比較突出的採編播業務有兩個方面：一是宣傳抗日救亡運動，廣播抗日新聞，並邀請一大批政府官員和文化名人先後到電臺發表廣播講話，二是注重文藝節目，播放抗日歌曲和戲劇。

1、抗日宣傳

桂林廣播電臺成立於抗戰時期，因而在宣傳上突出了抗日的主題，表現為：

（1）播發國民黨中央和地方通訊社的電訊稿。

（2）特別設置專人主持開展抗日救亡宣傳工作，配合抗戰形勢和桂林抗戰文化運動的開展。

（3）經常邀請黃旭初、李濟深、李宗仁、張發奎和程思遠等軍政首腦和歐陽予倩、千家駒、李四光、王文彬、郭德潔、熊佛西等知名人士到電臺演講。其中較重要的演講有 1939 年 7 月 3 日王文彬演講的《滿蒙空戰與英日衝突》，1940 年 5 月 4 日程思遠演講的《今後青年運動的方向》，1941 年 3 月 8 日李宗仁夫人郭德潔發表廣播講話，號召廣西婦女動員起來，積極投入抗戰的行列，1941 年 12 月 31 日熊佛西演講的《抗戰戲劇的新階段》，1942 年 7 月李宗仁演講的《我們應以貢獻力量祭慰陣亡戰士》等。

（4）廣播電臺還邀請在桂林的國際反法西斯組織的人士到電臺作反戰宣傳。先後有投誠的日本軍官中山泰德、被俘的日本原駐河內領事館秘書汐見正作用日語播講《告日本聽眾》等，講述日本俘虜在中國備受優待，揭露日本軍國主義對中國的污蔑宣傳。桂林廣播電臺聘請了朝鮮義勇隊秘書周世敏作演講，題為《日本軍閥發動的戰爭，是侵略戰爭》。他一針見血地指出日本帝國主義發動的戰爭是侵略戰爭，是滅絕人性的非正義戰爭，有力地駁斥了「由於中國對日敵視而偶然引起的戰爭」，抨擊「此次戰爭是民族戰爭」，「是日本民族發展上不可避免地惹起的戰爭」的謊言。〔註 14〕他還用日語向日軍士兵介紹朝鮮義勇隊到中國參加抗戰的意義，號召日本士兵向中國軍隊投

〔註 14〕文豐義，盤福東，侯德光：《血鑄的豐碑》，廣西師範大學出版社，2003 年，第 327 頁。

誠。東方戰友社社長李斗山演講《大東亞和平與各民族之使命》。

桂林廣播電臺聯繫「中越文化工作同志會」，每周用越語向越南廣播，介紹三民主義和抗日戰況以及有關事實。中越文化工作同志會的越籍人士林伯傑，用越語向越南聽眾宣傳世界反法西斯戰爭和中國抗戰的形勢。他說：「我首先提出來的問題是我們當前的一個共同敵人日本帝國主義者。日本強盜侵略中國是侵略越南的一個步驟，所以我們要援助中國抗戰也是遏止日本強盜向越南進攻……我們越南曾有一首歌謠流行得普遍，這歌是說：助中國就是援助越南。」〔註15〕

1940 年 8 月 25 日，美國著名作家、記者史沫特萊到桂林，應邀在電臺演講，報告她遍訪中國南北戰場的印象，生動地描述了中國敵後戰場艱苦抗戰及淪陷區的情況。她表示一定要與中國文化工作者共同戰鬥，為驅逐日寇而努力奮鬥。

1941 年 6 月 14 日，美國合眾社記者愛潑斯坦應邀參與電臺紀念「聯合國日」舉行的招待茶會，對聽眾發表講話。他說，如果全世界的弱小民族，都象中國一般堅強地不怕一切苦難和侵略者戰鬥，那麼，納粹的末日就會到臨。

1944 年 1 月，中外記者湘北戰地考察團自衡陽抵桂林，隨團採訪的美國廣播專家布寧應邀到電臺演講《常德之戰》，敘述中外記者參觀團親歷戰地所見所聞，抨擊日本侵華罪行。

2、文藝節目

桂林廣播電臺除播放唱片外，還設有桂林廣播電臺管絃樂隊和歌詠、國樂、西樂、平劇、桂劇、話劇等組。經常邀請專業和業餘音樂、戲劇團體和藝術家到電臺演播，如廣西省立藝術館音樂部、新中國劇社、廣西藝術師資訓練班音樂組、抗敵宣傳第一隊、逸仙中學歌詠團、馬師曾粵劇團等。

桂林廣播電臺還舉辦了特別節目，邀請了卡米奇夏威夷吉他隊演奏《夏威夷之愛》、《火奴魯魯之月》、《月亮下山》、《江河之谷》等。部分節目由美國著名的歌唱家魯遜都獨唱。特別節目的演播，向世界表明，世界各國愛好和平的人民，都在參與和支持反法西斯戰爭。

到電臺演播過的還有桂劇名演員方昭媛、著名小提琴演奏家馬思聰、鋼琴家石嗣芬等；著名話劇演員朱琳在電臺播唱了話劇《再會吧，香港》主題

〔註15〕桂林市政協文史資料委員會：《桂林文史資料》第 11 期，廣西人民出版社，1986 年，第 20 頁。

歌等。

1944 年 2 月至 5 月，桂林舉辦規模空前的「西南劇展」，廣播電臺特設「大會動態」節目，報導劇展消息。1944 年 6 月，桂林文化界掀起聲勢浩大的「擴大動員抗戰宣傳周」。6 月 15 日，國民政府軍委會桂林辦公廳主任李濟深，到電臺作《同胞們，動員起來》的廣播講話，號召八桂子弟組織起來，武裝起來，粉碎日軍的進攻。電臺還配合這一活動，播出新中國劇社演出的廣播劇《天下一家》以及各音樂團演唱的抗戰歌曲等，並積極報導宣傳周活動開展情況。

當時，桂林雲集了大批進步文化人士，廣播電臺成為團結抗戰的重要宣傳之地。1940 年 10 月 10 日，共產黨領導的抗敵宣傳第一隊到電臺演播三幕歌劇《農村曲》，受到各界的歡迎。〔註 16〕

（二）粵西廣播電臺採編播業務

粵西廣播電臺除了宣傳抗日外，還舉辦特別節目。1942 年 7 月，為紀念「七七事變」5 週年，粵西廣播電臺舉辦了「黃河大合唱」文藝演播。

1942 年 9 月，舉辦了銅樂、歌詠、口琴文藝演播，還邀請少年服務團到電臺演播。

四、桂林廣播事業發展的特點

抗戰時期桂林廣播事業發展具有以下特點：

（一）數量少，規模小

抗戰時期桂林的廣播電臺只有兩個，它們都是廣西廣播事業創立和初步興起階段發展起來的。這兩個廣播電臺的設備比較簡陋，發射功率不大，缺少轉播設施，接收設備不多，即便是當時的省才僅有 1100 多部收音機。覆蓋面小。〔註 17〕另外，廣播電臺的工作環境較艱苦，受戰時影響大。比如抗戰時期，桂林廣播電臺還特別採用日語播音，日寇對此恨之入骨。1939 年 7 月 31 日，日寇派飛機前來投彈轟炸，所幸不中。後將電臺設備轉移到山洞裏，繼續進行播音。

〔註 16〕 鍾文典：《20 世紀 30 年代的廣西》，廣西師範大學出版社，1993 年，第 827 頁。
〔註 17〕 《廣西大百科全書（文化卷）》，中國大百科全書出版社，2009 年，第 145 頁。

（二）廣播從業人員少，欄目較為單一

抗戰時期桂林的廣播電臺從業人員少。不僅記者不多，播音人員更是不足，尤其電臺的技術專門人才更為稀缺。由於隊伍與設備存在先天不足，導致了廣播電臺欄目較為單一，主要播出新聞、專題和文藝節目。另外，節目的復播率較高。

（三）受限性強與階段性偏向並存

桂林的廣播電臺受限於國民黨中央廣播事業指導委員會和中央廣播事業管理處的管理。一方面，國民黨中央廣播事業指導委員會規定，從 1936 年 10 月起，所有各省公營、民營廣播電臺，一律轉播中央廣播電臺的簡明新聞、時事述評、名人演講、學術演講、話劇、音樂節目。如果沒有轉播的，該臺則必須停播。另一方面，國民黨中統系統的「桂林新聞檢查處」嚴控新聞媒體的傳播口徑和內容。

因此，桂林的廣播電臺播放的內容是有階段性偏向的，當廣西軍政府當局打著「民主、開放、團結、抗戰」的旗號的時候，桂林廣播電臺所播放的內容就相對客觀、全面、公正些。這時桂林的廣播電臺也更長於帶著腳鏈來跳舞。曾在桂林廣播電臺做編輯的溫致義回憶說：為了應對國民黨當局的檢查，他們採用「閹割戰術」、「偷梁換柱」、「珠混漁目」等手段進行宣傳報導。所謂「閹割戰術」就是凡新聞及評論選自官方報刊者，就保存報刊名稱和日期並於播講時大聲宣讀，但編輯必須事先刪除所有不利於團結抗戰的詞句。而「偷梁換柱」則是對於明目張膽地攻擊、誣衊共產黨和八路軍、新四軍的新聞及評論，照樣剪貼，以防萬一來自官方的突然檢查，但不交播音室播講。例如，1941 年 1 月「皖南事變」後，國民黨報紙和通訊社發佈了許多歪曲事實、顛倒黑白的報導和評論，電臺採取「偷梁換柱」的辦法，一方面不予播講，另一方面照樣剪貼存檔，以備核查。「珠混漁目」主要強調的是編輯手段。所謂的「珠」主要是夏衍主編、在桂林出版發行的《救亡日報》及其他中外進步刊物，如《抗戰》、《全民抗戰》、《大眾》、《大眾生活》及美國人鮑威爾（J‧B‧Powell）主編、在上海出版發行的《密勒氏評論報》（The China WeoklyReview）、美國共產黨機關刊物《新群眾》（New Masses）等。此外，電臺還設有專人收錄各國的英語廣播新聞和評論，從中選擇有關國際反法西斯的內容「為我所用」。至於電臺如何做到「珠混魚目」，通常的手法：在經過「閹割」的官方新聞後面或中間加上「又訊」二字，即可「大做文章」。如

為評論，不便注明出處者，則以「形勢綜述」的名稱出臺。官方評論也得選播，但選其無害者而用之（例如抨擊一般「囤積居奇」的奸商之類），其中如夾雜一些不利於團結抗戰的詞句，則一律「格殺勿論」。此類稿件於播講時，須大聲宣讀其官方出處，用後燒掉，免留後患。

但當形勢惡化，廣西軍政府為了自身的利益而與國民黨政府沆瀣一氣，背棄與各派團結合作、共同抗戰的要旨，在文化上採取封閉扼殺時，桂林的廣播電臺的功能也只能表現為單向性的傳聲筒和代言人。

（四）主調較為明確，形式生動活潑

鼓勁與抗戰的內容當然是桂林的廣播電臺播放的主調。這個時期的電臺除了日常播放相關的新聞信息外，還有計劃地重點安排講演節目。對於所聘請講演的人，電臺首先把那些搞分裂的和美化法西斯主義的人列入不受歡迎的名單中。電臺明確講演活動以中外進步人士的講演為重點。較為知名的國內人士有胡愈之、張志讓、王文彬、熊佛西和歐陽予倩等 10 餘人，外國的進步人士如美國名記者、作家愛潑斯坦（Israel Epstein）、英國文學評論家賴恩（Thomas F．Ryan）、英國大使館桂林新聞處專員克洛索 J．F．Crawshaw）、逃難到桂林的天津工學院英文教授布洛菲爾德（John Blofeld）、美國著名女作家、記者史茉特萊（Agnes Smedley）、戰俘鹽見聖策、日本名作家鹿地亙等。他們都能圍繞「抗日、反國際法西斯」進行宣講，反響良好。另外，桂林的廣播電臺還十分重視以文藝形式進行的抗戰宣傳，內容包括：伴有音響效果的抗戰戲劇對話，有鋼琴伴奏的抗戰歌曲大合唱，以抗戰為主題的管絃樂演奏、鋼琴獨奏、小提琴或二胡獨奏，抗戰詩歌朗誦等。

桂林的廣播電臺頻頻向國內外進行廣播，表明了桂林在反法西斯鬥爭中的不屈不撓精神和將反戰進行到底的決心。它向人們揭示這樣一個真理：戰爭並沒能封住人民的「歌喉」，相反，正義之歌越唱越響亮，反戰之歌越唱越激昂。

第九章　在桂林積極投身抗戰新聞事業的新聞界知名人物

　　研究新聞人的新聞實踐和辦報理念與精神是研究新聞事業史不可或缺的重要內容。抗戰時期桂林新聞事業所取得的成就在很大程度上可以說是大批報人（新聞人）傾力打拼的結果，所以抗戰時期活躍在桂林新聞界的新聞人值得我們重視和研究。抗戰時期桂林新聞界人才濟濟。比如主持「青記」和國新社、創建桂林新聞界抗日統一戰線隊伍的范長江，《廣西日報》（桂林版）的俞頌華、莫乃群、曾育群、莫寶堅，《掃蕩報》（桂林版）的鍾期森，《救亡日報》（桂林版）的夏衍、胡愈之、黃藥眠、周鋼鳴、司馬文森、秦似、於伶、谷斯范、林林、張爾華、華嘉、高灝，《力報》（桂林版）的馮英子、邵荃林、儲安平、聶紺弩、王坪，《大公報》（桂林版）的徐鑄成、王文彬等等。限於歷史資料，筆者根據手頭掌握的資料，選擇范長江、夏衍、徐鑄成、胡愈之、俞頌華、莫乃群等有代表性的新聞界知名人物進行研究，探析當時新聞人的工作狀況和精神風貌及其在桂林抗戰時期新聞事業中所發揮的作用與影響。

第一節　范長江在桂林的新聞活動

　　從范長江的整個新聞生涯來看，他經歷過一些重要的轉型階段。比如早期的范長江只是一個新聞撰稿人。他於 1935 年 7 月起歷時 10 個月，在西北地區採訪寫下了《中國的西北角》；1936 年 8 月，遠赴內蒙古、寧夏、甘肅和陝西等地進行採訪，最終集節而成《塞上行》；1937 年 7 月，他深入到盧溝橋、保定等華北抗日前線，後轉入察哈爾、山西等「西線」採訪，寫出《西線風

雲》；1938 年初至夏秋間，他在中原戰場報導淮北戰役、臺兒莊戰役和徐州大會戰，後又到江西等地採訪寫下了大量通訊。這些極具強烈時代感和社會責任感的新聞作品，不僅讓他一舉揚名，而且成爲抗戰前後最負盛名的新聞記者。但從 1938 年 10 月因堅持進步立場，與報社領導意見不可調和而毅然脫離《大公報》後，在中國共產黨的關懷和指導下，他的工作重點開始轉向主持「青記」和國新社工作，致力於創建和擴大新聞界抗日統一戰線的隊伍上來。這是范長江新聞生涯的一次重大轉變，即從一個單槍匹馬的名記者轉變成爲一支新聞隊伍的當家人。

范長江的這個轉變對於我們研究其抗戰時期在桂林的新聞活動十分重要。他是 1938 年 11 月 12 日根據周恩來的指示，率領「青記」、國新社的同仁們一起從長沙撤往桂林的。直到他在 1940 年 12 月 20 日參加國新社第二屆年會期間，得到李克農的緊急通知，說蔣介石已密令通緝他，要他儘快轉移去香港，接受新的任務。因此，范長江不得不撤離出桂林，「那天正是陰曆除夕」〔註 1〕即 1941 年 1 月 26 日。

所以，從這個時間段，再結合上面談到的他的變化來看，范長江在桂林的新聞活動應該是在他新聞活動轉型以後，以一個新聞隊伍的組織者和領導者的視野在新聞領域開拓工作作爲主要特徵的。這期間，他的新聞活動和主要貢獻大體上可以概括爲「新聞隊伍的指揮員」、「新聞理論家」、「社會活動家」。

一、新聞隊伍的出色指揮員

（一）主持「青記」，開展卓有成效的工作

「青記」是中共領導下的新聞界統一戰線組織。它在團結廣大進步新聞工作者爭取民主、爭取新聞自由上做了大量工作，尤其在抗戰宣傳方面，「青記」成員始終活躍在抗戰最前線，他們從前方發回的報導，極大地鼓舞了全國人民取得抗戰勝利的信心。

「青記」由武漢撤到桂林主要的原因是利用蔣桂之間的矛盾，便於「青記」開展工作。由於「桂系對抗日文化事業採取不干涉的政策，並多少給一些便利，他們允許李克農的活動，也允許進步文化界的活動，以此來增加他

〔註 1〕 方蒙：《范長江傳》，中國新聞出版社，1989 年，第 282 頁。

們對抗蔣介石的資本」，另外，「還有一個原因是李濟深，他那時表面上是蔣介石的桂林行營的主任，暗中和李克農和我們（指「青記」——筆者注）都有來往，對我們的活動，完全放任不管，並暗中幫忙。」〔註2〕

即便如此，初到桂林，范長江和「青記」的工作與生活條件十分簡陋。租了一家旅店的兩間小房間，「白天要像羅漢殿一樣用來工作，晚上要像沙丁魚罐頭一樣擠著睡覺。」〔註3〕大家過著戰時的艱苦生活，范長江和大家一樣每月領取 15 元生活費，但他從不叫苦，有時還全力資助別人。

如上所述，1938 年 11 月 21 日，「青記」總會遷往桂林市環湖北路 20 號。1939 年春，總會由桂林遷往重慶後，桂林則另設為該會的「南方辦事處」，用於負責湖南、廣東、廣西、江西、福建、浙江、上海和香港等地以及南洋地區開展會務活動。這時的范長江常奔波於重慶與桂林之間主持「青記」工作。

無論是「青記」總會在桂林，還是後來另設的「青記」南方辦事處，雖然環境艱苦，但在范長江的領導下，工作進展得有條不紊：

一是重視新聞業務學習。「青記」南方辦事處建立了會員、會友新聞業務學習小組。比如南方辦事處工作人員小組、國新社小組、《救亡日報》小組、《掃蕩報》桂林分館小組、華僑戰地記者團小組等等。規定每周定期召開小組會議，交流新聞工作經驗和學習心得。另外，還利用在桂林出版的三家主要報刊《救亡日報》、《廣西日報》、《掃蕩報》，分別開闢《新聞記者》專欄，這些專欄除了及時報導新聞動態，也發表各種學術文章，為青年記者提供踐行的平臺。如 1939 年 5 月 31 日，《救亡日報》（桂林版）副刊《新聞記者》發表了楊任之的《新聞與教育》、華君的《學習是艱苦的》、莊棟的《西北唯一的大眾讀物：老百姓》等；12 月 5 日，該副刊發表了江肇基的《新聞軍事化》、許瑾的《記者應具備的條件》等文章。

二是舉辦交誼會。范長江熱愛新聞工作，精力充沛，富於號召力和感染力。「他走到哪裏，哪裏就很快活躍起來。當時，各地文化界、新聞界、文藝界人士大批集中到桂林，由於長江的熱心聯繫，很快就組織過幾次桂林文化界、新聞界、文藝界的交誼會，自由談論，交流經驗，也搞過一些文娛活動，參加者越來越多，由不定期舉行逐漸變成定期的活動。」〔註4〕交誼會既擴大

〔註2〕 吳頌平：《國際新聞社回憶》，湖南人民出版社，1987 年，第 5 頁。
〔註3〕 吳頌平：《國際新聞社回憶》，湖南人民出版社，1987 年，第 62 頁。
〔註4〕 潘其旭：《桂林文化城紀事》，灕江出版社，1984 年，第 332 頁。

了記者與外界的聯繫，同時也加強了團結，擴大「青記」的社會影響。

三是舉辦戰時新聞講習班。戰時新聞講習班初辦時學員即達 100 多人。范長江自己也到講習班授課。在范長江的倡導下，新聞講習班規模不斷擴大，比如 1940 年 6 月 1 日至 9 月底，「青記」桂林分會與中華職業教育社廣西分社聯合舉辦的「桂林暑期新聞講座」，以加強抗戰宣傳，提高新聞學識為目的。聽講者無須交費，每星期六晚 7 點到 9 點開課，經常聽講的學員共計 256 名。當時主要的主講人及課程有：夏衍講「新聞報導」、王文彬講「新聞學概論」、鍾期森講「評論研究」、陳純粹講「通訊組織」、胡愈之講「各國新聞概況」、莫寶堅講「怎樣編輯新聞」、孟秋江講「戰時新聞事業」、黃吉講「怎樣寫作」等等。「青記」通過這種新聞講習班的形式，提高了學員的業務水平，培養了一批新聞幹部，推動了廣西地方新聞事業的發展。比如桂平縣尋旺鄉《曙光報》的 6 位創辦者都是從講習班出來的學員，他們說：「因為桂平這裏覓取報紙不易，我們幾個曾在桂林參加過長江先生等特意為我們學生軍辦的新聞講習班的同志，就商議出一個油印報。」〔註5〕他們包攬了收集、編輯、刻寫、印刷和發行等工作，每天出四開四版，發行 500 多份，並按出得久，出得多，出得好，出得早的要求努力，以後由油印改為鉛印，由農村轉到城市，最後在南寧出版。又如為全省報紙提供新聞服務的桂林戰時新聞社在「自我介紹」中說：「說及戰時新聞社的產生，我們不能忘記今年春間中國青年記者學會南方辦事處的戰時新聞工作講習班的舉辦。現在的戰時新聞社就是以講習班七八十位同學為基幹來籌備組織的。因此，記者學會是我們的保姆，在工作上在組織上都給我們很多的方便。」〔註6〕

四是起草新階段的「青記」工作報告。1939 年 1 月 4 日，「青記」第 18 次擴大理事會在桂林召開，主要內容是總結前一階段的工作，全面部署「青記」在全國的工作。范長江起草了題為《新階段新聞工作與新聞從業員之團結運動》的工作報告。全文共分五章，兩萬多字。范長江對新聞工作的許多重要觀點在該文的前部得到明確的闡述。這裏重點介紹他在該文後半部分關於「青記」工作的領導及其部署的內容。

在《論青年新聞記者學會》一章中，他首先總結了「青記」成立 9 個月來的成績和不足。成績方面：一是新聞從業人員的團結。二是學會的規模發

〔註5〕 徐向明：《范長江傳》，南京大學出版社，2002 年，第 235 頁。
〔註6〕 同上。

展。會員人由最初籌建的 20 多人發展到 600 多人，分會由 4 個發展到 10 多個。學會也存在問題：一是學會的發展目標還不夠明確。二是學會對會員們的服務工作還有待深入。三是組織工作不力，總會和若干分會多見個人活動，而少見整體活動。

其次，他爲「青記」在新階段的工作制定了共同政治宣傳綱領即「抗戰建國是我們的基本國策，我們應爲一切有關抗戰建國工作而奮鬥」，「要堅決反對妥協和平運動，首先打擊肅清新聞界中妥協和平的分子及其言論，然後以一致之筆調向社會上政治上妥協和平勢力進攻。」〔註7〕

第三，他還從政治、軍事、經濟、外交等方面，闡述具體的宣傳細則。

第四，關於「青記」的工作綱要，他首先強調，「服務是工作的中心」。但這個服務的前提是在抗日民族統一戰線下，以新聞事業爲出發，來做好服務工作的：「（一）爲一切抗日報館抗日新聞記者及抗日新聞工作者而服務，（二）從具體工作中推進抗日新聞事業，以促進抗戰政治之發展。」〔註8〕

第五，他還就新聞工作者的職業保障、爲報館介紹新聞人員、新聞人才培養等方面提出了具體的辦法。

第六，他闡述了組織的健全與擴大。他強調以民主集中的精神來健全學會組織。對於擴大組織，他認爲在桂林、貴陽、昆明、迪化、金華、福州和晉察冀邊區等比較重要的新聞中心，還沒有分會組織，應該建立「青記」的分會組織。

第七，加強聯盟。他強調在南洋各地，有華僑報紙的地方，有必要把他們組織起來，這些新聞從業人員對於僑胞的宣傳關係是非常重大的。還有在大後方的縣鎮地方報以及在戰地和淪陷區域中的新聞從業人員也應加以組織起來。當然在擴大組織中，首先要考量他是否有進步的政治觀，重量更要重質。

最後在展望「青記」的前途中，范長江闡明瞭「青記」的性質即「我們是中國永久性的被雇傭的新聞從業人員及進步新聞記者的組織」〔註9〕。同時，他還強調了新聞記者的主要功用不在單純的行動，而在盡其前驅倡導的責任，在於通過宣傳「擴大行動影響，指導行動的方向」。另外，他還意識到

〔註7〕　沈譜編：《范長江新聞文集》，新華出版社，2001 年，第 842 頁。
〔註8〕　沈譜編：《范長江新聞文集》，新華出版社，2001 年，第 845 頁。
〔註9〕　沈譜編：《范長江新聞文集》，新華出版社，2001 年，第 851 頁。

「青記」要加強與國際新聞從業人員的團結。因爲中日戰爭已不只東方問題，它已深刻地牽動了全世界。因此，在戰爭中要想求得最後的勝利，當然應爭取國際新聞界的同情與援助，要從組織上和國際新聞從業人員取得聯繫，構建國際新聞從業人員的團結。在戰爭中不斷壯大自己，最終贏得勝利。

范長江這篇總結有理論，有觀點，有分析，有措施，表現了他超強的組織能力和高屋建瓴的領導視野。這個總結經「青記」第 18 次擴大常務理事會通過會議決定，該報告「作爲本會新階段之工作方針，並用本會名義發表」。後來，該文被印成小冊子，分送到會員、會友手中，未入會的青年記者有很多人爭相閱讀，並申請入會。可見它在當時影響廣泛。

五是組建「青記」桂林分會。1939 年 4 月 5 日，「青記」桂林分會在樂群禮堂舉行。大會選舉陳純粹、王文彬、程曉華、莫寶堅、李洪、翁從六和張爾華等人爲分會理事。選出的理事會的理事包括了在桂林的中央社桂林分社、《掃蕩報》（桂林版）、《大公報》（桂林版）、《救亡日報》（桂林版）等單位的負責人，體現了建立統一戰線的原則。當日，《救亡日報》（桂林版）爲此出版專刊，發表了范長江的文章《平凡的成就》。文中鼓勵大家團結起來，認清形勢，奮力向前。

1939 年 12 月 8 日，范長江還特別在《廣西日報》（桂林版）的《新聞記者》專刊上，發表了一篇回顧「青記」工作的文章。文章指出「青記」今後的工作應加強自我教育和加強服務。他特別強調要加強服務工作，「青記」要設法爲會友們減少工作上、生活上和學習上的困難。比如辦記者宿舍、爲戰地會友購書報雜物或探聽關係、爲記者介紹工作等等。

在中國共產黨的關懷和范長江及同仁們的共同努力下，「青記」得到蓬勃發展。短短的兩年間，除了總會，「青記」還在廣州、香港、成都、重慶和延安等地設有 32 個分會，辦事處、通訊處、採訪隊 30 多個，辦有《新聞記者》、《青年記者》、《戰地報人》等 15 種刊物，會員最多時發展到 2000 多人。〔註 10〕一大批新聞工作者團結在中共黨組織的周圍，堅持抗日、團結、進步的鬥爭。

其實「青記」的發展進程就是與國民黨反動勢力進行鬥爭的進程。尤其在 1939 年之後，抗戰形勢發生了變化。汪精衛公開投敵，日本對國民黨採取

〔註10〕范蘇蘇、王大龍：《范長江與青記北》，北京工藝美術出版社，2008 年，第 666 頁。

政治引誘爲主、軍事進攻爲輔，全力攻擊共產黨的方針，國民黨制定了溶共、防共、限共、反共的政策。雖然新桂系爲了自身的利益，允許進步文化的發展，但這也只是暫時的。「皖南事變」後，新桂系的態度開始大變。范長江的新聞活動與「青記」的生存空間遭受粗暴的打壓和逼殺，「青記」最終於 1941 年 4 月 28 日被國民黨取諦。

（二）為國新社的發展嘔心瀝血

作爲國新社的管理者，范長江深知國新社作爲一個新聞通訊社，要解決好它的生存與發展問題。其實國新社生存與發展的關鍵是要有經費、有隊伍、有優質稿件。

關於經費，國新社的經費來源上文已有介紹，這裏從略。

從經費的來源來看，國新社其實經濟也不寬裕。尤其是在桂林總社初建時期，他們節衣縮食，過著戰時的艱苦生活，但大家卻能始終團結一心，共克時艱。

關於隊伍，國新社主體上是依託於「青記」的。「爲什麼國新社能這樣快組織起來？就是因爲已經有一個群眾團體作爲國新社的群眾基礎，這個團體就是「青記」，國新社的社員絕大部分是「青記」的會員，而且是當時看來是其中較好的會員。〔註 11〕這些會員大多是在 1937 年至 1938 年這個抗日民主高潮的年代湧現出來的戰地記者，這些人經常出入戰地，熟悉抗日戰爭情況，思想比較進步，所掌握的抗日戰場的消息比較多。除了有「青記」的支撐外，范長江同時也一直注重培育和引進新聞人才。另外，他還積極通過統戰工作，在國民黨及中立性質的新聞機關和宣傳機關吸收了不少主張抗戰的愛國人士，成爲國新社的成員或社友。因此，多方面的整合人才保證了「隊伍」的壯大。

關於優質稿件的問題，說到底國新社最根本的任務就是要多出快出優質稿件。范長江也十分明白這一點。爲此，范長江充分調動大家採訪、寫稿、組稿、發稿工作的熱情，工作成績明顯。從范長江 1938 年 12 月 23 日寫給國際宣傳處處長曾虛白的一封信中可見一斑：「關於稿件問題。我們 11 月份開始到現在（12 月 23 日），共寄出了 36 篇。到 12 月底，還可寄出 10 篇左右。」由於初到桂林，限於交通條件，他們在於萬分困難中依然設法開展工作，在桂林社址還未找定之際，「大家還在旅館睡地板，即已派出三個採訪隊：於友

〔註 11〕刁鶯夢：《桂林舊事》，灕江出版社，1989 年，第 106 頁。

入湘鄂贛；陸詒、任重、高詠、葉厥孫赴廣東北江及東江；石燕、高天赴西江。同時發動留桂林作內部工作的同志，也拚命找材料。」接著他敘述了自己的計劃：將分東南、西南、華北、西北幾路，深入採訪，並建立通訊網，在 1939 年 1 月以後，即「可以有比較充實之材料寄上」。〔註12〕

由此可見，范長江除了對稿件的探寫抓得特別緊之外，同時對通訊網絡的建立也十分重視。1939 年上半年，范長江領導的國新社不僅在重慶設立辦事處，主要負責組織重慶、西南、西北及華北的通訊報導，而且在國統區與八路軍、新四軍駐地之間的主要通道上，設立國新社金華辦事處和洛陽通訊站，同敵後抗日根據地的新聞工作者加強了聯繫。另外，國新社總社與香港分社還在日本侵略軍佔領的上海設立秘密辦事處，由香港分社負責，對敵偽罪行和淪陷區民眾的苦難生活進行報導。

為了加強報導的力度，他還親自帶領國新社記者王坪、任重、張傑和湯轟振等，組成了「東進支隊」，從桂林出發，踏上湘贛淅的途程。他們到達金華後，見到周恩來。周恩來告誡范長江等人，當前的形勢是日寇對國民黨實行誘降，對游擊區實行掃蕩，國民黨的反共陰謀也越加暴露，要他們掌握形勢變化，做好宣傳報導。范長江說這次東進的目的就是進入皖南，分別深入新四軍各支隊，著重報導敵後軍民齊心抗日、創建抗日根據地的英勇事迹。周恩來對范長江能緊扣形勢變化，進行宣傳報導表示贊許。

為了有力地抗擊國民黨反動派積極反共、消積抗戰的政策。范長江領導國新社貫徹執行了「堅持抗戰，反對投降；堅持團結，反對分裂；堅持進步，反對倒退」的方針，積極開展通訊工作。他們利用自己的通訊網及社會關係，廣泛向報紙發稿，使堅持團結抗戰的通訊、文章及關於敵後根據地的報導，能夠在全國許多地方的報紙上發表，使一些中間的、甚至保守的報紙也能發表一些堅持團結、堅持進步的抗日報導。

二、新聞理論的探索者與倡導者

范長江的新聞理論文章大多寫於 1938 到 1941 年。當然，1942 年他到解放區以及解放後，他也寫了一些新聞學研究方面的論文。而他在桂林領導「青記」、國新社期間，也寫了不少有關新聞理論的文章，並發表在桂林的各類刊物上。

〔註12〕方蒙：《范長江傳》，中國新聞出版社，1989 年，第 249 頁。

　　1939 年 1 月 4 日，他爲即將召開的「青記」第 18 次擴大理事會撰寫的《新階段新聞工作與新聞從業員之團結運動》，後刊登於由武漢遷至桂林的救國會刊物《國民公論》1939 年出版的第 1 卷 5、6 期合刊上。

　　就如何發展地方報紙問題，他撰寫了《怎樣推進廣西地方新聞工作》一文，刊登在 1939 年 4 月 15 日廣西建設研究會編輯印行的《建設研究》上。

　　他到桂林半年後正逢 1939 年抗日戰爭兩週年，爲此，他撰寫了《兩年來的新聞事業》。

　　1939 年 7 月，他在《國民公論》上發表《一個新聞記者的認識》一文。講述國新社成立半年來的思想認識，鼓勵新聞界面對困難，艱苦奮鬥，壯大自己。

　　1939 年 12 月 8 日，他在《廣西日報》（桂林版）的《新聞記者》專刊上，發表回顧「青記」工作的文章。

　　1940 年 3 月 15 日，他針對當時國民黨投降和分裂的危險增加，進步新聞界的處境日益惡化，在《新聞記者》月刊上，發表《退步與進步》一文；

　　爲國新社第二屆年會的召開，他寫了《「國新」兩年》這篇具有回顧與總結性的文章，發表在 1940 年 12 月 1 日的《新聞記者》月刊上。

　　范長江在桂林所寫的這些新聞理論文章，有一部分是以「青記」和國新社領導人的身份寫的報告、總結或指導性的建議。當時他已經接受了馬克思主義，堅信共產黨的領導。

（一）關於新聞與政治的關係

　　新聞與政治的關係，這是范長江新聞理論研究中最核心的命題。曾有一個寫得一手好文章的人，被確認是「托派」後，被范長江立即清退了。因爲范長江特別強調「我們在發展會員的時候，必須愼重。首先我們要注意政治認識」。「對抗戰不堅定，對於團結無誠意，不相信政治會進步，而對中國前途感到幻滅悲觀的新聞從業員，我們不能隨便叫他們加入我們的學會。」〔註13〕

　　「對於政治與新聞的關係」，范長江的觀點表現在如下幾個方面：

1、兩者關係密切

　　范長江認爲：「新聞事業爲社會各種事業部門中最富於變動性的事業。它不只是迅速地多樣地反映時代的變化，而且如果有正確政治認識作指導，新

〔註13〕沈譜編：《范長江新聞文集》，新華出版社，2001 年，第 849 頁。

聞工作又是加速推進社會的重要力量。」〔註14〕

2、報紙是政治的工具

范長江認為：「抗戰一年半的經過告訴我們，任何一個報紙實際上也沒有脫離了政治。」即便是「私人經營的報紙，有可能沒有直接的黨派組織關係，而在其政治言論立場上，則不可能沒有一定的歸趨」。所謂的「報紙獨立主義、新聞至上主義的思想」是錯誤的。「一個報紙如不能以負責的態度，把戰爭有關的各種政治問題，切實地報導和指示，也必將因躲避現實，而逐漸為讀者所拋棄。」〔註15〕

3、報紙的政治性表現在它要反映有「時代性」

范長江認為：這個「時代性」是「一個國家或民族內各階級各黨派的共同利益，為了全國共同的利益，各種態度及各種範疇的報紙，都應修正其原有態度」〔註16〕。他說當前抗戰建國綱領作為基本的政治綱領，也是「這一時代中新聞工作的政治指南針」〔註17〕。

4、新聞工作者要將新聞工作與政治工作結合起來

范長江認為：「報紙不怕談政治，只怕談得不對」，「一個報紙只要抓緊了時代政治要求，是會受歡迎的。」〔註18〕

5、一個全面發展的新聞人才，首要條件即有「正確而堅定的政治認識」

1940 年 3 月 15 日，在《退步與進步》一文中，范長江特別強調，如何加速新聞界今後的進步呢？首要就是強化新聞界的抗戰政治研究。有了正確的政治認識，才能找到光明的出路，才能知道進步與退步的分野，才能有意義地去推動新聞事業的進步。

（二）關於新聞從業人員的修養

早在桂林工作之前，范長江就「關於新聞從業人員的修養」寫過不少理論文章。如在 1938 年 4 月 10 日於徐州寫的《建立新聞記者的正確作風》，1938 年 8 月 10 於南昌寫的《戰時新聞工作眞義》。在前一篇文章中，他指出抗戰

〔註14〕沈譜編：《范長江新聞文集》，新華出版社，2001 年，第 822 頁。
〔註15〕沈譜編：《范長江新聞文集》，新華出版社，2001 年，第 822 頁。
〔註16〕沈譜編：《范長江新聞文集》，新華出版社，2001 年，第 823 頁。
〔註17〕同上。
〔註18〕沈譜編：《范長江新聞文集》，新華出版社，2001 年，第 824 頁。

的新聞工作的效力遠比平時要大。「一個電報、一篇通訊、一篇評論，都即刻要深切影響讀者對於戰爭的態度，影響前方軍心，影響後方民氣。」因此，對記者人格鍵全的要求更高。不能爲外力所誘，黑白顚倒；也不能仗著自己有發表新聞的大權，索要好處，換取奢靡的生活。他贊同「報人在精神上應是獨立不霸，應當念念於職業的神聖，一管筆除了爲國家人民公共利益之外，不容曲用。報人在社會上應當是獨立的存在，不是附屬品。」〔註 19〕范長江強調新聞記者人格重要。「新聞記者要責已要格外嚴，律已要格外密。絲毫不苟，絲毫不亂，才配做新聞記者。」他還要求記者要有正氣。要做到兩點：「第一，必須絕對忠實。我們必須以最客觀之態度，從事於新聞工作，我們絕對不能挾絲毫私人感情於新聞工作中，是非善惡，我們不能論人，只論事。第二，必須生活於自己正當工作收入中。無論如何個人不能得非工作報酬的津貼與政治軍事有關之津貼，它本質上帶有濃厚的毒質，最易摧殘一個有希望的新聞記者的前途。」〔註 20〕

　　後一篇文章范長江再次抨擊有些記者利用新聞工作便利，謀取私利的「流氓主義」行徑。並指出其惡果是害人害己，也害報社，還給外界以爲新聞界卑劣的印象。同時也對那些收買記者，爲個人宣傳的不良現象給予批判。

　　到桂林工作後，面對國民黨投降分裂日熾，他堅持宣傳團結抗戰。同時他意識到在新的艱苦相持階段中的新聞事業，成功關鍵離不開「富於青年戰鬥性的新聞記者」。因爲「在危險的、變動的、物質缺乏的情形下，要擔負起積極推動新聞工作的任務，已不是也不能是工資主義的記者所能擔負，工資權威在今後必然要相對地減少其威力，而把新時代的新聞工作的任務，客觀上寄付於廣大富於青年戰鬥性的新聞記者。」〔註 21〕要成爲這種新聞記者，范長江認爲在修養上應具備更高的要求：「（一）正確而堅定的政治認識；（二）獻身於新聞事業的志願；（三）刻苦耐勞的身體；（四）相當的知識修養和寫作能力；（五）比較幹練的組織能力；（六）相當的編輯和印刷技能；（七）以及最基本的社會關係。」〔註 22〕

　　1940 年，范長江奔波於桂林與重慶之間去指導工作，期間在重慶所寫的《怎樣做新聞記者》一文中，再次闡述「新聞記者要加強修養」的觀點：

〔註 19〕沈譜編：《范長江新聞文集》，新華出版社，2001 年，第 795 頁。
〔註 20〕沈譜編：《范長江新聞文集》，新華出版社，2001 年，第 796 頁。
〔註 21〕沈譜編：《范長江新聞文集》，新華出版社，2001 年，第 836 頁。
〔註 22〕同上。

一是有堅定政治方向。「沒有正確的政治認識，等於航海的船沒有了指南針。」
二是操守。既要經受得住地位、金錢、美色的誘惑，又要不畏誹謗、污蔑、
冷眼、貧困、軟禁、殺頭的壓迫。要堅持眞理，特別是在時局艱難的時候。
三是知識。要博又要精。四是技術。它既包括採訪方面，也有表達方面，如
寫論文、通訊、特寫、譯電、翻譯和演說。還有行動方面的，如騎馬、游泳、
騎自行車、開飛機、打槍、駕船等。五是健康。此外待人接物也很重要。

范長江關於培養新聞記者品質和作風的論述，對培養我國新聞記者道德
品質、思想作風以及對新聞工作影響深遠。

（三）關於教育培養新聞幹部的問題

范長江十分重視幹部的培養。1939 年 7 月，他又在《國民公論》上發表
《一個新聞記者的認識》一文，也強調新聞幹部的決定意義。他認爲，在工
作路線決定以後，成敗關鍵，主要的就決定於幹部了。抗戰中很多軍隊，因
爲新聞幹部充足，所以當適當時機來時，一舉可以成功。有些報館因爲有強
有力幹部，在特殊場合來時，很快就可以開拓出一個新局面。反之，幹部缺
乏的組織，環境縱然有些便利，也多半坐失良機，稍有風浪，就無法生存。

他寫的《怎樣推進廣西地方新聞工作》一文中，就有專章對培養新聞幹
部進行論述。他一方面建議通過到先進一些的大報學習或強化培訓來培養，
另一方面由上面組織輔導團下到基層進行指導和教育。

關於培養新聞幹部，在 1941 年 9 月 1 日寫的《紀念記者節的三大任務》
中也有專章論述。他說：「由於敵人加緊封鎖，交通時生阻滯，戰爭使許多地
區，成爲隔離分割的狀態。所以我們要以最大的力量，來發展地方報紙和敵
後報紙，這裏需要有大批有認識，有能力，能刻苦耐勞的新聞幹部，來從事
於此種偉大而艱苦的工作。我們不僅要團結富有新聞工作經驗的原有的新聞
幹部，而且要在各地培養許多新聞幹部，以適應各地的需要。」〔註 23〕

在《「國新」兩年》中，他在「我們的前途」一節中提到「中國未來新聞
幹部之需要，是空前浩大的。幹部之培植與養成不能單憑課堂方式，必須從
工作中鍛鍊而來，而且必須有相關合理的工作環境，始能培植優良之幹部。」
〔註 24〕

至於如何培養新聞幹部，他說：一是開辦新聞講習班，二是出版新聞學

〔註 23〕沈譜編：《范長江新聞文集》，新華出版社，2001 年，第 902 頁。
〔註 24〕沈譜編：《范長江新聞文集》，新華出版社，2001 年，第 883 頁。

書籍雜誌，三是設立小型新聞圖書館，四是出版「記者通訊」，五是出版中國新聞手冊等。

（四）關於中國新聞事業的變化觀

形勢的變化、現實的更迭，常常要求在工作方式與方法上作出相應的調整和變動。范長江的新聞理論就是具有這樣一個特點即與時俱進、見微知著，在動態中總結出一些帶規律性的新聞工作特點來。比如在《新階段新聞工作與新聞從業人員之團結運動》一文中，他從十個方面總結了中國新聞事業的「新的新聞時代」：從附庸於資本的地位，進入獨立自主的新聞立場；從集中的牟得經營到分散的服務經營；從進步的物質設備到退步的物質設備；從業人員從雇傭關係到工作同志關係；從少數幾家新聞單位到大眾新聞；對時局，從旁觀的態度到負責的態度；對落後事實，從消極的批評到積極的建議；從單純的宣傳教育到組織的功用；從爭取國際同情到對侵略者進行有力的揭露；新聞工作成為推動政治的重要手段。

在《兩年來的新聞事業》一文中，他對抗戰後新聞事業兩年來發生的深刻而複雜的變化進行了歸納：一是新聞理論的發展。過去的那種所謂不問政治，為新聞而新聞的「超然論」以及偏重玩弄文墨的「唯言論」已經走到死路了。報紙正成為政治宣傳的工具。二是報紙的戰鬥性的提高。三是戰前各報互不相關的情形，兩年來大為改觀。四是新聞從業人員的地位的提高。五是大眾化報紙運動，將成為新聞事業中一個主潮。

在《退步與進步》一文中，他認為抗戰三年，新聞界的進步與退步現象主要表現在：一是抗戰派與投降派的對立上。二是沿海城市的報紙減少了，而大後方的報紙增多了，進步了。三是大多數新聞人員將自己的工作不僅看成是一個飯碗，而且作為一個為國家服務的工作。四是現在的報紙的受眾意識得到增強。

這些理論對中國新聞事業的變化作精細的分析和高度的概括，對中國新聞事業的發展提供了一個有利的參考和指導。

（五）關於地方新聞事業的發展

他以廣西作為試點，寫了《怎樣推進廣西地方新聞工作》一文，詳細闡述了關於地方新聞事業發展的理念。

關於地方新聞事業的發展，思路十分明確。早在《新階段新聞工作與新

聞從業員之團結運動》的報告中，他就指出「抗戰的形勢，決定新聞工作的方向」。當下的形勢，促使報紙的發展趨勢表現爲兩大動向：一是舊報紙的調整（或聯合，或獨佔）；二是新型報紙的創造（主要是地方報紙、軍隊報紙和敵後報紙）。而且在當下的第二階段抗戰中，需求量最大的報紙應是地方報紙、軍隊報紙和敵後報紙。因此，推進地方新聞工作是抗戰形勢發展的迫切需求。

在《怎樣推進廣西地方新聞工作》一文中，他首先強調了廣西推進地方新聞建設的重要性：一是今天的廣西是南中國的抗戰據點，強化廣西的地方新聞工作，對南中國廣大戰區有領導、先導與示範的作用。二是及早做好地方新聞宣傳工作，民眾瞭解戰情及形勢，就能對戰時作出積極的反映。三是成爲推動大眾化的文化的工具。

然後他建議具體從五個方面入手：一是建立報紙的組織系統。提議由《廣西日報》作爲全省報紙的領袖和「母親」，其他的遷進的報紙分擔一部分責任。在 12 個區、99 個縣、3309 個鄉分別舉辦鉛印、油印、複寫報。二是物質條件。通過調整現有的印刷機器，採用土紙，或自製油墨來解決。三是幹部問題。可通過到省報作短訓，同時組織輔導團下基層作指導來培養；另外，要提倡多使用業餘記者。四是經費。由地方自行解決。五是新聞來源。由作爲全省的領袖報紙每日編輯好國際國內新聞和社論，每天定時廣播。各地收音再加入本地新聞即可。

其實，范長江不僅率先提出了較爲完整的推進廣西地方新聞工作的意見，並反覆強調這些建議。1941 年 9 月 1 日他在《新華日報》上發表《紀念記者節的三大任務》中除了強調發揚輿論權威，堅持正義，他還特別強調了發展地方新聞事業，培養地方新聞幹部的問題。他說：由於「目前交通困難，若干具有全國性的報紙，客觀上將逐漸變爲地方性的報紙。因此，我們要在我們的大後方，盡量建立地方報紙，發展地方新聞事業。由於敵後廣大地區內抗日遊擊戰爭之展開，我們在敵後更應創辦許多具有戰鬥性和指導性的小型報紙，這些報紙將與敵僞報紙作「短兵相接」的鬥爭，成爲團結敵後軍民堅持抗戰的有力武器。」〔註 25〕

范長江的新聞理論中還涉及到關於新聞與民族戰爭的關係、戰地工作與戰地報導、重視讀者、加強新聞界的團結、與國外新聞界建立聯繫與聯盟等

〔註 25〕沈譜：《范長江新聞文集》，新華出版社，2001 年，第 902 頁。

內容，因篇幅問題，這裡從略。

三、活躍的社會活動家

（一）積極參與桂林抗戰文化運動

國新社總編黃藥眠曾對范長江這樣評價：「他待人接物平易近人，機敏靈活，善於應付各種環境。他富有生活的知識，在同人的交際接觸中，識別人的力量，辨別人的工作方向。他既非常討厭那些舊式新聞記者的腐敗惡習，又能敷衍他們，在必要時，做些幫忙的工作。」〔註26〕

王文彬也評價他：熱情高、有號召力、感染性強。許多活動經他組織後都很活躍。〔註27〕

這些評價可以說明范長江有很強的組織交際和活動能力。他也充分利用自己這方面的才能，積極參加桂林的抗戰文化運動。

范長江一方面利用「青記」、國新社的平臺，做好抗戰宣傳工作，另一方面還充分發揮自己受聘擔任廣西建設研究會文化部研究員的身份，積極獻言獻策，力促進步。在考察了廣西新聞工作現狀的基礎上，他撰寫了《怎樣推進廣西地方新聞工作》一文。文章從報紙的組織系統、物質條件、幹部培養、經費出處和新聞來源等五個方面給廣西有關當局提出了建設性的意見。文章發表後，引起廣西當局及文化界新聞界的重視。廣西建設研究會還就此舉行了專題討論會。其後，廣西省省長黃旭初還根據范長江的建議，在多種場合中希望各縣市鄉鎮創辦報紙，配合抗戰宣傳。

同時，范長江也是救國會的成員。救國會的刊物《國民公論》創刊於武漢。武漢失陷後，由於國民黨重慶的新聞檢查太嚴，所以轉到桂林出版。在桂林期間，范長江積極參與救國會的許多活動，並為《國民公論》寫文章，鼓舞人們團結起來，艱苦奮鬥，壯大力量，為創建新中國而努力。

作為知名的新聞人，范長江還常常被約邀到桂林各處開講座、作報告和開展學術活動。

如1937年12月7日，他應邀到中華職業教育社作《抗戰的故事》的時事講座。

1939年1月22日，他應「青記」桂林分會及生活教育社的邀請在桂林

〔註26〕蔡徹：《黃藥眠口述自傳》，中國社會科學出版社，2003年，第429頁。
〔註27〕潘其旭：《桂林文化城紀事》，灘江出版社，1984年，第332頁。

中學專門給學生們作《最近國內外形勢報告》的講座。

1939 年 3 月 22 日，廣西建設幹部學校召開「師生聯歡晚會」，他被邀請，並到該校作《第三、第九戰區抗戰近況、抗戰軍事與外交》、《英日在遠東的衝突》的報告。

1939 年，廣西學生軍數千人曾在桂林集訓，他應邀作報告，主講抗戰中的政治、軍事形勢和團結抗戰的重要性。

在桂林市第 11、12 次時事座談會上，他作了《最近南昌失守原因及其影響》和《4 月反攻與 5 月轟炸》的發言。

1940 年 1 月 20 日，他在廣西省政府禮堂作題為《桂南戰局》的講演。

通過講座和報告，范長江積極地向民眾宣傳抗戰，傳播革命思想，同時對廣西的政治進步與發展起到一定的推動作用。

1939 年 12 月，崑崙關戰鬥取得勝利，桂林各界紛紛組成工作團、慰問團赴前線勞軍。桂林文化界新聞界一行 13 人也立即組成桂南前線慰問團，范長江任副團長。慰問團於 1 月 7 日傍晚抵達前線戰地，范長江立即帶頭將帶去的報紙刊物分送給前線戰士。這是范長江在桂林時特別要求各報社帶去贈送的。他說前方將士缺乏精神食糧，各報代表應將報紙帶上前線，以便讓將士們及時瞭解戰爭形勢和世界大勢。第二天，范長江採訪了白崇禧，又馬上深入到各部隊中採訪。回到桂林後，范長江寫的《崑崙關的攻略戰》很快由國新社向國內外播發。在這篇通訊裏，他以豐富的軍事、歷史、地理知識，精彩地再現了崑崙關攻奪戰取得勝利的動人心魄的激烈戰鬥過程和抗日將士們浴血戰場的英勇形象，看後讓人血脈賁張，振奮不已。後來，范長江又於 1940 年 2 月 3 日在《救亡日報》（桂林版）發表《論敵人在桂南的新動向》一文，強調軍事鬥爭除了動員軍隊外，一定要發動廣大的民眾，給民眾以民主，建立起敵後游擊根據地，使敵陷於群眾的包圍中。3 月 24 日，他在該報又發表《怎樣粉碎敵人的新陰謀》一文，指出政治重於軍事，政治民主是抗戰勝利的重大條件。這兩篇文章所論及的問題其實是抗戰以來最急需解決的重大問題。

（二）認真做好統戰工作

統戰工作也是范長江在桂林新聞工作的一個重要內容，他利用與國民黨國際宣傳處訂立的供稿合同，取得了合法地位。同時利用新桂系勢力與蔣介石的矛盾，在桂林開展工作。他們通過統戰工作，在國民黨的以及中立的新

聞機關和宣傳機關，吸收了不少主張抗戰到底的愛國人士，成爲國新社的社員或會友。

　　爲了鞏固、擴大陣地，在發稿業務上，范長江倡導主動同各大報社以及許多地方報紙建立供稿關係，爭取支持。在發稿方式上，在不喪失原則的前提下，把不同內容的稿件分發到不同政治態度的報刊，以適應國統區環境以及海外華僑所能接受的水平。在人員交往上，同社會各階層廣泛接觸，包括國民黨上層人物。許多熱心支持國新社的社友，也多方面地爲國新社開展對外關係。更重要的是，范長江領導國新社積極參加民主運動，無論環境多麼困難，都同廣大群眾站在一起，使國新社在國統區的群眾和海外華僑中產生了積極的影響。

　　十分可貴的是，范長江領導的國新社還注重通過宣傳報導和友好往來，團結一切進步分子，並同許多國家的文化界、新聞界人士特別是美國進步新聞界建立聯繫，宣傳政策，交流思想，增進他們對共產黨和中國抗戰的瞭解，贏得國際輿論的支持。

　　另外，抗戰期間，范長江領導的桂林國新社總社還成爲進步文化界人士和幹部轉移的落腳點，在「隱蔽精幹」過程中起到交通站的作用。

　　由於貫徹中國共產黨的民族民主統一政策，范長江領導的國新社實際上起到了中國共產黨的新聞宣傳事業的輔助作用。

第二節　夏衍在桂林的辦報活動

　　夏衍原名沈乃熙，字端先，浙江餘杭縣人。他不僅是我國革命文藝運動的組織者和領導者之一、著名劇作家、文藝評論家、社會活動家，更是一位精諳辦報的行家裏手。關於辦報的經歷，夏衍特別在自傳中提及：「從抗日戰爭開始到全國解放，我由於偶然的機緣，當了十二年新聞記者。」〔註28〕其實，作爲報人的夏衍，入行的具體時間是從 1937 年 8 月在上海主持《救亡日報》開始，之後他分別在廣州、桂林、重慶、香港和南洋等地從事過辦報活動。這期間，他曾先後擔任過《救亡日報》總編輯、《華商報》董事會董事和社務委員、《新華日報》特約評論員及代總編輯和《南僑日報》主筆等職。本文僅側重於夏衍「報人」這一面，選取抗戰時期他在桂林主持《救亡日報》（桂

〔註28〕夏衍：《夏衍自傳》，江蘇文藝出版社，1996 年，第 117 頁。

林版）時的辦報活動及宣傳理念作為研究的重點。

一、移師桂林，促使《救亡日報》儘快復刊

如上所述，《救亡日報》是抗戰時期黨直接領導的一張報紙，於 1937 年 8 月 24 日在上海創刊，同年 11 月 22 日停刊；隨後於 1938 年 1 月 1 日於廣州復刊，同年 10 月 21 日停刊。時任總編輯的夏衍，根據中共的指示，率眾移師桂林，籌辦復刊。他們於 1938 年 10 月 21 日在散發了當天的報紙之後，一行 12 人在戰火紛飛中離開廣州，經過長途跋涉，於 11 月 7 日到達桂林。

夏衍一行初到戰時的桂林，要復刊《救亡日報》，卻面臨著諸多實際的困難，比如人員的安頓、復刊的合法地位、復刊的方針政策、籌備復刊必需的人手及啓動經費等等。

為了解決這些問題，夏衍首先依靠中共黨組織，在八路軍駐桂林辦事處的幫助下，安排了報社人員的住宿生活。其次，積極聯絡和利用新桂系「民主派」人士。夏衍根據八路軍駐桂林辦事處主任李克農的意見，由劉仲容陪同一道拜訪了廣西文化教育界元老李任仁先生，然後再由李任仁先生引薦，對當時的廣西省長黃旭初作了禮節性的拜訪。這些活動既讓新桂系當局安心，同時也有利於爭取《救亡日報》的復刊。其三，為了及時得到中共黨組織關於復刊的指示，夏衍在到達桂林的第三天，便隻身趕往長沙，向周恩來和郭沫若彙報工作。當時因岳陽失守，長沙吃緊，關於《救亡日報》的復刊，周恩來於百忙中指示夏衍：一是立刻返回桂林，儘快復刊；二是和李克農商量，自籌經費；三是《救亡日報》的地位及定位是公開合法的；四是要求夏衍負責與各地演劇隊的聯繫。〔註 29〕

返回桂林，夏衍立即就著手《救亡日報》復刊的兩個重點工作：一是積極努力取得《救亡日報》復刊的合法地位。二是著重解決辦報的經費問題。

為了取得復刊的合法地位，夏衍回憶：「早在《救亡日報》的復刊之前，我就對黃旭初坦率地表明了態度，即我們讚賞和擁護廣西當局的團結抗日、進步的立場，對廣西內部政務，保持友好態度，也希望廣西當局對《救亡日報》予以支持。」〔註 30〕尤其是通過周恩來與郭沫若做李宗仁、白崇禧等人的工作，《救亡日報》在桂林復刊一事得到廣西當局的歡迎。

〔註 29〕夏衍：《夏衍自傳》，江蘇文藝出版社，1996 年，第 126 頁。
〔註 30〕夏衍：《夏衍自傳》，江蘇文藝出版社，1996 年，第 128 頁。

　　而對於辦報的經費問題，夏衍與李克農商定，一不要八路軍辦事處津貼，否則《救亡日報》的統一戰線的標誌就不存在了；二不能向國民黨和新桂系伸手。因此經費只能自力更生。在向復刊籌備領導成員林林、周鋼鳴交待了相關的工作事宜後，經周恩來批准，夏衍於 1938 年 12 月 3 日取道香港進行籌款。最終廖承志答應從海外華僑捐贈的抗戰經費中撥 1500 元港幣給《救亡日報》。

　　這一期間，《救亡日報》前社長郭沫若也展開活動。他向國民黨政治部陳誠要津貼。考慮到它畢竟是國共合作的報紙，陳誠答應每月給津貼 200 元，雖然之後沒有兌現，但卻爲《救亡日報》爭取到一塊政治上的擋箭牌。另外，郭沫若還以三廳的名義買下一批白報紙，解決了報社的紙張來源。〔註31〕

　　有了合法地位，有了啓動的資金，有了紙張，當時於百忙中抽身到香港籌錢謀款的夏衍瞭解了情況後，立即向桂版復刊籌備組建議復刊要趁熱打鐵，不需要等他回來，《救亡日報》最好能在 1939 年 1 月 1 日復刊。後因 1938 年 12 月 30 日日本飛機轟炸桂林，社址樂群路公平街 63 號焚於大火，《救亡日報》復刊時間延宕到 1939 年 1 月 10 日。社址變遷至太平路 12 號，後又遷至太平路 21 號，營業部設在桂西路 26 號。報紙委託文新印刷廠代印。社長仍爲郭沫若，夏衍連任總編輯，經理翁從六。報頭上方注明桂林版，日出四開四版一張。《救亡日報》（桂林版）從白手起家，僅用兩個多月的時間就得以復刊，這不能不說是個奇迹。這個奇迹的誕生既受益於桂林這個特殊的文化生態環境，更包含夏衍和報社同仁在中共的關懷與指導下，創造性地開展工作所取得的成果。但由於國民黨再次掀起反共高潮，《救亡日報》（桂林版）於 1941 年 2 月 28 日停刊，前後共出版了兩年又 45 天。

二、開展多元經營，拓寬生存空間

　　《救亡日報》雖然復刊了，但出於政治上的原因，它不便在經濟上依賴任何派系，加之其基本上沒有廣告收入，全靠發行報紙來維持辦報的開支，再有當時的經濟凋敝，物價飛漲，戰前 5 元一令的白報紙，此時已漲到 30 元一令，四開小報的印刷費也由 300 多元漲到 1200 多元，〔註32〕辦報開支與日俱增，使得收支平衡很難維持。爲了緩解經費問題，夏衍與《救亡日報》（桂

〔註31〕 高寧：《烽火年代的呼喚》，重慶出版社，1988 年，第 98 頁。
〔註32〕 高寧：《烽火年代的呼喚》，重慶出版社，1988 年，第 161 頁。

林版）的同事們一方面積極依靠和動員社會力量尤其是文化界的文化人，通過義演進行募捐，另一方面自力更生，艱苦奮鬥，廣開財源，創新服務，用心經營。

（一）義演募捐

義演募捐的活動主要有三次：一是郭沫若、陽翰笙在重慶發起組織了「渝桂劇人爲救亡日報籌募基金聯合公演演出委員會」。委員會決定於 1939 年 4 月 12 日到 14 日在國泰大戲院公演夏衍的話劇《一年間》。該劇是夏衍在主持《救亡日報》（廣州版）期間抽空爲廣州戲劇界創作的，它描寫一個中產者家庭在抗戰一年中的變化。這次義演活動，充分調動了重慶文化界的人士，他們積極參與，盛況空前，義演延續四天七場，以收 7000 多元並取得廣泛的社會影響而告結束。二是夏衍 1939 年 6 月回上海探親後途經香港，他親自發動並組織了旅港劇人的義演活動。由於港英當局怕得罪日本人，多方刁難有抗日內容的《一年間》登上舞臺，以致演出延宕多日。最後在各界愛國人士的幫助下，終於使演出在調換了劇目後順利舉行。6 月 30 日，《救亡日報》（桂林版）欣喜地向讀者宣告繼重慶公演的 7000 多元所得之後，又已收到了港演的 1250 元港幣。三是夏衍在桂林還與當地藝術界朋友們發起與組織《一年間》的聯合公演。參與演出的有國防藝術社、抗敵演劇隊、新安旅行團等共計 300 多人。該劇分普通話、桂林話、廣東話進行排演，於 1939 年 10 月 6 日起在新華戲院演出，到當月 12 日止，共演出 9 場，觀眾有萬餘人。這次演出不僅擴大了《救亡日報》（桂林版）在社會上的政治影響，而且推動了新話劇運動，爲文化城後來成爲中國救亡戲劇運動的中心奠定了基礎。10 月 24 日，《救亡日報》（桂林版）於中縫「鳴謝」《一年間》公演各方，並聲明公演收入「本報項下國幣二千元，並抽出一部分交徵募寒衣運動」。

義演活動不僅爲《救亡日報》（桂林版）募集了捐款，而且在道義上給《救亡日報》（桂林版）以有力的聲援。

（二）艱苦創業，完善經營

1、在生活與辦公條件上從簡節約。在生活上，由於缺錢，夏衍和「全社人員一律吃大鍋飯，不拿薪水稿費」，每人每月只有幾元零用錢，過「戰時共產主義生活」，「一直堅持到報社被封閉爲止」〔註 33〕。在辦公條件上，一切

〔註 33〕夏衍：《夏衍自傳》，江蘇文藝出版社，1996 年，第 128 頁。

從簡，租用舊房，即便社址、編輯部、營業部分別在三個地方，也將就了之。

　　2、積極完善報紙的經營。夏衍與經營部人員十分注重報紙自身的經營與管理。他們齊心合力，廣開財源，創新服務，奮力開拓。如前所述，具體措施一是改用土紙。紙張費用是最大的開支，占總支出的 14%。夏衍與經營部人員商定後，改用土紙，節省了一大筆費用。二是點鐵成金。「把每天銷剩報紙積纍起來，訂成每月一冊的「合訂本」；把登在《救亡日報》（桂林版）、《新華日報》和香港《星島日報》上的知名作家文章選輯出來，刊發了一種綜合性的《十日文萃》，都有相當數量的銷路。」〔註34〕三是吸引訂戶。四是貼心服務。讀者是衣食父母，《救亡日報》（桂林版）為此專門設立了書報代理服務部。主要為讀者介紹書報、解答疑難、廉價代售等事宜。還積極將讀者捐募的舊書舊報轉贈給前方將士。還於 1939 年 2 月，辦起了「讀者問答」、「讀者論壇」、「生活講座」等專欄，與讀者交流思想，為他們解答政治思想、學習工作和生活方面的疑難。五是推廣發行。六是積極擴盤。最主要的擴盤舉措一是建立印刷廠，二是成立出版社。

三、革新版面，提升影響力

　　由於上海與廣州的報紙數量較多，民眾並不缺少信息，因而上海版與廣州版的《救亡日報》其特點是專稿多、特寫多、長稿多、名家分析文章多，新聞性相對較弱。雖說還合時宜，但當《救亡日報》遷到桂林，這裏的情況與上海、廣州不盡相同。首先，已成為西南政治文化中心的桂林的民眾，需要及時瞭解時局的變化，而桂林報紙雖多但畢竟不如上海、廣州的發達，加之桂林報紙大多只登中央社的消息，難以滿足民眾的需求。因此，為了辦好《救亡日報》（桂林版），革新版面，勢在必行。為此，夏衍虛心向胡愈之、范長江等請教，還向當地的新聞界同行廣泛徵集意見，同時在報社內部開民主會，讓大家對版面及編輯工作暢所欲言。

　　其實，版面的革新，除了要順時而變，廣納良言，更要揚長避短，創制新規，才能最終形成自己的特色。夏衍領導的《救亡日報》（桂林版）在版面的革新上就是這樣做的：

　　一是規範版面。之前《救亡日報》各版，界限模糊。如上海版，四版是副刊，但也常登一些通訊，其他三版的內容也較混雜，有時一篇長文，將當

〔註34〕夏衍：《夏衍自傳》，江蘇文藝出版社，1996 年，第 134 頁。

日的要聞擠得沒處可登。改版後，一版登國內國際新聞、社論、短評、本社特稿，二版登廣西和桂林的政情以及社會新聞，三版登各地救亡通訊、言論、述評，四版爲綜合性文藝副刊。通過規範和調整，版面更爲穩定而明晰，利於欄目的品牌培育和讀者閱讀習慣的養成。

二是精編新聞。爲滿足民眾對國內外風雲變幻的時局的瞭解，同時也是爲了最大信息量地轉發來自外國通訊社以及中央社的電訊稿，他們「打破陳規，把當天國內外大事簡編成幾百字到一千字」。〔註35〕具體的做法是盡量精簡新聞，盡可能容納更多的新聞條數，做到篇幅雖小，卻不遺漏重大新聞。另外，重視新聞的歸納、配合，確保脈絡分明，條理清晰。還重視標題製作，力求標題富於評論、指導作用；在版面設計上，既突出重點，又注重錯落有序。

三是強化評論。評論是《救亡日報》的傳統強項。由於政論、時評既是針砭國家大事、向黑暗勢力鬥爭的銳利武器，也是宣傳中共的方針政策，引導公眾輿論的重鎮，夏衍對此十分重視，並且親力親爲。他在自傳中說：他到桂林後，從 1938 年 9 月開始算起，幾乎每天一定要有一篇不超過 1200 字的社論，直到報社停刊，累計有 450 多篇。夏衍的這些社論針砭國內時弊，縱論國際戰局，觀點鮮明，用語簡潔洗練而生動。

具體來說，夏衍的社論具有以下特點：第一，有敏銳的政治鬥爭意識。作爲以超黨派面目出現，卻在中國共產黨的直接領導下，向民眾宣傳中國共產黨的方針政策的《救亡日報》，夏衍始終堅守政治家辦報的理念。對於頑固派的分裂逆流，他積極在版面上組織強大的輿論攻勢，旗幟堅定、立場鮮明地加以反擊。爲此，他寫了《加強團結爭取勝利》、《敵人的政治進攻與我們的防範》、《精誠團結抗戰到底》等大量社論。爲宣傳中國共產黨的全面抗戰路線，抨擊國民黨片面抗戰，他寫了《遵行中山先生遺教》、《民眾的力量大於一切》等社評。對於汪精衛的投降行徑，夏衍更是在《救亡日報》（桂林版）上發表十餘篇尖銳潑辣的討汪的戰鬥檄文，如《日寇漢奸的當頭棒喝》、《用膿毒來比擬汪逆》、《把跪象鑄在人民心裏》等等。第二，選材廣泛，論證準確而嚴謹。他的社論除了國際大事、抗戰形勢等內容外，更有一些關於社會風氣、人民生活等方面的題材。在論證中他很少有空洞的說教，他知識廣博，善於引用大量的材料來闡明主題。如幾篇分析日本政局的社論《論宇垣與板

〔註35〕夏衍：《夏衍自傳》，江蘇文藝出版社，1996 年，第 130 頁。

垣的內閣》、《近衛「事務官」內閣》等，都是通過詳細的背景材料，將日本內閣的頻繁更迭、派系的淵源及政見的紛爭揭示得一清二楚，顯示出作者對敵國政情的深切瞭解。第三，在語言表達上，他力求淺顯生動，確保主旨集中。報刊的言論可以說是一種宣傳，但它更要注重宣傳的藝術化。夏衍報刊言論不用僻字冷詞，注重讀者的理解和接受，多用形象手法來說明深刻道理。如《虎與倀的雙簧》一文中沒有高談宏論，而是以生動的事實與形象的比喻，揭露了汪精衛為虎作倀的奴才嘴臉。另外，他的社論文思流暢，縱橫捭闔，收放自如，乾淨利落。

除了自己寫評論，夏衍還在《救亡日報》（桂林版）專門開闢《崗語》、《小言》、《今日話題》、《街談巷議》等言論專欄，來倡議評論。

更可貴的是，為了強化評論在報紙中的權威性和影響力，他還經常約請在桂林以及外省的文化界知名專家撰寫綜合性或專題性的時評，如張志讓、黃藥眠、范長江、千家駒、錢俊瑞、周建人、林煥平以及本社的廖沫沙、葉厥蓀、彭啓一等。同時，夏衍還利用到香港籌買印刷銅模的機會，特地向當時在港的文化界友人（特別是國際問題專家金仲華、喬冠華等）約定了一批關於歐洲戰事的評論稿，如《希特勒眞要打到莫斯科嗎》、《總反攻尚未開始》等。這些評論都有很強的針對性，為引人注意，夏衍還特別在每篇文章的題目上加上一個「本報特稿」的標誌。

四是豐富通訊報導。通訊原是《救亡日報》（桂林版）的一大特色。為了保留這一優勢，夏衍一方面選派精幹的本社記者到各重要區域進行採訪報導，如駐湖北的葉厥蓀，駐重慶的姚潛修，駐湖南、廣東的謝加因，駐江南的彭啓一等。另外，他還千方百計建立一支較為穩固的特約通訊記者隊伍，如常向《救亡日報》（桂林版）提供稿件的有湖北戰區的陳北鷗，華北、西北諸省的陳適懷，上海的楊實之、楊溢，香港的梁若塵，西南的丁東等。同時還特闢「通訊網」專欄，建立類似今天的通訊員制度，與地方群眾保持廣泛密切的聯繫，從而保障了這一時期通訊報導面更寬廣，題材更豐富。其表現在：有戰地報導如《湖北前線的插話》、《1940 年象徵勝利的第一炮》等，有前線抗日將領專訪如《坐鎮前線的李品仙將軍》、《襄樊前線李司令長官訪問記》等，有敵後根據地的報導如《銅牆鐵壁的冀南游擊區》、《新四軍的捉鬼隊》等，有對淪陷區敵僞內幕的揭露如《南京傀儡開班記》等，還有來自海

外的報導等。由於這些報導大多出自實地探訪，不僅翔實可靠，而且現場感很強，對因戰爭割據而信息失靈的讀者來說，有著很高的新聞價值。

五是倡揚平實文風。夏衍認為平實的文風首先要通俗易懂，堅決剔除陳辭濫調（如當時常用的「云」、「云云」之類）。其次要自覺地不斷創新語彙。根據實際需要，他在報上「創造」的兩個漢字「搞」、「垮」，就非常活潑和形象，隨後這兩個動詞不脛而走，迅速被廣大社會人士所採用。第三要注重將宣傳與藝術、宣傳與服務結合起來，反對「賣膏藥」式的八股教條宣傳，克服過去「書生辦報」中常見的名人大塊文章多、政治議論多、硬性灌輸多、文化氣太多的「四多」毛病，重視廣大讀者的口味，注重知識性、趣味性、娛樂性和思想性的統一，「應該趕快建立起一種潑辣的、嶄新的、適應現階段需要，並為大多數民眾所接受所愛好的文風來。」〔註36〕

六是建立評報制度。每天一早報紙印刷出來，先由夏衍校看一遍，從版面安排，到新聞內容、形式，以及誤植、衍文，一一用紅筆批點。有時他直接提出自己的看法，然後把報紙貼在牆上讓大家評論。在夏衍的帶動下，大家也自覺自願地參加評報活動，有人或在夏衍看過的報紙上作補充或解釋，或在發現新問題後也會圈點一下另貼上一張。這種評報制度能及時褒揚先進，指出問題，總結經驗，改正缺點，不斷提高業務水平。

七是組建資料室。夏衍倡議建立報社的資料室。於逢、易鞏為此主持辦起了擁有一千多冊圖書及大量剪報而且門類清晰的資料室。

四、開展統戰工作，做文化救亡運動的堅實「推手」

如上所述，《救亡日報》（桂林版）作為中國共產黨在國統區進行文化統一戰線的報紙，一値得到周恩來的關心與指導。曾在辦報的早期，他對夏衍就《救亡日報》（桂林版）辦報方針作出指示：「總的方針是宣傳抗日、團結、進步，但要辦出獨特的風格來，辦出一份左、中、右三方面的人都要看，都喜歡看的報紙……通俗易懂，精闢動人，講人民大眾的話，講國民黨不肯講的，講《新華日報》不便講的。」〔註37〕

〔註36〕夏衍：《賣膏藥的必須休息》，《救亡日報》，1939 年 3 月 12 日。
〔註37〕廣西日報新聞研究室：《救亡日報的風雨歲月》，新華出版社，1987 年，第 187 頁。

　　1939 年 1 月 10 日，夏衍領導的《救亡日報》在桂林復刊時依然堅守這個辦報的方針，突出以統一戰線方式，大力宣傳中共關於抗戰、團結、進步的思想。在辦報過程中，採取靈活的宣傳藝術策略，以超黨派的面孔出現，爲左、中、右都提供論壇。

　　除了充分利用報紙的版面，積極做好宣傳與統戰的工作，夏衍同時還勇於挑戰自我，自覺投身於統戰中去。

　　作爲一名知識分子，夏衍很怕出頭露面，也不愛與三教九流打交道，甚至想「戴白手套搞革命」。在中共組織的教導下，他頑強地挑戰自我，克服了自己的性格弱點，逐漸學會並最終能遊刃有餘地和廣西政界、文化界、新聞界的各色人物頻繁交往，成功地開拓出文化統一戰線工作的新局面。

　　當時的文化城桂林，派系林立，群雄割據，僅以宣傳、輿論陣地而言，除新桂系外，還有「太子係」（孫科）、「夫人係」（宋美齡）、「CC 系」的中央社與新聞檢查所、以及「皖南事變」後宣傳反共的《掃蕩報》（桂林版）、保持中立的《大公報》（桂林版），再有就是共產黨及其一些進步組織。面對這個複雜的環境，夏衍在黨組織的指導下，採取「各個出擊，分別對待」的方針：

　　首先，他主動找到省長黃旭初，表明讚賞與擁護當局團結抗日的立場，對當地政務持善意與合作的態度，期望得到其對《救亡日報》（桂林版）的支持。

　　其次，又爭取到中央社廣西分社社長的尊重與保證：對《救亡日報》（桂林版）與其它各報一視同仁。

　　第三，對新聞檢查所的兩面派所長周永澧，堅持「有理、有利、有節」的鬥爭策略，既保持了表面上的和平，又時刻注意提防他的歹意。

　　第四，對國民黨的《掃蕩報》（桂林版），既保持高度的警惕，也保持良好的聯繫。該報總編輯鍾期森曾多次表示要同《救亡日報》（桂林版）友好共處。在桂林的特殊形勢與氣氛之下，還主動向夏衍打招呼：抗日時期，決不會在版面上發表不利於團結的言論。

　　第五，對愛國民主人士王文彬主持的《大公報》（桂林版），則誠懇相待，相處融洽。

　　第六，積極參與李宗仁組織的「廣西建設委員會」。

　　夏衍深知作爲中國共產黨領導的以文化界抗日民族統一戰線爲任務的

《救亡日報》（桂林版），不僅是中國共產黨在國統區的重要宣傳陣地，同時也是中國共產黨在國統區團結、溝通和聯繫中共黨外各方面人士的重要橋梁。因此，他在積極運用統戰工作保證報紙的合法地位的同時，還利用和發揮《救亡日報》（桂林版）這個聯繫的中介平臺作用，使其成為文化救亡運動的先鋒與堡壘，具體表現在：

第一，使其成為進步人士溫暖的家。夏衍十分注意通過報紙來團結和聯繫中共黨內外各方面人士。他當時辦公及住宿的太平路 12 號編輯部就成了一個聯絡中心。許多進步人士都到這裏或來商討形勢，或反映當局的所作所為，或瞭解中國共產黨的方針政策以及解放區和根據地的情況。有不少人是直接找夏衍接通與中國共產黨的關係的，也有通過《救亡日報》（桂林版）溝通同文化界的聯繫的，還有的是避居或流落桂林的，這些人士在這裏感受到家的溫暖。

第二，關心文化界青年一代。夏衍利用《救亡日報》（桂林版）為他們的健康成長予以大力扶持。一次，他看到一篇署名「秦似」的文章，十分欣賞，便立即聯繫上作者，並瞭解到作者經濟窘困，還援手支助作者不斷學習。1940 年秋，青年畫家關山月在桂林舉辦個人畫展，遭到署名「鈍」的批評。夏衍馬上寫了《關於關山月畫展特輯》一文，發表在同年 11 月 5 日的《救亡日報》（桂林版）上，對關山月的畫展表示極大的支持，希望對「開始走向新的方向摸索的人，特別要用友誼的態度來幫助他們，鼓勵他們，使他們更進步。因為作風派別不同而先天的用一種嫌惡的態度來對付方才開始走向進步的人，現在似乎已經不是前進的文化工作者應有的事了」。1940 年 5 月，一出封建貨色和荒誕色情的京劇《姚鳳仙》在桂林上演，竟受個別無恥文人吹捧。進步戲劇評論者李石峰在《力報》（桂林版）上發表了《耗費》的雜文，對《姚鳳仙》提出尖銳批評。劇院老闆看後大為光火，勒令《力報》（桂林版）交出作者，否則就要搗毀報館。夏衍得知後，將作者從旅館轉移到報社暫避，並熱情撫慰他，還連夜趕寫文章在《救亡日報》（桂林版）上刊出，反擊阻撓抗戰戲劇運動的邪惡勢力。「這不是一件小事，這不是一家報館的事情，我們要請負責治安的當局諸公注意，在賢明當局積極推行憲政的今天，更不容許這種不依法律手續，企圖用武力來威脅輿論的事實的發生與存在，此風可長，今後報館門口要架機關槍，社會批評和藝術批評更將無從談起。廣西是一個政治清明的地方，我們相信這一類事實的發生，足為盛名之

累，希望當局杜漸防微，制止囂風。」〔註38〕丁明是《救亡日報》（桂林版）年輕的記者，夏衍經常在採訪、寫稿、編輯等方面向他面授機宜，還主動將自己可靠的關係介紹給他，讓他更快成長。「皖南事變」後，國民黨挑起新的反共高潮。作為清洗的重要對象，夏衍被迫於 1941 年 1 月 26 日離開桂林前往香港時，還特地託人留給丁明一瓶「派克牌」墨水，並捎話給他：要為革命寫好文章。

第三，參加進步的社會文化活動。夏衍在桂林的文化活動，除了作為《救亡日報》（桂林版）的主要負責人外，他還與秦似等人一道創辦了在桂林影響較大的雜文月刊《野草》，倡揚堅韌的戰鬥精神。另外，他十分關心和積極支持當時桂林的戲劇運動。同時他還參與各種社會文化活動，是中華全國文藝辦抗敵協會桂林分會的發起人之一，是「青記」桂林分會、國際反侵略運動大會中國分會廣西支會、中蘇文化協會桂林分會的理事，是廣西建設研究會的研究員。他經常應邀參加各類社會文化活動，除了親自講授文學創作問題、戲劇創作問題和新聞寫作問題之外，還親自為文藝青年評閱習作。所以夏衍的文化活動很多，但為了做好文化界統一戰線工作，為了更密切聯繫民眾，為了更好地宣傳中國共產黨的抗戰思想與方針政策，為進步文化的健康成長，他全情投入，不辭勞苦。

第四，充分利用《救亡日報》（桂林版）這個平臺，組織募捐和義賣活動，進一步密切與民眾的水乳交融的關係。

這些活動最典型的一是為幫助被日寇轟炸的重慶同胞，1940 年 6 月 7 日，夏衍領導《救亡日報》（桂林版）舉辦報紙義賣活動。一時間，桂林大街小巷到處是打著小旗、帶著臂章、手拿義賣名錄的義賣隊員。到當天的下午，原來準備好的兩萬份報紙售罄，工廠臨時加印了 5000 份，才滿足了需要。經過大家的努力，這次義賣共計獲得 3773.18 元。〔註39〕

二是為葉紫遺屬捐助。1940 年春，左翼文學家葉紫不幸病逝，身後蕭條，「骸骨未歸泉壤，妻兒已受飢寒」。夏衍得知後與桂林文化界的同仁一道具名發起在《救亡日報》（桂林版）刊登一則「為援助葉紫先生遺族捐啟事」，引起很大反響。除香港讀者直接寄給葉紫夫人 300 元外，經《救亡日報》（桂林版）轉交的捐款達 270 多元。這對葉紫遺屬來說真是雪中送暖。

〔註38〕《救亡日報》（桂林版），1940 年 6 月 9 日。
〔註39〕《千萬同胞踴躍義賣本報》，《救亡日報》（桂林版），1939 年 6 月 8 日。

　　三是爲抗日戰爭中傷殘軍人添衣過冬和添柴過年的募捐。1940 年 12 月 15 日，夏衍通過《救亡日報》（桂林版）發起這個建議後。僅十天便收到捐款 1300 多元。夏衍派社友兵分三路攜款前往慰問傷殘軍人，又在報上發表三篇慰問特寫。沒想到上門捐款的讀者仍絡繹前來，他再派兩個小組帶著捐款去慰勞，最後，還刊登了一封傷殘軍人的感謝信，這一活動才圓滿結束。

　　夏衍利用《救亡日報》（桂林版）的影響，舉辦的種種慈善募捐、賑濟出於愛國、愛民之情，廣泛地獲得民眾的認可和支持，也極大地激發了他們的愛國情懷。

　　第五，積極聯合國際反戰同盟。夏衍通過《救亡日報》（桂林版）創造條件爲來自西歐、北美、東亞、南亞等地的國際反戰人士提供良好的服務。他指派葉厥蓀專陪法國的李蒙夫婦奔赴華南戰區採訪報導，支持流散在桂林的朝鮮義勇隊的抗日活動，通過《救亡日報》（桂林版）爲戲劇《朝鮮的女兒》作宣傳報導，在《救亡日報》（桂林版）上連載日本反戰作家鹿地亙長篇報告文學《和平村記》，經常提供被軟禁在桂林的越南人胡志明有關解放區的消息，並巧妙地爲他發表文章。這些服務與關照既溝通了相互間的情感，也加深了相互間的理解，更有力地促進了被壓迫者的大聯合，從而擴大了反戰同盟。

　　第六，機警應對國民黨新聞檢查所的審查。事實上，國民黨一直沒有放鬆對《救亡日報》（桂林版）的審查，雖然《救亡日報》（桂林版）曾獲得「對新聞檢查絕對遵奉」，「尚無重大不妥之文字刊登」的好評，但國民黨對「現任《救亡日報》總編輯之夏衍及共黨文化名人胡愈之等彼輩，除組織各種文化團體以爲誘引青年，宣傳左傾思想之工具外，最近又聯絡李任仁發起組織文化供應社，企圖操縱桂省整個文化界，盡作左傾宣傳並藉李之關係接近桂省上層人物，以爲彼輩活動之掩護」〔註 40〕的做法也有覺察，不僅組織特務暗中嚴密監視，而且採取最爲嚴厲的取締措施。對於這種監視與限制，夏衍應對的方法也很高明：一是「根據月初，照例檢查較松，月尾，檢查嚴些」的情況。夏衍就安排月初送些能通過的質量較高的稿件，月底送些質量較差的容易看出毛病的稿件，以讓檢查所扣壓，然後換上已通過的稿子刊出。〔註 41〕二是夜裏三四點鐘時，檢查官最疲勞，報社就趁機送些有份量的稿

〔註 40〕彭繼良：《廣西新聞事業史》，廣西人民出版社，1998 年，第 400 頁。
〔註 41〕高寧：《烽火年代的呼喚》，重慶出版社，1988 年，第 175 頁。

子，大多能夠逃出「虎口」。

在應對國民黨新聞檢查所要求《救亡日報》（桂林版）全文刊發歪曲「皖南事變」事實的中央社通訊稿時，夏衍與李克農經過細密研究認爲這事要做的細心，又不傷情面，並最終決定由夏衍親自將置於頭版頭條的中央社的電文全文，連同其他稿件一起送審。審樣通過後，報社立即抽掉這篇誣衊新四軍的電訊和命令，換上別的消息。結果當天的全部報紙被扣壓，報社被嚴重警告。

第七，心繫抗戰戲劇文化的發展。夏衍在桂林主持《救亡日報》（桂林版）時，還積極投身戲劇創作，並很好地將戲劇創作與報社的發展結合起來，同時還關心中國共產黨領導下的抗戰演劇隊的成長。在桂林期間，他創作了《心防》、《愁城記》《多夜》、《再會吧，香港！》等劇本，還翻譯出版了日本反戰作家鹿地亘的三幕劇《三兄弟》。作爲一位戲劇家，夏衍一方面利用戲劇這個文學樣式來宣傳抗戰，同時通過戲劇演出，爲《救亡日報》（桂林版）的發展籌集款項。而作爲一位報人，他又主動利用《救亡日報》（桂林版）來支持戲劇事業的發展，還積極扶持青年戲劇藝術工作者。另外，他始終牢記周恩來交給他的任務，利用《救亡日報》（桂林版）的公開合法身份，做好聯絡與領導「散在西南各地的抗戰演劇隊」的工作，保障他們與中共黨組織的聯繫。1939 年 9、10 月間，國民黨發動第一次反共高潮，要求演劇隊或者解散，或全體加入國民黨。爲此，演劇隊九隊隊長呂復首先想到找夏衍拿主意。夏衍積極工作，精心安排，最終不僅讓呂復得到應對的良策，還通過呂復將中共南方局黨組織的相關指示傳達給了其他各隊。因此，可以說夏衍既是一位傑出的戲劇家，更是一位精於辦報的報人，同時還是一位卓越的政治家。

第三節　徐鑄成在桂林的新聞活動

徐鑄成是著名報紙編輯和評論家，江蘇宜興人。1926 年考入清華大學，次年轉至保定河北大學，繼而又考入北京師範大學。課餘先後向天津《庸報》和幾家通訊社投稿。1927 年底以半工半讀方式歷任國聞通訊社北京分社抄寫員、練習記者、正式記者。1929 年至 1935 年任《大公報》（天津版）編輯、特派記者。1936 年主編《大公報》（上海版）要聞。1938 年 1 月改任剛創刊的上海《文匯報》主筆。上海淪陷後轉任《大公報》（香港版）編輯主任。太

平洋戰爭爆發後撤退至桂林，擔任《大公報》（桂林版）總編輯。在桂林期間，由於得到胡政之的同意，《大公報》（桂林版）的「言論方針力主自由、民主，政治上與《大公報》（重慶版）保持距離，一般不轉載渝版社評，保持獨立思考」。〔註42〕因此，這一時期徐鑄成撰寫的大量社評，與彭子岡的「重慶航訊」並稱為《大公報》（桂林版）的兩大特色。徐鑄成在《大公報》最輝煌的時期，可以說是其擔任《大公報》（桂林版）總編輯這段時間。

一、後撤桂林及在桂林的主要新聞活動

1941 年 12 月 8 日，太平洋戰爭爆發，不久香港淪陷。同月 13 日，《大公報》（香港版）發表《暫別香港讀者》的社評，宣佈停刊。同月 25 日，港英當局投降，胡政之在香港一度無法離去，一直到 1942 年 1 月 7 日才冒險率領趙恩源夫婦等五人步行到惠州，經老隆從韶關入桂。隨後不久，港館同人金誠夫、徐鑄成、楊剛等人化裝成難民分批分道陸續撤到桂林。這批人除趙恩源等少數人被派往重慶外，大部分都留在了《大公報》桂林館。撤退期間的這段辛酸經歷，徐鑄成寫成長篇通訊《廣州探險記》在《大公報》（桂林版）連載，並於同年 3 月 20 日在《掃蕩報》（桂林版）禮堂舉行的桂林市新聞記者公會第三次會員大會上，報告了香港新聞界撤退的經過。

《大公報》（桂林版）自 1941 年 3 月 15 日創刊以來，可謂「篳路藍縷」〔註43〕。當時編輯部只有蔣蔭恩、何毓昌、李俠文和張蓬舟四人，經理部同樣也是人手奇缺，除日常營業工作外，還要負責《大公報》桂林館的館舍建設和裝修工作。港館人員大部分撤到桂林後，無疑大大加強和充實了桂林館的人事力量。胡政之將桂林館的人事作了重新調整：徐鑄成為總編輯，經理為金誠夫，發行人兼副經理仍為王文彬，馬廷棟為編輯部副主任。

入桂之後，徐鑄成在桂林的生活雖緊張卻充實而富有情趣。他早年對桂林山水傾慕已久，抵桂翌日，報館同仁為其接風洗塵，並導遊七星岩和月牙山。他對七星岩的幽深、奇幻歎為觀止。桂林景色如畫，氣候宜人，空氣清新，此後無論白天夜晚工作怎樣緊張，他只要一覺醒來，又覺神清氣爽，渾身是勁。1942 年中秋，他還邀約總經理胡政之夫婦及副經理王文彬攜酒食，擁毛毯，夜抵陽朔泛舟賞月。

〔註42〕徐鑄成：《徐鑄成回憶錄》，生活・讀書・新知三聯書店，1998 年，第 105 頁。
〔註43〕吳廷俊：《新記〈大公報〉史稿》，武漢出版社，2002 年，第 232 頁。

工作之餘，他和同事常出入附件的小飲食店、小酒館或駐足於小吃擔旁，品嘗湖南口味的麵點，或是北方水餃、餡兒餅，或者本地風味的冰糖蓮子、鼠肉混沌。要不然是進城向「風社」票房學京戲，弔一陣嗓子，然後提著紙燈籠，拄著拐棍，哼著戲文，邊走邊談，跨過石橋，沿山邊曲徑返回報館。〔註44〕

徐鑄成住在東郊星子岩的報館編輯部旁的一間簡易宿舍裏。據他回憶，那時幾乎每星期至少要進城兩次，大多為參加應酬。徐鑄成年壯好飲，性情爽直，人送綽號「香港酒家」，往往應酬完畢回報館鞋子不脫便倒頭就睡。到晚上十點左右，由報館同人叫醒，一把熱毛巾，「居然神志恢復，集中思想寫社評和審閱稿件，加上要等中央社的新聞專電稿，等新聞檢查處發回檢迄稿，看完最後一版大樣時，已是天色微明」。〔註45〕大約正午十二點半起床，洗漱後即在編輯部翻閱桂林各報及雜誌，還有從衡陽、昆明、重慶等地航寄過來的報紙刊物，然後思考第二天的社評題材，並讓負責資料工作的羅承勳為其準備需要的書、報等參考資料，以備晚間執筆。

徐鑄成除了主抓桂林版的言論外，還經常為《大公晚報》（桂林版）的《小公園》寫一些兩三百字的雜文。《大公晚報》（桂林版）創刊於1942年，日出對開半張，只有兩個版面，正面新聞版，背面是副刊《小公園》。版面少，工作人員也少，採訪、校對等工作都是由報館的同事兼任。〔註46〕最早由楊歷樵主持其事，郭根擔任副刊編輯，後由羅承勳負責《小公園》的編輯工作。

在《大公晚報》（桂林版）的雜文專欄裏，一般刊登三篇文章。一篇是徐鑄成寫的，筆名銀絲；一篇是郭根寫的，筆名木耳；還有一篇是羅承勳寫的。這些雜文「短小精悍，力貶時弊，很受讀者歡迎」。〔註47〕

徐鑄成很注重提拔、鍛鍊新人。羅承勳本來是桂林館創刊初招考練習生時考進來的，剛剛20出頭，但寫的雜文受到了徐鑄成的青睞，當郭根調晚班時，徐鑄成就讓羅承勳接替郭根編《小公園》。羅承勳曾回憶：「我那時其實能力不足，寫那些『三段論』短文已經很吃力，幹毫無經驗的編輯工作更是惶恐。但郭根一直要我寫下去，徐鑄成又一直要我編下去。我和他們毫無私

〔註44〕魏華齡、李建平：《抗戰時期文化名人在桂林》，灘江出版社，2000年，第395～396頁。

〔註45〕徐鑄成：《桂版〈大公報〉紀事》，《廣西新聞史料》（第10期），廣西新聞史志編輯室，1987年，第10頁。

〔註46〕周雨：《大公報人憶舊》，中國文史出版社，1991年，第152頁。

〔註47〕同上。

人關係，也沒有有力的靠山向他們推薦，他們對我的培養至今使我感念不已。」
〔註 48〕

1942 年 6 月 29 日，徐鑄成參加了由中國茶葉公司桂林營業處等單位發起，為籌款慰問「飛虎隊」而舉行的歌詠、平劇義演，與歐陽予倩、王文美等知名人士同臺獻藝，獲票款 1 萬元，悉數用來慰勞「飛虎隊」將士。

1942 年 10 月 15 日，著名女戲劇家封鳳子主編綜合性文藝月刊《人世間》在桂林創刊，徐鑄成被邀請擔任該刊編輯顧問。第二年初春，徐鑄成親赴東南前線採訪，並冒險進入淪陷區上海接家眷來桂林。

在桂林期間，徐鑄成和蔣經國曾有過接觸。1942 年 10 月初的一天，徐鑄成在編輯部閱報，忽然接到蔣經國想來拜訪的電話。但由於報館在山坳裏，無路可通車，徐鑄成便提出去桂林城裏拜訪。隨後，徐鑄成步行至樂群社招待所訪問。一番寒暄後，蔣經國拿出一份手稿，原來是他悼念好友已故贛南轄區一縣長王後庵的。徐鑄成看文章情意懇切，文詞清新，答應及早刊之報端。蔣經國致謝後，還提出贛南一切皆在試驗，如有機會，希望徐鑄成能去參觀、指引。不久，蔣經國赴渝公幹，回到江西後又寄來他寫的悼念另一位縣長——南康縣縣長王繼春先生的文章。徐鑄成回憶到，這兩篇情文並茂的文章，不先在《正氣日報》〔註 49〕刊出，而希望在《大公報》（桂林版）發表。這也反映出《大公報》（桂林版）的影響之大。〔註 50〕

二、利用言論重視對國民政府進行輿論監督

早期《大公報》（桂林版）的社評，多由《大公報》（重慶版）和《大公報》（香港版）提供。大致是國內問題多採用《大公報》（重慶版）的社評，國際問題多採用《大公報》（香港版）的社評。〔註 51〕有些社評根據新的情況略加修改；只有少數社評是由胡政之和王文彬撰寫。《大公報》（香港版）停刊後，《大公報》（桂林版）編輯部人事加強，以後的社評均由桂林館執筆。

〔註 48〕周雨：《大公報人憶舊》，中國文史出版社，1991 年，第 153 頁。
〔註 49〕《正氣日報》係贛南專署機關報。
〔註 50〕徐鑄成：《桂版〈大公報〉紀事》，《廣西新聞史料》（第 10 期），廣西新聞史志編輯室，1987 年，第 11 頁。
〔註 51〕肖效欽，鍾興錦：《抗日戰爭文化史（1937～1945）》，中共黨史出版社，1992 年，第 370～371 頁。

　　徐鑄成在桂林館主持筆政期間，利用新桂系與蔣介石的歷史矛盾和桂林文化城特有的開放環境，在《大公報》（桂林版）上暢所欲言，表現出「獨立思考」的鮮明風格。他寫的社評有的放矢，針砭時弊，精闢透徹，文筆流暢，在讀者中激起了強烈共鳴和熱情支持，風行桂、粵、湘、贛、黔諸省，在各地的銷數幾乎等於當地各報的總和。發行量一直高居桂林各報及西南各省之首，最高時可達 35090 份。〔註52〕當時，貴陽閱讀《大公報》（桂林版）的讀者就遠比《大公報》（重慶版）多。〔註53〕

　　綜觀這一時期徐鑄成所寫的言論，其立言態度嚴謹，內容廣泛，筆鋒犀利，又飽含感情。除了大量評述國際時事和戰局外，更著重於國內政治、經濟、社會、文化等諸多方面的問題。特別是針對國民黨統治區所暴露的貪污盛行、物價飛漲、市政腐敗等尖銳問題，更是不遺餘力的在報紙上公開發表，引起公眾的注意和討論。鑒於這方面的內容上文已有詳細論述，這裏從略。

三、支持記者獨立公正地開展新聞報導，維護記者利益

　　王文彬曾說，新記《大公報》雖然重視言論，但還是新聞本位。〔註54〕作爲《大公報》（桂林版）的總編輯，徐鑄成將新聞報導同樣擺在突出的位置上。《大公報》（重慶版）女記者彭子岡的通訊在重慶發不出，他便以「重慶航訊」的方式在《大公報》（桂林版）上刊發。這些通訊大多揭露國民政府的內幕，往往使重慶中央政府的某些要人激起不滿情緒，甚至勃然大怒，但因其記載詳實，黑白分明，顯現底蘊，使讀者稱快，成爲了抗戰時期《大公報》（桂林版）的一大特色。

　　作爲《大公報》（桂林版）總編輯，徐鑄成不僅支持記者刊發揭露國民政府腐敗的新聞報導，也在報導之外全力維護他們的安全和利益。他常定期邀集記者商談工作，以自身的採訪經驗指導和培養新人，使曾敏之、黃克夫等一批年輕而有才幹的記者迅速成長，名揚海內外。當時他以其極大的膽識，支持他們的採訪活動。1943 年 3 月的一天，記者黃克夫曾在錢慶燕的婚禮上寫出一條消息：兩個多月前有艘日船「三亞丸」從香港運物資去海南島途中，

〔註52〕周雨：《大公報史（1902～1904）》，江蘇古籍出版社，1993 年，第 332 頁。

〔註53〕魏華齡，李建平：《抗戰時期文化名人在桂林》，灕江出版社，2000 年，第 397 頁。

〔註54〕吳廷俊：《新記〈大公報〉史稿》，武漢出版社，2002 年，第 18 頁。

中國船工起義，殺死日本船長、士兵，俘虜 3 人押到桂林。這條消息有關方面認為是軍事機密不予發表。徐鑄成認為事情已經過去兩個多月，可以發表。〔註55〕事後，第四戰區司令長官張發奎見報勃然大怒。以泄漏軍事機密為由，下令給予《大公報》(桂林版)停刊三天處分，並擬將記者、編輯送交軍事法庭審判。徐鑄成主動承擔責任，頂住這個壓力，與軍方交涉請予赦免，維護了本報同人的利益。

四、徐鑄成的自由主義辦報方針影響了《大公報》(桂林版)的辦報思想

出生於二十世紀初，成長於「五四」之後的徐鑄成與自由主義淵源頗深。他第一次讀報便是《申報》、《新聞報》這樣著名的自由主義報紙。他初入報界，就進入了自由主義報紙的代表《大公報》。他一生投入精力最大，親手帶其走上輝煌的《文匯報》是傳承了自由主義思想的著名民間報紙。他一生的報刊實踐，也是其新聞自由主義思想的實踐過程，雖然後期他接受了共產黨的思想改造，開始反省自由主義，但究其一生，自由主義仍然是他新聞思想的靈魂和核心。

在中國新聞史上，對報人做過明確社會定位的是自由主義大師梁啓超，他在《論報館有益於國事》中指出，真正的報人應該是像英國自由主義大報《泰晤士報》主筆那樣獨立不羈的理想人物。〔註56〕這無疑對徐鑄成的影響是巨大的。為保持自己的獨立立場和清潔操守，徐鑄成宣稱自己是「獨身主義」者，在他 30 年的報刊活動中，不論面臨經濟困擾還是政治威脅，其獨立的立場始終保持不變，「獨立」的自由主義品質是其報人思想的核心和靈魂。

徐鑄成認為「歷史是昨天的新聞，新聞是明天的歷史」。他信奉一個報人應「對人民負責，也應對歷史負責，富貴不淫，威武不屈；不顛倒是非，不嘩眾取寵，這是我國史家傳統的特色。稱為報人，也該具有這樣的品德和特點」。〔註67〕徐鑄成以「報人」作為一生最為珍視的稱呼，他為最敬重的老師

〔註55〕吳頌平：《桂林文化城的報紙綜述》，參見廣西新聞史志編輯室：《廣西新聞史料》(第 22 期)，1991 年，第 19 頁。
〔註56〕張育仁：《自由的歷險》，雲南人民出版社，2002 年，第 123 頁。
〔註67〕徐鑄成：《報人張季鸞先生傳》，生活・讀書・新知三聯書店出版社，1986 年，

張季鸞作傳，定名爲《報人張季鸞先生傳》，正因爲他認爲「報人」是一個有極崇敬意義的稱謂。在他看來，只有那些不畏強權、敢於直言的新聞人才能稱得上「報人」。他對「報人」品德的讚賞和推崇不僅貫穿在抗戰時期桂林的新聞活動之中，也是他畢生追求的目標。

徐鑄成主持《大公報》（桂林版）筆政期間，在全民抗戰的歷史洪流裏，將自己的新聞理想與社會現實結合起來，通過對貪污腐敗、言論自由、出版檢查、物價專賣等眾多政治、經濟和社會問題進行輿論監督，不僅反映了《大公報》（桂林版）是一份堅持抗戰救國，不惟黨，不惟上，以公眾利益爲重，以國家民族利益爲重的民營大報，更展現了徐鑄成作爲一名報人的高尚情懷和錚錚風骨。

第四節　胡愈之在桂林的新聞活動

胡愈之是著名的社會活動家，是我國文字改革的重要倡導者和我國世界語運動的主要領導人。他是浙江上虞縣人，原名胡學愚，筆名沙平，胡愈之亦爲筆名。他早年創建世界語學會，與沈雁冰等成立文學研究會。「九・一八」事變後，主編《東方雜誌》，並支持和幫助鄒韜奮辦好《生活》周刊和創辦生活書店。1935 年與沈鈞儒、鄒韜奮等共同發起成立上海救國會。1940 年赴新加坡開闢海外宣傳陣地，擔任《南洋商報》的總編輯和主筆。中華人民共和國成立後，曾任《光明日報》總編輯、國家出版總署署長，全國人大副委員長和全國政協常委等職。胡愈之是一位集記者、編輯、作家、翻譯家、出版家五才於一身的知識英才。

抗戰爆發後，新桂系出於自身派系利益的考慮，採取開明政策，歡迎民主進步人士來到廣西。中國共產黨積極推動建立抗日民族統一戰線，從 1938 年 12 月到 1939 年 5 月期間，周恩來三次來到桂林，同新桂系領導人進行多次接觸，做了大量工作。新桂系對毛澤東的《論持久戰》以及中共堅持抗戰、團結、進步的主張，在原則上是接受的。正是在這種背景下，中國共產黨得以在桂林建立八路軍辦事處。白崇禧也於 1938 年 12 月在衡山舉辦游擊幹部訓練班，請中共軍事家葉劍英擔任班主任。〔註 58〕隨著桂林的政治形勢大爲

第 6 頁。
〔註 58〕程思遠：《桂林在抗戰時期中的特殊地位》，參見《桂林文化城紀事》，灕江出

好轉，1938 年 11 月，受周恩來的指派，胡愈之以救國會人士的身份和范長江一起到達桂林，先後籌建了國新社和文化供應社，開展轟轟烈烈的抗日文化運動。

一、參加廣西建設研究會，撰文呼籲政治民主

1937 年 10 月，新桂系為了團結非蔣的各派政治力量，成立了「廣西建設研究會」，聘請各方面知名人士、學者等來研究廣西建設問題，為廣西的政治、經濟、文化建設提供意見。新桂系三巨頭李宗仁、白崇禧、黃旭初分任研究會的會長和副會長。研究會在會長之下設有常務委員會，並分設政治、經濟、文化三個部。

1939 年，胡愈之被任命為「廣西建設研究會」文化部的副主任。胡愈之參加了「廣西建設研究會」後，開展了一系列的工作。其中最為重要的就是推動民主憲政運動，呼籲政治民主。

抗戰爆發前，國民政府曾有憲政的討論，並付諸一定的行動。抗戰爆發後，國民黨在其臨時全國代表大會宣言中明確宣佈「戰事既起，第五次全國代表大會所議決關於國民大會之召集，憲法之制定頒佈，不得已而延期……抗戰勝利之日，結束軍事，推行憲政，以完成民權主義之建設，為勢固至順也」。〔註 59〕客觀地說，戰時將憲政的實施延期，在當時是得到國人諒解的。但是隨著抗戰的深入發展，國民黨一黨專制統治的負面效應日益凸顯，國內各方要求修明政治、提高民主程度、實施憲政的呼聲日益高亢。當時廣西就成立了憲政促進會，以李宗仁為主席，並成立憲法研究小組。

為了配合和推動廣西憲政促進會的運動，胡愈之在桂林主持的救國會刊物《國民公論》上，發表了《向著勝利的新階段前進》、《抗戰與憲政》等一系列文章，大聲呼籲國民政府促成憲政，實現政治民主。

在《向著勝利的新階段前進》一文中，胡愈之著重闡述抗戰僅憑軍事抗戰是不夠的，必須做到真正的全民抗戰，必須實現政治民主。胡愈之寫道：「抗戰必勝、建國必成的把握在哪裏？主要地在於倚靠廣大民眾精誠團結的力量，足以堅持長期抗戰，直到最後驅逐日寇出境為止。」如何發揮民眾的

版社，1984 年，第 649 頁。
〔註 59〕張憲文等：《中華民國史》（第三卷），南京大學出版社，2006 年，第 281 頁。

力量，胡愈之一針見血地指出，要在政治上完成民主統一。隨後，胡愈之就民主政治的未來發展提出了六點建議：「第一，封建軍閥的殘餘勢力完全剷除，完成眞正的民主集中政制。第二，比國民參政會更進一步的眞正代議機關的建立，使各黨各派都有參加政權的機會。第三，以民選的地方政治機構代替自上而下的保甲制度。第四，約法規定人民權利的絕對保障。第五，貪污的絕迹。第六，中國各民族，包括各弱小民族的團結一致，享有平等的政治經濟地位，共同爲抗戰而努力。」〔註60〕

在《抗戰與憲政》一文中，胡愈之首先開門見山地提出期望：「請政府定期召集國民大會實行憲政，並由議長指定參政員 19 人組織憲政期成會，協助政府促成憲政。」隨後他指出，政府和民意機關特別重視憲政問題，並不是偶然的。「因爲二年多的抗戰的經驗告訴我們：抗戰需要民主，而民主也只有從堅決抗戰中，才能完全實現。」接著，針對兩年來國民政府政治的進步趕不上軍事的現狀，胡愈之分析了兩點基本原因：「第一，全國上下雖然精誠團結，但是除國民黨以外的黨派，並沒有完全確定合法的地位，因黨派問題引起的誤會和磨擦，依然不可避免。第二，大部分民眾因爲缺乏直接參與政治的機會，缺乏自覺自動自發的精神，所以就力量與意志集中這一點上說，還是很不夠。」爲了解決這個基本問題，胡愈之提出了辦法，那就是召集國民大會制定憲法，推行憲政。並且他就當前促成憲政和抗戰有不可分離的關係，提出「憲法草案與制憲機關都必須根據抗戰的需要來重新加以確定。爲了爭取抗戰勝利，應該儘快開放政權，使全國人民都有參加的機會，爲了爭取抗戰勝利，應該使全國軍民都有代表參加制憲及民意機關。」〔註61〕

胡愈之這些獨到而犀利的言論，不僅指出了當前憲政推進中的問題和原因，而且從實事求是的角度提出了切實可行的建議方案和解決辦法，雖然未被國民政府採納，但反映了當時桂林各界關於敦促國民黨開放政權的要求。

經過一段時間的醞釀，廣西憲政促進會以「廣西建設研究會」的成員陳劭先、胡愈之、千家駒、陳此生和白鵬飛等爲骨幹，針對國民黨中央認可的「五五憲草」起草了一個宣言，提出了許多反對意見。宣言的主要執筆人就是胡愈之。這一宣言經過白崇禧親自審閱同意後公開發表。

〔註60〕 胡愈之：《向著勝利的新階段前進》，《國民公論》，1938 年第 1 卷第 4 期，第 1～6 頁。
〔註61〕 胡愈之：《抗戰與憲政》，《國民公論》，1939 年第 2 卷第 7 期，第 245 頁。

但是面對各黨派團體對憲政表現出的熱情和期望，國民政府卻開始退縮，並於 1940 年 4 月 18 日，在國民黨中央制訂的《憲政問題集會結社言論暫行辦法》中規定：凡關於憲政問題之集會或研究憲政問題之團體，除由中央直接派人分赴各地辦理外，由各省市黨部政府會同所在地參議會召集或組織，「憲政問題之言論，應以三民主義、五權憲法、建國大綱、訓政綱領、訓政約法、抗戰建國綱領，總理、總裁有關憲政之指示，暨國民政府公佈有關憲法政令爲依據」，「曲解憲政者，應一律取締之」。〔註62〕1940 年 9 月，國民黨又以交通不便、國民大會無法召開爲由，終止了第一次憲政運動。

二、創辦成立文化供應社和生活書店編審委員會，向大衆普及科學文化知識

（一）創辦文化供應社

抗戰時期，胡愈之在桂林辦的另一件大事就是創辦了文化供應社。文化供應社由廣西建設研究會同救國會合資經營。沈鈞儒曾爲此專門從重慶來到桂林，爲該社的創辦提供了一筆資金。胡愈之就根據自己在上海參加生活書店的工作經驗，制定了文化供應社的規章制度，成立了相應的組織機構。

文化供應社由陳劭先任社長，胡愈之任董事和編輯部主任。此外，他還聘請了一大批當時桂林文化城的知名文化人如王魯彥、宋雲彬、傅彬然、林山、曹伯韓、楊承芳等參加該社工作。文化供應社的工作方針是配合抗戰建國的需要，向廣大群衆普及科學文化，供應精神文化食糧。

文化供應社創辦後不久，就開始著手編撰、印刷詞典和學術名著，向民衆供應各種文化用品。從創辦之時起，該社編印了各種戰時學校教材和參考書、戰時幹部訓練材料、大衆讀物，建立了文化室，並編制了關於憲政、地方自治和時事問題等方面的叢刊。

20 世紀初期，西方新聞學理論中對於新聞事業功能的探討早已爲中國絕大多數新聞界知識分子所接受。胡愈之結合中國實際對於新聞事業功能作出新的闡釋，他將西方新聞學理論中通常所說的報導新聞、引導輿論、傳播知識、提供娛樂、刊播廣告五大功能〔註63〕合併爲三大功能，即傳播新聞、

〔註62〕張憲文等：《中華民國史》（第三卷），南京大學出版社，2006 年，第 284 頁。
〔註63〕何梓華：《新聞理論教程》，高等教育出版社，1999 年，第 89 頁。

引導輿論和社會服務。社會服務功能中包括教育國民、提供娛樂等。文化供應社正是基於「教育國民、普及科學文化」這一社會功能的考慮，出版了大量的科普文化書籍。例如，該社出版的百科全書式的《抗戰建國辭典》、通俗刊物《新道理》、《國民必讀》的小型書庫等書籍，大都是社會科學、知識性讀物和文學作品。所有這些出版物無不體現了胡愈之普及科學文化知識的思想。

值得一提的是，1940 年夏，文化供應社出版的通俗小說《新水滸》是該社創辦以來出版的重要書籍之一。《新水滸》最早曾由「孤島」時期《每日譯報》連載，由於報紙停刊未能全部登完。文化供應社在胡愈之本人的力主推薦之下，出版了《新水滸》的第一部《太湖游擊隊》。這本小說敘述描寫了抗戰時期江南地區人民武裝奮力抗日的英勇事迹。它用章回小說的形式表現了抗戰時期的生活，深受胡愈之的重視。胡愈之親自爲該小說寫了一篇序言，並在序言中提到：「關於民族形式，現在似乎淡得很多，但是做得還不夠。這一本書的出版，至少是向文藝界提出一個關於民族形式的實例。」〔註 64〕小說出版後，受到廣大讀者的喜愛。茅盾曾在 1940 年延安出版的《中國文化》第一至第四期上發表了長達 6000 字的書評——《關於〈新水滸〉——一部利用舊形式的長篇小說》，著名的通俗小說《新兒女英雄傳》的作者孔厥也曾指出，他是受了這本小說的影響才寫通俗小說的。

文化供應社是胡愈之結合戰時桂林的實際在新聞出版工作上的一個創造。僅僅一年左右的時間，文化供應社就發展成一個在桂林文化城中有著一定規模和影響的新聞出版機構，成爲「桂林文化城」的一個重要組成部分。1940 年，胡愈之離開桂林後，文化供應社仍然繼續發展，對廣西的文化普及起到了巨大的作用。

（二）成立生活書店編審委員會

早在 20 世紀 30 年代初，胡愈之就支持和幫助過鄒韜奮創辦生活書店。1938 年 12 月，胡愈之還一度應鄒韜奮的約請到重慶商討生活書店的工作。當時，由於國民黨中央對生活書店的壓制越來越嚴重，胡愈之和鄒韜奮決定大力發展分店，讓各個分店獨立自主經營，這樣不僅擴大了業務和影響，而且可以避免國民黨中央一下子把生活書店整個扼死。

〔註 64〕於友：《胡愈之傳》，新華出版社，1993 年，第 238 頁。

　　為了適應發展分店的需要，生活書店正式成立了編審委員會，由胡愈之擔任委員會主席。胡愈之結合當時的抗戰形勢，提出了書店經營的三條方針：「促進大眾文化，供應抗戰需要，發展服務精神。」

　　胡愈之回到桂林後，長期住在生活書店桂林分店的宿舍裏，和書店的職工一起過著集體生活。為了進一步擴大書店的影響，他還把原來在武漢出版的救國會機關刊物《國民公論》於 1939 年 1 月 1 日移到桂林，由生活書店桂林分店出版，直到 1941 年 2 月出至五卷 49 期被國民黨政府勒令停刊。

　　生活書店實施分店經營後，不到一年的時間，就在國統區發展到 50 多家，它為傳播抗日文化貢獻是巨大的。鄒韜奮曾在生活書店的內部刊物《店務通訊》上專門撰文表揚胡愈之，稱讚「胡主席」〔註 65〕是「本店最有功勳的一位同事」，「他的特長不僅文章萬人諷誦，而且對出版事業無所不精，他的特性是視友為己，熱血心腸。他是我們的事業的同志，患難的摯友。」〔註 66〕

三、心繫國新社，培養青年新聞人才

　　國新社與文化供應社、《救亡日報》（桂林版）在桂林有三大進步團體之美稱。胡愈之早在武漢就著手籌建國新社，目的在於打破國民黨中央社對戰訊的壟斷和封鎖，滿足外國駐華記者的要求。武漢淪陷後，國新社於 1938 年 11 月 21 日遷到了桂林。

　　國新社在桂林成立後，由范長江任社長、黃藥眠任總編輯，胡愈之退居幕後，擔任特約撰稿員，實際上是運籌策劃，掌握方向。胡愈之一直關心國新社的成長，精心為該社設計規章制度。

　　當時在香港的國新社擁有一大批國際問題評論家，如金仲華、劉思慕、羊棗（楊潮）、王紀元、鄭森禹、陳翰笙等。為了充分發揮國新社的作用，進一步擴大其影響，胡愈之於 1939 年 2 月親自赴香港辦理桂林國新社和香港國新社合併事宜，以便讓兩社交流稿件，配合起來使用。合併以後，桂林國新社作為總社，主要向國統區各省報刊發稿，香港國新社作為分社向海外和華僑報刊發稿。這兩家機構合起來後，整個國新社的力量大大增強，發稿單位多達 150 多個，遍及國內外。至此，國新社成為中國共產黨在國統區除《新華日報》外的重要新聞宣傳機關。

〔註 65〕胡愈之當時擔任生活書店編審委員會主席。
〔註 66〕於友：《胡愈之傳》，新華出版社，1993 年，第 240 頁。

　　胡愈之在桂林期間雖已進入中年，但他一直保持著一股進取活潑的青年氣息，喜歡與青年朋友生活工作在一起，熱情地鼓勵青年朋友學習，指導他們寫作，並在工作中注意培養青年幹部。早在武漢期間，胡愈之曾和范長江等籌建中國青年記者學會，1939 年春又在桂林成立了分會。胡愈之先後開展座談，討論創辦刊物，舉辦桂林《暑期新聞講座》等，親自主講「各國新聞概況」，爲當時的國新社和桂林新聞界培養了大批的新聞人才。

　　胡愈之曾撰文回憶在國新社對青年同事的深厚感情，「從 1939 年初到 1940 年我離開桂林爲止，我幾乎每天都要去環湖路（按：國新社所在地）溜達一下，除了滿嘴鬍子、被大家稱作大師的總編輯黃藥眠以外，全是 20 歲左右的青年戰士，有正從戰地來的，有準備到戰地去的，大家讀馬列和毛主席的書，毫無拘束地討論國內和國際情勢。到了晚間還舉行歌唱會和舞蹈會，長江當時還不到 30 歲。我們大家學習在一起，生活在一起，戰鬥在一起，也覺得自己年輕多了。」〔註 67〕

　　范長江曾說胡愈之是進步文化界的參謀長。這是對胡愈之發自內心的評價。當時「救國會」在桂林出版的機關刊物《國民公論》，由胡愈之、張志讓等四人輪流主編，每人負責一期。這也是胡愈之提出的辦法，體現了他的謙虛謹愼精神，注重培養人才，敢於擔當重任。

　　1940 年 5 月，中共中央發出了《放手發展抗日力量，抵抗反共頑固派的進攻》的指示。根據指示，八路軍駐桂林辦事處主任李克農讓胡愈之到辦事處閱讀了上述文件，並決定讓胡愈之首先離開桂林。隨後不久，胡愈之成爲桂林進步人士中第一個撤離桂林的人士。〔註 68〕

　　胡愈之在桂林的抗日救亡運動中，既是我國先進文化事業的先驅，也是一名傑出的政治活動家，更是一位出色的新聞工作者。其在桂林的新聞活動不僅彌漫著對自由、民主的追求，也散發著對中華民族的熱愛與忠誠。

第五節　《廣西日報》（桂林版）重要報人兪頌華、莫乃群

　　抗戰時期，《廣西日報》（桂林版）以豐富多樣的報導內容、進步開明的

〔註 67〕 於友：《胡愈之傳》，新華出版社，1993 年，第 246 頁。
〔註 68〕 參見胡愈之：《我的回憶》，江蘇人民出版社，1990 年，第 56 頁。

報導風格,成為桂林文化城期間有著重要影響力的大報,發行量每天在 8000 份左右,銷路最多時達兩萬多份。〔註69〕《廣西日報》(桂林版)能夠在競爭激烈的桂林新聞界占得一席之地,除了其官辦的性質外,與這一時期該報一批傑出的報人出色的工作有著密切的關係。特別是以俞頌華、莫乃群為代表的進步報人,秉持「團結抗戰」和「堅持進步」的原則,不僅重視廣西地方性建設和抗戰的報導,而且及時詳盡地報導了國際政局和戰事變化,使得《廣西日報》(桂林版)成為桂林文化城的輿論重鎮之一。

一、力主改革、精心辦報、淡泊名利的俞頌華

俞頌華原名垚,早期筆名澹廬,江蘇太倉人。出生於書香門第,早年就讀於上海健行公學、澄衷中學,後考入北京清華學堂,改入復旦公學,畢業於政治經濟系。1915 年赴日留學,1918 年畢業於東京法政大學,同年回國。1928 年到商務印書館編輯《東方雜誌》,並先後兼任暨南大學、持志大學、中央大學商學院、勞動大學等校教授。1932 年 5 月,《申報》總經理史量才邀請俞頌華進《申報》社創辦並主編《申報月刊》。1937 年 4 月,俞頌華和孫恩霖以《申報》、《申報周刊》記者的身份結伴赴陝北採訪,成為繼斯諾、范長江客觀報導陝北實況後的又一名進步記者。

1940 年夏,俞頌華任香港《星報》總主編,數月後赴新加坡擔任《星洲日報》總編輯。1941 年 10 月中國民主政團同盟在香港成立,俞頌華應梁漱溟之邀,擔任同盟機關報《光明報》總編輯。1941 年底,太平洋戰爭爆發,不久香港淪陷,俞頌華轉移到桂林,擔任《廣西日報》(桂林版)的總編輯。他一面在內部充實編輯力量,一面在外部爭取金仲華、千家駒、胡仲持等進步文化人的支持,使報紙面目煥然一新,發行量猛增到兩萬多份。

(一)力主改革,講求新意

早在任《申報月刊》主編期間,俞頌華就力主改革,因其圖文並茂,內容精幹,深受廣大讀者的青睞,成為當時全國期刊發行量最多的刊物。他曾在《申報月刊》創刊號上刊載的「編輯後記」中提出:「舊報可以向著『日日新,又日新』的目標做去。」〔註70〕俞頌華常說,新聞工作貴在一個「新」

〔註69〕方漢奇:《報史與報人》,新華出版社,1991 年,第 462 頁。
〔註70〕萬思恩,俞湘文:《俞頌華文集》,商務印書館,1991 年,第 205 頁。

字，辦報人安於現狀，一年 365 天，天天一個樣，不去「推陳出新」，是辦不好報紙的。可見，他對於把報紙辦得有新意這一點是非常看重的。〔註71〕1942年初，俞頌華從香港到桂林主持《廣西日報》（桂林版）筆政後，在社長黎蒙的支持下，對報紙內容和形式做了重大的改革與創新。

　　戰時在桂林集結的作家、畫家、音樂家、戲劇家和新聞工作者等多達 1000餘人，其中聞名全國的近 200 人。〔註72〕俞頌華主動同這些進步文化人士加強聯繫，主動約稿，廣泛地開闢稿源。當時的進步人士如金仲華、千家駒、胡仲持、梁漱溟、茅盾、劉思慕、薩空了等都紛紛為《廣西日報》（桂林版）撰稿。他們針對國內外政治、經濟、軍事形勢撰寫了大量的社論、時評和專論，極大地豐富了版面內容，使報紙的面目煥然一新。

　　除了約稿，俞頌華自己每晚也根據當天的要聞撰寫短評。這些短評幾十字到一二百字不等，文字清新，分析明晰，說理透徹。不僅幫助讀者瞭解了當時的國內外形勢，對樹立「抗戰必勝」的信念也起到了一定的促進作用。面對當時在桂林出版的《大公報》、《掃蕩報》、《力報》等多家大報的激烈競爭，俞頌華又增設「星期增刊」，每周刊出一期，彌補日報內容不足的缺陷。「星期增刊」主要刊登一些短小精幹、能給讀者以教益、可讀性強的文章，使得報紙的內容和形式顯得活潑多樣，受到了廣大讀者的歡迎。

　　俞頌華還注重充實編輯、記者力量，通過招考，及時地為報紙吸納了新鮮血液。採訪部的記者大都是青年學生，平均 20 來歲。有名的《文萃》三烈士之一的陳子濤，和後來北上病逝煙臺的青年詩人嚴傑人，都是報社招考錄取的。這一批青年記者對國民黨消極抗日、積極反共極為不滿，對社會的黑暗腐敗非常憤怒，在他們筆下大膽對此揭發鞭笞。《廣西日報》（桂林版）採訪部的青年記者大都富於正義感，能夠秉筆直書，而不同於當時某些官方報紙專事歌功頌德，粉飾太平。這也在一定程度上體現了《廣西日報》（桂林版）進步開明的政治態度。《廣西日報》（桂林版）「原來在形式及內容上，均極落後，銷路只有幾千份」〔註73〕，實行這些改革後，發行量一度超過

〔註71〕劉豔，俞頌華：《新聞思想綜論》，《兵團教育學院學報》，2009 年第 3 期，第30～33 頁。

〔註72〕吳頌平：《桂林文化城的報紙綜述》，參見廣西新聞史志編輯室：《廣西新聞史料》（第 22 期），1991 年，第 2 頁。

〔註73〕中國社會科學院新聞研究所：《新聞研究資料》，中國社會科學出版社，1983年，第 28 頁。

兩萬份。

（二）知行合一，發揮報紙「耳目」、「喉舌」作用

1938 年初至 1940 年夏，俞頌華在湘西芷江任國民黨中央政治學校大學部新聞系教授期間，曾撰寫《論報業道德》一文。在這篇文章中，俞頌華談到報紙的職能問題。他認為「報紙，是社會的耳目，民眾的喉舌，不僅應當像一面明鏡，能反映人類社會各方面的真相，抑且應當常常站立在時代潮流的前面，在社會上培植一切善的力量，打擊惡勢力，以促整個社會國家、整個世界人類的進步。固然報紙一方面受社會的陶鑄，但我們也不能否認，一方面它確也有陶鑄社會——至少是改良社會——的作用、力量與責任的。報紙如果能儘其崇高的職責，國家與社會都蒙其福，如果不幸失職，則有時竟與反宣傳、反革命一樣，足為國家、社會進步的障礙」〔註 74〕。這些認識即使從今天來看，也是非常深刻而發人深省的。

秉承這一新聞思想，俞頌華主筆期間，不僅加大了對新桂系政策的宣傳力度，而且最大程度地滿足市民對新聞信息的需求。同時積極發揮報紙的輿論監督功能，對當時桂林的腐敗現象給予及時的揭露。如上所述，該報記者向 ABC 餐廳瞭解到省會警察局人員在該餐廳吃飯不給錢，即寫成新聞在省市版揭露，當天省府主席黃旭初就打電話要警察局長周炳南徹查；不久，周亦被調職」。〔註 75〕俞頌華主筆期間的《廣西日報》（桂林版）通過對不良社會現象的報導，發揮了媒體的輿論監督作用。

此外，他還認為報紙刊物應「認清時代潮流的**趨勢**，以增進最大多數勞苦大眾的福利為目標，向前邁進」。〔註 76〕因此，《廣西日報》（桂林版）常刊發和民生密切相關的新聞。例如，1942 年廣西發生霍亂疫情時，該報除了宣傳政府採取的衛生建設措施和發佈的新政策外，還積極參與到疫情的防控宣傳中，為政府開展衛生工作，幫助民眾瞭解疫情變化起到了重要作用。相關的報導有《柳州霍亂蔓延》（1942 年 6 月 14 日）、《全力撲滅霍亂　衛生所決下周起　挨戶注射防疫針》（1942 年 6 月 19 日）、《霍亂仍猖獗　本市昨繼發現六起　今挨戶注射防疫針》（1942 年 6 月 22 日）、《桂市霍亂症　患者突增》

〔註 74〕葛思恩，俞湘文：《俞頌華文集》，商務印書館，1991 年，第 254 頁。
〔註 75〕張鴻慰：《桂系報業史》，廣西新聞史志編輯室（內部發行），1997 年，第 132 頁。
〔註 76〕葛思恩，俞湘文：《俞頌華文集》，商務印書館，1991 年，第 203 頁。

－424－

（1942 年 7 月 3 日）、《霍亂仍烈　本市昨現十四人》（1942 年 7 月 16 日）等等。

（三）忠於職守，淡泊名利

胡愈之曾評價俞頌華：「如果說，中國有眞正的自由主義者，俞頌華先生應當算是其中的一個。但他絕不是馬歇爾、司徒雷登、魏德邁所要的『自由主義者』，他是國民黨獨裁者所欲得而甘心的自由主義者……像俞頌華先生這樣一個眞正的自由主義者，是需要有勇氣，有理想，有硬骨頭，有大無畏的精神的。凡人都有死亡的一日，這種理想和大無畏的精神，卻是永遠不朽的。不要看輕青灰色長褂子，這裏面卻包著一顆赤心和挺直的脊梁。不要錯認俞先生是面黃肌瘦的山村學究，這平常的面貌，卻掩蓋著『富貴不能淫，威武不能屈』的大丈夫的人格。」〔註 77〕這段評價十分形象而中肯的道出了俞頌華忠於職守，淡泊名利的高尙品格。

俞頌華一生未加入任何政黨。1940 年夏，國民黨中央社會部長陳立夫欲拉他加入國民黨，派原中央通訊社社長馬星野給俞頌華送來表格要他塡寫，他斷然拒絕，並離開重慶遠去香港。香港淪陷後，他轉移到桂林，國民黨要人幾次請他、誘他、逼他去重慶，許以高官厚祿，但他依舊留在湘桂。儘管他的夫人、兒女都在重慶，但是始終不肯去國民黨的陪都重慶。俞頌華認爲：「新聞工作者最重要的是公正的精神，不爲偏見所蔽；爲文論政，要大公無私，代表人民；要忠於職守，淡於名利。」〔註 78〕

1942 年春，受時任廣西日報社社長黎蒙的邀請，俞頌華擔任《廣西日報》（桂林版）總主筆，經過一系列的改革後，《廣西日報》（桂林版）的面貌煥然一新，在桂林文化城有著不小的影響力，頗爲重慶的國民黨中宣部所忌。1943 年初，國民黨中央宣傳部副部長潘公展一面發電報給黎蒙，說中央對俞頌華另有任用，應即解雇，另一方面又以優厚的待遇，勸俞赴重慶就職。〔註 79〕黎蒙迫於壓力，不得不解聘俞頌華。但俞頌華斷然拒絕邀請，退職而不離開。他不放棄任何一次爲讀者服務的機會，不計名利，繼續從旁協助黎蒙辦報。直至 1943 年 6 月，湖南衡陽大剛報社社長毛健吾來桂林親

〔註 77〕於友：《胡愈之》，人民日報出版社，1997 年，第 181 頁。
〔註 78〕尚丁：《四十年編餘憶往》，重慶出版社，1986 年，第 197 頁。
〔註 79〕袁義勤：《回憶新聞界前輩俞頌華》，《世紀》，1998 年第 6 期，第 48～50 頁。

自請他擔任《大剛報》總編輯，俞頌華才正式離開《廣西日報》（桂林版）。

俞頌華守正不阿，數十年如一日，他晚年貧病交迫，國民黨方面以利相誘，他對妹妹俞慶裳說：「30 年前我不妥協，30 年後我雖然貧病潦倒，還是不妥協。就是這幾根老骨頭，是要硬到底的。」〔註80〕俞頌華這種錚錚鐵骨、浩然正氣，至今仍然令後人敬佩。

二、三進《廣西日報》的莫乃群

莫乃群是廣西藤縣人。1934 年赴日本留學，1941 年任廣西大學教授，1944 年至 1946 年任《廣西日報》（桂林版）和《廣西日報》（昭平版）總編輯。1945 年加入中國民主同盟。1946 年到香港，任《新生日報》主筆、香港《文匯報》總編輯、達德學院教授。中華人民共和國成立後，歷任廣西省交通廳廳長、副省長、廣西壯族自治區人民政府副主席等職。1983 年加入中國共產黨。1990 年因病去世。

（一）一進《廣西日報》（桂林版）

1939 年韋贄唐任社長時，經莫寶堅介紹，莫乃群進入《廣西日報》（桂林版）評論部任撰述，負責寫社論。

時任社長的韋贄唐，是堅決反共的國民黨頑固派，對報紙的言論、活動多有限制。但在以莫乃群為代表的編輯、記者的努力下，《廣西日報》（桂林版）依然表現出進步開明的風格。莫乃群約請當時在桂林文化城的著名學者、進步人士撰寫社評和專論，使其言論增色不少。他還聯合報社的進步人士如編輯韓北屏、樓棲，副刊編輯艾青、陳蘆荻，記者嚴傑人、陳子濤等，在報紙上發表富有戰鬥氣息和民族正氣的社論、新聞報導、新詩、散文等，並強調廣西本土的地方特色，極力避免刊登反共的報導和文章，以此和國民黨《中央日報》、《掃蕩報》（桂林版）區別開來。

莫乃群自己也通過社論、專論等報導形式，詳細分析了國際反法西斯戰爭和國內抗戰的形勢，號召廣大人民團結抗戰，並對國民政府消極抗戰多有影射批評。

「皖南事變」後，桂林文化城的抗日救亡運動一度陷入低潮。1941 年底，莫乃群與莫寶堅一同辭職，到廣西大學任教。

〔註80〕 中國社會科學院新聞研究所：《新聞研究資料》，中國社會科學出版社，1983 年，第 37 頁。

（二）再進《廣西日報》（桂林版）

1942 年，黎蒙擔任廣西日報社社長後，聘請了俞頌華等一批從香港轉來的進步文人。經俞頌華等人推薦，莫乃群再次受聘進入《廣西日報》（桂林版）。1943 年 1 月俞頌華被免去總主筆職務，莫乃群繼任擔任總主筆。在黎蒙的支持下，莫乃群組織了社評委員會，繼續聘請張錫昌、金仲華、秦柳方、傅彬然等分擔寫社評。委員會成員不用每天上班，按照值日的時間，自定社論題目撰寫，於當日晚上 12 時前送來報社審閱。〔註81〕此外，莫乃群還特約千家駒、狄超白、邵荃麟、劉思慕、張鐵生等人撰寫專稿。這些特約的人士多是救國會成員和中共地下黨員。他們均按照中共的抗日民族統一戰線的政策，寫出既能堅持團結抗戰，又能把握分寸，符合新桂系政治態度的文章。

莫乃群除親自撰寫社論外，還要組織、審閱來稿，排版面，看大樣。他的辛勤促進了報社同仁共同努力，保證延續了俞頌華時期的社論和論文的水平和質量，使得俞頌華主筆時期的報紙風格更加鮮明，得到讀者的好評。莫乃群還被聘爲廣西建設研究會的研究員，積極參加該會的抗日救亡運動，以及廣西憲政協進會的學術和政治活動。

（三）創辦（三進）《廣西日報》（昭平版）

1944 年秋，日寇逼近桂林，廣西省府組織機關單位緊急疏散。《廣西日報》（桂林版）隨省府疏散至百色。莫乃群不願去百色，同部分編輯人員沿桂江而下，疏散到昭平。沿途中，莫乃群和張錫昌、千家駒、徐寅初、歐陽予倩、周匡人等商議到昭平後，要儘快辦起《廣西日報》（昭平版）。其目的是進一步利用新桂系機關報的名義，開展抗日救亡運動。

陳劭先等人以《廣西日報》（昭平版）的名義去電請示當時遷往桂西的廣西省政府。經廣西省代主席陳良佐同意，請求得到批准。隨後，陳劭先等人組成社務委員會，由陳劭先擔任主任委員，莫乃群、張錫昌、千家駒、徐寅初、歐陽予倩、周匡人爲委員，莫乃群任總主筆兼總編輯和發行人。

不久，廣西教育廳電化教育室負責人陳汀生也疏散到了昭平，並帶來了收發報機，另外疏散到此的廣西企業公司也有三部舊的收發報機。於是，報社利用這幾部收發報機收錄中央社、新華社等國內外電訊。由於沒有印刷廠，

〔註81〕魏華齡，李建平：《抗戰時期文化名人在桂林》，灕江出版社，2000 年，第 494 頁。

只能出版油印版。1944 年 11 月 1 日，《廣西日報》（昭平版）正式出版發行。鑒於本研究課題範圍所限，有關莫乃群在《廣西日報》（昭平版）的新聞活動這裏從略。

　　以俞頌華、莫乃群爲代表的進步報人在主持《廣西日報》（桂林版）筆政期間，將自己的新聞理想與社會現實結合起來，通過改革和重視抗日救亡的新聞報導，不僅使《廣西日報》（桂林版）成爲桂林文化城有重要影響的大報，更展現了俞頌華、莫乃群作爲報人的高尚情懷和錚錚風骨。

附件一：
新華日報社與國民黨有關部門就《新華日報》在桂林翻印發行等問題的函件

一、新華日報社與國民黨中宣部就籌建地方版分社往來文件
二、國民黨廣西省執委會關於取締翻印航空紙版公函
三、《新華日報》與國民黨中宣部就變更分館名稱往來函
四、國民黨中宣部、內政部等關於沒收航寄紙版有關文件
五、內政部關於該報桂林營業分處再次要求翻印航空紙版公函
六、國民黨中宣部重申取締翻印紙版密電稿

一、新華日報社與國民黨中宣部就籌建地方版分社往來函件
（1939 年 9 月～10 月）

（一）《新華日報》社呈（9 月 8 日）

查抗戰緊急，文化宣傳，尤為重要。前於重慶各報聯合委員會結束會議時，經部長即席號召同業能廣設地方版，普遍發行報紙，以利抗戰宣傳，並指示重要意義。《新華日報》為響應此種偉大號召，謹擬定建立地方版分社計劃書一份，具文呈請鑒核批發各分社登記證，准予建立分社，發行各地方版《新華日報》，以利抗戰事業，毋任企禱。謹呈

中宣部部長葉

《新華日報》社社長　潘梓年

《新華日報》建立地方版分社計劃書

一、宗旨

爲響應政府號召，適應地方需要，謀文化普及深入，鼓吹精誠團結，擁護政府抗戰建國國策之推行。

二、地區

1、華北分社 —— 山西沁縣

2、桂林分社 —— 桂林

3、昆明分社 —— 昆明

4、西安分社 —— 西安

5、成都分社 —— 成都

三、出版計劃

華北版 —— 日出四開報一張

桂林版
西安版 　 —— 日出對開報一張

昆明版
成都版 　 —— 日出對開報一張

四、組織

各分社組織，有如下表，印刷自備，工作人員約 100-120 人。唯華北版可酌減 30~40%。

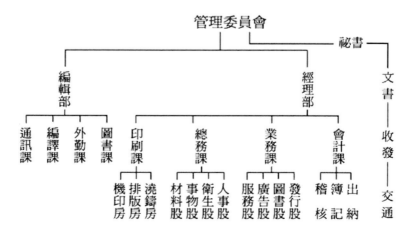

五、經費

各分社大致相同，唯華北版可以酌減 40~50%。

六、資本

（一）固定資金——1 萬元

（二）流動資金——1 萬元

（三）開辦費——約 3 萬元

（四）經常費——每月支出約 2 萬元

（五）每月營業收入約 2 萬元，務使收支相抵。

七、請求

（一）本計劃書系根據葉部長在結束聯合版的會議上對各報的希望而草擬的，我們希望儘快獲得批准。

（二）在開辦時，生財購置以及材料運輸，希望政府依照葉部長的意見，給我們以便利與幫助。

中華民國二十八年九月八日

（二）國民黨中宣部覆函稿（10 月 4 日）

箋　函

據呈爲籌建地方版分社，檢具計劃書懇爲批准開辦等情。據此，查桂林、昆明、成都、西安等處各有報紙多家，足資宣傳，該報無庸再設分社。至西安沁縣是否有設立分社之必要，應依照法定程序，呈由當地主管官署轉呈核辦。特此函覆知照。

此致《新華日報社》

（國民黨中宣部檔案）

二、國民黨廣西省執委會關於取締翻印航空紙版公函（1939 年 10 月 27 日）

中國國民黨廣西省執行委員會公函

（宣字第一四一號）

民國二十八年十月二十七日發

案準貴部 28 年 9 月 22 日渝美宣字第 7631 號公函，爲《新華日

報》社在重慶製成紙版，航寄桂林翻印發行，希即切實密查，依法取締等由。准此。當即派員從事密查。茲查得該《新華日報》社確係在重慶航寄紙版來桂，交由本市科學印刷廠承印，每五日航寄一次，每版印 2500 份，每千份印工費國幣十元，紙張由該報社供給，印刷完畢，即收轉底樣，等情。除咨情廣西省政府依法取締外，相應函覆，即希查照爲荷。此致

中央執行委員會宣傳部

主任委員　黃旭初

中華民國民國二十八年十月二十七日

（戰時新聞檢查局檔案）

三、《新華日報》與國民黨中宣部就變更分館名稱往來函（1939 年 11 月）

（一）《新華日報》函（11 月 10 日）

敬啓者：

關於分館變更名稱，茲擬改爲「新華日報桂林辦事處」或「新華日報桂林總推銷處」，此二者中擇取其一，究以何者爲宜？特爲函請大部指示遵行，毋任企盼。此致

中宣部

《新華日報》

中華民國二十八年十一月十日

（二）國民黨中宣部覆函稿（11 月 13 日）

箋函：

據函爲關於分館變更名稱，函請指示遵行等情。查報社在外埠設辦事處，向無成例，可更名爲「新華日報社桂林分銷處」，惟分銷處只能代銷報紙，不能翻印紙版。特此函復，即希知照並希將該報報首所刊分館字樣更正爲要。此致

《新華日報》社

（國民黨中宣部檔案）

四、國民黨中宣部、內政部等關於沒收航寄紙版有關函件（1939 年 11 月）

國民黨中宣部密函稿（11 月 13 日）

密箋函：

查《新華日報》社在桂林、西安等處設立分社、翻印航空紙版，未據獨立申請登記，核與出版法規定不合。用特函請查照，如該社有將紙版航寄情事，即希將紙版沒收送部爲荷。此致

中國航空公司

歐亞航空公司

中宣部密函稿（11 月 13 日）

查《新華日報》社在桂林、西安等處設立分社，翻印航空紙版，未據獨立申請登記，核與出版法規定不合。除函內政部轉咨各該省政府切實取締外，相應函請貴處查照，轉飭重慶郵電新聞檢查所，如遇有該社將報紙航寄情事，即將紙版沒收送部爲荷。此致

軍事委員會辦公廳特檢處

內政部咨（11 月 24 日）

內政部咨　渝警字第三九二七號

案準中央宣傳部函：以查《新華日報》社在桂林、西安等處設立分社，翻印航空紙版，未據獨立聲請登記，核與出版法規定不合。前經函各該省黨部，並函請轉咨各該省政府切實取締在案。茲分函中國航空公司、歐亞航空公司，並函軍事委員會辦公廳特檢處，轉飭重慶郵電新聞檢查所，如遇有該社將紙版航寄情事，即將紙版沒收送部，請查照，等由。准此。相應咨請查照爲荷。此咨

重慶市政府

部長周鍾嶽

（國民黨中宣部、內政部檔案）

五、內政部關於《新華日報》桂林營業分處再次要求翻印航空紙版公函

（1940 年 5 月 8 日）

內政部公函　渝警字 2366 號

中華民國 29 年 5 月 8 日發

案準廣西省政府咨，爲《新華日報》桂林營業分處呈請准予繼續在桂翻印發行一案，請核辦見復。等由。准此。查本部迭準貴部來函，請停止《新華日報》航空版在各地翻印發行，均經轉行辦理。各在案。茲準前由，所請顯違功令，似未便予以照準，相應抄送原咨，函請查核見復，以便辦理爲荷。

此致

中央宣傳部

抄送原咨一件

抄原咨

查《新華日報》在桂翻印報紙版，疊經令飭警局嚴予取締經案。茲據該報桂林營業分處經理陳晃呈稱：飭敝報在桂設立營業分處，翻印重慶原報就地發行一案，疊經呈請鈞政府轉登記備案，迄今未蒙批示。前曾奉桂林縣政府訓令，轉飭敝報停止翻印發行，並抄發中國國民黨中央宣傳部原函一件，內開：桂林已有 9 家報社，足資抗戰宣傳，該報社無庸設立等語。查敝報在桂翻印時，桂林僅有《廣西日報》一家，其他各報之出刊，均在敝報翻印之後，時至今日，桂林仍無 9 家報社。竊以對抗宣傳有利之言論，實亦多多益善。敝報乃經中央核准在重慶公開出版之合法報紙，自應在法律保障範圍之內。至易地翻印，原不過爲業務上之便利，與各地分銷處同一性質，並非獨立出版之新聞紙，故與出版法既無牴觸，自應予以合法保障。況際此憲政運動正積極推行之時，維持公正輿論，實爲當務之急。爲此特再具文呈請鈞政府轉備案，准予在桂繼續翻印發行，以維營業，而利抗戰，實爲公便。等情到府。相應咨請查照核辦見復，以便飭遵爲荷。

此咨　內政部

主席　黃旭初

（國民黨中宣部）

六、國民黨中宣部重申取締翻印紙版密電稿（1940 年 5 月 30 日）

四川、廣西省政府勛鑒：□密。據密報，《新華日報》仍有在成都、桂林秘密翻印紙版情事。希速查明，嚴予取締，並見復爲荷。中央宣傳部。辰卅。印。（分拍）

（國民黨中宣部檔案）

附件二：
朝鮮義勇隊在桂林等地新聞宣傳活動

　　抗日戰爭時期，活躍在中國戰場上的朝鮮義勇隊，不僅是朝鮮民族解放運動的先鋒組織，而且是中國戰場上的國際縱隊。從 1938 年至 1945 年，他們通過形式多樣的輿論宣傳活動開展抗日鬥爭。這些活動主要包括：創辦多種抗日宣傳刊物，在前線和敵軍後方進行公開演講和秘密遊說，張貼標語，散發傳單，在國統區演出話劇，以及利用日語對敵廣播。特別是他們在廣西桂林創辦的《朝鮮義勇隊通訊》，憑藉其政治鮮明的時評和報導詳盡的戰地通訊，不僅有力鼓舞了前線將士的抗日志氣，也為國統區後方營造出濃厚的抗日輿論氛圍。本文試圖根據朝鮮義勇隊的機關報《朝鮮義勇隊通訊》來梳理朝鮮義勇隊的抗日新聞宣傳活動，以此闡明其在中國抗日戰爭中的特殊貢獻。

一、朝鮮義勇隊的建立及其主要抗日活動

　　民國時期，活躍在中國的朝鮮反日力量主要有三支：一支是由金日成領導的朝鮮革命武裝，主要活動在中國東北，與中國抗日聯軍堅持游擊戰爭；一支是由金九領導的韓國臨時政府；還有一支是由金若山領導的朝鮮民族革命黨。抗日戰爭爆發前，國民政府曾秘密支持金九領導韓國獨立黨進行多次針對日本的暗殺活動。抗日戰爭全面爆發後，中日關係徹底決裂，國民政府開始公開支持韓國的反日復國運動，由培訓軍事幹部發展為直接援助在華韓國革命黨派組建軍隊參戰。朝鮮義勇隊正是在這樣的背景下應運而生的。

創立朝鮮義勇隊的具體方案，最早由日本革命者青山和夫（原名黑田善次）提出。他在方案中，計劃建立「國際義勇軍」，即把朝鮮人、臺灣人和日本人混合起來組成一支名符其實的國際縱隊。但由於當時條件不具備，所以只好計劃先建立以朝鮮人爲隊員的國際義勇軍。青山提出的這一方案很快得到了國民政府的回應，中國軍方對組織國際義勇軍表現出積極的態度。在這一背景下，朝鮮民族革命黨書記金若山認爲建軍的時機已經成熟，爲此與國民政府進行磋商，並與 1938 年 7 月，向中國國民黨總裁、國民政府委員會委員長蔣介石遞交了成立朝鮮義勇隊的正式方案。該方案提出，擬組建朝鮮義勇隊，參加中國的抗日戰爭，打倒中朝兩民族的共同敵人 —— 日本帝國主義，促進中國抗日戰爭的勝利，實現朝鮮的民族解放，恢復朝鮮的獨立。該方案經蔣介石批准，交給軍委會政治部部長陳誠主辦。陳誠後又轉交給政治部秘書長兼第一廳廳長賀衷寒籌辦。[註1]

1938 年 10 月 2 日，朝鮮義勇軍指導委員會召開第一次會議，決議該軍的名稱、組織、人選和編制等相關問題。會議確定軍隊的名稱爲「朝鮮義勇軍」，在組織上隸屬國民政府軍事委員會政治部，並確定中方和韓方的代表。10 月 3 日，朝鮮義勇軍中方代表周咸堂、潘文治，向賀衷寒呈報朝鮮義勇軍指導委員會第一次會議的討論結果，並報告該軍本部地點設在漢口特四區虹橋路 8 號聯盟辦事處內。賀衷寒批示「現不必稱義勇軍，只稱義勇隊」[註2]。

10 月 10 日，在朝鮮民族革命黨、朝鮮青年前衛同盟、朝鮮民族解放同盟、朝鮮革命者聯盟 4 黨派的共同努力下，經國民政府軍事委員會政治部的批准，朝鮮義勇隊在漢口成立。朝鮮義勇隊在其成立之時發表了成立宣言，宣言中說明其任務與目的：「我們要喚起不願做殖民地奴隸的千百萬朝鮮同胞，在朝鮮義勇隊這面旗幟下集合起來，更集合在法西斯軍閥壓迫下的一切民眾，打倒我們眞正的敵人日本法西斯軍閥，以完成東亞眞正永久的和平」，[註3] 同時朝鮮義勇隊還提出了它的三大口號：「（1）動員所有在華朝鮮革命力量，參加中國抗戰；（2）爭取日本廣大民眾，發動東方各弱小民族，共同打倒日本軍閥；（3）推動朝鮮革命運動，爭取朝鮮民族的自由解放。」[註4]

〔註1〕 李貞浩：《朝鮮義勇隊成立之由來》，《朝鮮義勇隊》第 40 期。
〔註2〕 石源華：《韓國獨立運動與中國》，上海人民出版社，1995 年，第 253 頁。
〔註3〕 馬義：《朝鮮義勇隊勝利的四年》，重慶國際出版社，1942 年，第 26～27 頁。
〔註4〕 馬義：《朝鮮革命史話》，載於《關內地區朝鮮人反日獨立運動資料彙編》（上），

　　朝鮮義勇隊成立初期擁有隊員大約近百名,「加入這個義勇隊的,多數是朝鮮民族革命黨員,而負各部領導任務的則多是有革命歷史或參加過 1926 年中國北伐戰爭的,或曾在中國留學,受過軍事訓練的,參加過中國革命的人物,或者在本國領導過學生運動,做過不少較爲光榮事業的人。因此在領導方面是比較健全的。」〔註5〕朝鮮義勇隊設立本部,爲全隊的領導機關,金若山任總隊長。本部下面設有機要組、政治組和總務組,由申岳、金學武、李集中分任組長;另設有編輯委員會,李斗山任主任;同時還設有訓練所,金若山兼任主任。朝鮮義勇隊本部有 13 人,先後活動於武漢、桂林和重慶。義勇隊最初編制分爲兩個區隊,一區隊由樸孝三任區隊長,有 43 名隊員,下設四個分隊,主要活動在湖南、江西一帶。二區隊由李益鳳任區隊長,主要活動在安徽、河南一帶。隨著加入朝鮮義勇隊的隊員人數逐漸增加,至 1939 年 10 月,經國民政府軍事委員會批准,將原有的兩個區隊擴編爲三個支隊,並在桂林、宜昌、洛陽等地設置通訊處,派人負責招收韓籍抗日青年。〔註6〕

　　朝鮮義勇隊成立不久,便迅速地活躍在武漢會戰的主戰場上,進行抗日武裝鬥爭。1938 年 10 月 25 日武漢失守。朝鮮義勇隊本部隨國民黨部隊轉移到了廣西桂林,接受中國國民黨軍事委員會西南行營政治部指揮,隊本部的重要事務須向軍委會政治部請示。其他各支隊則分派至各戰區前線。1938 年 10 月 22 日,朝鮮義勇隊第一支隊,在支隊長樸孝三的率領下,奉命離開漢口,被派赴第九戰區工作。第二支隊 40 餘人,於 1939 年 1 月末被國民黨派往第一、五戰區。由擴編新產生的第三支隊則在 1939 年末被派赴第三、九戰區參加對日作戰。

　　朝鮮義勇隊的歷史沿革及抗日活動大致可分爲兩個階段:第一階段是1938 年 10 月至 1940 年 12 月。這一時期,朝鮮義勇隊主要在國統區內活動,其主要任務是宣傳工作。第二階段是 1941 年 1 月～1945 年 8 月。皖南事變後,朝鮮義勇隊絕大部分成員脫離隊本部的領導,奔赴華北華中解放區,成立朝鮮義勇隊華北支隊,並接受中國共產黨的領導,後進而改組成立朝鮮義勇軍,同八路軍並肩作戰。而留在重慶的朝鮮義勇隊本部成員於 1942 年 4月被國民政府改編爲朝鮮光復軍第一支隊,從而實現了韓國在華革命武裝的

　　　　　第 436 頁。
〔註5〕　《申報》,1939 年 1 月 11 日。
〔註6〕　陸玉芹、王驊書:《朝鮮義勇隊與中國抗日戰爭》,《鹽城師範學院學報》(人文社會科學版),2004 年第 4 期。

統一。

二、《朝鮮義勇隊通訊》是一份集中報導朝鮮義勇隊抗戰宣傳動態的綜合性刊物

武漢失守後，在總隊長金若山的率領下，朝鮮義勇隊於 1938 年 12 月輾轉來到桂林。朝鮮義勇隊總部起初設在桂林市東靈街，後移駐桂林施家園，其家屬住在桂林東郊 20 里的鄉間。〔註7〕隊本部在桂林期間，爲宣傳中國抗戰和朝鮮的民族獨立運動，創辦了一系列的刊物。其中最爲重要的是朝鮮義勇隊的綜合性機關刊物——《朝鮮義勇隊通訊》。

《朝鮮義勇隊通訊》於 1939 年 1 月 21 日在桂林創刊。該刊的編輯兼發行均爲朝鮮義勇隊。該刊的通訊處最早設在桂林桂西路新知書店，幾經遷移，最後設在桂林水東門外施家園 53 號。每份《朝鮮義勇隊通訊》定價爲國幣三分。

從 1939 年創刊至 1942 年，《朝鮮義勇隊通訊》一共出版了 42 期。最初爲 16 開本鉛印旬刊，從第 28 期後改爲半月刊。第 34 期以前在廣西桂林出版，第 34 期以後（含第 34 期）隨本部轉移到重慶出版發行，並改名爲《朝鮮義勇隊》。

《朝鮮義勇隊通訊》的主要撰稿人有：李斗山、李達、鹿地亙、劉金鏞、胡愈之、志成、谷斯范、范長江、矯漢治等。爲擴大抗日影響，朝鮮義勇隊也向一些抗日名人和社會賢達約稿，同時刊出國民政府軍政要人以及本隊領導的講話和訓詞。

該刊的創刊宗旨，因未見其具體的發刊詞，不得其詳。但在該刊第 12 期署名李達的《第二期抗戰中朝鮮義勇隊與對敵宣傳》中，有所闡明。該刊是爲進一步瓦解敵心，加強反戰宣傳和儘快促進中國抗戰勝利爲宗旨的。該文說：「朝鮮義勇隊的一切工作項目中，自以爲比較重要的是，便是對敵宣傳。對敵宣傳是無論在任何性質的戰爭中都不失爲一種瓦解敵軍的最好方法，而作戰雙方都需要運用這一種宣傳方法，以達到瓦解敵軍的目的。」接著又談到，「爲了朝鮮民族的解放，爲了中國的友誼」，他們自願擔當起對敵宣傳的艱巨工作。「尤其在中國的抗日戰爭進入相持階段後，敵國加深不安和在中國

〔註7〕 劉壽保：《朝鮮義勇隊在桂林》，中共桂林市委員會黨史研究室：《桂林抗戰紀實》，瀍江出版社，1995 年，第 129 頁。

的敵人軍隊嘩變的普通化的今日，對敵宣傳更是重要，並且敵軍中又參加了不少的朝鮮籍士兵。……所以朝鮮義勇隊的宣傳，特別注重於朝鮮籍士兵方面，使他們換轉他們的槍口向著萬惡的日本法西斯軍閥進擊。」〔註8〕

該刊的主要內容，便是根據上述原則，較集中地報導了朝鮮義勇隊進行反戰宣傳的情況動態，研究對敵宣傳的方法和經驗。特別是朝鮮民族革命黨的中央委員李斗山和李達，他們所連續發表的一批重要文章，是現今研究朝鮮義勇隊抗戰期間在華活動史的主要參考資料。

分析《朝鮮義勇隊通訊》，它的內容主要有以下幾個特點：

（一）時評與政論富有鮮明的政治性和時效性

作爲朝鮮義勇隊的機關刊物，《朝鮮義勇隊通訊》經常刊載政論和時評文章，刊發在頭版和二版。這些文章從政治角度闡明了反日獨立運動的政治問題，用以引導朝鮮義勇隊的政治方向與抗日行動。這些文章主要有：金若山的《第二年的開始》、《我們參加中國抗戰的意義》、《建立東方各民族友誼的基礎》；李達的《共誅汪精衛》、《朝鮮民族解放運動在中國抗戰中的重要性》、《目前關內朝鮮革命運動的兩個任務》；李斗山的《中韓兩民族的時代使命》、《蘇聯國慶日感言》；李貞浩的《現階段朝鮮社會和朝鮮革命運動》（連載 4 期）、《中韓兩民族應怎樣的聯合起來打倒日本帝國主義》；王繼賢的《中國抗戰的過去與未來》；一水的《現階段朝鮮革命的特殊性》；嚴爲和的《朝鮮義勇隊與朝鮮革命》；王通的《朝鮮義勇隊的政治路線》；矯漢治的《紀念雙十節與朝鮮義勇隊誕生》等。

政論和時評除了由朝鮮義勇隊隊員撰寫外，還刊登其他著名抗日人士的文章。例如范長江的《日本咽喉的潰爛症》，胡愈之的《第二次帝國主義世界大戰與全世界被壓迫民族解放運動》，鹿地亙的《三一節紀念祝詞》等。

這些時評的標題鮮明準確，與時評文章內容及風格相和諧。其選題主要是抗日戰爭中的重大戰事、政治事件、紀念性的節日等。這些選題緊扣時代脈搏，立論追求重大、深刻，具有很強的針對性和時效性。

以李達的時評《共誅汪精衛》爲例，這篇時評就是爲批駁汪精衛曲線救國的理論而寫，揭露汪精衛之流投敵賣國的本質，可謂有的放矢。時評一開始就開門見山地指出汪精衛「響應倭酋近衛文麿的亡華聲明」，是「甘心背

〔註8〕 李達：《第二期抗戰中朝鮮義勇隊與對敵宣傳》，《朝鮮義勇隊通訊》，1939 年第 12 期。

叛祖國，出賣國家民族的利益」。然後表明「妥協就是投降，投降就是亡國」，〔註9〕並以德國背叛蘇聯的事例有力駁斥了汪精衛曲線救國的荒謬。時評最後還指出汪精衛之流同朝鮮賣國賊李完用一樣，必將是被愛國志士擊斃的下場。整個時評雖篇幅不長，但立論高，時效性強，筆鋒犀利，感情充沛，句句切中要害。不僅使麻木者猛醒，使糊塗者警覺，使徘徊者堅定，也使得廣大的抗日民眾拍手稱是。

政論即為政治論文。其選題主要針對朝鮮民族解放與中國抗日革命的關係、朝鮮民族革命在中國抗戰中的地位、現階段朝鮮的革命任務、朝鮮義勇隊工作中出現的問題等來闡述論證，有著較深的思想性。

以李貞浩的《一年來的對敵宣傳工作》為例，這篇政論在朝鮮義勇隊成立一週年的紀念日裏，從實際工作出發，總結出了五條對敵宣傳工作的經驗：（一）與中國士兵打成一片是對敵宣傳工作的主要步驟之一；（二）喚起當地民眾的同情和協助，打到偽組織的後方去，開展對敵的宣傳，此為政工人員的主要步驟之二；（三）對敵宣傳必須和部隊戰鬥配合；（四）對於標語、傳單的幾個注意點；（五）其他方法。〔註10〕這些經驗的總結來自各支隊的宣傳戰鬥實踐，不僅論理充分，條理清晰，而且有著較強的操作性，易於掌握。

綜合來看，這些時評與政論，可以稱得上是《朝鮮義勇隊通訊》的一面抗日輿論旗幟。通過或歸納、或演繹、或對比、或反證等方式，就抗戰中的熱點問題進行推理和論證，駁斥敵方的謬論，用嚴密的論辯邏輯說服和影響別人，營造了濃厚的抗日輿論氛圍，收到了較好的宣傳效果。

（二）戰地通訊詳盡報導各區隊的工作經驗

戰地通訊是《朝鮮義勇隊通訊》的又一重要組成部分。該刊的戰地通訊一般安排在「政論與時評」後的版面刊登，主要報導朝鮮義勇隊的三個支隊在各自戰區的最新戰況，以及在戰鬥中所總結出的工作經驗，特別是宣傳工作的經驗。這些通訊主要包括：劉金鏞譯的《朝鮮義勇隊第一區隊血戰紀實》（共連載8期）；劉金鏞的第三支隊工作報導《江南火線上》（《朝鮮義勇隊通訊》第34期）；任重的《火線上的辯論會》（《朝鮮義勇隊通訊》第25、26、27合刊）；尹為和的《成立週年大會速寫》（《朝鮮義勇隊通訊》第28期）；吳

〔註9〕 李達：《共誅汪精衛》，《朝鮮義勇隊通訊》，1940年第24期。
〔註10〕 李貞浩：《一年來的對敵宣傳工作》，《朝鮮義勇隊通訊》，1940年第25、26、27合刊。

文星的朝鮮通訊《濟州島的厄運》(《朝鮮義勇隊通訊》第 30 期)；文正一作、爲和譯的《活躍在平漢路上的第二區隊（第二區隊通訊之一）》(《朝鮮義勇隊通訊》第 32 期)；樸茂的《從平漢路上的戰鬥說到開展華北工作問題（第二區隊通訊之二）》(《朝鮮義勇隊通訊》第 32 期)；楊民山作、王繼賢譯的《接敵行軍記（第三區隊通訊之一）》(《朝鮮義勇隊通訊》第 32 期)；世光的《在江西戰場首送敵人的新年禮物（第三區隊通訊之二）》(《朝鮮義勇隊通訊》第 32 期)；楊民山的第三支隊通訊《對敵宣傳在錦河》(《朝鮮義勇隊通訊》第 35 期）等。

　　以樸茂的第二區隊通訊《從平漢路上的戰鬥說到開展華北工作問題》爲例，在這篇戰地通訊中，樸茂首先以生動詳實的筆觸報導了朝鮮義勇隊第二區隊在平漢路上的戰鬥。「十二月十四日下午八時，我們的勇士拿著手榴彈，有的拿著步槍，在平漢鐵路上出現了。在那裏他們散佈對敵宣傳品於五十華里之外附近，幫助中國弟兄破壞鐵路和電線數段。」「敵人在城裏照耀探照燈，而對我們的勇士亂射野炮。」「他們散發了很多的傳單和標語，破壞了鐵路十九處和五十餘斤的電線，給日寇精神上與物質上的打擊。」「尤其在動員這一次民眾時，我們的同志曾以悲壯的語調，說明了朝鮮被吞併後的情況鼓勵民眾使他們踴躍參加運輸電線的工作。……」這些關於平漢鐵路的戰鬥報導不僅詳盡準確，而且字裏行間飽蘸著作者的感情。隨後樸茂根據前面的戰鬥報導，指出了朝鮮義勇隊在華北開展工作的意義和困難，並且針對當時華北的抗戰形勢和自身的實力情況，提出了四點克服困難的建議：第一，各黨派間彼此沒有統一的認識，因此「我們必要在政治上完成統一，尤其是在華北工作上，採取積極的統一與協助的行動」。第二，「今後要建立武裝隊伍，在華北朝鮮民眾基礎上發展擴大下午。」第三，華北工作是長期的艱苦的事業，「我們必須要有艱苦奮鬥的決心，適當的配合優秀的幹部」。第四，加強文字的宣傳工作。「特別是加緊關於朝鮮問題的宣傳工作，在華北必須要出版定期刊物外，尚要各種形式的傳單如告同胞書、宣言等。」〔註11〕

　　這些戰地通訊多爲朝鮮義勇隊的隊員所寫，雖然報導詳盡，但其通訊寫作手法等存在著諸多問題。爲提高隊員的通訊寫作水平，編輯委員會邀請了新聞人士爲《朝鮮義勇隊通訊》專門撰寫了《怎樣寫通訊——兼評本刊過去

〔註11〕樸茂：《從平漢路上的戰鬥說到開展華北工作問題（第二區隊通訊之二）》，《朝鮮義勇隊通訊》，1940 年第 32 期。

所登出的通訊》一文。在文章中，作者王菲詳細分析了以往所刊載通訊的問題以及產生問題的原因。他列舉了出現的以下幾個問題：第一，有些通訊內容太貧乏，不夠具體，只講出一些抽象的感想，而具體的事實沒有報導完全，使人看過後感覺太平常。第二，和前面的缺點相反，「他們把具體看作，看作流水賬式的，看作純粹『報告』式的，有好幾篇通訊都是千篇一律的『自從到 XX 以來』」。同時「材料雖有，卻沒有經過很好的整理，通過藝術的手法寫出來」，讓人讀完「覺得太單調，不活潑」。第三，有些通訊的題材很廣泛，作者的材料很多，「於是結果使材料累在一起，分不出輕重，沒有能抓得住重心加以發揮，許多重要的事實反而被忽略了」。第四，在這些通訊裏，最爲缺乏的是記者的感情。作者提出「通訊不僅是一張照片，而且應該是一張美術畫」。第五，作者認爲隊員沒有把寫通訊跟檢討工作聯繫起來，沒有從通訊中指出工作中的優點缺點，沒有提出工作中的具體問題。〔註 12〕造成這些問題的原因，作者指出，朝鮮義勇隊隊員對中國文字較爲生疏，掌握不足，對中國民眾的實際生活也有著一定的隔膜。

如何提高隊員的通訊寫作水平，作者給出了自己的一些建議：（一）每篇通訊要有一個重心，不要太籠統。（二）有中心同時又必須做到材料具體。（三）材料應該經過系統的整理。在寫作中「需要把通訊員的血貫一點進去」即作者的情感融入進去。（四）遇到重大場面的事實，可以集體寫作。（五）最主要的問題，「應該學會從現象中去把握本質的東西」〔註 13〕，即從材料中提煉通訊的主旨和靈魂。

通過詳盡的戰地通訊，《朝鮮義勇隊通訊》有效地保留和總結了各支隊的抗日工作經驗，特別是宣傳工作的經驗。這些戰地通訊現在看來更接近今天我國報紙上常見的工作通訊，介紹新經驗，揭示新問題，探討新情況，在通訊寫作中有一定的分析和理論色彩，以體現此類通訊報導的指導性。

（三）消息與時事報導精悍有餘，時效不足

《朝鮮義勇隊通訊》初爲旬刊，從第 28 期開始改爲半月刊。該刊所刊發消息的時效性難以與桂林其他的日報相提並論。該刊報導消息的欄目主要有「本隊消息」和「十日時事」。

〔註 12〕王菲：《怎樣寫通訊——兼評本刊過去所登出的通訊》，《朝鮮義勇隊通訊》，1940 年第 35 期。

〔註 13〕王菲：《怎樣寫通訊——兼評本刊過去所登出的通訊》，《朝鮮義勇隊通訊》，1940 年第 35 期。

「本隊消息」主要刊登朝鮮義勇隊隊本部及支隊的軍政活動，目的在於加強隊本部與各支隊之間的溝通和聯繫。以 1939 年 8 月 1 日出版的第 19、20 期合刊爲例，第 11 版上的「本隊消息」共刊載了 12 條朝鮮義勇隊的消息。其內容包括「本隊金隊長於 X 日在渝接見各國新聞記者講述朝鮮革命運動情況」，「自周世敏同志代表本隊開始日語廣播以來，已有四次」，「李貞浩、金俊等七位同志由渝來部工作」〔註 14〕等。這些消息篇幅短小，往往一句帶過。

「十日時事」主要報導過去十天裏國內外重要的政治、軍事和經濟活動，一般刊登在《朝鮮義勇隊通訊》的最後一版，均由喬矢主筆。比較典型的「十日時事」有《說說極度緊張國際情勢和各國財政金融新措施》（《朝鮮義勇隊通訊》第 18 期）、《首從緊張的國際局勢說起》（《朝鮮義勇隊通訊》第 19、20 期合刊）、《說說英倭談判與美總統的廢約》（《朝鮮義勇隊通訊》第 21 期）等。

《朝鮮義勇隊通訊》的「消息」與「時事」雖然時效性不如當時桂林地區其他日報上的同類新聞，但考慮到當時特殊的社會環境，其本部與各支隊、各支隊之間主要憑藉這些「消息」與「時事」瞭解到了各自的政治和軍事近況，仍然起到了有效的溝通作用。

（四）文學作品題材豐富，語言情真意切

在《朝鮮義勇隊通訊》上，隊員還通過發表大量的詩歌、散文、報告文學等文學作品來進行抗日宣傳。《朝鮮義勇隊通訊》刊載的文學作品主要有重光的《八‧二九》，金維的《揚子江 —— 敬贈中國的戰士們》，爲和的《一年來成長》，明哲的《中國的女兒》，若曦的《我要回到金剛山》，東銘的《對敵宣傳》，奉文的《積纍的血債要在此時償還 —— 爲紀念三一運動而作》，李斗山的《你是義勇隊的戰士 —— 給前方朝鮮義勇隊同志們》，朱萊士的《歌唱吧！勝利的明天》，王輝之的《民族解放的先鋒隊》，繼賢的《1941 年進行曲》等。

這些文學作品多爲該隊隊員所創作，語言樸實，情真意切。從作品的題材上看，有歌頌中朝軍人之間的友誼，如《我們永恒的攜起手》；有紀念重大事變及節日，如重光的《八‧二九》、奉文的《積纍的血債要在此時償還 —— 爲紀念三一運動而作》；還有激勵中朝軍民抗日志氣、向中國友人致敬的詩歌作品，如金維的《揚子江 —— 敬贈中國的戰士們》、朱萊士的《歌唱吧！勝利的明天》等。

〔註 14〕《朝鮮義勇隊通訊》，1939 年第 19、20 期合刊。

　　除了《朝鮮義勇隊通訊》外，朝鮮義勇隊還創辦了許多朝語版雜誌和中文雜志（參見表一）〔註15〕。朝鮮義勇隊通過些刊物，不但對外介紹朝鮮義勇隊活動情況，而且積極地宣傳參加中國抗戰的意義。這些刊物傳播到美洲之後，在那裏的朝鮮同胞爭先恐後地起來組織「朝鮮義勇隊後援會」，以聲援該隊在中國進行的抗日鬥爭。1939年4月在紐約、洛杉磯，10月在芝加哥相繼建立了朝鮮義勇隊後援會。洛杉磯後援會爲了介紹和宣傳朝鮮義勇隊的反日活動情況，在1940年1月1日創辦了機關報——《義勇報》，用朝文和英文兩種文字出版。1940年4月10日，在美國的朝鮮同胞還創立了「在美朝鮮義勇隊後援會聯合會」，參加人數多達156名。他們在美洲開展了排日宣傳、抵制日貨運動，同時將後援金送至朝鮮義勇隊，在精神和物質方面給予了支持。〔註16〕

　　表一：朝鮮義勇隊發行的刊物

刊 物 名 稱	刊 物 語 種	發 行 機 構
《朝鮮義勇隊》	中文	總隊部
《戰鼓》	朝鮮文	總隊部
《戰崗》	朝鮮文	第一支隊部
《內外消息》	中文	第一支隊第三分隊
《華中通訊》	朝鮮文	第一支隊第三分隊
《朝鮮義勇隊漢水版》	朝鮮文	第二支隊第一分隊
《朝鮮義勇隊黃河版》	朝鮮文	第二支隊第二分隊
《朝鮮義勇隊華北版》	朝鮮文	第二支隊第三分隊
《江南通訊》	朝鮮文	第三支隊部
《義勇報》	朝鮮文、英文	美洲朝鮮義勇隊後援會

三、朝鮮義勇隊其他形式的對敵宣傳活動

　　朝鮮義勇隊在抗日鬥爭中，深入前線開展對敵宣傳活動，呈現出內容豐富、形式多樣的特點。筆者根據《朝鮮義勇隊通訊》中相關的戰地通訊歸納爲五種方式：遊說與演講、口號與標語、傳單與小冊子、話劇演出、日語廣播。

〔註15〕 《本隊發行刊物一欄表》，《朝鮮義勇隊通訊》，1940年第34期。
〔註16〕 《在美的朝鮮人》，《朝鮮義勇隊》，1940年第40期。

（一）秘密有力的遊說與鼓舞鬥志的演講

遊說與演講是指朝鮮義勇隊通過運用口頭語言，向廣大民眾和日本敵對勢力宣傳自己的抗日精神與政治綱領，以此激發民眾的支持，策反日本敵對勢力，從而形成強大的社會輿論。這是朝鮮義勇隊在抗日宣傳中常用的方式。自朝鮮義勇隊成立以來，各個戰區的朝鮮義勇隊隊員利用這些遊說和演講，進行了有力的抗日宣傳。

1942 年，日本帝國主義為彌補自身兵源的不足，開始在朝鮮實行大規模徵兵，平均每五人徵兵一人。同時，為了完全控制佔領區，日本推行了強制移民。據統計，除了東北的 120 萬朝鮮同胞外，在華北地區，僅北平天津兩地就有 10 萬之多。為了爭取佔領區的朝鮮僑民對朝鮮反日獨立運動的支持，以及為了策反日軍中朝鮮籍士兵，朝鮮義勇隊隊員到北平、天津、石家莊、新鄉、上海等地進行秘密遊說活動。〔註 17〕此外對海外的朝僑，義勇隊也進行了積極遊說。1939 年 8 月 27 日在美國成立的朝鮮義勇隊後援會，就是其遊說的成果。《朝鮮義勇隊通訊》在第 28 期第七版上還專門刊登了《朝鮮義勇隊後援會成立宣言》，詳細報導了此事。

朝鮮義勇隊的遊說活動是伴隨抗戰時局的變化來開展的。在武漢成立時朝鮮義勇隊就開展了就地遊說，鼓動民眾。無論是從武漢遷至桂林再轉到重慶的隊本部，還是後來北上的朝鮮義勇隊華北支隊，無不以鼓動遊說民眾為抗戰第一要務。〔註 18〕

除遊說活動外，朝鮮義勇隊隊員特別是隊領導的演講，同樣有著不可低估的號召力。《新華日報》曾報導了朝鮮義勇隊領導人金若山的演講盛況。在他題為《中國抗戰與朝鮮革命》的演講中，金若山透徹地闡明瞭中國抗戰與朝鮮革命的關係，預見中國抗戰勝利的必然性，在世界反侵略大會中國分會上引起了強烈反響。〔註 19〕在慶祝朝鮮義勇隊成立的遊藝晚會上，金若山又一次指出：「不要小看我們人少，朝鮮三千萬民眾是我們的力量，不！全國四

〔註 17〕　鄭龍發：《美軍戰略情報局關於朝鮮獨立同盟與華北韓僑社會報告選譯》，載於《復旦大學韓國研究論叢》（第六輯），中國社會科學出版社，1999 年，第 171～183 頁。

〔註 18〕　楊昭全、李輔溫：《朝鮮義勇軍抗日戰史》，黑龍江人民出版社，1995 年，序言。

〔註 19〕　《新華日報》，1940 年 9 月 29 日。

萬萬五千萬同胞都是我們的力量」〔註 20〕。這些遊說和演講活動，不僅強化了抗日輿論，鼓舞了中朝軍民的鬥志，也有力瓦解了日軍的士氣。

（二）口號與標語簡短深刻、鼓動醒目

口號是形成社會輿論的最簡易手段。朝鮮義勇隊用最簡短、深刻的短句表達自己的抗日目標。朝鮮義勇隊時常提出「民族第一」、「獨立第一」、「中國抗戰勝利萬歲」、「打倒日本法西斯強盜」等口號。這些口號因為簡短深刻，不僅容易被人們記住並傳播，也高度濃縮了抗日輿論的內容，使得廣大民眾在最短的時間內，瞭解抗日的核心目的和朝鮮義勇隊的鮮明立場，激發人們的認同感，有力鼓舞了朝鮮志士的鬥爭信念，契合中朝民眾的心理需求，獲得了良好的輿論效果。

標語是宣傳口號的書面形式。朝鮮義勇隊在抗日宣傳活動中用簡短深刻的標語，表達其抗日主張，鼓舞軍民抗日。「朝鮮義勇隊用標語集合起來，做成 20 個高四尺幅寬一尺半的紙旗插在距翔鳳市敵人陣地前一百八十公尺的小高地上，紅紅綠綠地隨風飄揚，敵人用機關槍射擊，最少也射擊八九百發」。〔註 21〕從 1939 年 10 月 11 日開始，朝鮮義勇隊在長沙「將預先準備好的 40 多種約兩千張紅黃白綠各色標語遍貼城市大街與碼頭車站，召引許多市民，如『回家來』、『開鋪子來』，無一不是針對民眾心理而發的，正如他們所希望的，這工作取得很大效果，民眾無不接踵回到長沙」。〔註 22〕由上可見，朝鮮義勇隊在抗日宣傳中的標語宣傳，使得自身的宣傳內容更具有醒目和顯著的特徵，達到大造聲勢、提綱挈領的宣傳目的，具有很強的鼓動性。

（三）傳單與小冊子散發靈活，形式豐富多樣

朝鮮義勇隊的傳單與小冊子，通常散發給日本敵對勢力，傳單裏多揭露性內容，有著很強的針對性和戰鬥性，不僅可以瓦解日本敵軍的士氣，也能幫助策反日軍中的朝鮮籍士兵和反戰的日本士兵。朝鮮義勇隊隊員曾形象的把傳單稱之為「精神炸藥」。

在傳單與小冊子的散發傳播中，朝鮮義勇隊採取了多種機動靈活的方式。如利用風箏散發傳單。「由同志們紮縛長五尺寬四尺風箏一個，在我楊臺

〔註 20〕 《新華日報》，1938 年 10 月 14 日。
〔註 21〕 劉金鏞譯：《朝鮮義勇隊第一區隊血戰紀實（五）》，《朝鮮義勇隊通訊》，1939 年第 18 期。
〔註 22〕 尹爲和：《重返長沙》，《朝鮮義勇隊通訊》，1940 年第 29 期。

尖左右翼地試放，這裏距敵陣地五百餘公尺，遞送目的地爲錫山及通城。……風箏引繩長約三百公尺，在風箏距引繩約五公尺的地方栓上一尺長的一根繩子，原口懸上二百張小傳單，大小紙包數個，在捆繩紙包交結處綁上一根香火。一切裝配完備後，對向目的地散線試放，但見風箏搖搖升空。大家手舞足蹈地叫著、望著，待引繩放完後拴在樹上，等待結果。約摸四十分鐘左右，見傳單紛紛飛下，在空中亂舞，才輾轉落去。在場官兵莫不歡舞驚歎。過兩天後，根據我軍偵察報告，知道那些傳單都落在通城南門一帶了」。〔註23〕

在傳單與小冊子中，朝鮮義勇隊還採用了一種特殊的形式 —— 通行證。通行證有兩種，第一種是爭取日軍反正的日文通行證，《朝鮮義勇隊第一區隊血戰紀實（六）》中曾詳細描述了這種通行證，它的內容有「A、持此通行證可於我軍防地內安全通過。B、持此通行證，無論至何處，生命有絕對安全保證。C、持此通行證參加我戰線者予以優待。D、負傷者，親切爲之治療。E、欲歸國者，發給路費」〔註24〕。第二種通行證是專門爲朝僑印製的。例如《從平漢路上的戰鬥說到開展華北工作問題》中就提到「在豫北（即河南北部）平漢路某縣和某縣一帶的朝鮮同胞得了以本隊（即朝鮮義勇隊）名義發的通行證、標語和傳單」。〔註25〕傳單與小冊子對日本軍國主義有強烈的檄文意味，對揭露日本侵華戰爭的本質、形成日本軍國主義必敗的社會輿論有著極大的作用。

（四）話劇演出極具藝術感染力並深受好評

朝鮮義勇隊還借助話劇演出這種藝術感染力強的方式進行抗日宣傳。朝鮮義勇隊在桂林、西安、重慶、洛陽及前線陣地還不止一次地演出中文話劇和演唱歌曲。據不完全統計，朝鮮義勇隊在桂林演出的話劇有《朝鮮的女兒》、《鐵》、《圖們江邊》、《義勇隊》、《反攻》和《汪精衛》等。這些話劇深刻反映了朝鮮人民的民族覺醒和革命鬥志，例如《朝鮮的女兒》，就是描寫朝鮮民族在日本帝國主義鐵蹄下如何被壓迫榨取、又如何起來反抗的現實生活情況。話劇的演出在桂林獲得了成功，受到了桂林文化界普遍的高度評價。詩

〔註23〕 李貞浩：《一年來的對敵宣傳工作》，《朝鮮義勇隊通訊》，1940 年第 25、26、27 期合刊。

〔註24〕 劉金鏞譯：《朝鮮義勇隊第一區隊血戰紀實（六）》，《朝鮮義勇隊通訊》，1939 年第 19～20 期合刊。

〔註25〕 樸茂：《從平漢路上的戰鬥說到開展華北工作問題（第二區隊通訊之二）》，《朝鮮義勇隊通訊》，1940 年第 32 期。

人艾青曾評價說：「最使我覺得讚美的，是《朝鮮的女兒》這劇本貫串全劇的革命精神，而這革命精神並不是用那種羅曼史來作故事的骨幹，反之，它都始終是現實生活的緊接著的壓迫下所發出的反抗，這種反抗是合理的。」《救亡日報》編輯林林也高度稱讚：「由於我們中華祖國抗戰烽火飆飄，中朝兩國民族合作情緒的高漲，朝鮮的女兒英勇的革命的血濺，將使幾千年來的仇敵戰慄而至崩滅了。」〔註26〕

朝鮮義勇隊在對中國軍民宣傳時，還演唱朝鮮民謠《阿里郎》、《落花岩》等，並演出自己創作的歌曲，如《我們戰鬥在大時代》、《民族解放歌》、《自由之光》等。這種演出形式的宣傳同樣為激勵軍民鬥志、瓦解敵軍起到了積極作用。

（五）日語廣播對敵「曉之以理、動之以情」

廣播是抗戰當時最先進、最便捷的宣傳媒體。桂南戰事期間，朝鮮義勇隊曾專門組織「南路工作隊」，直接參加前線對敵宣傳工作。臨行前，白崇禧將軍親自接見並勉勵他們，贈送兩臺無線電放送機用於對日廣播。〔註27〕朝鮮義勇隊在廣播中直接用日語口語與敵軍對話，曉之以理，動之以情，收到了很好的效果。朝鮮義勇隊秘書周世敏，用日語在桂林電臺直接廣播了《日本軍閥發動的戰爭，是侵略戰爭》、《敬告被迫作戰的日本兄弟》等四篇廣播宣傳稿，一針見血地指出，日本發動戰爭是侵略戰爭，日本人民、中國人民和東亞人民是戰爭直接受害者，有力駁斥了「由於中國對日敵視而偶然引起的戰爭」，抨擊了「此次戰爭是日本民族發展上不可避免地惹起的戰爭」的謊言。這種直接的對日日語廣播，引起了日本民眾的震動，是朝鮮義勇隊「宣傳重於戰鬥」最現實最深刻的體現。〔註28〕

四、結　語

朝鮮義勇隊在最初兩年的戰鬥中，轉戰六個戰區、十三個省份，協助中國軍隊創辦許多簡易的日語訓練班，訓練了 6 萬餘名對日戰鬥工作的幹部。

〔註26〕文豐義：《論桂林抗戰文化運動對世界反法西斯鬥爭的貢獻》，黃家誠：《桂林歷史文化研究文集（3）》，廣西區內部資料，2004 年，第 472 頁。

〔註27〕劉壽保：《朝鮮義勇隊在桂林》，中共桂林市委員會黨史研究室：《桂林抗戰紀實》，灕江出版社，1995 年，第 132 頁。

〔註28〕文豐義、盤福東、候德光：《血鑄的豐碑——中國抗戰文化》，廣西師範大學出版社，2003 年，第 327 頁。

在前線及敵人後方，除用喊話、演講、歌唱等口頭宣傳外，還印發小冊子 5 萬冊、傳單 50 萬張、標語 40 餘萬條。在火線上，該隊的陣地宣傳隊、游擊宣傳隊，一邊宣傳，一邊戰鬥，參加了湘北會戰、鄂北三次會戰、崑崙關爭奪戰、中條山反掃蕩戰等重要會戰，以及杭州、通城、通山、新建等地的戰鬥。〔註 29〕同時，朝鮮義勇隊還積極展開了爭取全世界友好和平人士的國際宣傳工作。

　　朝鮮義勇隊能夠取得這樣的輝煌戰績，筆者認為主要有以下兩點原因：

（一）從宏觀上來看，抗戰時期桂林地區獨特的新聞生態為朝鮮義勇隊的新聞宣傳活動提供了良好的外部環境。

　　桂林是廣西省會和西南重鎮。抗戰全面爆發後，隨著北平、上海、武漢、廣州和香港的相繼淪陷，大批的文化人和文化事業機構除極少一部分去了重慶外，大部分內遷到了桂林。特別是隨著這些地區的相繼淪陷，一些受戰火威脅的報紙和知名報人也輾轉來到桂林，使得桂林成為這一時期國統區新聞出版事業發展得最為蓬勃的地區，成為西南大後方的文化中心。

　　抗戰前夕，中國共產黨就正確地分析了我國社會各階級的政治情況，提出了抗日民族統一戰線政策。為爭取中間勢力中的地方實力派，中共中央在抗戰前夕就已同桂系當局保持著聯繫。隨著新聞戰線上的統一戰線的形成和發展，桂林最終成為國統區抗日民主運動的主要陣地和戰鬥堡壘。這不僅是抗戰形勢所造成的，也是中國共產黨正確執行抗日民族統一戰線方針的結果。同時抗戰爆發後，新桂系所執行的較為開明的文化政策和國民黨中央的鞭長莫及，也使得桂林成為這一時期國統區內，有著一定生氣的一小片文化綠洲。

　　受眾激增也是戰時桂林新聞傳媒發展的另一原動力。受眾多少是衡量一個傳媒好壞的重要標準。如上所述，戰時桂林是當時國內外所來人口、流動人口所佔比例最大，人員構成最為複雜多樣的城市之一。既有大量受過高等教育、高學歷、高收入階層，又有大量只有中等文化、低收入的打工一族；既有相當一部分受西方文化影響，追求現代生活品位的人士，又有不少受中國文化薰陶，留戀傳統的市民。這些人共同構成了戰時桂林傳媒的受眾生態系統，也由此決定了其多元化的形態。

〔註29〕萬赤峰：《朝鮮革命記》，商務印書館，1945 年，第 58 頁。

　　此外從新聞文化事業發展所需要的印刷、紙張等物質因素看，桂林也具有較好的條件。抗戰以來，內地許多廠家遷來桂林，桂林的印刷業飛速發展。紙張的來源也相當便利。以上的這些條件，毫無疑問，爲朝鮮義勇隊的新聞宣傳活動的順利開展提供了良好的基礎和環境。

　　（二）從微觀上來看，朝鮮義勇隊自身有著一支優秀的宣傳人才隊伍

　　朝鮮義勇隊的成員，大多數爲朝鮮民族革命黨黨員，而各部負責領導任務的隊員則有革命歷史或參加過 1926 年中國的北伐戰爭。他們大部分在黃埔軍官學校、朝鮮革命幹部學校、洛陽軍官學校、星子學校等中國的各種軍官學校接受過正規嚴格的軍事訓練，並曾作爲朝鮮義烈團員參加過革命鬥爭的第一線活動。在語言方面，他們一般熟練地掌握了朝、日、漢三種語言，有些隊員還懂得英、法、俄語等。對日本社會、生活、風俗、習慣和軍隊士兵的瞭解也爲他們的對敵宣傳提供了有力支持。可以說他們是具有多年抗日鬥爭經驗的朝鮮青年精華，具有較高的政治、軍事、文化素質，這樣的一支隊伍本身就是一個軍政幹部集團。金若山曾經指出：「朝鮮義勇隊不是群眾團體，而是幹部集團」。〔註30〕

　　同時，朝鮮義勇隊平時十分重視對隊員自身的教育。其本部在桂林定期舉辦座談會，請本隊及桂林文化界有關人士主講有關朝鮮革命、日本動態、日美關係、中國抗戰與歐洲戰爭等問題，以提高隊員對國際反法西斯形勢的認識，增強對敵宣傳的說服力。總部還舉行過茶會，招待法國記者李蒙夫婦及在華日本人民反戰同盟西南支部的反戰志士，爭取國際友人的同情與支持，不僅增進與國際法西斯陣線間的友誼，也加強了相互間的溝通和交流。〔註31〕

　　朝鮮義勇隊是以朝鮮民族革命黨爲核心所組成的朝鮮抗日先鋒隊，其開展的新聞宣傳活動，不僅沉重地打擊了日本法西斯，爲中國抗日戰爭的最後勝利和朝鮮的獨立解放做出了特殊而又重要的貢獻。這不僅鞏固了中朝兩國軍民的團結與合作，而且增強了中朝兩國的友誼，在中朝關係史上寫下了不朽的歷史篇章。

〔註30〕金若山：《三年朝鮮義勇隊與今後工作方針》，《朝鮮義勇隊》，1940 年第 40 期。

〔註31〕唐國英：《桂林文化城的國際反法西斯陣線》，黃家誠：《桂林歷史文化研究文集（3）》，廣西區內部資料，2004 年，第 487 頁。

參考文獻

一、著作類

（一）專　著

1. 張憲文等：《中華民國史》（第三卷），南京大學出版社，2006 年。
2. 〔美〕費正清著、楊品泉等譯：《劍橋中華民國史》上下，中國社會科學出版社，1994 年。
3. 張憲文：《中國現代史史料學》，山東人民出版社，1985 年。
4. 蕭一平、郭德宏：《中國抗日戰爭全史》，四川人民出版社，2005 年。
5. 李振民：《中國抗日戰爭史綱》，西北大學出版社，1992 年。
6. 張靜如等編：《國民政府統治時期中國社會之變遷》，中國人民大學出版社，1993 年。
7. 王奇生：《黨員、黨權與黨爭——1924～1949 年中國國民黨的組織形態》，上海書店出版社，2003 年。
8. 重慶政協文史資料研究委員會等編：《抗戰時期國共合作紀實》（上、中、下），重慶出版社，1992 年。
9. 復旦大學歷史學系、復旦大學中外現代化進程研究中心編：《近代中國的國家形象與國家認同》，上海古籍出版社，2003 年。
10. 張育仁：《自由的歷險》，雲南人民出版社，2002 年。
11. 傅國湧：《文人的底氣——百年中國言論史剪影》，雲南人民出版社，2007 年。
12. 方漢奇：《中國新聞事業通史》第 2 部，中國人民大學出版社，1996 年。
13. 方漢奇：《中國新聞事業簡史》，中國人民大學出版，1983 年。
14. 丁淦林：《中國新聞事業史》，武漢大學出版社，1990 年。

15. 寧樹藩:《中國新聞事業通史》(第 2 卷),中國人民大學出版社,1996 年。

16. 李瞻:《中國新聞史》,臺灣學生書局,1980 年。

17. 吳廷俊:《中國新聞傳播史稿》,武漢出版社,1994 年。

18. 賴光臨:《七十年中國報業史》,中央日報社,1977 年。

19. 方漢奇:中國近代報刊史,山西教育出版社,1981 年。

20. 王芝深:《百年滄桑》,中國工人出版社,2001 年。

21. 方漢奇:《報史與報人》,新華出版社,1991 年。

22. 蔡銘澤:《中國國民黨黨報歷史研究》,北京團結出版社,1998 年。

23. 穆欣:《抗日烽火中的中國報業》,重慶出版社,1991 年。

24. 史和、姚福申等:《中國近代報刊名錄》,福建人民出版,1991 年。

25. 胡文龍:《中國新聞評論發展研究》,中國人民大學出版社,2002 年。

26. 胡太春:《中國報業經營管理史》,山西教育出版社,1998 年。

27. 鍾文典:《廣西通史》(第三卷),廣西師範大學出版社,1999 年。

28. 鍾文典:《20 世紀 30 年代的廣西》,廣西師範大學出版社,1993 年。

29. 中國人民政治協商會議桂林市委員會文史資料研究委員會編:《國民黨桂系簡史》,灕江出版社,1992 年。

30. 莫濟傑:《新桂系史》,廣西人民出版社,1996 年。

31. 王續添、羅平漢:《桂系軍閥》,中央黨史出版社,2001 年。

32. 〔加拿大〕戴安娜‧拉裏:《中國政壇上的桂系》,江蘇教育出版社,2010 年。

33. 劉文俊:《桂林抗戰文化城的社團》,黃山書社,2008 年。

34. 彭繼良:《廣西新聞事業史 1897～1949》,廣西人民出版社,1998 年。

35. 張鴻慰:《蕢蔚集:報業史志稿》,廣西新聞史志編輯室出版(內部發行),2003 年。

36. 方漢奇等:《大公報百年史》,中國人民大學出版社,2004 年。

37. 吳廷俊:《新記〈大公報〉史稿》,武漢出版社,2002 年。

38. 周雨:《大公報史(1902～1904)》,江蘇古籍出版社,1993 年。

39. 陳紀瀅:《抗戰時期的大公報》,黎明文化事業公司,1981 年。

40. 中國第二歷史檔案館編著:《抗日戰爭時期國民黨軍機密作戰日記》,中國檔案出版社,1995 年。

(二)文 集

1. 中國社會科學院新聞研究所主編:《新聞研究資料》總第 1～56 輯,中國社會科學出版社,1980～1992 年。

2. 中國人民政治協商會議全國委員會編：《文史資料選輯》，中華書局，1962年。

3. 中國第二歷史檔案館編：《中華民國檔案資料彙編》，江蘇古籍出版社，1994年。

4. 王文彬：《中國現代報史資料彙編》，重慶出版社，1996年。

5. 黃錚：《廣西抗日戰爭史料選編》，廣西人民出版社，2005年。

6. 蔣文華、袁競雄主編，中國人民政治協商會議桂林市委員會文史資料研究委員會編：《國民黨桂系簡史》（桂林文史資料第二十一輯），灕江出版社，1992年。

7. 廣西社會科學院主編：《桂林文化城紀事》，灕江出版社，1984年。

8. 張鴻慰：《八桂報史文存》，廣西民族出版社，1995年。

9. 張鴻慰：《桂系報業史》，廣西新聞史志編輯室發行（內部發行），1997年。

10. 中國人民政治協商會議桂林市委員會文史資料研究委員會編：《桂林文史資料》（第八輯），內部發行，1985年。

11. 魏華齡等：《桂林抗戰文化研究文集》（二）（三），灕江出版社，1992～1993年。

12. 魏華齡、曾有云：《桂林抗戰文化研究文集》（三），廣西師範大學出版社，1995年。

13. 魏華齡、劉壽保主編：《桂林抗戰文化研究文集》（四）（五），廣西師範大學出版社，1997年。

14. 魏華齡、左超英主編：《桂林抗戰文化研究文集》（六），廣西師範大學出版社，2001年。

15. 魏華齡、蘇關鑫主編：《桂林抗戰文化研究文集》（八），廣西師範大學出版社，2005年。

16. 魏華齡：《桂林文化城史話》，廣西人民出版社，1987年。

17. 魏華齡：《桂林文化城史話》，廣西人民出版社，1987年。

18. 魏華齡、李建平：《抗戰時期文化名人在桂林》，灕江出版社，2000年。

19. 蘇關鑫、李建平主編：《桂林抗戰文化研究文集》（七），廣西師範大學出版社，2003年。

20. 廣西社會科學院主編：《桂林文化城紀事》，灕江出版社，1984年。

21. 黃家城：《桂林歷史文化研究文集》，內部發行，2004年。

22. 廣西新聞史志編輯室：《廣西新聞史料》（第10期），1987年。

23. 廣西新聞史志編輯室：《廣西新聞史料》（第22期），1991年。

24. 郝柏村編：《抗戰勝利四十週年論文集》（上），臺北黎明文化事業股份有限公司，1986年。

（三）回憶、傳記

1. 廣西日報新聞研究室：《救亡日報的風雨歲月》，新華出版社，1987 年。

2. 高寧：《烽火年代的呼喚——〈救亡日報〉史話》，重慶出版社，1988 年。

3. 廣西日報新聞咨詢研究室主編：《救亡日報史料》，廣西日報社，1985 年。

4. 方蒙：《大公報與現代中國：1926～1949 年大事實錄》，重慶出版社，1993 年。

5. 周雨：《大公報人憶舊》，中國文史出版社，1991 年。

6. 蕭育贊等：《掃蕩二十年——〈掃蕩報〉的歷史紀錄》，臺灣中華文化基金會，1978 年。

7. 夏衍：《懶尋舊夢錄》（增補本），生活・讀書・新知三聯書店，2000 年。

8. 王龍云：《張季鸞傳記資料》，天一出版社，1979 年。

9. 徐鑄成：《新聞叢談》，浙江人民出版社，1983 年。

10. 徐鑄成：《徐鑄成回憶錄》，生活・讀書・新知三聯書店，1998 年。

11. 徐鑄成：《報人六十年》，學林出版社，1999 年。

12. 徐鑄成：《報海舊聞》，上海人民出版社，1991 年。

13. 徐鑄成：《舊聞雜記》，四川人民出版社，1981 年。

14. 徐鑄成：《新聞藝術》，知識出版社，1985 年。

15. 徐鑄成：《從風雨中走來》，文彙出版社，1993 年。

16. 王文彬：《新聞工作六十年》，重慶出版社，1990 年。

17. 會林、紹武：《夏衍傳》，中國戲劇出版社，1985 年。

18. 千家駒：《在桂林八年》，《學術論壇》（1，2），1981 年。

19. 陳誠：《陳誠回憶錄——抗日戰爭》，東方出版社，2009 年。

20. 楊天石：《找尋真實的蔣介石》，山西人民出版社，2008 年。

21. 黃仁宇：《從大歷史的角度讀蔣介石日記》，九州出版社，2008 年。

22. 文聞編：《我所親歷的印緬抗戰》，中國文史出版社，2005 年。

23. 白崇禧口述：《白崇禧口述自傳》（上下），北京：中國大百科全書出版社，2009 年。

二、論　文

（一）期　刊

1. 姜紅：《現代中國自由主義新聞思潮的流變》，《新聞與傳播研究》，2005 年第 2 期。

2. 李建平：《論桂林文化城的地位和作用》，《廣西大學學報（哲學社會科學版）》，1982 年第 1 期。

3. 李建平：《桂林文化城成因初探》，《社會科學家》，1988 年第 3 期。

4. 彭繼良：《抗日戰爭時期的桂林新聞事業》，《廣西大學學報（哲學社會科學版）》，1986 年第 2 期。

5. 靖鳴、徐健、方邦超：《抗日戰爭時期桂林新聞生態初探》，《新聞與傳播研究》，2008 年第 1 期。

6. 商娜紅：《研究桂林文化城的報刊與報人》，《傳媒觀察》，2006 年第 2 期。

7. 龔維玲：《試析抗日戰爭時期新桂系的報業活動》，《社會科學家》，1999 年第 10 期。

8. 劉曉慧：《傳播目的是服務——桂林版〈救亡日報〉傳播過程要素分析》，《廣西大學學報（哲學社會科學版）》，2009 年第 6 期。

9. 李建平：《桂林文化城期刊簡介（上）》，《廣西大學學報（哲學社會科學版）》，1982 年第 1 期。

10. 李建平：《桂林文化城期刊簡介（下）》，《廣西大學學報（哲學社會科學版）》，1982 年第 2 期。

11. 劉曉慧：《桂林〈救亡日報〉「要聞」版新聞報到特色研究》，《廣西大學學報（哲學社會科學版）》，2009 年第 1 期。

12. 劉曉慧：《抗戰時期桂林文化城的〈救亡日報〉及報人研究》，廣西大學，2006 年。

13. 谷小冰：《抗戰時期的國民精神總動員》，《抗日戰爭研究》，2004 年第 1 期。

14. 靖鳴等：《關於桂林抗戰新聞史研究的幾點思考》，《經濟與社會發展》，2008 年第 2 期。

15. 靖鳴等：《桂林抗戰時期新聞史研究掃描與前瞻》，《新聞知識》，2008 年第 3 期。

16. 梁穎濤：《艾青與〈廣西日報·南方〉》，《南方文壇》，2008 年第 4 期。

17. 周鈺：《抗日戰爭時期〈廣西日報〉副刊研究》，《廣西大學碩士學位論文》，2008 年第 6 期。

18. 趙健：《三四十年代〈廣西日報〉廣告宣傳特點》，《黔東南民族師範高等專科學校學報》，2003 年第 8 期。

19. 張丹：《國共兩黨戰時動員比較研究 1937.7～1945.8》，南開大學，2006 年。

20. 鄭炯兒：《從「掃蕩」到「和平」——〈掃蕩報〉的研究（1931～1950）》，臺灣師範大學，2000 年。

21. 杜輝源：《〈人民日報〉對「一個中國」議題報導分析：1999～2002》，政

治作戰學校，2002 年。

（二）報　紙

1. 《廣西日報》（桂林版）（1937～1944 年）原件（部分缺失）。
2. 《救亡日報》（桂林版）原件。
3. 《大公報》（桂林版）原件。
4. 《掃蕩報》（桂林版）原件。
5. 《新華日報》（航空版）原件。
6. 《工商新聞》原件。
7. 《國防周報》原件。
8. 《正誼》原件。
9. 《桂林日報》1937 年微縮膠片。